# Le Vallon des Parques

Sylvain Forge

# Le Vallon des Parques

THRILLER

ISBN : 978-2-81000-575-8
Tirage n° 1


16, rue Vézelay – 75008 Paros

www.editionsdutoucan.fr

Mise en pages : Nohémie Szydlo

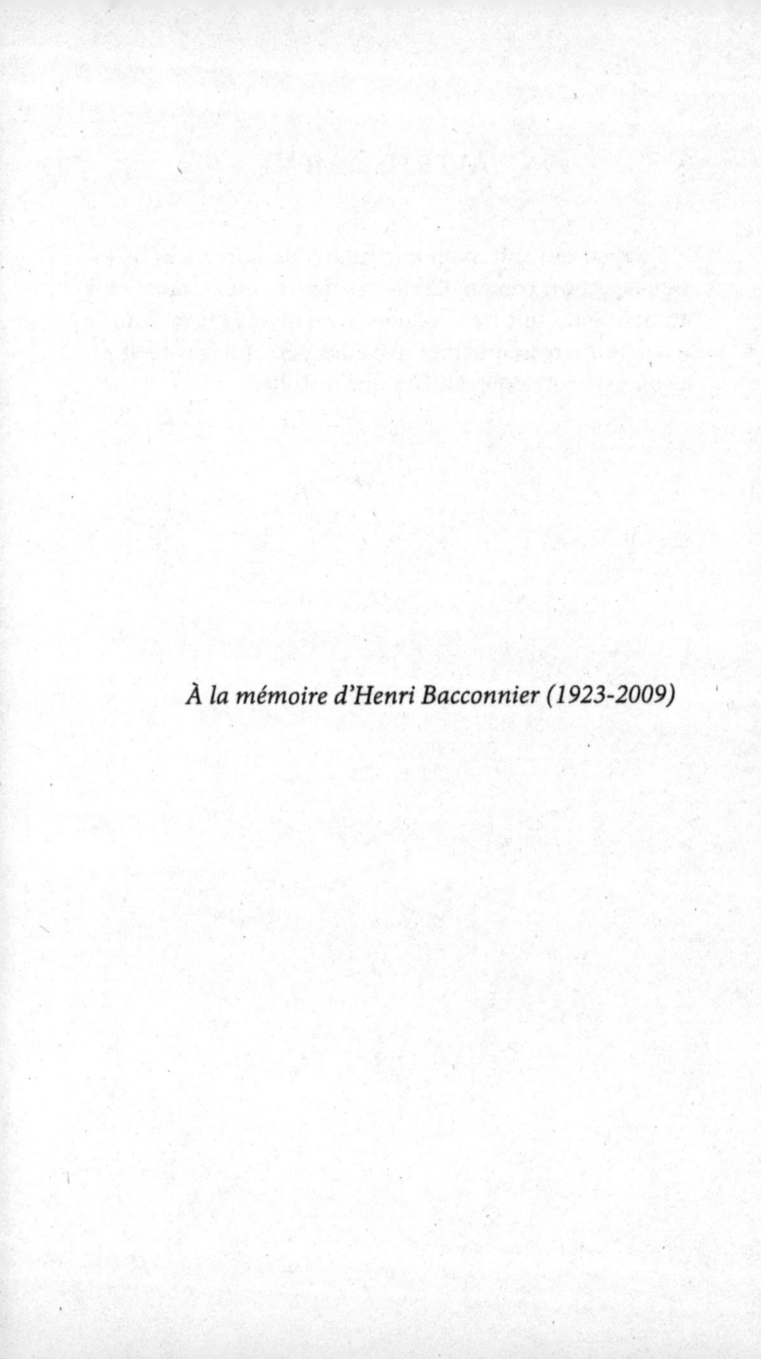

*À la mémoire d'Henri Bacconnier (1923-2009)*

# AVERTISSEMENT

Le récit qui suit, bien que nourri de références historiques, est un roman. Certaines figures ou certains faits authentiques ont été évoqués de manière fictive. Pour le reste, toute ressemblance avec des personnages réels ou ayant existé ne pourrait être que fortuite.

« Ses hommes à lui allaient de l'avant
sans armure, enragés comme des chiens
ou des loups, mordant leur bouclier,
forts comme des ours ou des taureaux,
tuant les gens en un coup, mais eux,
ni le fer ni le feu ne les navraient.
Ils étaient appelés Bersekir. »

Ynglinga Saga

# PROLOGUE

**Geôle du Tullianum, Rome,**
**46 avant Jésus-Christ**

Le soleil avait basculé derrière l'horizon. Une obscurité épaisse recouvrait le Capitole tel un suaire. Deux silhouettes remontaient à cheval la voie des vainqueurs. Demain, César viendrait y savourer son triomphe devant le peuple en liesse. Drapés dans leur tunique, les cavaliers dépassèrent la curie sénatoriale. Ils atteignirent la prison. L'édifice, masse sévère à étage, était en pierres sombres. Il jouxtait l'escalier des Gémonies, là où l'on jetait les corps des condamnés exécutés dans les profondeurs des cachots.

Les hommes posèrent pieds à terre et attachèrent leurs chevaux à un anneau de fer encastré dans la roche. Aux portes de l'ergastule, des soldats s'écartèrent avec crainte. Sans un mot, les visiteurs prirent une suite de marches s'enfonçant dans les entrailles de la Terre. Ils gagnèrent une grande geôle circulaire à la voûte surbaissée. Un gardien, surpris à lancer des dés sur une pièce de tissu, se leva d'un bond. Le premier des cavaliers, un prétorien, ôta sa tunique et posa la main sur le pommeau d'une dague qui pendait à son côté. Le second captait le regard, car sa joue droite était marquée par une longue cicatrice. Sa barbe taillée avec soin ne parvenait pas à la dissimuler. Ses yeux luisaient, intelligents et maléfiques. Il resta immobile un instant puis fit quelques pas vers le centre de la pièce, s'arrêtant devant une ouverture au sol. C'était un puits sans margelle dont on ne voyait pas le fond. L'homme se dévêtit à son tour et la sentinelle comprit pourquoi elle avait raison d'être craintive. Sur le torse puissant encadré de riches étoffes, elle reconnut le plastron de cuir où deux images s'affrontaient : un taureau et un lion. C'était les armes de la VIIe légion macédonienne et celui qui lui faisait face était une légende vivante : le général Caïus Cimber, vétéran des campagnes contre les Germains. On le disait stratège et dépourvu de la moindre pitié quand ses ennemis imploraient grâce.

Dans les écoles militaires, les casernements et tous les tripots de Rome couraient les exploits de ce cruel maître de guerre. Le récit le plus sanglant évoquait son expédition punitive à Alésia quand, après la bataille, il fit trancher les mains de tous les Gaulois prisonniers afin de décourager durablement l'esprit de révolte.

Caïus se pencha au-dessus de la fosse et, sans tourner la tête vers le planton glacé de peur, demanda : « Est-il toujours vivant ? »

— Oui… général, bafouilla le garde.

Caïus regarda les torches qui cernaient la salle en crépitant. Il en décrocha trois pour les jeter au fond du trou. Le Romain descendit à mains nues dans l'ouverture gluante et chuta en contrebas au milieu de craquements. Poussant un juron, il se redressa et examina ce qui se trouvait à ses pieds. C'était de petits amoncellements d'os, probablement des restes de rongeurs dévorés par un détenu affamé. Les yeux de l'officier défièrent un instant l'obscurité. Par prudence, il avait sorti l'épée de son fourreau. Dans cette cellule humide, aux murs formés par de gros blocs de pierre assemblés sans mortier, il finit par distinguer une forme noire. Elle était tassée, vieil amas de chiffons. Quand le Romain s'approcha, des chaînes tintèrent.

Caïus Cimber dominait un homme recroquevillé. La déchéance de la créature était inexprimable. Sa peau parcheminée et son immense crinière, encollée par la saleté, le rendaient bestial. La plupart des ennemis de Rome ne séjournaient que quelques jours dans ce cachot. Mais la détention du malheureux n'avait pas de fin.

— Tu sais qui m'envoie et ce que je veux entendre de toi, chien de barbare ! attaqua Caïus. Vas-tu te décider à abréger ton calvaire et me confesser ton secret ? Durant toutes ces années où je suis venu te poser la même question, mon maître s'est montré magnanime. Mais demain est le jour qui marquera sa gloire et il perd patience !

Les yeux du captif n'étaient que deux taches sombres, des orbites vides de toute conscience. Sa bouche laissa échapper un grognement insane.

— Boire, murmura-t-il.

Le Romain grommela et fit commander une écuelle d'eau que le prétorien donna au prisonnier. Ce dernier se jeta dessus et lampa tel un animal. Il hoqueta et cracha une partie du liquide qui lui brûlait la gorge.

— Ça suffit ! Tu vas t'étouffer imbécile ! lâcha Caïus en lui arrachant le récipient des mains. Parle maintenant, dis-moi ce que tu sais.

L'homme gisait sur une litière de paille pourrie. Il toussait et son corps squelettique était parcouru de convulsions. Parfois sa tête dodelinait de façon étrange.

— Je n'ai rien à dire à ton roi… Romain. Jamais il ne saura d'où viennent le courage et la force de mes guerriers. Leur secret est là où ni toi ni aucun de tes semblables ne pourrez jamais accéder.

— Où, par Jupiter, parle donc, où ? s'écriait Caïus en empoignant avec dégoût les hardes du reclus.

— M... Maudit, lâcha l'autre. Son crâne retomba et plus aucun mot ne sortit de sa bouche.

Ivre de rage, Caïus jetait sur le Gaulois un regard fou. Annoncer l'échec de son interrogatoire à César était impossible.

Il se pencha tout près de la créature et prit le temps d'articuler : « Demain, à la première lueur de l'aube, le bourreau viendra te voir avec le lacet de cuir. Les minutes de ton agonie te paraîtront interminables. Je te le jure. Ensuite, je mandaterai mes meilleurs espions, je les enverrai parcourir les terres maudites de ton royaume déchu. Je ferai traquer et torturer jusqu'à ce qu'ils parlent tous tes druides, cette immonde engeance pétrie de sciences obscures. Ils seront par centaines crucifiés sur la Via Appia. Dans la fournaise de l'été, je viendrai les contempler, hurlant et se tordant comme des vers. Je consacrerai le temps qu'il faudra à cette tâche ; s'il le faut, un autre prendra ma suite. Peu importe les siècles, nous finirons par trouver. Pour la plus grande gloire de Rome ! Adieu barbare...

Caïus Cimber se fit remonter du cachot et quitta la geôle du Tullianum quand un long hurlement retentit au fond du trou.

Le cri d'un vieux loup condamné.

Le cri de celui qu'on appelait Vercingétorix.

PREMIÈRE PARTIE

# *Le Massacre des innocents*

# 1.

**Cusset (Allier), près de Vichy**
**13 mars 1943**

André Lange ferma la grille du jardin. Il rejoignit la porte de la propriété qu'il louait avec sa famille depuis deux ans.

Dans le crépuscule, il se raidit un instant, comme s'il épiait quelque chose d'anormal. Puis il entra retrouver sa femme dans la cuisine. Il accrocha son manteau qui sentait le tabac et embrassa sa fille : une gamine brune de dix ans. Il déposa un baiser sur la nuque de son épouse qui raclait quelque chose dans l'évier. Une marmite chuchotait sur le feu. Ici, il faisait bon.

— Comment s'est passée ta journée ? fit Jeanne en sortant des assiettes d'un élégant buffet.

Lange dégrafa sa cravate et souffla longuement en plongeant son visage dans ses mains.

— Une réunion importante. Le garde des Sceaux était là. Tu sais l'amitié qu'il me porte.

— Combien de temps le Maréchal tolérera-t-il que cet individu reste à ce poste, c'est si indigne de lui ! siffla Jeanne en s'essuyant sur un tablier.

Elle savait pourtant que de nombreux ennemis entouraient son mari dans les allées du pouvoir vichyste. Un polygone reliant quelques hôtels de luxe où s'abritaient désormais, derrière l'État français, des anciens de la Cagoule[1]. Lange les avait traqués sans relâche au sein des Brigades du Tigre. Avant la guerre, il avait fidèlement servi la République en poussant aussi loin qu'il le put ses enquêtes sur les assassinats de policiers et les trafics d'armes avec les régimes fascistes d'Europe. Mais lorsque la bombe déchiqueta Marx Dormoy, le ministre de l'Intérieur qu'il respectait tant, quand il vit les royalistes se pavaner dans les rues de Vichy et se partager les meilleurs maroquins, quand il apprit qu'on avait sorti de prison des criminels et qu'à Paris, à la solde de la Gestapo, ils officiaient avec des cartes de police allemande, quelque chose s'éteignit dans les prunelles d'André. Le comble survint avec la nomination au poste de garde des Sceaux de cet homme qu'il avait placé en garde à vue ! L'intéressé figurait sur une liste de soutiens à la Cagoule.

Lange se passa une main sur le visage et regarda un instant sa fille qui fixait la table, atone. Son cœur se serra.

Jeanne posa une assiette devant lui. Il grognassa en remplissant son verre de vin.

— Je suis inspecteur général de police ; si le ministre de la Justice voulait ma peau, j'aurais été débarqué depuis longtemps. Dis-moi plutôt ce que tu nous as préparé.

— Un pot-au-feu, avec de vrais gros morceaux de viande, des pommes de terre et des carottes ! Grâce à toi mon chéri. Je n'ose pas imaginer combien nous aurait coûté ce festin en tickets de rationnement.

---

1. Organisation révolutionnaire clandestine qui s'était donnée pour mission de renverser la République par la poudre et les bombes, et rendre au royaume de France son monarque.

Lange sourit : « Le marché noir a du bon, surtout quand le pourvoyeur a une dette envers toi. »

— Tout de même, sans tes relations haut placées, on serait bon pour manger des rutabagas tous les jours. Figure-toi qu'on m'a raconté une scène incroyable qui s'est déroulée ce matin au marché du Catalpa de Vichy.

André Lange prit un couteau et se coupa une tranche de pain. Sa femme poursuivait en mettant le couvert.

— Il y avait là une mère de famille, maigre à faire peur, qui faisait la queue depuis l'aurore avec son bébé et un garçonnet, à peine plus grand qu'Apolline. Au moment de passer devant la bouchère, l'indigente fit remarquer que la pancarte qui annonçait du lapin n'était pas à jour. Cette matrone de commerçante lui répliqua que puisqu'elle n'était pas contente, elle n'avait qu'à partir. Elle a refusé de la servir ! La pauvre s'est mise à pleurer comme une enfant, ses mioches aussi. Elle s'en est allée sans que personne ne lève le petit doigt. Tu te rends compte, tout de même !

Lange tendit la main vers la bouteille et soupira.

— Ma chère, certains pensent que c'est la police française ou les Allemands qui font la loi. Mais ceux qui ont le vrai pouvoir, ce sont les épiciers.

* * *

Après avoir couché la petite, Jeanne rejoignit André au salon ; il rajoutait une bûche dans la cheminée. Seuls le bruissement des flammes et le battement d'une pendule troublaient le silence. Son mari semblait abîmé dans ses pensées.

André n'aimait pas cette maison. Trop grande, trop pleine de souvenirs attachés à des gens qu'il ne connaissait pas. Il s'était dit, quand le ministère lui avait proposé cette demeure, qu'elle appartenait peut-être à un riche entrepreneur juif dont l'usine venait d'être aryanisée. Inquiet, il avait passé la journée à fouiller la cave et le grenier. Il craignait de tomber sur une mezouza ou un chandelier à sept branches. Mais il ne trouva rien. N'empêche, il n'aimait pas cette maison : une vieille chouette insomniaque, impossible à chauffer. Il regrettait leur foyer campagnard près de Royat, dans le Puy-de-Dôme. Le grand jardin éclairé par la lune, le bruit de la pluie piquetant les tuiles en lauze et le givre sur les volets les matins d'hiver.

— J'ai vu la maîtresse d'Apolline, fit Jeanne. Ses notes sont catastrophiques ; elle n'est pas intégrée dans sa classe. Tu trouves normal qu'elle ne soit jamais invitée chez ses camarades ?

André Lange n'aimait pas cette conversation ; mais il fallait crever l'abcès. La situation d'Apolline ne cessait d'empirer, insidieusement. Depuis de longs mois, elle vivait repliée dans son monde.

Jeanne se tordait les mains devant les flammes. André l'observa à la dérobée : elle avait vieilli de dix ans en quelques semaines.

— À l'école, ils sont tous désemparés. La maîtresse dit qu'elle aurait mieux sa place dans un institut spécialisé… avec des enfants… comme…

— Tu veux dire comme elle, un peu toqués ?

Jeanne éclata en sanglots.

— S'il te plaît André ! Oh, qu'est-ce qu'on va faire Seigneur ! On n'a qu'elle.

Il prit son épouse dans ses bras et remonta une des mèches qui barraient son front.

Quelque chose d'acide et de poisseux fourmillait dans sa gorge.

— On va s'en sortir, ne t'inquiète pas.

Il essayait de se convaincre lui-même.

Apolline ne dormait pas. La chambre était plongée dans le noir. En bas, ses parents se disputaient. C'était à propos d'elle, elle le savait. Depuis des mois, des pensées l'obsédaient.

Lorsqu'ils déménagèrent à Cusset, elle fut triste. Sur la route, elle ne cessa de pleurer et de crier. Elle disait qu'ils allaient être bombardés ou que leur voiture sauterait sur une mine.

Une nuit, peu de temps après leur installation, il se produisit quelque chose d'étrange. Nicole était venue lui parler. Elle était là : assise en tailleur sur le coffre à jouets. Une gamine blonde à la silhouette filiforme. Ses paupières ne bougeaient jamais.

C'était la sœur qu'elle n'avait jamais connue. Décédée à l'âge de six ans d'une méningite, sa cadette était sortie d'outre-tombe pour la mettre en garde.

Apolline repoussa les couvertures et se dirigea à tâtons vers le cahier qu'elle dissimulait dans une boîte à chaussures. Dans une enveloppe se trouvait une minuscule touffe de cheveux ; ceux de la défunte. Sa mère les conservait pieusement avec la photo de l'enfant. Apolline avait retrouvé l'image par hasard, au fond d'une malle. Elle l'avait chipée. La relique était disposée à côté d'articles qu'elle découpait dans les journaux. Son père en ramenait souvent du bureau pour allumer le feu. Jeanne les parcourait en cachette. Elle ne lisait que les gros titres. Toujours le même sujet : ce qu'on faisait à ces jeunes filles dans les bois.

Nicole était venue pour ça. Apolline saisissait le message.

Ses parents n'avaient pu sauver sa sœur, ils ne la protègeraient pas davantage.

# 2.

Non loin de Vichy, dans la montagne bourbonnaise, les hommes s'étaient retrouvés devant la gare de Mayet. Ils pestaient contre la pluie et le froid en faisant passer de main en main des cigarettes de trèfle séché. Des moucherons dansaient dans la lumière des lampes à pétrole.

Un gendarme rompit le cercle et fit l'appel. Il y avait là un facteur de Molles, des paysans du bourg voisin et trois jeunes issus des Équipes nationales[1] qu'on reconnaissait à leur uniforme bleu marine.

Suite aux nouvelles réquisitions générales prises par les maires, personne ne sachant vraiment si cette contrainte avait pour origine une directive allemande ou française, des groupes étaient constitués parmi les hommes adultes pour surveiller les voies de chemin de fer. Chacun s'efforçait de repérer d'éventuelles charges explosives laissées par des terroristes. Cette nuit, l'équipe devait remonter la ligne jusqu'à l'aube, soit une vingtaine de kilomètres aller

---

1. Mouvement de jeunes volontaires (12-25 ans) constitué par le régime de Vichy pour participer au secours des populations en temps de guerre (déblaiement, etc.).

et retour entre le Mayet-de-Montagne et la gare de Lavoine. Emprunté par une locomotive à vapeur, le rail partait de Cusset, près de Vichy, et s'enfonçait dans des contrées sauvages, entre Loire et Puy-de-Dôme.

Le gendarme qui portait un revolver distribua deux torches électriques et fit mettre les gars en file indienne.

Ça râlait dur, excepté du côté des jeunes au béret, qui semblaient s'amuser de la balade. En tête du cortège, un paysan fouaillait les fougères sur le bas-côté. Il rouscaillait dans sa moustache en disant que la loco ne transportait que des pommes de terre et des planches de bois et qu'aucun abruti ne gâcherait des explosifs à faire dérailler la 130 T Schneider. Assurément qu'à Vichy on n'accordait aucun intérêt à la sécurité de la ligne du tacot. Pourtant, au lieu de surveiller la gare de Saint-Germain-des-Fossés, nœud ferroviaire stratégique pour tous les trains reliant Lyon à Clermont-Ferrand, on se focalisait sur ce petit chemin de fer qui permettait surtout aux bourgeois de Vichy de partir se ravitailler auprès des fermes de montagne. Les hameaux, disséminés au milieu des champs et des forêts, étaient un pays de cocagne ; un paradis où on tuait le cochon, récoltait les œufs et faisait couler le lait en généreuse quantité. Une manne en ces temps de restriction où la faim tordait le ventre à tout le monde. On racontait dans les troquets de la cité thermale que des ambassadeurs missionnaient même leurs commis pour des courses spéciales. Le week-end : la gare de Cusset bruissait d'une foule d'urbains en quête de victuailles.

La procession des nuiteux avançait nonchalamment ; certains comptaient les traverses de bois pour ne pas s'endormir. Le gendarme fermait la marche et affichait un air morose.

En quittant le Mayet ils empruntèrent un plateau légèrement vallonné puis longèrent le lac des Moines. Ses eaux brasillaient sous la lune. Personne ne parlait. Tous n'aspiraient qu'à rejoindre leur foyer.

Quand ils arrivèrent à la station de Ferrières-sur-Sichon, ils firent une pause dans le noir pour en griller une avant d'attaquer la montée vers le rocher Saint-Vincent et le col du Beau Louis.

Au fil des heures, le froid devenait plus mordant. Il s'insinuait sous les épaisseurs de laine et faisait claquer des dents. Les hommes gravissaient la ligne de chemin de fer qui pointait vers le sommet de la colline. Le panorama embrassait les Bois Noirs et les monts de la Madeleine. On scrutait les fourrés et on tâchait de ne pas se tordre les chevilles. Dans la forêt sombre qui encerclait le grand caillou, on entendit des chiens aboyer avec une intensité anormale. Ceux qui ouvraient la marche échangèrent un regard circonspect et ralentirent l'allure. Ils préféraient ne pas se savoir trop éloignés du gendarme et de son arme.

Au fond de la vallée, ils aperçurent des torches qui couraient dans plusieurs directions. Des gens s'interpellaient, mais les sons leur parvenaient étouffés. La lune s'était cachée derrière des nuages. Le silence des bois était oppressant. Ceux qui avaient des bâtons les serraient fermement et tous fouillaient les ténèbres.

Ils s'approchaient du sommet quand les marcheurs de tête sentirent un mouvement agiter les fourrés. Ils levèrent les bras en l'air et tous se dirigèrent vers le côté opposé pour se dissimuler à moitié et tendre l'oreille. Le gendarme avait saisi son revolver et s'avançait prudemment vers les hommes de tête.

Soudain, jaillissant d'un buisson, une silhouette canine se campa au milieu de la voie. L'animal, de bonne taille, grondait méchamment. Ses yeux brillaient d'un vert étrange. Le paysan à la moustache se rappela les anecdotes sur ces cadors revenus à l'état sauvage. Ils maraudaient dans les collines autour de Vichy et s'attaquaient aux promeneurs inconscients. L'armistice avait contraint les particuliers à remettre leurs fusils à la prévôté : ce fut la fin de la chasse. Les molosses regagnèrent du terrain.

L'adjudant, en tête de file, regardait le cerbère impavide. Un pan de nuage glissa et des rayons de lune étincelants tombèrent sur la voie. L'animal tenait une forme blanchâtre dans sa gueule ; ça gouttait de sang. Le chien fit un mouvement hostile et le gendarme, pris de peur, tira un coup en l'air. La détonation s'éleva dans la nuit puis plongea dans la vallée où elle roula un long moment. La bête, effrayée par ce bruit de tonnerre, baissa les oreilles et fit un bond prodigieux sur le côté. Les hommes entendirent des jappements et une course furtive dans les ténèbres. Ensuite, le silence retomba.

Déconcertés par cette rencontre, les guetteurs s'étaient réunis et mettaient leurs lampes en commun pour éclairer l'endroit où se trouvait le molosse, un instant plus tôt. Une éclaboussure se détachait d'une pierre. En s'aidant de la lumière, ils distinguèrent une traînée visqueuse qui glissait dans les fougères en direction de la forêt. Pour ces chasseurs, la texture et l'odeur ne laissaient aucun doute : du sang. Et en trop grande quantité pour que ce soit celui d'une musaraigne ou d'un lapin…

Envahis par un mauvais pressentiment, les marcheurs décidèrent de s'enfoncer un peu plus dans les bois. Après quelques mètres, un cri se fit entendre. C'était un jeune des Équipes nationales. Il tenait son béret dans une main et regardait vers le sol. Les autres le rejoignirent et on éclaira ce qu'il y avait par terre.

Les yeux du gendarme se figèrent d'horreur.

— Nom de Dieu !

Quelqu'un sanglota et un autre s'exclama de colère.

Sur un tas de mousse, un morceau de chair écarlate luisait.

Le pied d'un enfant.

* * *

Depuis l'éperon rocheux, il voyait les bois profonds et les panaches de fumée grise qui s'échappaient du toit des fermes. Il se disait qu'il y avait bien longtemps, d'autres hommes se trouvèrent là. Ils étaient venus de loin, fuyant les persécutions. Dans les clairières et les méandres des tunnels qui serpentaient sous ce paysage, ils avaient psalmodié des chants dans des langues obscures. Au sommet des collines avoisinantes, ils avaient dressé des pierres vers les étoiles.

Le froid descendait vite. Ce maudit froid, pareil à un cauchemar, qui l'accompagnait dès que pointait la nuit.

Il resserra sur lui les pans de sa houppelande tachée de sang.

# 3.

L'inspecteur général André Lange avait commencé sa journée de travail, comme presque toutes les autres, par un succédané de café brûlant à base de graines de soja grillées. À Vichy, le troquet de la place de la Victoire servait ce gorgeon infect au bout d'un comptoir où trônait un poêle au charbon. Tous les matins il y blottissait sa grosse carcasse et s'efforçait d'emmagasiner un maximum de chaleur avant d'affronter les allées glacées de l'hôtel des Célestins, siège du ministère de l'Intérieur. Du fait des restrictions de charbon, la plupart des palaces de Vichy n'étaient pas chauffés. Les agents travaillaient à leur bureau sans quitter leur manteau. Certaines réunions de direction évoquaient de façon grotesque une cordée d'alpinistes coincés dans un refuge durant une tempête de neige.

André Lange tirait toujours profit de son passage au bistrot. Cette oasis de tiédeur attirait de nombreux fonctionnaires. Il n'était pas rare, en tendant l'oreille, de recueillir les propos d'inspecteurs des Renseignements généraux dont l'officine occupait un étage du ministère. Lange avait besoin de savoir ce qui se tramait en coulisse. À Vichy, c'était une question de survie. Il n'avait pas hésité, récemment, à demander à un de ses fidèles assistants, l'inspecteur Jalicot, de suivre discrètement la cérémonie d'introduction de la Milice.

Ce jour-là, Joseph Darnand – bouillant inspecteur général du Service d'ordre légionnaire[1] – avait fustigé les forces « occultes et mauvaises » à l'œuvre dans le pays. Il avait martelé le besoin d'instaurer un régime autoritaire, national et socialiste. Comme le redoutaient André et plusieurs de ses collègues, la Milice avait vu le jour. Cette garde de fer au service de la Révolution nationale allait bientôt traquer tous les ennemis intérieurs ; ceux que le Maréchal nommait « l'Anti-France ».

Aujourd'hui, presque tous les policiers vivaient dans une paranoïa permanente. Personne ne faisait confiance à personne. En ces temps troublés où les agents à la solde des Allemands étaient partout, où toutes les communications téléphoniques étaient sur écoute, une simple lettre anonyme pouvait déclencher une série d'investigations à l'issue imprévisible.

André quitta à regret le café pour rejoindre son bureau aux Célestins. Il traversa le hall où une grande affiche, sur fond tricolore, montrait un gardien de la paix au garde-à-vous avec ces mots : Police nationale – Révolution nationale.

Au troisième étage, une chambre d'hôtel abritait son bureau. On avait abattu une cloison et dissimulé le bidet derrière un paravent. Les murs étaient ornés d'un portrait du Maréchal et d'une carte de l'agglomération vichyssoise. Lange avait fait installer une planchette en bois sur un évier : un rayon pour ses dossiers.

Son travail consistait à superviser la mise en place de

---

1. Le SOL était chargé de la discipline au sein de la Légion française des combattants, organisation politique et idéologique composée de volontaires et d'anciens combattants des deux guerres.

l'étatisation de la police. Une tâche purement administrative. Malgré l'ennui qu'il ressentait pour ses attributions, Lange savait la chance qu'il avait eue d'échapper à l'épuration. Car les élus du pouvoir maréchaliste n'avaient pas caché leur joie de voir s'abîmer une république honnie, jugée responsable de la défaite. Quant à sa police judiciaire, dreyfusarde et fidèle à Clemenceau, n'était-elle pas viscéralement gâtée par le socialisme et le syndicalisme, ces idéologies néfastes qui firent tant de mal au pays ? Depuis l'avènement de l'État français, Lange avait croisé plusieurs hauts fonctionnaires de l'Intérieur qui s'étaient promis d'arracher à la vieille police républicaine ses oripeaux maçonniques enjuivés.

L'ancien patron de la PJ se considérait donc comme un survivant. Aussi mortifère que soi son affectation, il avait su manœuvrer et obtenir les égards du directeur général de la Police nationale. Raphaël Maucourt l'avait nommé inspecteur général. Dans une prison dorée.

Pensif, Lange parcourait les titres de journaux locaux apportés par sa secrétaire : La Montagne et L'Avenir du plateau central. Il n'était pas rare, au fil des pages, de tomber sur de grands carrés blancs, œuvre de la censure opérée par le secrétariat d'État à l'Information. Sur celui du jour, un feuillet miraculeusement épargné faisait état d'un fait divers macabre. Le vieux mobilard[1] lu attentivement.

Il mentionnait plusieurs attaques menées par un animal sauvage contre de jeunes enfants. Depuis des mois, une bête terrifiait les hameaux de la montagne bourbonnaise. À quelques kilomètres à peine de Vichy.

On frappa énergiquement à la porte de son bureau.

— Entrez, fit Lange en levant la tête.

1. Surnom donné aux policiers des brigades mobiles, nom officiel des Brigades du Tigre.

Un petit homme, cheveux gominés et costume sombre, fit un pas dans la pièce.

— Monsieur Lange, veuillez me suivre. Vous êtes attendu pour un entretien.

— Qui me demande ? Vous ne vous présentez jamais ?

L'homme tiqua.

— Driffort Basquier. Je suis le secrétaire particulier de monsieur le directeur général de la Police.

Lange resta interdit une seconde, puis se leva et prit la suite de l'attaché. Dans le couloir étroit qui menait à la cage d'ascenseur, il croisa l'inspecteur Jalicot avec son visage rougeaud. Celui-ci haussa discrètement les épaules quand Lange l'interrogea du coin de l'œil ; il n'était pas au courant de ce qui se tramait.

Le bureau de Raphaël Maucourt était beaucoup plus grand que celui de Lange. Un portrait du Maréchal recevait tous les visiteurs avec un air dont on ne savait s'il était bienveillant ou soupçonneux, peut être l'un et l'autre, l'intensité du regard pouvant changer avec les reflets de la lumière à différents moments de la journée.

Un peu impressionné, il tendit timidement une main à la poignée nerveuse de l'homme grand et maigre qui contournait son bureau pour l'accueillir. Il portait un nœud papillon sur une chemise d'un blanc immaculé.

— Monsieur l'inspecteur général, je suis ravi de vous revoir. Mais je vous en prie, asseyez-vous donc.

Il régnait une tiédeur touffue. Des volutes de cibiches saturaient l'atmosphère.

Maucourt possédait un physique particulier : bras osseux, doigts de pianiste, des yeux profondément enfoncés dans leur orbite. Son crâne était haut ; peut-être le signe d'une intelligence, supposa Lange en pensant aux théories de Lombroso.

De son côté, le directeur général dévisageait André.

Comme s'il cherchait à sonder le niveau de confiance qu'il pouvait lui accorder. Il tendit une main vers un paquet de cigarettes. Des vraies.

— Vous fumez, monsieur Lange ? Ce sont des Gauloises Caporal, mon péché mignon. Il émit un petit rire chafouin.

Le grand chef sortit d'un tiroir une chemise en carton. Écrits sur la couverture à la plume d'oie, André Lange vit son nom et son matricule.

Assis sur son bureau, le DGPN enfila une paire de lunettes et relut un feuillet du dossier avec application : un instituteur traquant les fautes d'une dernière dictée.

— Ancien gendarme, hum… vous optez finalement pour la police. Vous êtes commissaire en 1922 et vous rejoignez les rangs de la police judiciaire au sein de la Sûreté générale. Vous êtes affecté à la 6e Brigade mobile de Clermont-Ferrand. Vous travaillez sur le réseau des Enfants d'Auvergne[1] dans le cadre de l'attentat du quartier Étoile à Paris. L'enquête est un succès, tout le réseau est neutralisé. Le ministre de l'Intérieur vous gratifie d'une lettre autographe et vous nomme au grade de commissaire divisionnaire. Je vois que Blum vous avait proposé une promotion au grade d'officier de la Légion d'honneur… pourquoi la procédure s'est-elle arrêtée ?

Raphaël Maucourt levait sur Lange ses grands yeux pâles.

— Le gouvernement de Léon Blum est tombé en juin 1937, et puis… la guerre, monsieur le directeur.

L'administrateur replongea dans le dossier. Après quelques instants, il s'écria : « Vous avez fait arrêter monsieur Joseph Darnand ? Vous ne manquiez pas de culot ! »

— Il a été condamné par la justice.

Lange se sentait de plus en plus sur la sellette. Le directeur

---

1. Branche auvergnate de la Cagoule.

remontait le fil de sa vie administrative dans un silence pesant, à peine troublé par le friselis du papier.

Enfin, Maucourt releva la tête et s'adressa au policier comme s'il prononçait une sentence capitale.

— Je connais votre situation, pour le moins délicate. Vos fidélités passées font tache avec la Révolution nationale. Pourtant, il y a la continuité des corps constitués, c'est une chose importante. Le Maréchal n'oublie pas qu'il existe, en ces temps difficiles, des hommes dont les compétences sont utiles. Et vous faites partie de ce lot, monsieur l'Inspecteur général. D'ailleurs, si je vous ai nommé à ce grade, c'est parce que je vous devinais, dans les allées de cet immeuble, de solides inimitiés. En restant simple contrôleur, elles vous auraient causé bien du tort. Je vous ai préservé : vous avez une dette envers moi.

Lange sentit une mauvaise sueur couler le long de son dos. Nous y voilà ! pensa-t-il.

— Avant la guerre, vous étiez un policier d'élite, mais employé par un régime dévoyé. Il y a là une affaire, justement, qui requiert les qualités de discrétion et d'efficacité que je suis prêt à vous reconnaître à mon tour, ajouta Maucourt en croisant ses mains sur son ventre. J'ai besoin d'une personne prête à s'investir sur un dossier dont le règlement ne pourra que valoriser l'image de la police française. Et vous savez que les Allemands n'attendent qu'un prétexte pour nous retirer la marge de manœuvre si ténue que monsieur Bousquet est parvenu à arracher au Brigadeführer Oberg. Si nous ne prouvons pas notre efficience en rétablissant nous-mêmes l'ordre, les Allemands le feront à leur manière, avec toutes les conséquences que vous imaginez pour nos compatriotes.

— Je suis au service de mon pays, monsieur le directeur, s'entendit prononcer Lange en trouvant que cette expression obséquieuse ne lui ressemblait pas.

— Parfait monsieur l'Inspecteur général, je n'en attendais pas moins de vous !

Joignant le geste à la parole, Maucourt referma le dossier du policier d'un geste sec. Puis il s'empara d'une autre chemise remplie de photos en noir et blanc.

Il les parcouru rapidement d'un air désolé.

— Depuis quelques semaines, dans la montagne bourbonnaise, une créature s'attaque sans discrimination à du bétail et à des jeunes filles. Pour le moment, on déplore trois petits cadavres. À chaque fois le même spectacle révoltant : des corps taillés en pièces, des membres arrachés. L'horreur. Une de plus dans la grande épouvante de la guerre.

Lange réprima une grimace en parcourant les photos que lui tendit Maucourt.

— A-t-on quelques éléments ?

— Les gendarmes ont fait des auditions, arpenté la campagne. Mais ils ont sans doute négligé bien des pistes. Ils ont déjà tellement à faire avec le marché noir, les terroristes. Cette affaire prête le flanc à toutes sortes de rumeurs, la plus fameuse évoque un sanglier énorme !

En effet, Lange détaillait des morsures sur certaines jambes. D'autres clichés montraient des visages figés dans une terreur indicible. Une seconde, André pensa à sa fille Apolline. Il ferma les yeux.

— La presse évoque peu ces agressions.

— Oui, la censure a bien fait son travail. Mais il est difficile de continuer à taire les horreurs qui traumatisent tous les bourgs du canton.

— Pourquoi ne pas faire des battues ?

— Les armes attribuées aux gendarmes le sont au compte-goutte : les clauses de l'armistice sont draconiennes. Quant à la Milice, elle réclame en vain des mitraillettes pour ses hommes. Alors des fusils pour de simples chasseurs, ce n'est pas demain la veille !

— Mais pourquoi me confier cette enquête ? Il ne doit pas manquer de commissaires très compétents pour s'adjoindre les conseils d'un garde forestier et organiser une chasse dans les règles de l'art ?

Maucourt se gratta le menton puis se leva prestement.

— Cette hécatombe est remontée jusqu'aux oreilles du Maréchal. Nous devons y mettre un terme ! L'ordre doit régner. Et puis, il y a autre chose.

Lange fronça les sourcils en voyant le directeur s'approcher de lui avec une mine de comploteur.

— Ce n'est pas une chasse à courre à laquelle nous sommes confrontés ; c'est une affaire beaucoup plus politique. Le STO[1] est gourmand en hommes. S'il apparaît qu'aux portes de Vichy même, capitale, des enfants sont massacrés et que l'État est impuissant, combien de pères de famille partiront travailler pour le Reich en abandonnant leurs proches ?

Lange ne bronchait pas. Il attendait la suite.

— Si vous répondez favorablement à ma requête, je vous fais nommer directeur des services de la Police de sûreté. Vous aurez toute latitude pour stopper ces attaques et ramener la paix dans les campagnes.

Que t'a-t-on promis à toi, pour que tu te montres si généreux ? se demanda Lange.

— J'accepte cette mission.

— Parfait. À compter de cet instant vous êtes affecté à la Sûreté ; votre arrêté de nomination sera signé dès la fin de semaine.

---

1. Loi promulguée le 16 février 1943 portant création d'un Service du travail obligatoire (STO). Les français nés entre le 1er janvier 1912 et le 31 décembre 1921 sont susceptibles de partir travailler en Allemagne pour une durée de deux ans.

André allait refermer la porte du bureau quand il entendit la voix aiguë du DGPN.

— Ah j'oubliais, Lange, un directeur d'enquête a été désigné pour l'aspect judiciaire du dossier. Il s'agit du procureur Armand Floch ; un homme de bien qui a toute la confiance du garde des Sceaux. Compte tenu de votre passé, je me devais de vous mettre en tandem avec un fidèle serviteur du Maréchal. Ça fera taire ceux qui pourraient douter de votre loyauté.

Lange ne sut quoi dire et s'éloigna.

Durant l'après-midi, André annonça la primeur à l'inspecteur Jalicot.

Il posa une main sur son épaule et, s'assurant que personne ne pouvait les entendre, lui dit : « Je vais vous demander un dernier coup de main, avec votre discrétion coutumière. Regardez si vous avez un collègue aux RG qui pourrait nous tuyauter sur ce juge Floch. J'aimerais voir à quelle sauce il va me manger. »

En début de soirée, le téléphone d'André sonna. C'était Jeanne.

— Quelles sont les nouvelles ?

— Je viens d'avoir une grosse promotion ma chérie, je suis le nouveau directeur de la Sûreté !

— Moi, je m'inquiétais de savoir si tu avais trouvé un établissement capable d'accueillir Apolline. C'est la seule chose qui me préoccupe ; ça devrait être ton cas également !

Lange heurta son front du plat de la main.

— J'ai complètement oublié d'appeler ! Une affaire importante m'est tombée dessus.

— Qu'est-ce qui peut compter plus que ta fille ? fit la voix grinçante de l'épouse.

— Écoute, je...

À l'autre bout du fil, on avait brutalement raccroché.

# 4.

À Vichy, face au grand parc, le 46 du boulevard des États-Unis accueillait l'hôtel Bellevue. C'était le siège de la Sûreté nationale. André Lange se fit déposer à quelques centaines de mètres et profita du temps, frais et sec, pour s'offrir une flânerie au milieu des allées. On devinait tout près les eaux grises de l'Allier. En traversant la rue, entre deux calèches et un duo de vélos taxis dont les cyclistes portaient uniforme et casquette, il aperçut au loin le pavillon Sévigné, flanqué de son élégant jardin à la française. C'était le cabinet de travail et la résidence d'été de Philippe Pétain. Avant l'invasion de la zone sud, les diplomates de la cité thermale connaissaient bien ses salons : les agapes y étaient fameuses. Aujourd'hui, les piquets d'honneur de la garde du Maréchal restaient un objet de curiosité pour les badauds.

À l'accueil de la Sûreté, un gardien de la paix conduisit Lange vers le bureau de son prédécesseur : un petit homme au cheveu rare et gras. L'ancien maître des lieux ne lui cacha pas toute l'acrimonie qu'il ressentait suite à son éviction. Après une visite du service au pas de charge, il lui remit les clefs des lieux et s'éclipsa en marmonnant. André Lange se retrouva soudainement bien seul, devant son parapheur et ses armoires vides. Il convoqua pour l'après-midi le responsable de la police de sûreté de l'agglomération vichyssoise et ses principaux adjoints. Rapidement, le nouveau directeur réalisa que la police judiciaire qu'il avait connue avant-guerre n'avait plus grand-chose à voir avec la créature dont il venait de prendre les commandes.

La PJ, placée sous la tutelle de la Sûreté, était désormais inféodée aux préfets. Clemenceau avait toujours voulu l'éviter en ne confiant la direction de ses fameuses brigades qu'aux procureurs de la République et nullement au pouvoir politique.

Les nouvelles priorités du régime consistaient moins à traquer les criminels qu'à chasser tous les ennemis de l'anti-France : des francs-maçons aux communistes via toute une série de services spéciaux. Au sein de la Sûreté, Lange allait avoir de nombreux interlocuteurs : le chef du SRMAN, le Service de répression des menées antinationales, le responsable de la SAP (Section des affaires politiques) et même le superviseur de la Police aux questions juives, baptisée récemment Section d'enquête et de contrôle (SEC).

Vers la fin de l'après-midi, on servit les cafés en salle de réunion, une ancienne suite de l'hôtel qui avait conservé le cachet de son décorum Nouvel Empire. Un commissaire de la SAP, après une longue diatribe contre le bolchevisme, avoua qu'il ne croyait qu'en l'Allemagne pour stopper la marche inexorable des staliniens sur l'Europe chrétienne. Il conseilla à son nouveau directeur de rencontrer sans tarder une personnalité incontournable de Vichy : le capitaine Arno Geitel, chef de la délégation de la police allemande. On disait l'homme brillant, sybarite et cruel. Son royaume s'étendait des caves humides du SIPO-SD[1] aux restaurants à la mode de la ville.

---

1. Ce service de sécurité nazi possédait plusieurs divisions dont la 4e, la plus connue : la Gestapo.

Un attaché administratif, en charge des dossiers juridiques, présenta à Lange les principales lignes des accords Bousquet-Oberg du mois d'août 1942. Selon les termes de cette convention, il fallait concilier l'impératif de sécurité qu'exigeaient les forces d'occupation et la latitude que réclamait la police française pour maintenir l'ordre sur le territoire. Déjà transmis aux préfets l'année dernière, ce pacte allait être précisé dans une note que le gouvernement annonçait pour le mois de mai prochain.

L'attaché ajusta ses lunettes sur son front glabre et dit avec fierté qu'il avait pu se procurer l'avant-texte. Il reprit une tasse de café.

— Concernant la question des juifs, monsieur le directeur, la police fera respecter les lois de l'État français. Les chiffres enregistrés par l'opération Vent Printanier[1] ont convaincu le général Oberg de l'efficacité de notre administration. Les déplacements des unités de police doivent impérativement être signalés à l'occupant. Pour les sujets d'ordre intérieur, des négociations ont lieu au cas par cas entre le Kommandeur Geitel et l'intendant de police de la région. Pour les enquêtes judiciaires, la Sûreté reste autonome avec les crimes et délits « non politiques ». Bien sûr, en cas d'affaires terroristes... il n'est guère possible d'éviter le SIPO-SD. Les instructions de monsieur Bousquet seront très claires : le Kommandeur pourra seul réclamer les individus appréhendés par la police française.

— Et avec la Milice ? Lâcha innocemment Lange, où en est-on ?

1. Nom de code de la rafle du Vel'd'Hiv (nuit du 16 au 17 juillet 1942). En région parisienne, la police française arrête près de 13 000 juifs apatrides – dont plus de 4000 enfants – qui seront acheminés à Drancy, puis en train vers des camps d'extermination.

— Si j'en crois les rapports des RG, la Milice s'occupe des bals clandestins et du contrôle des suspects. Elle n'est pas armée, son influence sur la police reste négligeable.

— Vous pensez que ça va continuer ?

— Monsieur Bousquet n'est pas un admirateur de Darnand. Tant qu'il sera à nos côtés, tout ira bien.

Il était tard lorsqu'André Lange quitta l'hôtel Bellevue. Assis à l'arrière de sa voiture, profitant du chauffeur, il fixait les rues noires et vides. En raison de la peur des bombardements – il était fréquent que des avions traversent le ciel bourbonnais –les habitants avaient pour consigne, la nuit venue, d'éclairer au minimum leur demeure. On mettait des serviettes sur les lampes, les bougies s'éloignaient des fenêtres. La ville devenait un théâtre d'ombres chinoises.

Lange pensait à sa mission : arrêter au plus vite les tueries d'enfants. Elles lui rappelaient les sinistres heures de la bête du Gévaudan. Il allait lui falloir de bons flics, les meilleurs. Des hommes qui ne seraient pas déjà gâtés par le nouveau régime et ses obsessions judéo-maçonniques.

Où allait-il dénicher ces perles rares ?

Il avait sa petite idée.

# 5.

La flamme du cierge vacilla quand l'homme pénétra dans l'église. Des ombres glissèrent sur le Christ accroché au-dessus de l'autel. Elles donnèrent vie au corps, qui fit mine de se tordre sur la croix. Le paysan se tenait à l'entrée. Le froid, porté par le vent du crépuscule, agitait sa veste de velours et ses cheveux gris. Derrière lui, la prairie était envahie de ténèbres. On sentait au loin la rumeur d'un cheptel.

L'homme ferma doucement la porte du sanctuaire et s'avança à l'intérieur.

Dressée près du Bois Dieu, à quelques kilomètres de Vichy, la chapelle Sainte-Madeleine restait ouverte tout le temps. Pourtant, aucun office n'y était plus donné depuis le début de la guerre. Un endroit tranquille et discret. Le visiteur fit un pas vers l'autel. Ses souliers crissèrent dans le chœur. Il s'approcha et tourna autour du bloc, cherchant l'anfractuosité : une petite crevasse sous une scène gravée dans la pierre. Dessous se trouvait inscrite une phrase en grec et la lettre tau pour le « T » – symbole du Christ en croix – était évidée. Fernand se pencha devant le trou, juste l'espace qu'il fallait pour y glisser une feuille de papier soigneusement pliée. La « boîte aux lettres » appartenait à son officier traitant, un Allemand. Il se rendait ici, une fois par semaine, pour donner ou prendre un message. La règle était simple : ne jamais croiser son mandataire. Le carré de roche était son seul intermédiaire.

Fernand transpira. Il ne se sentait pas très fier, mais il avait besoin d'argent, terriblement. Il allait introduire un billet dans l'anfractuosité quand il flaira un courant d'air. Un frisson parcourut son échine. La porte de la chapelle était entrouverte. Une silhouette massive se dressait dans la nef.

— Fernand, c'est toi ? Fils de garce, qu'est-ce que tu fous ici ! tonna celui qui venait d'entrer.

C'était Antoine, un bûcheron employé à la même scierie que lui.

L'autre se releva, le visage empourpré. Il s'avança mauvais.

— Laisse-moi tranquille le Toine, je récite la prière.

— Tu me prends pour un imbécile, accroupi comme tu es derrière l'autel ? On dirait que tu vas poser ta merde !

Fernand s'était à peine approché qu'Antoine poussa un cri : l'éclair d'une lame avait jailli. La morsure du fer lui brûlait la peau.

Antoine émit un borborygme et enserra la main qui venait de le frapper ; il donna un coup de genou dans le ventre de son agresseur. Fernand glapit et recula en grimaçant de souffrance. Antoine retira le surin, du sang noir sourdait de la plaie. Les deux corps s'agrippèrent et tombèrent ensemble. Le combat fut long et féroce. Ils tapaient et ahanaient, bougeant comme des bêtes sauvages. Les deux bûcherons encaissèrent plusieurs horions sans sourciller, mais Antoine sentait ses forces qui déclinaient. Coincé entre Fernand et l'autel il s'écarta au moment où son adversaire fonçait sur lui et bondit au sol. Fernand trébucha sur un pied du Toine et heurta le reposoir pendant que l'autre s'emparait de la fourche qui tenait le cierge. Il brandit la tige comme une lance et frappa Fernand qui se relevait. Le forestier cria en chutant. Comme en transe Antoine se jeta sur lui, ramassa le couteau et lui planta dans la gorge. Fernand, telle une truite, se tortilla sur les dalles. Cette agonie saisit le second d'horreur.

L'instant d'après, tout était fini. Antoine restait pétrifié, sidéré par ce qu'il venait de faire. Réprimant un dégoût, il fit les poches de son ancien équipier et trouva une feuille de papier couverte de signes bizarres. Il l'enfourna dans son blouson et partit inspecter l'autel. Il ne remarqua rien de particulier ; l'angoisse lui serrait le ventre et l'empêchait de se concentrer.

Il ramassa le cierge, le raviva avec une allumette, l'approcha d'une longue étoffe encadrant le crucifix et regarda la langue de feu s'élever vers le plafond. Les poutres du toit s'embrasèrent et bientôt toute la chapelle fut en feu.

La blessure d'Antoine le faisait grimacer. Les flammes éclairaient le pré devant lui ; il courut et dévala la colline. Il vit la sente qui luisait sous la lune ; il s'engouffra dans les fourrés et rejoignit le Sichon[1]. Les eaux étaient pleines d'ombres. Il longea la riviérette, s'arrêta un moment, tendit l'oreille et jura n'entendre que son cœur qui cognait dans sa poitrine comme un marteau. Il fit un large cercle pour contourner le hameau des Chabannes par le sud-est puis s'enfonça dans le bois des Chervais. Il foula bientôt un champ gras au milieu de vaches assoupies. Enfin il vit, au lieu-dit Mont-Péroux, la ferme qui l'avait vu naître. Il fila droit chez lui.

La femme était debout près de la cheminée. Ses deux garçons ne dormaient pas non plus.

---

1. Cours d'eau.

Antoine referma la porte précipitamment.

Il prit une chaise et tendit la main vers un gobelet qu'il remplit de vin ; il but d'un trait. Il fit un deuxième cul sec.

Devant sa femme qui le fixait, avec sur le visage toute l'anxiété du monde, Antoine essuya sa bouche avec sa manche et sourit un peu. Une tache de sang marquait le bas de sa chemise.

— Je lui ai réglé son compte à ce collabo. N'ayez crainte, il ne nous arrivera rien.

Personne ne répondit.

# 6.

Le rideau de la villa, à demi tiré, laissait entrer la lumière qui venait polir le bout du lit. Dehors, les extrémités du boulevard des États-Unis étaient fermées par des fils de fer barbelés et des chevaux de frise : ne passaient que les véhicules allemands. Rien ne troublait le chant des oiseaux.

Arno Geitel, le chef de la Gestapo, s'étira dans sa couchette. Il repoussa doucement les draps en soie pour ne pas réveiller la jeune femme qui dormait à ses côtés. Il mit un moment à se rappeler son prénom. C'était une de ces aventurières comme Vichy en attirait tant depuis la guerre : une Hongroise rencontrée lors d'une partie de chasse organisée par un membre influent de la Légion française des combattants. Abondante cochonnaille, vins capiteux et concert de bonne tenue avaient pimenté la soirée ; une noce dans un château du Bourbonnais où l'Allemand se divertit dans le regard turquoise de sa voisine de table.

L'Hauptsturmführer retira l'étoffe du corps assoupi. Il enserra une cheville et remonta délicatement le long de la jambe, appréciant le velouté de la peau. Il cajola longuement la paire de fesses et plongea les doigts jusqu'au sexe doux et humide. Il s'appliqua dans ses caresses. De légers halètements s'échappaient de la bouche entrebâillée de l'Hongroise. Il s'approcha un peu plus et s'enfila en elle ; il avait le sentiment de baiser une statue grecque. Il grogna et proféra quelque chose de guttural au moment où elle ouvrait les yeux.

* * *

Arno Geitel mit un morceau de sucre dans son bol de café et touilla machinalement avec sa cuillère. Il avait donné des instructions pour que la fille soit raccompagnée où elle voulait hors de Vichy. En face de lui, un adjudant-chef de la 4e division pour la délégation vichyssoise de l'Office central de la sécurité du Reich, en charge des questions politiques et du contre-espionnage, parcourait quelques notes posées sur la nappe blanche, à côté d'une tartine recouverte de marmelade.

— Hum…, fit le sous-officier, Laval doit rencontrer le Führer à Berchtesgaden le 29 avril prochain. La police semble décidée à arrêter les criminels qui s'attaquent aux enfants dans les montagnes. Un nouveau directeur de la Sûreté a été nommé, un certain Lange. On n'a rien sur lui.

— J'ai mon avis sur ces crapuleries de paysans, dit Geitel en tendant la main vers une brioche. Les petites communautés clandestines qui se forment dans les forêts, entre Vichy et Roanne, ont besoin de se ravitailler. Ce n'est pas si facile de s'improviser homme des bois, beaucoup en font l'amère expérience. Ils descendent dans les villages quémander de la nourriture, en chaparder si besoin. Quand ça se passe mal, ils liquident les gêneurs, enfants compris. C'est aussi sordide que ça mon cher Ernst. Vous verrez que l'avenir me donnera raison.

— Sans doute Hauptsturmführer. Sinon, il est survenu un incident près de Molles la nuit dernière.

— Quoi donc ?

— Notre boîte aux lettres est compromise.

— La chapelle ?

— Réduite en cendres, pour une bonne part.

— Quoi d'autre ? pesta Geitel.

— La source a été supprimée.

— Un coup des partisans ?

— Difficile à dire, les gendarmes enquêtent. Le corps a été retrouvé carbonisé. Il s'agit peut-être d'un règlement de comptes. Les églises ne brûlent pas comme ça, surtout les nuits sans orage. La dépouille est encore sur place. Le légiste de Vichy est souffrant, ils en font venir un de Moulins.

Geitel fronça les sourcils. Perdre un informateur, ça faisait partie des choses qui pouvaient arriver. Mais il avait mis longtemps à dénicher celui-là : ce Fernand Galous. Il savait que le bûcheron était proche d'un groupe de partisans prêts à en découdre ; peut-être déjà en liaison avec les Anglais. S'ils venaient à disposer de pistolets ou de fusils, leur bonne connaissance de la montagne bourbonnaise en ferait de dangereux maquisards. Le capitaine SS comptait sur Galous pour mettre la main sur le chef des clandestins et disloquer d'un coup toute la cellule. Cet imbécile étant mort, un plan de secours s'imposait.

— Ernst, prenez avec vous deux hommes du Sonderkommando, pas d'uniforme, mais arme de poing pour tout le monde. Placez aussi un pistolet-mitrailleur dans le coffre. Nous allons nous rendre à la chapelle, faire un tour dans les environs.

Un quart d'heure plus tard, vêtu en élégant propriétaire foncier, Geitel traversa le boulevard et huma à pleines narines une brise parfumée qui venait du grand parc. Fragrances de pin, un zeste d'iode amer charrié par l'Allier et les senteurs de la terre se ranimant au sortir de l'hiver.

Il frappa de ses deux mains gantées.

— Quelle magnifique journée Ernst, rien n'est plus agréable qu'une partie de campagne pour se rafraîchir les idées.

L'adjudant-chef ouvrit la portière d'une traction avant Citroën qui stationnait près d'un blockhaus et s'écarta pour laisser entrer le Kommandeur.

— Et le suspect dont vous m'avez parlé, s'il ne dit rien, que ferons-nous ?

Geitel soupira en s'asseyant et sortit un carnet de sa poche.

— Antoine Tachon : marié, deux petits garçons. Ne vous inquiétez pas. Il jactera.

# 7.

Les décombres de la chapelle étaient encore chauds. Geitel avait demandé qu'on aille, dans l'après-midi, se procurer le rapport sur l'incendie auprès des gendarmes du Mayet-de-Montagne.

L'Allemand marchait au milieu des gravats et des tas de cendres piquetés d'escarbilles. Il s'approcha de l'autel, noir de suie, transformé en crédence païenne.

L'officier SS se baissa, ramassa un morceau de bois tombé de la charpente éventrée et gratta contre la paroi arrière du reposoir. Il inspecta la fente dissimulée dans la lettre grecque, ôta un gant, mit un doigt dedans puis le retira en fronçant les sourcils. Aucun message. Il contempla le cadavre carbonisé et le retourna avec sa botte. La silhouette racornie exhalait une odeur prégnante de cochon grillé. Dans la combustion, le pull s'était horriblement aggloméré à la peau et le pantalon avait entièrement disparu. Impossible de lui faire les poches.

Geitel rajusta le col de son manteau et jeta un coup d'œil dubitatif sur les fermes aux alentours. Il regagna la voiture pour échapper à la morsure du froid.

Il attendit son adjoint, l'adjudant-chef Ernst, en ouvrant le dossier de Fernand. Il relut les notes de contact rédigées sur l'agent avant qu'il ne devienne un morceau de charbon.

Fernand Galous devait infiltrer le réseau de terroristes qui hantait le bois des Gris. Puis tenter de démasquer son chef et le signaler au SIPO-SD. La semaine dernière, Galous était parvenu à mettre une identité sur « BERTRAND » : le pseudonyme qui intriguait tant la Gestapo. Il était convenu que la veille, l'agent inscrive le fameux nom sur un billet cryptographié et le dépose derrière l'auteul.

Il ne restait dans le jeu du Kommandeur qu'un seul patronyme : celui d'un bûcheron, employé dans la même scierie que Galous. Un type suspecté d'être en cheville avec les partisans. Il habitait dans un hameau près d'ici. Pour se l'inféoder, il suffisait qu'à sa demande, le STO le colle dans la première fournée en partance pour l'Allemagne. Le départ du mari mettant en difficulté toute la famille, Geitel aurait pu se montrer magnanime et lui proposer d'échapper aux usines allemandes en échange de quelques noms. Mais il y avait urgence. Antoine avait été démasqué, les résistants devaient s'activer pour effacer les traces et faire la chasse aux traitres. Leur chef pouvait décider à tout instant de quitter le périmètre. Il fallait frapper fort. Maintenant.

— Ernst, fit Geitel, choisis Peter et qui tu veux et amène-moi le bûcheron. Il faut qu'il parle. Rapport d'interrogatoire ce soir au KDS[1].

L'adjoint hocha la tête et sortit de la voiture qui démarra aussitôt. Il fit un signe à un de ses hommes, un gestapiste au cou de taureau.

— Tu prends le Schmeisser dans le coffre. On va rendre une visite à monsieur Antoine Tachon.

À Mont-Péroux, près du bois des Chervais, les deux enfants descendaient vers le troupeau de vaches. Le

1. Kommando der SIPO-SD (KDS). Antenne régionale de la police allemande.

moment de la traite approchait. Ils avaient chacun une branche taillée en badine et criaient des ordres en faisant des moulinets avec la main. Le plus jeune s'était arrêté et regardait vers le nord les maisonnettes du bourg. Une fine traînée de poussière flottait sur l'horizon : la forme grise d'une voiture qui venait vers eux. Le gosse cligna des yeux dans la lumière de midi. Quand il ouvrit de nouveau les paupières, l'automobile avait disparu.

Installée devant la cheminée, Louise Tachon avait étalé sur la grande table de longs boyaux malodorants qu'un voisin s'était procurés dans un abattoir. Elle les frottait avec application pour en extraire la graisse. Elle disposerait bientôt d'une huile qui lui permettrait de cuire ses pommes de terre ; un accompagnement qui valait très cher au marché noir.

Un coup de vent fit siffler les tuiles du toit. Le chien qui sommeillait redressa la tête, flaira quelque chose et partit vers la cour en trottinant. Une pendule sonna la mi-journée. Elle essuya ses mains grasses sur son tablier, se leva et se rendit près de l'évier. Elle prit une cruche, fit couler de l'eau et les trempa. Un frisson la parcourut. Depuis la fenêtre, au-dessus du plan de travail, elle observait la basse-cour et le chemin qui descendait vers Mont-Péroux. Sur la droite, on devinait les premiers arbres des bois qui s'étalaient partout.

Les cris des enfants avaient cessé. Louise ne voyait plus le chien.

Elle sortit dehors et voulut appeler les garçons quand elle les aperçut.

Deux hommes venaient de contourner un buisson, à l'entrée de la propriété. Ils portaient un chapeau sombre et des manteaux gris.

Des Allemands.

Ils marchaient vers Louise en scrutant les alentours.

Elle pensa aux deux petits. Où pouvaient-ils être ? Elle cria leur nom en regardant vers le champ et c'est le cadet qui lui répondit d'une voix apeurée. Elle le vit alors, avec son frère qui trottait derrière lui et deux autres Allemands en imperméable de cuir qui les encadraient de près. L'un des hommes possédait une tête blonde, posée sur un cou très large ; ses yeux glacés semblaient fixer les choses avec une intensité inhabituelle. Une mitraillette pendait à son épaule droite.

Il y avait maintenant quatre individus devant la paysanne qui tendit les bras vers ses deux fils et les serra fort contre elle.

— Bonjour madame Tachon, fit l'un des visiteurs, avec un désagréable accent germanique. Nous sommes désolés de venir vous déranger au moment du repas. Nous ne serons pas longs. Pourriez-vous demander à votre mari de nous rejoindre, s'il vous plaît ?

— Que lui voulez-vous ?

L'Allemand resta impassible.

— Répondez simplement à ma question.

— Il est au travail.

— Où ça ?

— À la scierie de Lavoine.

— Rentre-t-il déjeuner aujourd'hui, madame Tachon ?

— Je l'ignore…

L'Allemand haussa les épaules et fit un pas vers un des garçons. Il ôta le gant de sa main droite et passa ses doigts dans la chevelure du gamin. Il regardait ostensiblement le puits qui trônait de l'autre côté de la cour.

— Savez-vous, chère madame Tachon, quel sort les Romains réservaient aux menteurs et aux traîtres ?

Louise devint livide.

— Ils les enfermaient dans un sac avec un chien sauvage et jetaient le tout dans un puits. Un peu comme celui-là…

— Il… Il rentre souvent déjeuner. Je crois qu'il va venir tout à l'heure.

Le visage de l'Allemand se fendit d'un petit sourire.

— En ce cas, madame Tachon, si nous allions l'attendre à l'intérieur de votre charmant foyer ?

Antoine entra dans Mont-Péroux. En sortant du bourg, il voyait au sommet de la colline son champ et plusieurs de ses vaches.

Bon Dieu ! Les gosses doivent encore traîner quelque part et ils ont oublié de ramener les bêtes à la grange pour la traite du début d'après-midi !

Il traversa la cour de ferme au pas de charge, les poings serrés et le regard mauvais, bien décidé à passer une rouste à ses fils.

Pourtant, en pénétrant chez lui, ce qu'il aperçut lui ôta toute colère et fit place à une frayeur qui lui brûla le ventre.

Sa famille était réunie, entourée de trois hommes. Deux se tenaient debout, près de la cheminée, leur imperméable de cuir posé sur le dossier d'une chaise. Un troisième, les traits délicats, était assis. Il leva la tête et le désigna avec son index.

— Antoine Tachon, je présume ?

Le bûcheron réfléchissait à cent à l'heure. Il fit mine de se retourner, mais se trouva nez à nez avec un colosse en cache-poussière qui pointait vers lui la gueule noire d'un Schmeisser.

— N'y pensez même pas Antoine, fit derrière lui le sous-officier d'une voix glaciale.

# 8.

Près de Lavoine, le corps à demi couvert de branchages, la gamine gisait sur la route forestière qui traversait le bois des Caves. En fin d'après-midi, le chien d'un vieux qui rôdaillait non loin avait pisté le cadavre sur plus de quatre cents mètres.

Sans attendre les gendarmes, des hommes de Lavoine étaient montés avec une camionnette pour ramasser la petite et la déposer dans une grange, sur un lit de paille sèche. On avait requis dans le village un vétérinaire à la retraite et bien vite, tout un attroupement s'était retrouvé devant la baraque. Le praticien avait inspecté rapidement la dépouille en plissant les yeux d'effroi et murmuré tout le long : « Seigneur Dieu ! Seigneur Dieu ! »

La fillette était éventrée du pubis au sternum. Des traces de morsures saccageaient le corps et, détail sinistre, un des pieds manquait.

Quand il ressortit de la grange, le maire du village attendait avec derrière lui une vingtaine de gars : le boulanger de Lavoine, un cordonnier et des ouvriers agricoles. Ils étaient tous figés, pareils à des statues, dans la lueur grise du soir.

Jean-Marie, le vétérinaire, referma la porte du bâtiment de ferme comme s'il cherchait à contenir de sombres horreurs.

Il ôta son chapeau et leva vers Auguste Bradoc un regard humide.

— Y a pas de mots pour décrire, lâcha-t-il dans un murmure, c'est l'œuvre du diable. Le curé avait raison, on est tous maudits.

* * *

Vers l'aube il attrapa son revolver et le coinça dans sa ceinture ; il referma les pans de sa houppelande et reprit le tunnel en rampant vers la sortie. Les entrailles semblaient percer le cœur de la montagne comme du gruyère. Tout en haut, l'ouverture était fréquemment parcourue par des courants d'air qui devaient provenir du monde d'en bas. Le vent s'échappait par l'étroite cheminée au sommet ; le son était puissant et criard. Il pensa au miaulement des bombes au-dessus de l'usine Octobre Rouge et au crissement arctique des blocs de glace sur la Volga. En descendant vers les bois il traversa à pied une rivière dont les eaux visqueuses prenaient une teinte verdâtre. Il ne quittait jamais les taillis, cueillant ici et là les baies dont il avait besoin et les mangeait à pleine poignée, se voyant encore six mois plus tôt, mourant de faim dans un enfer gris et blanc.

# 9.

## Gerzat, près de Clermont-Ferrand (Puy-de-Dôme)

Depuis sa cuisine, dans l'aube grise qui recouvrait les champs de silhouettes floues, Paul Montford fixait les limites d'un monde qu'il croyait perdu à tout jamais. Après avoir quitté son lit, et ramassé une bûche, il alluma le fourneau. Il serrait les dents en guettant la tiédeur qui s'élevait lentement du carré de fonte. Il avait froid, il avait faim, il rêvait d'un vrai café.

Sous deux épaisseurs de pull, il prit un couteau et coupa une tranche d'un pain de maïs. Il étala dessus une purée de pommes et mangea en silence. Devant son lavabo, il fit couler un filet d'eau et prit son rasoir. Il ne s'autorisait qu'une moustache soigneusement entretenue. Paul était un homme élégant, de bonne carrure, les muscles façonnés par de rigoureux entraînements à la savate, cette technique de combat prisée des Brigades du Tigre.

Longtemps il en fut chef de meute, au rang de commissaire de police.

Il passa un peigne dans ses cheveux bruns et noua le nœud d'une cravate sombre. Ensuite il remonta dans sa chambre, car il avait oublié sa ceinture sur le dossier d'une chaise. Il devinait sous les couvertures son épouse, Marthe, qui ronflait doucement. Elle grogna quelque chose lorsqu'une latte du parquet couina et alors qu'il refermait la porte de la pièce. Elle était toujours d'exécrable humeur au matin et une partie de la journée qui suivait.

Depuis de longs mois, le policier assistait au délabrement de son couple ; il s'imaginait sur une barque, brimbalée par les vents des tempêtes conjugales.

Souvent la nuit il se levait, délaissant le corps d'une compagne devenu sans attraits. Paul s'asseyait sur une chaise pour fumer des cigarettes. Il méditait sur lui-même, sur le moment indéfinissable où quelque chose avait fait dévier le cours de sa vie. Il se sentait pris dans une lassitude poisseuse. Le soir il regardait Marthe se déshabiller sans grâce, jeter ses vêtements en boule au pied de la table de chevet et se laisser glisser dans le sommeil sans un bruit ; comme une noyée pressée d'en finir.

Paul pensait parfois à son fils Jérôme, qui travaillait aux usines Michelin de Clermont-Ferrand. C'était un garçon courageux de vingt-trois ans qui n'avait jamais manifesté beaucoup de goût pour les études et avait choisi très vite de s'adonner à la mécanique.

Paul partait tôt le matin et revenait le plus tard possible, comme si la compagnie de Marthe et de son fils, des étrangers dans sa propre maison, l'indisposait.

Comme tous les jours de la semaine, le commissaire se préparait à rejoindre son service : un bureau au sein du Secours national, aux sociétés de jardins. Il y gérait la surveillance de parcelles cultivées, victimes des chapardeurs. Car les Français, confrontés aux restrictions de toutes sortes, étaient devenus des maraîchers : on soignait des salades sur les balcons des immeubles. Les terrains de foot se transformèrent en potagers et en jardins municipaux. Détaché par le ministère de l'Intérieur dans cette improbable administration, puni sévèrement pour son passé de croisé de la République, Montford se morfondait dans la médiocrité d'un service occupé à tenir à l'œil des alignements de pommes de terre. Des légumes que la pénurie rendait plus précieux que les lingots d'or de la Banque de France.

L'ancien enquêteur des Brigades mobiles se désolait de voir le monde se déliter autour de lui. Les policiers étaient partout, mais jamais le crime n'avait autant prospéré. Dans les campagnes, à moins de dix kilomètres de Clermont, pas un mois sans qu'un fait divers horrible ne rappelle qu'une violence, venue du fond des âges, nécrosait lentement la société. Des paysans torturés dans leur propre maison pour un peu de nourriture et quelques babioles. Des corps retrouvés les pieds brûlés dans le fourneau d'une cuisinière au charbon[1]. Ces crimes évoquaient la « bande Bouchery » ou les « bandits d'Abbeville », des chauffeurs qui terrorisèrent la Belle Époque et hantèrent longtemps les couvertures du Petit Journal.

Paul Montford enfilait son manteau quand il perçut le murmure d'un moteur, quelque part au-delà du brouillard qui mangeait la campagne. Il s'approcha de la fenêtre et distingua deux soleils qui valsaient dans la lumière sale de l'aurore : les phares d'une voiture. Il fixa un instant le véhicule noir qui ralentit puis se rangea en face de la maison. Le commissaire se dirigea prestement vers une malle dissimulée derrière un rideau à carreaux, sous une desserte de cuisine. Il prit une clef dans sa veste, ouvrit le cadenas qui fermait le coffre et plongea dedans une main inquiète. Il serra la crosse de son 8 mm Lebel de service et

1. Tortures employées par les truands pour contraindre les victimes à révéler l'emplacement de leurs économies.

vérifia machinalement le barillet : il était plein. Il actionna le marteau vers l'arrière et mit le revolver au fond d'une poche de son manteau. Il garda les doigts dessus et resta là, debout dans le noir, à l'écart de la fenêtre. Il s'attendait à tout et à rien. Plusieurs secondes passèrent. Un bruit de portière, des pas dans la boue grasse et des voix qui chuchotent. Montford était parfaitement immobile. Si c'était la Gestapo, se défendre condamnerait irrémédiablement toute sa famille. On frappa. Encore, deux fois. Fort.

Il se décida à ouvrir.

Dehors : deux hommes tristes en pelisse grise et chapeau.

— Commissaire divisionnaire Montford ? fit un type avec un visage de charcutier. Ses joues étaient bleues d'un dernier rasage.

— Oui.

— Commissaire principal Berlier de la Sûreté nationale. Je suis avec l'inspecteur Vachard. On vient vous chercher.

— Vous êtes policiers ? Où est votre insigne ?

Berlier fit une grimace, fouilla gauchement dans une poche et sortit la médaille à francisque qui brilla dans la lumière.

— Que me voulez-vous ?

— Je l'ignore et monsieur Vachard également. L'état-major de la direction nous a donné pour instruction de passer vous prendre. Il y a tout là-haut une huile qui se languit de vous rencontrer. Point final.

Montford se donna un temps de réflexion. Il rabattit le chien de son revolver et dit simplement : « C'est bon, je vous suis. »

Une heure plus tard, assis à l'arrière de la voiture, il entrait dans Vichy.

Paul releva le col de son manteau. Un vent piquant venait des parcs. Il suivit les policiers à l'intérieur de l'hôtel Bellevue.

Paul n'espérait guère retrouver l'atmosphère qu'il avait connue dans les locaux de la 6e Brigade mobile de Clermont-Ferrand. Cette agitation de ruche, les volutes de café et le départ précipité d'une équipe, armée jusqu'aux dents, prête à fondre sur des malfaiteurs.

Après avoir gravi un large escalier, le commissaire Berlier frappa énergiquement à une porte. L'instant suivant, Montford tombait médusé devant son ancien patron et ami, André Lange, le tout nouveau directeur de la Police de sûreté.

Les deux hommes se dévisagèrent, jaugeant du temps qui avait passé. Puis le naturel reprit le dessus, ils se serrèrent chaleureusement la main.

— Paul, si tu savais comme je suis heureux de te revoir.

— André, il y a une plaque qui dit sur ta porte que tu es directeur ! Dois-je t'appeler comme ça désormais ?

— Dans le privé, je te l'interdis formellement. Bon sang de bois, comment vas-tu ?

Montford haussa les épaules et jeta un bref regard dans le bureau. Le portrait du Maréchal était bien en évidence.

André sourit tristement.

— Ce n'est pas bandant tous les jours. Pour être franc, je moisis doucement.

Tous les deux s'installèrent dans des fauteuils.

— J'ai vu passer ton dossier, on t'a mis dans un placard, attaqua Lange avec empathie.

— Comme la plupart des collègues des Brigades mobiles, je suppose. Notre coup d'éclat sur la Cagoule nous a coûté très cher. Enfin, à un certain nombre…

— Oh Paul, j'ai connu aussi la disgrâce, tu sais : un cimetière des éléphants au secrétariat général pour l'administration de la police.

— Tout de même, directeur de la Sûreté ! Je suis très heureux pour toi.

Lange fit un geste de la main, comme pour chasser un diptère.

— Je vais aller droit au fait : aujourd'hui j'ai besoin de me sentir entouré par des fonctionnaires de qualité. De bons flics qui ne sont pas des mouchards à la solde de la Milice. Or, dans cet immeuble, où les oreilles traînent partout, je me sens seul. J'ai sur les bras une affaire pénible qui m'oblige à recourir au meilleur chef enquêteur que je connaisse. Et cette perle rare, c'est toi mon vieux.

Paul posa les mains sur ses genoux et se pencha en avant.

— Bon, maintenant que tu as fini avec la brosse à reliure, je t'écoute.

— Pas ici, les murs ont des oreilles. Tu veux un bon jus de chique ?

Le Scapini était un salon de thé bien chauffé. Lange avisa une table à l'écart et commanda deux cafés avec du vrai sucre et pas de cette répugnante saccharine.

— Paul, qu'est-ce que tu sais au juste des gamines de la montagne bourbonnaise ?

— Le peu qu'en a dit la presse. Quatre fillettes retrouvées dans des coins isolés, des cadavres à peine dissimulés ; éventration abdominale, pas de violences sexuelles, mais des traces de morsures. Peut-être un animal sauvage. Tout le monde parle d'un énorme sanglier.

— Les sangliers n'attaquent pas les ruminants… or deux vaches ont été touchées : à chaque fois les mêmes traumas. Selon le rapport du vétérinaire, les bêtes se sont vidées de leur sang pendant un quart d'heure.

— Des suspects ?

— Une liste aimablement fournie par le Parquet : vagabonds, juifs étrangers, gitans. Rien de sérieux. Les Allemands ne s'occupent pas de cette affaire et c'est tant mieux. Mais on doit avancer vite. Dans l'entourage du Maréchal, certains évoquent la piste de terroristes. C'est la thèse qui plairait à tout le monde, surtout au Service de propagande, tu penses.

Le directeur adopta soudainement le ton de la confidence.

— La Milice est en embuscade, prête à dénoncer l'inaction de la Police pour se charger des recherches. Elle veut transformer une enquête criminelle de droit commun en croisade politique.

— Ton avis, André ?

— Un cadavre de fillette, ça peut être n'importe quoi : vengeance domestique, mauvaise rencontre... Mais à partir de trois victimes appartenant à trois familles différentes, on entre dans quelque chose de construit.

— Un scénario ? Genre dingue amateur de chair fraîche ?

— C'est un peu tôt pour le conte du vilain ogre, mais je veux savoir très vite si on doit écarter la piste de l'animal sauvage.

— Et tu as pensé à moi ?

— Tu as déjà travaillé sur des affaires de meurtres à répétition. Tu te souviens du cannibale de Chamalières en 1934 ? Les gendarmes te prenaient pour une buse, personne ne croyait à tes théories sur les motivations du tueur. Mais tu es parvenu en quelques semaines à serrer le boucher qui vendait de la viande humaine sur ses propres étals. Merde, il fallait le faire ! Paul, j'ai besoin de ton aide. Tu auras tous les moyens possibles, dans la limite du raisonnable.

— Une voiture et les coupons d'essence qui vont avec.

— D'accord.

— Je veux choisir mon équipe.

— Je te ferai plusieurs propositions d'agents bien notés.

— Rien à foutre de ça. Je demande à pouvoir reconstituer ma bande.

Le visage de Lange se figea : « Pardon ? »

— Tu m'as compris André, je veux les inspecteurs Lucien Darmon, Pierre Bertignac et Elias Damian. Les meilleurs mobilards de la 6e Brigade, dissoute au début de la guerre. Eux ou personne !

— C'est impossible Paul, là-haut jamais ils n'accepteront

— Tu es directeur de la Sûreté André, adresse-toi à

Bousquet. Tu as ce pouvoir. De toute façon, au point où j'en suis, je ne vais pas entrer dans ce panier de crabes sans une parfaite confiance dans mes adjoints.

— Allons, tu crèves d'envie de te lancer dans cette affaire.

— Peut-être, mais pour l'instant c'est toi qui es redevable envers l'administration. Moi et mes collègues, on nous a jetés dans la basse fosse. Alors si on revient pour un tour de piste, ce sera, à défaut d'excuses, avec quelques garanties : rappel sur les primes et arrêté de nomination au sein de la Sûreté en bonne et due forme. Bien sûr, l'équipe ne sera pas incluse dans les effectifs de la brigade régionale, mais détachée auprès des « enquêtes réservées ». On ne rendra compte qu'à toi.

André soupira : « Très bien Paul. Je vais voir ce que je peux faire. »

— J'ignore où sont Lucien et les autres, il faudrait que tu puisses accéder à leurs dossiers.

— Aucun problème.

Paul se leva et tendit une main vers son manteau.

— Je n'ai pas encore dit oui André, ça dépendra aussi de ce qu'en pensent les collègues. Je vais réfléchir. Laisse-moi les photos des fillettes. Tu peux demander à une voiture de me ramener à Gerzat ?

À l'arrière de la grosse Peugeot 402, Paul regardait la plaine de la Limagne qui luisait sous le givre. Au loin, la chaîne des puys glissait vers le sud et, de chaque côté de la route, des pigeonniers solitaires et des bouquets de grêles arbres noirs, pareils à des pieux, se dressaient vers le ciel.

L'ancien contrôleur général fut jadis comme un père pour lui. Mais le temps avait passé ; la France était occupée et un nouveau régime s'était imposé.

Quelles garanties André Lange avait-il données pour mériter sa promotion éclair ?

# 10.

À Lavoine, le type regarda ses mains pleines de farine de bois. Il les essuya sur son pantalon à la coupe grossière, enleva son chapeau, et chassa la sueur avec un doigt. Autour de lui, des gars déplaçaient des planches et le bruit d'une scierie déchirait l'air frais. L'homme porta une bouteille d'eau à ses lèvres et la vida à demi. Il ramassa sa hache et traversa d'un pas pesant la clairière qui trouait un tapis de résineux.

Elias Damian était un bonhomme qui en imposait avec ses deux mètres, ses épaules de lutteur et des muscles noueux comme des tiges de treille. Né à Ozarow, en Pologne, il possédait quelques ancêtres russes. Ce fut un motif suffisant pour que le ministère de l'Intérieur le révoque de la police judiciaire en 1940. Car c'était peu dire que le régime de Vichy n'affectionnait guère les bolcheviques. Damian n'avait pas la carte du parti et n'avait jamais milité pour le Komintern, mais cela ne changea rien à l'affaire.

Sans emploi du jour au lendemain, le Polonais naturalisé français avait touché le fond, maraudant dans les troquets interlopes des quartiers populaires de Clermont-Ferrand. Il cherchait la bagarre et la trouvait toujours. Il avait une fois démoli deux de ses semblables. Un autre jour, plusieurs gitans lui tombèrent dessus et faillirent lui ôter un œil d'un coup de surin. Damian était capable de mettre la même application à se perfectionner ou à s'autodétruire, tout dépendait de l'humeur du moment. Il avait tiré le diable par la queue de longues années avant d'entrer dans la police. Arrivé en France au début du siècle, il s'était installé avec sa famille à Brassac, dans le Massif Central. Son père travaillait dans la mine de charbon. Les soirs, quand il rentrait du puits, son torse sentait la rocaille et ses yeux bleus étincelaient au milieu d'un visage léché à l'anthracite.

Le vieux n'avait qu'une peur : qu'Elias n'ait pas d'autre avenir que de descendre lui aussi dans le trou. Alors il l'avait initié à sa passion : le culte du bois. Les mille manières de le façonner pour en faire jaillir quelque chose de beau : tantôt lisse comme l'ivoire, tantôt luisant comme la sève. Sa mère, en lui lisant les romans des auteurs classiques, se soucia de son éducation et lui apprit le français.

À Clermont-Ferrand, ce goût de Damian pour les arbres insinua une rencontre avec un officier de l'armée, démobilisé après la signature de l'armistice, qui lui permit de rentrer comme manœuvre, puis chef ouvrier au sein du chantier de la jeunesse de Tronçais, près de Moulins. Pendant un an, au grand air tout le jour durant, Damian s'occupa de forestage et de travaux ruraux divers. Ça lui plaisait bien. Certains soirs, il s'enfonçait dans les bois et attendait le crépuscule près d'une mare, seul au monde. Il regardait le vent qui ridait la surface de l'eau et guettait les bruits de la vie sylvestre. Une fois, le bûcheron tomba nez à nez avec une biche qui le fixa de ses yeux d'enfant. Et alors il se dit, comme parfois, que la compagnie d'une femme lui plairait assez. Elias avait bien fréquenté une infirmière au chantier, mais ça n'avait pas marché. La brunette lui avait parlé mariage. Damian avait alors réalisé qu'il n'était pas fait pour ce genre de choses.

Laissant derrière la rumeur de l'usine, il cheminait au milieu de hautes herbes qui lui léchaient les genoux. Il croisa deux autres forestiers qui ne lui adressèrent pas un mot. Damian n'était pas spécialement liant, mais avec ses comparses il avait à faire à forte partie. La scierie employait de nombreux villageois de Pion, un patelin à la réputation bien trempée. En 1793, les habitants avaient refusé la conscription et s'étaient révoltés en se cachant dans les bois environnants, personne ne les retrouvant jamais. On disait qu'ils vivaient en vase clos, n'acceptant aucun instituteur qui n'était pas originaire du bourg. Pourtant, à l'atelier, l'habileté du Polaque au maniement de la hache et sa carrure s'avérèrent dissuasives.

Damian avançait sur un sentier de sous-bois qu'il ne connaissait pas, à la recherche de solides conifères destinés à la coupe. Le chemin bifurqua sur la gauche et descendit une colline. Le bruit d'un cours d'eau chantait ; une odeur de foin et de cheminée flottait dans l'air. Il traversa un écran de fougères et vit une maison nichée au fond d'une trouée. Il y avait une femme devant, ses pieds nus plantés dans l'herbe grasse. Elle était rousse, portait une robe légère ainsi qu'un chemisier. Damian la regarda étendre un drap blanc. La fille soufflait en dressant l'épais tissu et de la sueur collait la racine de ses cheveux. Ses joues rosissaient. Elle leva la tête et vit la silhouette qui la fixait. Un visage d'adolescent sur un corps adulte, pensa-t-elle. Elle attacha le dessus-de-lit avec deux pinces à linge, essuya son front et posa les poings sur ses hanches, attentive à ce qui allait se passer. Elle était seule avec un inconnu dans un coin reculé de la forêt. Elle n'avait pas peur.

L'homme s'approcha.

— Pardon, dit-il avec un accent. Je cherchais des arbres. Je ne voulais pas vous déranger.

Le minois de la fille était piqueté de taches de son.

— Vous ne me dérangez pas. Les gars de Lavoine ne descendent pas si loin d'habitude.

— Il y a des feuillus drôlement costauds par ici : c'est pourtant un bon coin.

— Faut croire que certains ne sont pas curieux.

— En tout cas, c'est un endroit bien tranquille où vous êtes. Je vous laisse à vos occupations m'dame.

— Bon courage.

Damian voulait ajouter quelque chose. Mais les idées fuyaient sa cervelle de loup solitaire, alors il tourna les talons et repartit en direction de la scierie.

La baraque où dormait Damian possédait un poêle en fonte. La lumière du jour s'accrochait à son tranchant ; il sifflotait un air de chanson. Le Polonais ajusta une couverture sur sa paillasse, ôta ses godillots et s'allongea.

Un bonhomme âgé mais vif entra dans le logis. Il avait les paluches au fond des poches et une pipe coincée dans le bec. Une dizaine de bûcherons le suivaient. La plupart allèrent se passer un coup d'eau sur la figure et les autres s'assirent sur leur couche.

Le chef de la scierie leva une main pour que le brouhaha cesse.

— Un dernier mot les gars, avant de vous laisser à vos affaires. Vous avez certainement tous appris la nouvelle. On a encore retrouvé une fillette étripée, pas loin d'ici en plus. Avec tous ces chiens sans feu ni lieu, c'est devenu infernal. Tout le monde enferme ses gamins de peur qu'ils se fassent attaquer. À ce qu'on m'a dit, l'école du Mayet est vide depuis une semaine. Alors, diable, garou, sanglier ou salopard, peu m'importe. J'ai décidé de vous communiquer le message suivant : on va former un groupe d'autodéfense, patrouiller autour du village et dissuader qui que ce soit de venir commettre des vilenies. S'il y a des volontaires, vu que vous êtes tous costauds, ce serait bien perçu.

Un murmure d'acquiescement se répandit parmi les bûcherons. Le patron, qui était aussi maire de Lavoine, jeta sur Damian un regard ambigu et sortit de la baraque.

Cette nuit-là, l'ancien policier ne rêva pas de croquemitaine. Il songea à la fille rousse qui étalait son grand drap sur le cordon. Il se remémorait ses bras nus, ses gestes lents et délicats quand elle pliait son linge et le posait dans la panière.

* * *

À Lavoine, un mince duvet de brouillard recouvrait la mairie. Dans la pièce du conseil, une salle de bal avant que ces réjouissances ne soient interdites par Vichy, une soixantaine d'habitants du bourg et des fermes environnantes assistaient à une réunion très animée.

Auguste Bradoc, le patron de la scierie, trônait en premier édile, encadré de deux adjoints : un sabotier et le maréchal-ferrant. Il regardait les visages de tous ces gens qui suaient la peur. Il se racla la gorge et prit la parole.

— Nous n'avons toujours pas l'avis de monsieur le préfet, peut-être ne l'aurons-nous jamais. Mon devoir est de protéger mes administrés ! fit Auguste en écartant les bras.

— C'est pourquoi j'ai décidé, avec l'accord de Jean et Gustain, de proposer la création d'un groupe d'autodéfense chargé d'assurer la sécurité de Lavoine. Il faudra aussi que des adultes accompagnent les enfants à l'école.

— C'est bien joli tout ça, fit une femme, mais combien d'entre nous ont un mari ou un fils prisonnier en Allemagne ? Où va-t-on trouver les gaillards pour patrouiller dans les champs ?

— … sans parler des armes ! renchérit un vieux au visage cuit par le soleil. Avec vos bâtons durcis au feu, face à la bête vous aurez l'air finaud tiens !

— Il y a dans la salle un représentant de la prévôté, fit le maire, demandons-lui si une négociation avec la Kommandantur est possible. Nous pourrions réclamer le retour de quelques fusils de chasse.

L'adjudant-chef Donnadieu, qui avait écouté sans intervenir, se leva lentement de sa chaise.

— Ça me semble totalement exclu, lâcha-t-il d'une voix lasse. Les Allemands n'ont aucune confiance dans la gendarmerie ; ils la soupçonnent d'aider les terroristes. Je les vois mal remettre des armes à des civils.

Un brouhaha s'en suivit entrecoupé de cris de colère.

— On ne se laissera pas égorger par des chiens sauvages, on est plus des serfs, le Moyen Âge c'est fini ! tonna un fermier. Si mes gosses ne sont plus en sécurité avec leurs vaches, alors je trouverai cette bestiole tout seul, que ça plaise aux autorités ou pas !

Bradoc tenta de ramener le calme. Au bout d'un moment, un individu en noir se leva et marcha vers lui.

C'était un petit homme au regard scrutateur. Sa voix rocailleuse perçait à peine au milieu de la confusion.

— Monsieur le maire, j'ai une solution à votre problème.

— Et vous êtes ?

— Etienne Fargeau, Milice française. Et disant ces mots, l'homme écarta discrètement le revers de sa veste de velours mal coupée ; il dévoila un gamma en argent broché.

Auguste Bradoc tressauta.

— Je vous écoute.

— Pas ici, voyons. Dans votre bureau ce sera très bien.

Le milicien tira une chaise et se laissa choir.

— Vous n'obtiendrez ni armes, ni autorisation de constituer le moindre groupe de défense, attaqua l'homme avec aplomb. La Milice ne le permettra pas. Quant au préfet, il suivra sans broncher.

— Mais pourquoi ! Les villageois ne veulent qu'assurer leur sécurité.

— Réfléchissez un instant ; le risque serait grand qu'une bande de ce genre soit infiltrée par des terroristes et détournée de sa mission première, si noble soit-elle.

— Vous avez parlé d'une solution ?

— La Milice surveille et protège la population. Ainsi elle garantit la restauration nationale que le Maréchal appelle de ses vœux. Mais des extrémistes, trop nombreux, se développent avec la complicité d'espions anglais ou communistes. Il est devenu urgent de faire émerger une force nouvelle, au service du bien public. Cette force possède un bras armé. Avez-vous entendu parler de la Franc-Garde, monsieur le maire ?

— Pas du tout.

— La Franc-Garde arrive en pleine lumière. Elle disposera d'hommes en caserne, des professionnels, mais aussi des formations de « bénévoles » mobilisables à la demande. Ces volontaires peuvent être de jeunes gens, des pères de famille prêts à défendre leur pays.

— Où vous voulez en venir ?

— C'est simple. Aidez-moi à trouver des engagés. Des patriotes qui gagneraient les rangs d'une unité locale de la Franc-Garde. En échange, ils auront notre bénédiction pour effectuer des surveillances. Pourquoi pas avec un milicien armé, ce n'est pas exclu.

Le maire gambergeait. Ses pieds s'agitaient nerveusement.

— Je pourrais désigner moi-même les membres de ce groupe ?

— Oui, à la condition qu'ils ne soient ni juifs, ni communistes.

— Il faut que j'en parle autour de moi.

— Je vous laisse un numéro de téléphone. Nous sommes installés rue Foch, au Petit Casino de Vichy. Ne tardez pas.

# 11.

C'est le 30 mars, en début de matinée, que Paul Montford sortit de la gare de Vichy pour héler une calèche. Il se fit conduire à l'adresse que lui avait conseillée André Lange : un hôtel réquisitionné par l'État pour héberger les fonctionnaires descendus de Paris. Paul était un privilégié ; beaucoup de ses semblables avaient dû renoncer aux charmes de Vichy pour s'éloigner de la capitale et venir s'entasser dans des auberges situées de l'autre côté de l'Allier, à l'écart du centre-ville.

À l'accueil, le réceptionniste regarda d'un air soupçonneux le permis de séjour du commissaire. Depuis janvier 1941 c'était un vrai sésame, obligatoire pour toute personne ne pouvant justifier d'une résidence dans la ville thermale antérieure à 1938.

Paul signa le registre et monta au troisième étage. L'ascenseur ne fonctionnait pas : une coupure d'électricité.

Le studio, une ancienne chambre de bonne, était minuscule et le papier peint hideux. Il posa sa valise, ôta ses chaussures et s'assit sur le lit ; le sommier grinçait. Il sentit la pression que faisait contre sa cuisse le Lebel. Il dégagea son revolver et le mit à côté de lui.

Il resta ainsi, les yeux perdus dans les rangées de fleurs en tiges qui couraient sur les murs sépia. Il pensait à son fils, à sa femme qui allait lui annoncer ce soir que son père avait quitté le foyer. Il remâcha les désillusions de son parcours conjugal, le jour du mariage, où il fit danser plusieurs demoiselles d'honneur en oubliant Marthe. Étrange comme certains détails pouvaient faire sens bien des années plus tard.

* * *

Au siège de la Sûreté, Paul vit tout de suite que quelque chose n'allait pas. Les yeux du directeur étaient fuyants, il bafouillait.

André Lange repoussa devant lui un dossier couleur crème tamponné d'une francisque rouge.

— Paul, j'ai retrouvé tes trois compères. Il faut que tu saches qu'un seul est encore membre des forces de police : Pierre Bertignac.

— Pierro, murmura le commissaire en souriant, je suis content qu'il ait pu tirer son épingle du jeu. Où est-il ?

— Thuret, dans le Puy-de-Dôme. C'est la dernière adresse connue.

— Bien, j'irai le voir c'est près d'ici. Et les autres ?

— Elias Damian a été révoqué de la police, la purge ne l'a pas loupé, comme beaucoup d'autres.

— C'est dégueulasse. Tu as son domicile ?

— Les services fiscaux m'ont dit qu'il avait fait plusieurs petits boulots, ici et là. Aux dernières nouvelles, il marnait comme homme à tout faire dans les monts de la Madeleine.

— Tu as le pouvoir de le reprendre dans les rangs de la Sûreté, n'est-ce pas ?

— En théorie c'est impossible, mais si je parviens à convaincre le directeur général, tout peut arriver.

— Il faut que ça marche André, c'est notre accord. Je veux mes hommes et personne d'autre. Et le dernier ? Mon bon Lucien, le roi des scènes de crime. Tu m'as dit qu'il n'était plus mobilard ?

Lange cherchait ses mots, il n'en trouvait aucun.

— Qu'y a-t-il ?

Le directeur jeta un bref regard sur la chemise et releva la tête.

— Paul, écoute-moi…

André se pencha en avant et scruta l'en-tête qui figurait au-dessus de la francisque.

— Commissariat général aux questions juives ! Qu'est-ce que ?

— Je suis navré, mais tu devras faire sans Lucien Darmon. On raconte dans ce rapport qu'il est détenu au camp de Nexon.

— C'est impossible, qu'est-ce que c'est que cette histoire ? Lucien n'est pas juif ! On s'est trompé sur son compte.

André chaussa une paire de lunettes et parcourut attentivement plusieurs papiers.

— Il est dit qu'après enquête du Commissariat général, Lucien Darmon était en infraction avec la loi du 2 juin 1941 prescrivant le recensement des juifs. C'est écrit noir sur blanc. Lucien devait se déclarer à la préfecture du Puy-de-Dôme, ce qu'il n'a pas fait. Je suppose qu'il savait qu'étant juif, on l'obligerait à démissionner.

— Mais Lucien n'a jamais parlé de religion ni pratiqué le moindre culte ! Enfin quoi ?

— La loi est claire Paul, tu la connais aussi bien que moi. Je te relis l'article premier : « Est regardé comme juif (…) toute personne issue de trois grands-parents de race juive ou de deux grands-parents de la même race, si son conjoint lui-même est juif. » Le Commissariat général a dû mener son enquête et prouver la judéité de Lucien, je ne vois pas d'autres explications, hélas.

— Lucien croupit dans ce camp, après tout ce qu'il a fait pour la France ! On ne peut pas tolérer ça, c'est impossible !

— Je comprends ta colère, mais tu n'y peux rien. Pourquoi Lucien ne s'est-il pas déclaré Bon Dieu ?

— Si ça se trouve, il ne savait même pas qu'il était juif. Le Commissariat a dû jouer les fouille-merdes et exhumer des archives on ne sait où !

— Un ton plus bas, s'il te plaît.

Paul se leva et, les poings serrés d'impuissance, marcha de long en large devant le bureau.

— Je vais aller le chercher !

— Tu n'y penses pas enfin, les gendarmes te mettraient aux arrêts, tu serais bien avancé.

— Il n'existe pas de recours ? Ce serait bien la première fois. Pourquoi pas une requête exceptionnelle ? Évoquer les nécessités de l'investigation…

— Si Lucien avait gentiment pris son formulaire et l'avait rempli comme on lui enjoignait, on aurait la trace d'un récépissé délivré par la préfecture. La porte restait ouverte pour demander une dérogation. Mais il est en détention depuis plus d'un an, il est administrativement mort. C'est trop tard, Paul. Je suis vraiment navré, j'aimais bien Lucien…

Le téléphone sonna. Les affaires n'attendaient pas.

André fit un geste pour signifier qu'ils reprendraient leur conversation plus tard.

Paul resta interdit. Puis il se leva lentement et saisit son chapeau, posé sur la table. À côté du dossier où figurait le nom de son ami.

Il sortit sans un regard pour son supérieur.

En dévalant les escaliers, il pensa à ses vieux camarades : Elias, Fernand et Lucien.

Son épouse, Marthe, l'avait laissé tomber.

Lui, il n'abandonnerait pas Lucien.

Installé sur les berges, à deux coudées de la passerelle des Courses qui reliait le quai d'Allier à l'hippodrome, le Ricoux figurait sur la très discrète liste des restaurants qui ne réclamaient pas de tickets de rationnement. On y offrait encore, à prix d'or, des menus à la carte.

Charles Plaisadieu ajusta les minuscules lunettes qui barraient son visage vermillon et parcourut avec une attention gourmande la liste des plats disponibles. Il posa son doigt boudiné sur une laitue mimosa, un filet de bar sauce hollandaise et un pudding ambassadeur en guise de dessert.

Paul Montford prit du turbot et commanda du vin.

Il s'était un peu renseigné sur Plaisadieu avant de l'inviter à déjeuner. Le petit commis de bureau occupait un échelon intermédiaire au sein de la délégation vichyssoise du Commissariat général aux questions juives. Installé dans l'hôtel Algéria, il avait accès aux divers dossiers et fichiers de l'agence. Il était, comme tous les fonctionnaires de cette administration, accrédité auprès du préfet et de l'intendant de police. Il avait tout pouvoir.

Le repas s'achevait autour des miettes de pudding que Plaisadieu, avec un ralenti écœurant, léchait sur le bout de ses doigts.

— Si je comprends bien, monsieur le Commissaire, vous me demandez de sortir un juif d'un centre de séjour surveillé et de lui faire réattribuer sa place au sein de la fonction publique ? Vous conviendrez que cette requête n'est pas courante.

— Nexon garde des juifs étrangers ou apatrides, or l'inspecteur Lucien Darmon est français !

— Certes, mais je vous rappelle que la non-remise en préfecture d'un formulaire indiquant l'appartenance à la race juive est punie d'une peine d'emprisonnement. En l'occurrence, M. Darmon n'a pas déféré à ses obligations. C'est donc dans la plus parfaite légalité que le représentant de l'État a fait procéder à son internement. Les juifs de la zone sud n'étant pas astreints au port de l'étoile, nous devons être intraitables avec les déclarations : c'est l'unique moyen d'effectuer le recensement de cette population.

Montford serra les dents. Il n'avait pas l'intention de baisser les bras si facilement.

— Une interdiction d'exercer un emploi public peut être levée. L'article 8 de la loi du 2 juin 1941 le stipule très clairement, fit-il en remplissant le verre de Plaisadieu.

— C'est exact, mais ledit article fixe une condition à cela : l'intéressé doit avoir rendu à l'État français des « services exceptionnels ».

— Lucien Darmon a reçu la médaille d'honneur de la police, son dossier possède plusieurs lettres de félicitations. Juste avant la guerre, une proposition d'avancement au grade supérieur a été rédigée par son directeur.

— Il n'y a rien d'exceptionnel là-dedans.

— Lucien est un héros. Il a été reçu par le ministre de l'Intérieur lui-même.

Charles Plaisadieu posa ses mains sur son ventre replet et soupira en faisant claquer sa langue.

— Même si je remplissais la demande d'exemption, elle devrait être contresignée par le secrétaire d'État à l'Intérieur pour pouvoir ensuite faire l'objet d'un décret en Conseil d'État. Il faut un rapport circonstancié du Commissariat général pour lancer la procédure, quels arguments vais-je pouvoir invoquer ?

Paul fixa un instant le fonctionnaire puis sortit un paquet de cigarettes de sa veste.

— Depuis l'année dernière, votre bras armé, la Police aux questions juives, a changé de statut pour devenir la Section d'enquête et de contrôle. Ce n'est pas un secret, la SEC se borne à recueillir du renseignement, vous n'avez plus les moyens d'arrêter les juifs. Seule la police peut le faire. Je pense donc que la Sûreté et le Commissariat sont amenés à travailler de concert.

— Un service pour un autre, c'est ça ?

— Exactement. Un échange de bons procédés.

— Tout de même, je doute que le secrétaire d'État approuve mon rapport, pas avec le peu d'éléments qu'il contiendra.

— Je me fie à votre imagination, il doit être possible de trouver une formule de circonstance. Quant à moi, je ferai le nécessaire pour que ce document transite par la direction de la Sûreté ; un avis favorable devrait suffire à emporter l'adhésion du ministère.

Plaisadieu semblait indécis. Il prit une serviette et épongea son front graisseux.

— Si vous me rendez ce service, lâcha Montford, je vous offrirai une belle affaire, dans quelque temps.

— Vous avez un contact aux RG ?

— Bien mieux. Un accès au département des écoutes.

— L'hôtel Élysée ?

— Oui. Je pourrais faire ouvrir une ligne sur une de vos cibles ; une opération ponctuelle. Ni vu ni connu. Vous auriez des renseignements de première importance et l'assurance de coincer votre objectif.

Le joufflu attrapa un cure-dents. Il donna court à ses réflexions en nettoyant les embrasures de sa mâchoire.

— Je vais y songer.

— L'inspecteur Darmon possède les qualités requises pour mener une enquête suivie par le Maréchal en personne. Ne tardez pas trop.

Paul Montford régla l'addition et posa une feuille de papier sur la table. En se levant, il s'efforça de sourire et mit son chapeau.

Après son départ, Charles Plaisadieu regarda discrètement le montant de la note et ouvrit le pli : un carton glissa sur le napperon. C'était un billet pour la dernière pièce de Sacha Guitry, L'Amour masqué. On la jouait à l'opéra de Vichy. Un coupon pour une seule place.

Paul en était convaincu : Plaisadieu ne pouvait être marié ou posséder le moindre ami.

# 12.

Quelque part, sous le boulevard des États-Unis, près de l'hôtel du Portugal, Arno Geitel s'arrêta au milieu d'une cellule. Il regarda ses pieds et fit une grimace. Il avait marché dans du sang.

La cave était fermée par une lourde porte d'acier. Du plafond pendait une ampoule qui éclairait tout d'une lumière crue.

Au milieu de la pièce se trouvait une large baignoire, remplie d'une eau grise. Les Allemands l'avaient descendue de la villa qu'ils occupaient au-dessus.

Un bougre gisait à terre, les mains et les pieds attachés à un bâton de chêne. Deux Allemands du Sonderkommando avaient immergé son corps à n'en plus finir. Ils tiraient la tête hors de l'eau, posaient une question, lâchaient la touffe de cheveux et recommençaient chaque fois que le type était sur le point de se noyer.

Antoine Tachon avait résisté, longtemps. Maintenant il était mort, l'estomac et les poumons gonflés d'eau.

L'adjudant-chef Ernst, en bras de chemise, regardait le cadavre d'un air perplexe.

Kirtsch, un colosse qu'on appelait « le cogneur », tenait ses battoirs dans le dos, comme un enfant après une balourdise.

— Scheisse !, fit Ernst, ce salopard n'a rien craché.

— Très ennuyeux, ajouta Geitel. Avec cet imbécile qui nous claque dans les doigts nous n'avons plus d'informateur pour remonter à BERTRAND.

— Qu'allons-nous faire Hauptsturmführer ?

— D'abord nous débarrasser du corps : par le canal habituel.

— NN[1] ?

— Exactement.

— Et le reste de la famille, on va la chercher ?

— À mon avis, c'est une perte de temps.

Geitel jeta un regard neutre vers le cadavre puis un second, plus venimeux, vers Kirtsch.

— Tu ne sauras donc jamais trouver le bon tempo n'est-ce pas ? Tu n'as pas l'oreille musicale. Il faut discerner le moment où l'eau rentre dans les poumons, où le type avale le bouillon pour de bon. Après, es ist zu spät !

Geitel s'adressa de nouveau à Ernst.

— Si on les embarque, on risque de s'attirer un peu plus la haine des paysans du coin. Je vous rappelle les directives de Berlin pour la France : en zone sud, notre priorité est le recrutement d'informateurs. Donc je pense que nous pouvons déléguer un peu. Les Français ne cessent de réclamer plus d'autonomie, ils connaissent bien le terrain. Il est temps de les tester. Organisez-moi une réunion avec un représentant de la Milice et ce nouvel administrateur de la Sûreté, celui qui dirige les brigades spéciales contre les terroristes.

— Herr Lange ? fit Ernst.

— Oui, c'est ça. Voyons ce qu'il a dans le ventre.

---

1. NN : Nacht und Nebel (Nuit et brouillard). Procédure consistant à faire disparaître les opposants au Reich sans laisser de traces.

Les enfants dormaient. Louise pouvait enfin se laisser aller à son angoisse en pensant à Antoine. Il était parti avec les Allemands depuis des heures. Et pas la moindre nouvelle. Depuis des mois, elle se doutait bien qu'il trafiquait des choses. Mais cette tête de bois n'avait jamais rien dit. Elle pensa au marché noir, à la Résistance. Pourtant, son homme ne parlait jamais politique. Il n'écoutait pas la BBC ni ne distribuait de tracts. Il n'y avait eu que cette nuit où il était rentré, épuisé et hagard. Antoine n'avait pas dit grand-chose, juste parlé d'un collabo auquel il venait de faire son affaire. Il y avait ce message important qu'il devait cacher. Un papier couvert de lettres dans tous les sens. Son mari avait pris la Vierge en porcelaine offerte par une cousine après un voyage à Lourdes. Il avait retiré le bouchon du fond, et introduit dans le réservoir à eau bénite le papier soigneusement enroulé. Il avait tout remis en place, en posant un index sur sa bouche.

Dehors la nuit avait tout englouti. Leur chien n'était jamais revenu. Elle avait retrouvé sa carcasse derrière un buisson : lardée de coups de couteau. Les Allemands avaient dû s'en débarrasser pour qu'il ne donne pas l'alerte.

Au bout d'un long moment, elle se leva, attrapa la statuette mariale et la jeta au sol. Elle se pencha au-dessus des débris albâtre et ramassa le rouleau de papier. Elle prit une lardoire sur la table de la cuisine, marcha vers le puits dans la cour et avança le bras par-dessus la margelle. Elle gratta à un endroit qu'un rayon de lune faisait briller. Elle sentait la pierre, dépourvue de mortier autour, tendit une autre main à vingt centimètres du rebord et retira le bloc prudemment. Elle déposa dans l'anfractuosité le billet entouré d'un tissu sec et remis le moellon en poussant bien au fond.

Les boches ne le trouveront jamais, pensa-t-elle en regagnant la ferme.

L'homme regarda un instant la campagne grise puis ferma les volets. Son épouse était assise à la table de la cuisine. Une grosse bougie se consumait. La tache de cire fondue s'étalait sur le bois de chêne. Il prit un Opinel et touilla machinalement la pâte tiède avec sa lame. Lucienne croisait les bras. Elle ne fixait pas la chandelle, c'étaient les yeux de son mari qui la troublaient. Elle y lisait une profonde angoisse.

— Tu penses que la Milice s'intéresse à toi ?

Il plongea la tête dans ses mains.

— Les compagnons sont de mon avis, cet Étienne Fargeau est venu pour proposer l'installation de miliciens au Mayet-de-Montagne. Tout le monde sait que des réfractaires du STO partent se planquer dans les bois autour des Pions et de Lavoine. Tu parles d'un secret, avec toutes ces langues qui se délient au bistrot.

— On est en danger ?

— Pas pour le moment, mais on va devoir redoubler de prudence. C'est dingue cette histoire, tu ne trouves pas ? On sera aux premières loges pour observer ce que la Milice manigance.

— Tu penses que les gars d'ici accepteront de rejoindre ces collabos ?

— Fargeau a parlé de missions ponctuelles, on raconte que les volontaires seraient dispensés de la surveillance des voies de chemin de fer. Ça pourrait en faire réfléchir plus d'un. En ce qui me concerne, je vais tâcher de rester neutre. De toute façon, je ne peux pas m'engager sans en référer aux compagnons.

Lucienne hocha la tête et posa ses mains sur celle de son mari.

Il lui fit un léger sourire et regarda à nouveau la bougie qui s'éteignait au milieu d'une vasque écarlate.

Au départ, il s'était engagé sans réfléchir. Les autres lui avaient emboité le pas et, maintenant, il sentait le poids écrasant des responsabilités. Quels que soient ses états d'âme, pour tous ceux du maquis des Bois Gris, il était leur chef.

Nom de code : BERTRAND.

# 13.

À la scierie de Lavoine, c'était la pause et les hommes offrirent leur tête au pâle soleil de mars. Une bouteille de blanc circula entre eux ; Elias but une longue rasade. Sa chemise lui collait au dos.

Auguste Bradoc rejoignit les bûcherons avant qu'ils ne reprennent leur labeur ; il portait un gros cahier.

— Bon les gars, je passe pour recueillir les noms des volontaires. Je vous rappelle qu'avec l'accord des autorités, tous ceux qui patrouilleront au sein de la brigade seront dispensés de corvée pour la garde des voies de chemin de fer.

— C'est vrai que la Milice dirigera le groupe ? fit un type de Ferrières.

— Il y aura un observateur de la Franc-Garde, c'est vrai. Mais c'est un gars de Lavoine qui aura la responsabilité des rondes, ça doit être clair pour tout le monde. On vous a dit que les engagés seraient considérés comme miliciens bénévoles : ils signeront un papier. Mais ne vous en faites pas trop. Vichy c'est loin, des gaziers comme nous n'intéressent pas les chefaillons. Les guetteurs ne seront appelés qu'exceptionnellement et une indemnisation sera accordée pour chaque réquisition.

Les bûcherons parlaient entre eux et s'interpellaient d'une voix rocailleuse. Beaucoup doutaient. Quand finalement leur patron annonça que la Franc-Garde obtiendrait un ou deux fusils de chasse pour sécuriser les patrouilles, les pères de famille n'hésitèrent plus.

— On évitera peut-être le STO si on travaille avec la Milice ? dit l'un.

— Avec des pétoires, on pourra régler son compte à la bête, ça change tout, ajouta un autre.

— Et toi le Polaque, tu vas t'inscrire ? Tu pourrais faire quelque chose d'utile avec tes biscoteaux. Et puis, t'as pas de ribaude pour te réchauffer le soir, t'as tout le temps qu'tu veux pour braconner avec les nuiteux.

Elias ne répondit pas. Une hostilité sourde rayonnait autour de lui. Il s'écarta du groupe. Bradoc lui lança un regard torve.

Au moment du déjeuner, il prit une hache et se dirigea d'un pas sûr vers le petit sentier en sous-bois qu'il avait exploré l'autre fois. Il retrouva la bifurcation, la descente qui menait à la clairière et la ferme. De la fumée s'échappait d'une cheminée. Elias considérait la maison ; il y avait à côté une grange dont la toiture avait vilaine allure. Il se sentait envahi de pensées contradictoires. Il pouvait tourner les talons, mais une force indéfinissable le retenait ici, au milieu des fougères.

Finalement, trouvant un courage qui le surprit, il s'avança vers la demeure.

Il allait frapper avec sa grosse pogne quand la porte s'ouvrit. La rousse apparut. Elias fut surpris par sa beauté. Une brise venue de la forêt caressait ses cheveux et semblait donner à son visage la magie qu'évoquait un récit de son enfance : la princesse Kinga de Wieliczka.

— Oui ? fit-elle, en n'écartant la lourde qu'à moitié.

— Je suis bûcheron à la scierie de Lavoine, dit-il mal à l'aise.

— Vous me l'avez dit l'autre fois.

— On parle beaucoup de ces choses qui sont arrivées à des gosses dans le coin. Vous n'avez pas peur ?

La femme regarda longuement l'homme.

— Non.

— Rien d'anormal, pas de types qui traînent ?

— À part vous, non.

Elias sourit.

— Je ne voudrais pas vous sembler indiscret, vous vivez seule ?

Ce fut au tour de la femme de sourire.

— C'est important pour vous de le savoir ?

Elias ne sut pas quoi dire.

— Vous avez déjeuné ?

— Pas encore.

— J'ai une omelette avec un peu de lard si vous voulez.

Elias prit un tabouret et la fille jeta quelques pincettes de couenne sur la poêle. L'intérieur était modeste, bien entretenu. Ça sentait la pomme chaude et la vieille cendre.

Elle lui tendit une assiette, une cuillère et tira un escabeau sous elle.

Ils mangèrent en silence. Elias la regardait et elle l'observait aussi.

— Oui.

— Pardon ?

— Oui, je vis seule. Mon mari est prisonnier en Allemagne.

— Depuis longtemps ?

— L'été 40.

— Vous savez où il se trouve ?

— Quand les Allemands laissent passer les lettres : « Stalag XIII B », c'est ce que dit le tampon sur le courrier.

— Vous êtes courageuse.

— Pas le choix. Et vous, une femme ?

— Non.

— Pourtant, un type costaud et gentil, ça doit plaire.

Elias se sentit un peu gêné. Il fit diversion.

— Votre toit de grange a eu des soucis.

— J'ai perdu des tuiles avec l'arbre qui s'est affaissé lors de la tempête, il y a un an. Avec l'humidité, pas mal de trucs ont été gâtés. J'ai bien commandé des tuiles, mais je ne suis pas assez vigoureuse pour les monter.

— Personne ne pourrait vous aider ?

— Vous, peut-être ? fit-elle en le regardant par-dessus son verre.

Elias était monté sur le toit pour évaluer les dégâts. Il était à califourchon sur la faîtière et inspectait les alignements de tuiles qui n'avaient pas souffert. Un mauvais trou à mi-pente laissait s'écouler les eaux de pluie. Il redescendit. Il ne voulait pas louper la reprise du travail à la scierie.

Il expliqua à la fille qu'il pouvait venir dimanche et régler l'affaire en une journée. Elle demanda combien ça coûterait : le couvert pour le midi et le soir suffiraient. Elias s'enquit de son prénom, elle répondit Béatrice.

En repartant, il croisa le facteur qui traversait la clairière. Elias le regarda à peine, mais sentit un pincement sournois au milieu du ventre. Il pensa à une lettre du mari, un télégramme qui annonçait son retour prochain. Une conséquence de la Relève installée par Laval : un prisonnier de retour contre trois travailleurs pour les usines d'Allemagne. Une autre hypothèse avait sa préférence : le message faisait part de la mort du soldat. Un mauvais rhume attrapé dans une baraque glacée de Forêt-Noire.

Qu'est-ce qu'il t'arrive mon gars, tu ne serais pas en train de t'emballer un peu vite ?

Quand Gaston, le préposé des Postes, croisa Elias, le visage barré d'un sourire un peu sot, il fronça les sourcils. Voilà que la Béatrice recevait des inconnus maintenant ! Si des loustics venaient à la ferme, la chose ne ferait pas plaisir à Auguste Bradoc. Tout le monde savait que le maire de Lavoine, un ami d'enfance du mari de Béatrice, avait promis de veiller sur elle s'il arrivait malheur au soldat. Ce que Gaston n'ignorait pas non plus, c'était à quel point, avec le temps, Auguste avait su prendre à cœur son serment de bonne garde. Les visites surprises s'étaient multipliées et l'homme, pourtant d'âge mûr, s'était montré de plus en plus pressant. La belle Béatrice l'avait toujours repoussé, mais elle ne pouvait se fâcher avec la seule personne capable de lui apporter un peu d'aide en cas de souci.

Gaston se mit à rire dans sa barbe. Au troquet de Lavoine, ce soir, quelques compères seraient prêts à payer le coup de gnôle pour connaître les détails de ce qu'il venait de voir.

* * *

Le jour suivant, dans la clairière, l'après-midi touchait à sa fin. Elias était sur le toit de la grange. Il ajusta la dernière tuile par petits coups secs de son marteau, se redressa et contempla le travail d'un œil satisfait. Il essuya son front et s'accroupit près de l'échelle. Il entendait les bruits de la ferme : les sabots de Béatrice qui claquaient sur les lattes du plancher, des casseroles qu'on posait dans l'évier.

Elias crut qu'elle parlait avec quelqu'un. Il descendit du toit pour la rejoindre. À ses côtés se tenait un homme avec un chapeau et un manteau. Les yeux du bûcheron s'écarquillèrent de surprise.

Le commissaire Paul Montford, son chef de la 6e Brigade mobile de Clermont-Ferrand, se tenait là, l'air malicieux. Elias resta figé une seconde puis vint écraser la poignée de phalanges que lui tendit son ancien patron. Enfin, jetant aux orties toute réserve, il le serra dans ses bras.

Paul le jaugea en souriant.

— Tu as l'air en pleine forme canaille !

— Ne me dîtes pas que vous êtes là par hasard ?

— Non, en effet. Je me suis d'abord rendu à la scierie. Je craignais de ne trouver personne un dimanche, mais il y avait un vieux qui attendait là. Il m'a dit qu'il se pourrait bien que tu sois par ici. Je me suis fait expliquer le chemin et me voilà. J'ai laissé la voiture sur la départementale, de l'autre côté du bois.

Elias jeta un regard interrogatif à Béatrice. Elle haussa les épaules.

— C'est la deuxième fois que je me pointe ici et c'est déjà de notoriété publique à Lavoine !

Montford sortit une cigarette.

— On peut causer une minute ?

Elias était adossé à un tonneau ; il croisait les bras d'un air songeur.

— Ça fait quatre victimes : quatre fillettes, conclut Paul.

— Que disent les rapports d'autopsie ?

— Pas de compte-rendu, travail salopé. Il faudra exhumer les trois premiers corps si on veut rechercher des similitudes entre les blessures.

— Pour en revenir à la proposition de Lange. Je veux dire, vous lui faites confiance ?

— André a besoin de nous, tout superdirecteur de la Sûreté qu'il est. Si on accepte d'enquêter sur ces tueries et qu'on stoppe la chose qui sévit dans les bois, nous serons tous définitivement réintégrés dans les forces de police.

— Après ce que nous a fait ce pays de merde, je ne suis pas sûr d'avoir envie de reprendre le collier.

— Je te comprends. Ta révocation a été une parfaite injustice. Ils se sont rendu compte de leur erreur, en nous dispersant aux quatre vents.

Elias pensait à Béatrice. Il n'aimait pas la savoir seule, avec une bête ou un cinglé qui arpentait les taillis tout près.

— D'accord patron. Je vous suis sur ce coup. En souvenir des années passées. Si vous me dites que Lange est régulier, ça me va.

Le commissaire acquiesça.

L'ancien inspecteur remonta la fermeture de son blouson et cala ses gros poings au fond des poches. Béatrice se tenait devant lui, le regard brillant.

Il imaginait ses doigts durs caressant son cou.

— Je crois que j'ai un toit tout neuf, fit-elle.

— Oui, pour un bout de temps.

— Vous partez ?

— Il le faut.

— Vous êtes policier, c'est vrai ?

Elias hocha la tête. Il voulait mémoriser chaque centimètre de son visage.

— Vous repasserez ?

— Eh bien, j'ai encore droit à un dîner il me semble.

— Je pense pouvoir trouver une bonne bouteille et ce qui va avec.

Il voyait, du coin de l'œil, Paul qui patientait au milieu des herbes, son chapeau à la main. La brise du soir ébouriffait ses cheveux.

— Béatrice, je… Elle s'approcha et lui fit une bise appuyée sur la joue.

Il sentit un courant le traverser. Il lui fit un sourire, pivota lentement et partit rejoindre son chef.

Tout en marchant, il se disait que s'il se retournait maintenant, il ne pourrait plus jamais s'en aller.

* * *

Elias entra dans la baraque où se trouvait sa couche, derrière la scierie. Paul lui avait laissé vingt minutes pour faire son barda et rédiger sa lettre de démission.

Les dernières lueurs du jour filtraient à travers les fentes des murs et des insectes volaient gauchement dans l'air. Il n'avait qu'une valise de cuir usée. Il la remplit avec les oripeaux d'Elias-le-Bûcheron, une vie qui s'achevait aujourd'hui et dont il faisait le deuil en composant son petit saint-frusquin.

Il avait presque fini quand il entendit des grolles qui raclaient par terre, à la porte du dortoir. Trois silhouettes dans le clair-obscur, des forestiers qui barraient la sortie. Deux tenaient des manches de pioche et le troisième un gourdin.

— C'était bien chez Béatrice ? fit l'un d'eux en ricanant.

— Non content de t'être défilé devant la patrouille, voilà que tu fricotes avec une femme de prisonnier. Espèce de crevure, on a toujours su que t'étais de la graine de bolchevique ! ajouta un autre, le visage marqué par une cicatrice.

Elias se dressa de toute sa hauteur.

— C'est le chef qui nous envoie, cracha le troisième. Le facteur t'a vu alors que tu t'en revenais après avoir troussé la petite. Ne fais pas ta mijaurée, il t'aura pas fallu longtemps pour jouer le coucou dans le lit d'un autre, pas vrai ?

Elias ne se fatigua pas à répondre. Il fixait les trois gaillards et évaluait ses chances. Il se retourna rapidement, saisit une caisse près de son lit et la leva au-dessus de sa tête.

— Corrigez-moi ce peigne-cul ! gueula le balafré. L'instant suivant, la caisse se fracassait sur la tête du type au gourdin.

Les deux autres jurèrent et foncèrent sur Elias. Il brandissait ses poings, tel un boxeur au début d'un round à l'issue incertaine.

La mêlée fut âpre, au milieu du vacarme des chaises renversées, des glapissements de douleur et des coups qui s'abattaient sur un mur ou une table. Une allonge cueillit une côte qui craqua. Le bûcheron couturé sous l'œil posa ses mains sur son torse en grimaçant. Il tomba à genoux. Un manche de pioche ripa sur le crâne d'Elias qui vit miroiter des lucioles avant de perdre l'équilibre. Le dernier agresseur valide se rua sur lui tandis que l'homme au gourdin hurlait comme un hystérique : « Chope-le ! Chope-le ! »

La tête traversée par des ondes de douleur, Elias devina le manche de pioche en l'air. Il se voyait déjà mort quand un bruit de tonnerre fit vibrer tous les murs de la grange. L'agresseur poussa un cri et tomba à la renverse en tenant sa paume ensanglantée. Recroquevillé au sol, il gueulait. Elias se releva en chancelant. Il aperçut le commissaire Montford à l'entrée : son Lebel fumant dans une main. Paul avisa le bûcheron qui avait lâché son gourdin en prenant la caisse d'Elias sur le crâne. Il se pencha vers lui et attrapa une touffe de ses cheveux d'un mouvement vif. De l'autre main, il fit pivoter son revolver avec adresse et l'empoigna par le canon. Il leva l'arme en l'air avant d'écraser la crosse sur le nez du rustaud. Le cartilage se brisa au milieu d'un jet de sang.

— Le premier enfant de salaud qui fait un geste de trop, je l'épingle au mur d'une balle, j'le jure !

Les trois bûcherons restèrent figés sur place.

— Ramène-toi Elias, on a assez perdu de temps.

Les deux mobilards quittèrent la scierie en petite foulée avant que les vociférations des tâcherons n'ameutent tout le village.

— C'est Bradoc, le maire, qui m'a préparé ce traquenard, souffla Elias en se ruant dans la voiture.

Montford mit le contact et démarra en écrasant la pédale d'accélérateur.

— Toujours dans les coups foireux toi !, cria-t-il pour couvrir le bruit du moteur.

— L'autre, vous l'avez pas raté patron, je vous avais connu plus diplomate.

— En ce moment, faut pas me chercher, c'est comme ça.

La traction fit mine de s'embourber sur la place de

Lavoine puis s'élança sur la départementale qui menait vers Arronnes.

— Je m'inquiète pour Béatrice, ces tarés vont aller lui rendre visite, qu'est-ce qu'ils vont lui faire ?

— Gérons les problèmes dans l'ordre, tu veux ? répliqua Montford. D'abord on récupère le deuxième de l'équipe. Il y aura pas mal de route, je te préviens.

— De qui s'agit-il ?

— Lucien.

— Il n'habite plus Clermont-Ferrand ?

— Non, son nouveau nid douillet est dans la Haute-Vienne. À Nexon.

— Y a quoi là-bas ?

— Un camp d'internement pour les juifs ; c'est là qu'ils l'on mit.

# 14.

André Lange avait demandé à son chauffeur de le laisser au bout du boulevard des États-Unis. Prétextant son habituelle promenade dans le parc des Sources, il fit un crochet en direction de l'Allier. Il vit bientôt la silhouette familière. Elle se tenait sur la rive, près d'une barque échouée au milieu de grands roseaux. L'inspecteur Jalicot fumait une cigarette.

— Monsieur le Directeur, fit-il en relevant son chapeau d'un air narquois

— Bonjour Ernest, répondit Lange en le gratifiant d'une solide poignée de main. La pêche est bonne ?

— Couci-couça, fil l'autre en sortant un calepin de sa poche. L'ambiance est tristounette aux RG. Je crois qu'on leur met la pression avec ces chasses aux terroristes.

— Tu as trouvé quelque chose sur le procureur Floch ?

— Il suivra pour le compte du parquet l'affaire des fillettes de la montagne bourbonnaise : je vous le confirme. Quoi d'autre ? Inscrit au tribunal de grande instance de Cusset, décoré de l'ordre de la Francisque, monarchiste bon teint. On le dit très cire-pompes avec le préfet. Il lui rend compte régulièrement de l'avancée des enquêtes sensibles.

Les deux hommes s'étaient mis à marcher le long de la berge. Une odeur de vase et de feuilles en décomposition s'exhalait des fourrés.

— Floch fait partie des fonctionnaires sûrs : sens de la discipline et tout le tremblement.

Lange opina du chef.

— Pour conserver pareil poste, si près du pouvoir, ce sont des qualités indispensables…

— Un détail : il a été vu dernièrement à un récital donné au Grand Casino ; l'événement était organisé par la section artistique du groupe Collaboration.

— Bien joué Jalicot, là vous avez touché au but.

— Je n'en sais pas plus, c'est quoi cette confrérie ?

— Un cercle de notables composé d'anciens de la Légion française des combattants. Ça doit grouiller de miliciens. On dit qu'Otto Abetz[1] en personne le soutient.

— Maintenant vous savez où vous mettez les pieds patron.

— Dans un beau nid de serpents, je le crains.

* * *

Le médecin prit son stéthoscope et le replaça délicatement dans sa sacoche.

— Je ne sais vraiment pas quoi vous dire, fit-il en regardant André Lange et son épouse. Ils étaient assis près d'Apolline, de l'autre côté de la table de cuisine. La petite était pâle. Ses yeux semblaient fixer un point abstrait, loin.

— Je ne vois pas de troubles organiques particuliers ; pas de fièvre. Apolline cesse de s'alimenter me dîtes vous,

---

1. Ambassadeur d'Allemagne à Paris.

elle s'isole et ne parle plus avec aucun adulte ? Votre récent déménagement, qui l'a coupé de ses amis d'école, a pu occasionner un traumatisme. Sa grand-mère est morte il y a six mois ? On a peut-être une piste. On ne peut pas exclure une légère dépression non plus, ça expliquerait les difficultés de concentration, son humeur taciturne.

— Que pouvons-nous faire ? demanda Jeanne.

— Je connais un centre, à Viermeux. Il faut trente minutes pour s'y rendre en voiture. Apolline pourrait recevoir des visites régulières.

— Je ne laisserai pas ma fille dans un asile ! s'écria sa mère.

Le docteur secoua la tête.

— C'est une unité de soins psychiatriques qui possède aussi un pensionnat. Apolline n'y ferait qu'un court séjour. Elle serait en contact avec des professeurs chevronnés avec une bonne expérience des troubles mentaux. Le médecin jeta un regard bienveillant sur Apolline qui partit se réfugier derrière sa mère.

— En plus, je connais bien le médecin-directeur. C'est un vieux camarade, on a été internes à l'hôtel-Dieu de Clermont au même moment.

— Il n'y a pas d'autre alternative ? plaida Lange.

— Avec la guerre, hélas, de nombreuses structures d'accueil plus adaptées ont été fermées. Certaines, dans la région, que je vous aurai recommandées spontanément se trouvent au nord de l'ancienne ligne de démarcation. Il est difficile de s'y rendre.

André Lange soupira et prit la main de son épouse.

Au moment où la voiture du médecin démarrait, Apolline s'écarta de la fenêtre. Elle s'assit au pied de son lit et serra les jambes contre elle, le front posé contre les genoux. À l'autre bout de la chambre, Nicole la regardait.

— Je te l'avais dit, murmura-t-elle, ils vont t'abandonner.

* * *

Le centre psychiatrique de Viermeux se trouvait au fond d'un grand parc laissé à l'abandon. Trois bâtisses, larges et gothiques, entouraient les restes empierrés d'une ancienne chapelle, quand se dressait ici la congrégation des sœurs de saint Amâtre.

André Lange se gara devant l'édifice principal. Il était seul, Jeanne n'avait pu venir en raison du décès de son oncle dans le sud de la France. Elle s'en voulait de ne pas être là, mais André n'avait parlé que d'un repérage.

Il fut accueilli pas une infirmière à l'air morne. Elle le présenta au directeur de l'établissement. L'homme, sourcils broussailleux et barbe courte, portait un costume à la propreté incertaine.

Le médecin lui proposa de visiter les lieux. Le complexe se partageait entre le pensionnat de Saint-Amâtre, qui hébergeait une quarantaine d'enfants, un centre de repos et l'unité psychiatrique proprement dit. Les façades des bâtiments, toutes de pierre grise, étaient piquetées de fenêtres grillagées. Certaines, dont les carreaux manquaient, étaient bouchées avec des restes de journaux.

L'asile était séparé des autres constructions par une longue galerie qui partait de l'infirmerie. À travers une porte vitrée, André aperçut l'étrange corridor dont les murs étaient recouverts de fresques évoquant grossièrement la Danse macabre de l'abbaye de la Chaise-Dieu, en Haute-Loire. Il s'agissait d'une allégorie de la mort entrecoupée de scènes bibliques. Une sinistre pantomime peuplée de cadavres et de squelettes.

— C'est un drôle de décor pour un hôpital, s'exclama Lange.

— Les internés n'empruntent pas ce passage, répondit-il. Seul le personnel y accède. Et puis, les peintures sont classées, on ne peut pas les enlever.

Le médecin-chef regarda Lange avec gravité. Il fallait maintenant aborder la question cruciale des colis alimentaires.

— Depuis l'armistice notre l'institut souffre de la défaillance des fournisseurs. Nous manquons de légumes, de draps et même des tissus nécessaires pour confectionner les uniformes de nos malades.

Les deux hommes foulaient une bande de gravier. Il longeait un mur de ronces et de mauvaises herbes à la croissance démesurée.

— Ah ! J'en ai écrit des lettres au préfet pour attirer l'attention sur nos misères, geignait le directeur. L'explosion du marché noir a fait monter les enchères. Quand les prix flambent, les asiles ne représentent pas une clientèle très intéressante. La situation est critique. Je préfère être franc avec vous. Certains patients ne reçoivent ni visites, ni colis de leurs proches, ils dépérissent lentement. Le taux de mortalité de nos aliénés a quadruplé en deux ans !

Le directeur posa une main sur le bras de Lange.

— Si vous nous confiez Apolline, pensez bien à ses colis. Le reste, nous nous en chargerons. Je peux ainsi vous garantir de l'excellence de nos professeurs et de notre pédopsychiatre, il vient de l'école de la Salpêtrière et ses connaissances en hypnose sont remarquables.

Le policier regarda de nouveau la façade du pensionnat. Il ne put réprimer un frisson. Cet endroit puait la décrépitude et la mort. Il semblait oublié des vivants.

# 15.

Le jeune homme s'était levé bien avant l'aube. Autour de la table de la cuisine, son père et sa mère avaient préparé en silence son barda : deux pantalons, deux chemises et autant de pulls. Une miche de pain, un saucisson et quelques pommes de terre cuites dans la cendre. Une canne à pêche et un panier aussi, pour faire croire aux voisins qui épiaient que le gosse partait taquiner le gardon et non ramasser la clé des champs.

Il avait marché longtemps, dormant dans des talus et empruntant même un vélo entre Thiers et Cusset. Il était monté à bord du vieux tacot de la montagne bourbonnaise et avait rallié Lavoine en soirée. Il s'était présenté au petit bar-épicerie. Une femme lui avait remis un demi-billet de cinq francs : il devait le donner à une certaine ELISE qui possédait l'autre extrémité.

La paysanne habitait dans les bois Fréchaux, où elle élevait deux poules et quelques lapins. Le gars fit ce qu'on lui avait dit : on prit son bout de papier, on compara le numéro avec celui qui figurait à l'identique sur l'autre tranche et on lui dit d'attendre dans une demeure, à l'orée de la forêt. Ancienne cabane de berger puis chapelle de fortune, la chaumine avait connu bien des vies avant de dépérir sous un linceul de lierre.

Au matin, alors qu'il claquait des dents, un type frappa à la porte et entra sans qu'on l'y invite.

Il dévisagea longuement l'adolescent, le fit se lever et le fouilla pour voir s'il ne portait pas d'arme.

Celui qui s'appelait Jean vit un deuxième homme, fusil de chasse dans les mains, occupé à surveiller les environs.

— Qu'est-ce qui t'amène p'tit ? demanda le partisan.

— STO, m'sieur.

— Bon. On va discuter un peu tous les deux. T'as intérêt de ne pas être un agent des Allemands, sinon tu ne verras pas la lune ce soir, je te le garantis.

Une heure plus tard, les trois hommes s'enfonçaient dans le Bois des Gris. Ils marchèrent sur des sentes qui semblaient se croiser sans cesse au milieu d'une forêt compacte de hêtres et de sapins. Un moment, ils dépassèrent un dolmen au-dessus duquel des merles se houspillaient, puis gagnèrent une grande demeure au col des Planchettes. Ils trouvèrent là une dizaine d'autres réfractaires qui logeaient sur place. La bâtisse était louée à un couple qui habitait dans le Cantal.

Pour se nourrir, les défaillants au STO pouvaient compter sur les paysans de Cézens, de la Pierre d'Argent ou du moulin de Béchemore, et même un préposé à la mairie de Saint-Priest-la-Prugne qui leur donnait en cachette des cartes d'alimentation vierges, chipées au bureau de ravitaillement de Vichy.

Jean comprit vite que les maquisards ne formaient pas une communauté homogène ; plusieurs groupes étaient dispersés dans des jasseries aux quatre coins du secteur. La vaillante armée avait tout d'une troupe dépareillée. Ses fantassins se disputaient une poignée de pistolets et quelques fusils MAS 36 récupérés après la débâcle de juin 40. Les journées se partageaient entre la recherche perpétuelle de provision, des contingences matérielles plus ou moins sordides et, quelques fois, entre deux plages d'un impénétrable ennui, une petite opération. Ici, la collecte de bâtonnets d'explosifs dans les carrières du Mayet-de-Montagne, là des vêtements chauds lors d'un raid dans un dépôt des chantiers de Jeunesse.

Le réseau s'était créé par hasard, après que BERTRAND avait secouru un pilote anglais dont l'avion de reconnaissance s'était écrasé tout près de Nizerolles. Le British travaillait pour le SOE, une unité spéciale des services secrets anglais dont la mission consistait à désorganiser les armées allemandes en France par tous les moyens possibles. Rapidement, BERTRAND devint agent de liaison et reçut pour tâche de récupérer des armes, des radios et de dresser un état des forces des Allemands dans les environs de Vichy. Des renseignements, couplés avec des dizaines de milliers d'autres, qui devaient préparer le débarquement des Alliés.

Les résistants se déplaçaient à vélo, notaient les postes isolés de la Feldgendarmerie[1], la localisation des casernes et des dépôts de munitions. Après quelques semaines, le maquis avait recensé deux divisions de la Wehrmacht dirigées depuis l'état-major de Royat dans le Puy-de-Dôme.

Le crépuscule bleuté s'étalait lentement parmi les chênes et les fougères. Le repas des maquisards fut, comme à l'accoutumée, frugal et silencieux. Plus tard, au milieu d'une partie de cartes, les discussions roulèrent sur le sujet favori : l'attente d'un parachutage d'armes pour enfin passer à l'action. On évoquait les autres réseaux, ceux de De Gaulle ou des communistes, mais aussi Alliance, l'organisation des Anglais qui recrutait des informateurs au sein de l'administration vichyste.

---

1. Police militaire allemande.

BERTRAND quitta le camp à l'aube. Il ne pouvait s'absenter trop longtemps sans attirer l'attention. Les mouchards étaient partout.

* * *

Durant l'après-midi, Auguste Bradoc regagnait la scierie après la pause déjeuner. En arrivant devant son bureau, il sentit son cœur battre un peu plus fort. Le milicien Étienne Fargeau bavardait avec une secrétaire.

— Monsieur le Maire, bien le bonjour ! Je passais chercher la liste des volontaires pour la patrouille. Je vais vous laisser les formulaires d'engagement. Vos gars pourront les remplir.

Le petit homme affichait un regard équivoque.

— Vous noterez qu'il n'est pas nécessaire de fournir un certificat d'ancien combattant pour adhérer ; les jeunes qui n'ont pas fait leur service militaire sont les bienvenus.

Auguste prit la liasse de papiers.

— J'aurais peut-être une chose à vous signaler.

— De quoi s'agit-il ?

— Avant-hier, il s'est passé un incident à la scierie. Des gars à moi se sont fait rosser par deux types. L'un d'eux travaillait pour moi depuis quelques semaines. L'autre, j'ignore qui c'était. Mais il avait un flingue et il a bousillé la main d'un de mes meilleurs bûcherons.

— Qu'est-ce que ce bonhomme faisait là, avec une arme ? Un terroriste ?

— Je n'en sais rien, mais la Milice pourrait enquêter ? Ils sont partis avec une traction en direction d'Arronnes.

— Hum, une auto… Et s'il s'agissait d'un Allemand ?

— Non, les gars sont formels, il parlait français sans accent.

— Un signalement de la voiture ?

— Mieux, une plaque d'immatriculation.

Fargeau sortit un papier de sa poche et nota avec précaution le relevé. Et l'autre, votre employé ?

— Il a démissionné le jour même en laissant une lettre sur son lit. Il s'appelle Elias Damian.

— Bien, monsieur le Maire, je vois que notre entente débute sous les meilleurs auspices. Ne vous en faites pas : on va s'occuper de ces truands.

En laissant le milicien s'éloigner, Auguste Bradoc pensait qu'il avait bien manœuvré. Avec cette diversion, les hommes au gamma allaient se concentrer sur autre chose que les habitants de Lavoine. Ce Polaque d'Elias courait au-devant de sales ennuis. Il n'était pas prêt de revenir tourner autour de Béatrice comme un chien en chaleur. Le moment était venu d'aller voir la petite. Cela faisait des mois, en rentrant chez lui, qu'il faisait de grands détours par la clairière pour la guetter ; il se cachait derrière un rideau de fougères tel un adolescent transi. C'est que la mignonne était touchante lorsqu'elle vaquait en combinaison sur son perron, se croyant seule au monde. L'autre midi, alors qu'il lui apportait du pain et des pommes de terre, elle lui avait ouvert la porte vêtue de son corsage et de sa chemise grise déboutonnée. La gracieuse devait ignorer l'effet qu'elle produisait. Lucienne lui faisait l'auberge du cul tourné depuis des mois, mais la rouquine lui fouettait le sang rien qu'en le dévisageant. Il pensait parfois au serment qu'il avait fait à son mari quand, casqué et prêt à grimper dans le train, il s'était fait promettre par Bradoc qu'il veillerait sur elle comme sa propre fille. Mais la demoiselle était devenue une femme.

L'esprit agité, il regardait du côté des bois.

La voie était de nouveau libre.

# 16.

André Lange s'était battu bec et ongles pour que la réunion ne se tienne pas à l'hôtel du Portugal, en terre nazie, mais au ministère de l'Intérieur. Bousquet avait appuyé cette demande auprès du SIPO-SD : Lange eut gain de cause.

En début d'après-midi, dans une salle où deux drapeaux, svastika et bannière tricolore, étaient posés côte à côte sur un piquet, on fit servir du café. Autour de la table, outre André Lange, se trouvaient Arno Geitel et deux adjoints de la police allemande, un colonel de gendarmerie représentant la 13e légion d'Auvergne, le directeur des Renseignements généraux de Vichy et deux commissaires de la Sûreté, chargés respectivement de la Section des affaires politiques et du Service de répression des menées antinationales. Pour fermer le bal : un certain Hubert Martin, délégué de Darnand à la Milice.

Après les formules de politesse destinées aux hôtes, impeccables dans leur tenue feldgrau, Lange énuméra les missions de la Sûreté : maintien de l'ordre public en assurant la circulation et le ravitaillement, lutte contre le crime et les réseaux du marché noir. Quand il eut fini, le milicien fit la moue et chercha le regard de Geitel qui prenait des notes avec nonchalance.

— Je crois que ces messieurs allemands souhaiteraient surtout savoir ce que la Sûreté propose contre les forces de l'anti-France ? Vos services peuvent-ils nous fournir les chiffres des dernières arrestations de gaullistes, de francs-maçons, d'agitateurs de la SFIO[1] ou de juifs ?

Lange eut un sourire crispé. Il n'attendait rien de bon de cet Hubert, qu'il devinait prêt à toutes les vilenies pour affaiblir l'image de la Sûreté. Du tout nouveau responsable du Deuxième Service, l'unité de renseignement de la Milice, il savait déjà l'essentiel : ancien commissaire de la Sûreté lyonnaise, bête noire des résistants, antisémite fanatique et vétéran cagoulard au sein des chevaliers du Glaive, clique clandestine dont Darnand fut le chef avant-guerre. Martin avait connu une promotion éclair sitôt son patron nommé à la tête de la Milice. André Lange se sentait plus en confiance avec Geitel et ses affidés marcheurs au pas de l'oie, qu'avec son cher condisciple. Il le sentait prêt à lui faire payer l'incarcération de son pontife.

— Le suivi des réseaux communistes fait partie des prérogatives de la Sûreté, poursuivit Lange sans se démonter. Je parle sous le contrôle du commissaire Saganes, ici présent. Je peux vous dire que la carte des dissidences politiques nous est bien connue.

— Mais, monsieur le Directeur, vous n'ignorez pas que les rouges se sont transformés en « patriotes » avec l'aide fraternelle des bourgeois gaullistes. L'heure est venue d'abattre sur pied ces bolchos avant qu'ils ne fissurent tout le pays. Il faut passer à l'action, taper dans le bois dur.

— La Sûreté a déjà fort à faire avec les crimes de droit commun.

Le visage d'Hubert Martin s'éclaira. Il se tourna vers Geitel.

1. Parti d'obédience socialiste.

— La Milice est prête à défendre, aux côtés de l'Allemagne, une France expurgée de ses ennemis extérieurs, mais aussi intérieurs.

André Lange prit sur lui. Il s'efforça de sourire.

— Monsieur Martin, ce n'est ni le lieu ni le moment pour un pareil débat. Ces messieurs de la police allemande ne sont pas venus pour nous entendre discuter boutique...

Lange percevait la haine qui sourdait du milicien en ondes mauvaises.

Après divers échanges du même acabit, à bout de patience, Geitel sonna la fin de la récréation et prit la parole. Il parla d'une voix tranquille avec cet excellent français qu'il cultivait jadis comme chef de réception dans un grand hôtel parisien.

— Messieurs, il ne fait aucun doute que la police française dispose de nombreux atouts pour faire régner l'ordre, aussi, je me contenterai d'attirer votre attention sur les missions du SIPO-SD. Elles se résument en un seul objectif: protéger les troupes allemandes. Je vous propose d'adopter avec nous une posture pragmatique. D'abord identifier dans la région tous les centres de réfractaires, faire remonter les activités militantes hostiles, tels les rassemblements politiques clandestins ou les distributions de tracts, nous aider à découvrir tous les stocks d'armes et, j'attache du prix à ce dernier point, procéder à l'arrestation des ressortissants du Reich[1] présents dans l'Allier. Il s'agit d'anarchistes ou de dangereux dissidents ayant causé du tort à notre gouvernement.

À la fin de la réunion, Geitel prit une nouvelle tasse de café et s'approcha d'André Lange qui s'entretenait avec l'officier de gendarmerie.

1. Allemands antinazis réfugiés en France.

— Monsieur le Directeur, j'ai appris que vous étiez chargé d'élucider ces crimes effroyables dans les bois autour de Vichy. Possédez-vous quelques éléments ?

— L'enquête débute seulement, Herr Geitel, nous ne négligeons aucune piste.

— Ni celle des terroriste, n'est-ce pas ?

— C'est l'hypothèse qui satisferait le plus de monde.

— Mes services ont identifié une liste de suspects : des réfractaires, engagés dans des activités anglo-communistes. Nous pourrions travailler ensemble, qu'en pensez-vous ?

— Je retiens votre offre, répondit prudemment Lange.

— Pour sceller notre bonne entente, j'ai justement quelque chose pour vous. Il fit un geste et un sous-officier s'empressa de le rejoindre en sortant une feuille de papier d'une sacoche de cuir.

— La femme dont le nom figure sur cette feuille est mariée avec un terroriste que nous avons récemment arrêté. L'homme refuse de parler. Mais son épouse pourrait être plus loquace : nous aimerions savoir si elle est connue du SRMAN pour des activités interdites. Ça confirmerait nos soupçons. En échange, sur la base de nos sources, la Sûreté pourrait prendre en charge la capture des indociles. C'est bien ce que réclame monsieur Bousquet, n'est-ce pas ? Geitel affichait un sourire diplomatique qui semblait dissimuler des crocs.

Lange prit le papier et se contenta de hocher la tête.

— Je vous dirai ce que nous avons sur cette femme, je m'y engage.

Geitel était satisfait ; il tourna les talons pour s'en aller jeter son dévolu sur quelqu'un d'autre.

Lange allait sortir de la salle quand il croisa son rival du Deuxième Service. Il enfilait son manteau.

— Au fait, monsieur le Directeur, avant que je ne me sauve, j'ai quelque chose à vous dire.

— Je vous écoute.

— Hier, à Lavoine, un de nos miliciens nous a signalé un incident survenu près de la scierie. Des hommes ont été rossés par deux individus. L'un conduisait un véhicule et possédait un pistolet. Nous avons pu relever la plaque et questionner le service des cartes grises. Comme Lavoine se trouve dans le périmètre marqué par les cadavres de ces pauvres gosses, tout ce qui s'y déroule d'inhabituel mérite d'être rapporté, n'est-ce pas ?

— En effet.

— La Sûreté a-t-elle mené dernièrement une opération à Lavoine ?

— Pas que je sache, fit Lange avec une pointe d'appréhension dans la voix.

— En ce cas, vous serez fort aise d'apprendre que la voiture repérée après la rixe appartient à votre administration. Vos hommes sont sensibles de la gâchette ? Ce qui est fâcheux, c'est que le maire de Lavoine vient d'accepter de travailler avec notre Franc-Garde. Aussi, si vous pouviez tenir vos mobilards et éviter qu'ils créent du désordre, nous apprécierions.

Lange serra les dents.

Espèce de petit salopard ! Voilà qu'en plus tu te montres magnanime.

Hubert Martin le regardait droit dans les yeux.

— Je ne voudrais pas insister lourdement, monsieur le directeur, mais je n'aime vraiment pas vos grands airs. Bousquet ne sera pas éternellement à la tête de l'Intérieur à protéger ses flics. Les Allemands le jugent trop mou, c'est ce qui se dit fréquemment, ici ou là. Ses piètres résultats lors de la rafle de l'année dernière, à Paris, les ont convaincus de prévoir un successeur. Un jour, Darnand s'imposera à la tête de toutes les polices. La Milice sera la clef de voûte. Nos querelles n'auront plus lieu d'être. Mais nous nous souviendrons de ceux qui ont joué le jeu depuis le début. Bien le bonsoir, monsieur le directeur.

Lange resta sans voix et se contenta de regarder la silhouette bonhomme du milicien ajuster son chapeau et regagner la sortie.

La menace était à peine voilée. Un ennemi de plus, se désola-t-il.

En début d'après-midi, il se décida à prendre le téléphone et à appeler le procureur Armand Floch. Il convenait d'arrondir les angles au plus vite. S'il pouvait s'en faire un allié, il serait à l'abri de la Milice.

* * *

Louise fit rentrer les deux hommes et leur servit un verre de vin. Les bûcherons posèrent beaucoup de questions. Que lui avaient demandé les Allemands ? Antoine avait-il parlé de quelque chose les concernant ? Quand elle voulu les interroger à son tour, ils baissèrent les yeux.

— Moins tu en sauras, mieux ça vaudra pour toi Louise, fit l'un des gaillards. L'autre acquiesça de la tête en s'essuyant la bouche d'un revers de manche.

Quand ils partirent, elle était en colère. Les lâches ! Elle se félicitait de n'avoir rien dit du message caché dans le puits.

Elle donna des consignes à ses fils et passa chez un voisin de Mont-Péroux. Elle lui demanda de venir faire un saut, en fin d'après-midi, pour s'assurer que les enfants s'en sortaient avec le bétail. Elle s'habilla pour la ville avec une robe présentable, noua un chignon et descendit à bicyclette à la gare de Lavoine. Elle prit le premier train pour Cusset.

Arrivée à destination, elle héla un vélo-taxi pour Vichy et rejoignit rue Lucas un petit salon de coiffure très chic, installé près du casino des Fleurs.

Sa cousine, Adèle Bréal, y prodiguait coupe de cheveux et manucure pour la bourgeoisie locale. On disait que Laval y avait ses habitudes.

Quand Louise entra dans le salon avec ses galoches crottées et ses vêtements de paysanne endimanchée, elle se sentit rougir. Lorsqu'Adèle sortit d'une remise, les bras chargés de lotions capillaires, elle lui fit un sourire forcé et vint l'embrasser. Elle l'écouta brièvement puis lui proposa de la retrouver dans un café, après la fin de son service.

Louise ne pouvait s'empêcher d'admirer la toilette d'Adèle qui exhalait la lavande et le neuf. La coiffeuse portait de vrais bas alors que tant de Françaises se contentaient d'en fabriquer dans de vieux tricots. Sur ses jolis mollets, c'était du vrai fil de soie, pas de ces apprêts vendus par les instituts de beauté censés imiter les coûteux accessoires. Combien de baisers avait-elle acceptés de ces cochons d'Allemands pour mener pareil train de vie ? Qui sait, peut-être y prenait-elle du plaisir ?

Louise portait en piètre estime sa cousine dont le mode de vie était si éloigné du sien. Vivant dans la facilité et le luxe, même relatif, que pouvait-elle connaître du travail aux champs, des hivers rudes et du bétail qui exige une disponibilité permanente ?

Il en coûtait beaucoup à Louise d'être devant Adèle, obligée de mendigoter son aide.

La coiffeuse avait commandé deux cafés moka glacés avec un soupçon de cannelle.

Louise toucha à peine à sa consommation et déballa son histoire d'une traite. Les fridolins[1] étaient venus chercher Antoine. La brigade de gendarmerie ignorait tout de cette arrestation. Quant à la Kommandantur, elle l'avait congédiée.

---

1. Surnom péjoratif donné aux Allemands.

— Adèle, je sais que tu es en assez bon terme avec des officiers allemands. Je me disais que tu pourrais peut-être obtenir des informations. Savoir où ils gardent mon pauvre Antoine ? Je suis désespérée. Je ne peux pas dormir toute seule sans penser toutes les nuits à ce qu'il devient.

— Je connais un lieutenant qui travaille dans la police allemande, répondit Adèle en relevant une mèche blonde qui venait de glisser le long de sa joue. C'est un garçon cultivé et très gentil. Je suis persuadé qu'il acceptera de se renseigner. Il le fera pour moi. En disant cela, elle affichait un sourire espiègle.

# 17.

Il faisait noir lorsqu'il rejoignit la baraque au bout de l'allée boueuse. C'était la dernière de la rangée nord. Après, il n'y avait que les barbelés du camp et la campagne haut-viennoise.

Il poussa la porte, regarda ses godillots couverts de neige sale et tapa du pied. Devant lui, une douzaine de types, silhouettes hâves, attendaient la soupe et jouaient aux cartes.

Le bouillon leur fut servi à l'heure précise : toujours le même brouet clair où surnageaient des navets transparents comme des méduses. Seul élément solide, une tranche d'un pain à la farine de maïs que tout le monde mit à tremper pour la rendre digeste.

Après le repas, ce fut l'immanquable rituel. Un vieil homme à la barbe fournie, musicien dans une autre vie, se mit à rassembler avec minutie toutes les miettes de la table. Il en fit une boulette compacte qu'il s'employa à durcir avec sa salive. Quand la pelote fut grosse comme un œuf, il la savoura comme une mangue.

Une grande gueule, ancien des Brigades internationales, fut pris d'une vilaine toux et cracha une morve flavescente.

Tous les détenus étaient des « étrangers indésirables » : communistes, homosexuels ou, plus rarement, des Français juifs qui ne s'étaient pas déclarés en préfecture. Lucien Darmon était de ceux-là.

Une heure avant l'extinction des feux, il se dirigea vers le fond du dortoir. Une chemise raide de crasse lui irritait les épaules.

Il avisa les couchettes superposées où les hommes pionçaient dans les relents de sueur et de merde. En guise de matelas, la paille s'était depuis longtemps dissoute en une poussière blonde infestée de parasites. Lucien s'assit à côté d'un homme malingre, plus âgé que lui, qui jetait des regards craintifs aux alentours. Cet ancien professeur d'histoire, de confession israélite, portait le même costume depuis son arrivée. Jadis de bonne coupe, il était maintenant brillant d'usure et sentait le rance. Avec les robinets qui gelaient fréquemment la nuit, l'eau manquait et l'homme se désolait de n'être plus que le vestige de lui-même.

Lucien s'assura qu'ils étaient à l'abri d'une oreille indiscrète et se pencha vers son compagnon d'infortune.

— C'est pour ce soir, Alfred. En disant cela, il sortit de sa poche une pince coupante.

— Seigneur, où as-tu délogé un truc pareil ? fit l'autre en écarquillant les yeux.

— Chipé à l'atelier ce matin et planqué dans une miche de pain avec la complicité d'un cuistot.

— Et après, Lucien, que vas-tu faire ? Même si tu passes la clôture sans te faire griller par le courant, les gardiens te verront détaler comme un lièvre depuis leur mirador. Avant que tu n'atteignes l'orée de la forêt, ils feront un beau carton.

— Écoute-moi. La poignée est recouverte de caoutchouc, tu vois, rien à craindre avec l'électricité. Ça fait plusieurs semaines que j'inspecte les miradors ; j'ai repéré un angle mort. C'est par là qu'on va s'enfuir.

Alfred regarda ses chaussures percées, puis fixa Lucien avec les yeux humides.

— Je suis désolé, mais je ne suis plus aussi sûr de t'accompagner. Où veux-tu que j'aille ? Ici on est à l'abri. Dehors, je me ferai coincer en quelques heures et si les Schleus me mettent le grappin dessus, ils m'expédieront dans un de ces ghettos de Pologne dont on raconte les pires histoires. Écoute, j'ai écrit une lettre pour ma femme. Elle a pu se réfugier en Suisse. Si tu t'en sors, j'aimerais que tu postes ce courrier. La correspondance des prisonniers est lue par la Sûreté. Tu es le seul en qui j'ai confiance.

Lucien secoua la tête et posa une main sur son épaule.

— Tu lui enverras toi-même, cette lettre, quand nous serons tous les deux à Lyon. On va s'en tirer ensemble, c'était ça le plan. Que crois-tu, qu'en restant ici tu éviteras les ennuis ? Tu n'as pas remarqué que les feldgendarmes passent régulièrement à Nexon pour prélever leur quota de juifs et les convoyer vers Drancy ? Et après, où vont-ils donc ? Personne n'est jamais revenu de ce fameux territoire pour juifs à l'Est. Ce putain de camp se vide inexorablement, c'est une souricière. Si on ne s'enfuit pas, je ne donne pas cher de notre peau.

Le vieux hésita encore avant de se redresser : « D'accord Lucien, par Adonaï je te suis ! »

Quelques heures avant l'aube, ils repoussèrent leur couverture et descendirent de leur lit. Ils portaient toutes leurs affaires sur eux : deux épaisseurs de pulls et leur vieux manteau rapiécé. À pas de loup, ils se rapprochèrent de la porte d'entrée. Elle n'était jamais fermée à clef. Dehors, une voilette de brume laiteuse tapissait le sol.

Lucien partit en éclaireur, se faufilant entre les bancs de lumière crue qui tombaient des miradors et fendaient la nuit tels des hachoirs.

Il revint et se pencha à l'oreille d'Alfred.

— La voie est libre. Tu me suis sans me lâcher d'un pouce. À partir de maintenant plus un mot, plus un bruit jusqu'à la grille.

Ils se couchèrent dans la boue glacée et ne bougèrent pas plus qu'un tas de bois mort. Lucien sortit lentement la pince et commença à entailler la clôture. Les quadrilatères d'acier vibraient du courant mortel et l'ancien policier croyait entendre le métal pulser au moment où il approchait son outil.

Enfin, ils purent se glisser de l'autre côté de la grille. Le mirador le plus proche se trouvait à moins de dix mètres. Une brise porta à leurs narines la fumée d'une cigarette : un maton les surplombait.

Le second obstacle était sans électricité. Lucien s'activa de nouveau. Des traits de lumière passaient au-dessus de leurs têtes. Après des minutes interminables où Lucien s'efforçait de venir à bout de la clôture, les deux prisonniers parvinrent à gagner le champ. De hautes herbes mouillaient leur pantalon et leurs pieds faisaient des bruits de succion en s'enfonçant dans la boue.

Lucien percevait le souffle rauque du vieux. Il l'agrippa par la taille et le tira derrière lui. Ils trottinaient et courbaient la tête pour se dissimuler dans les ténèbres.

Après quelques minutes, alors que la forêt ne semblait plus si loin, des éclats de voix résonnèrent derrière eux.

Quelqu'un avait dû remarquer un trou dans le grillage !

Ils se retournèrent et virent des silhouettes qui couraient de l'autre côté des clôtures ; ils entendirent des jappements et le bruit d'un moteur qui s'allume.

— On a découvert notre fuite, ils vont lâcher leurs chiens, on n'y arrivera pas ! gémit le vieux.

— On est presque au bois. Il y a une rivière qui le traverse ; on se mettra à l'eau et on rejoindra l'aval, comme ça les clebs perdront notre piste. On ne s'arrête pas Alfred, on continue !

Anémié par la dysenterie, le vieux juif titubait et s'efforçait d'avancer avec, sur le visage, un teint cireux à faire peur. Lucien n'avait guère plus de force. Mais les fourrés étaient si proches.

Une camionnette remontait la départementale, parallèle au champ. La course furtive des chiens se devinait au milieu des fougeraies et des hommes se précipitaient à leur suite, zébrant la nuit du faisceau de leurs lampes.

Enfin, ils atteignirent les feuillus. Dans le ciel, une aube pâle se levait. Les traits de lumière vacillaient derrière eux et frappaient les troncs des arbres, glissant de la droite vers la gauche. Quelque part, des cloches sonnaient l'angélus. Poussant le vieux devant, Lucien se retourna. Dans le pré, les chiens bondissaient, suivis par les formes noires des policiers avec, dans leurs mains, le reflet glacé de leurs fusils.

Des détonations crevèrent le silence des bois. Ils couraient toujours. La rivière murmurait, au bas d'un raidillon. Les fugitifs sentirent l'odeur de vase : ils voyaient le ruisseau à pouvoir le toucher. Mais les cerbères se jetèrent sur leurs cuisses et les firent rouler au fond du trou. Le vieux glapit de terreur au moment où une mâchoire se referma sur son épaule droite dans un craquement. Lucien tressailli quand l'eau glacée lui fouetta le sang. Une chose molossoïde, excitée par la chasse, braquait sur lui ses petits yeux jaunes. Elle le renversa dans la rivière, le griffa et le mordit, indifférente à ses cris.

Un bref coup de sifflet mit fin à la curée et les deux mâtins se retirèrent. Un gardien leur passa une laisse.

Lucien sortit du cours d'eau, transi de froid. Le corps du vieux flottait, la face dans l'eau. Il le retourna et vit son visage, figé dans l'épouvante.

Il passa une main sous la veste du costume et prit l'enveloppe tachée de sang. Il la plia soigneusement et la mit dans sa poche. Au-dessus de lui, deux policiers le tenaient en joue.

— Encore un geste le youpin, et on te fume sur place !

Lucien ne répondit rien. Il leva ses bras vers le ciel.

De grands arbres le dominaient ; au milieu des frondaisons s'étalaient les premières taches du jour.

André Lange passa la porte-tambour de l'hôtel des Ambassadeurs et confia son manteau à un valet. Au loin, on entendait de la musique et des rires.

Il lui présenta son carton d'invitation. Sous l'en-tête Groupe Collaboration, figuraient les mentions : « Réconciliation franco-allemande » et « Solidarité européenne ».

Les dîners de gala de l'hôtel, installé à un jet de pierre de la villa Roubeau, le nouveau siège de la députation allemande, n'avaient plus le lustre d'antan. Le départ précipité de la délégation américaine après l'invasion de la zone sud y avait beaucoup contribué. Mais on continuait de s'y régaler et l'orchestre était fameux.

Dans la salle d'honneur, la section littéraire du groupe Collaboration organisait une conférence sur « La lutte de l'Allemagne à l'Est », suivie d'un cocktail. Le tout saupoudré de lectures poétiques empruntées à l'œuvre d'Abel Bonnard, essayiste et romancier engagé. L'homme, présent ce soir-là, était doublement bienvenu. Tant pour son adhésion au « club » qu'en sa qualité de ministre de l'Éducation nationale et de la Jeunesse.

André Lange ne connaissait personne. Il prit une coupe de champagne, pour se donner une contenance, et déambula entre des sillons de robes mondaines et d'uniformes feldgrau. Il remarqua de nombreux costumes dont les insignes à la boutonnière évoquaient tantôt l'appartenance au RNP[1], tantôt à l'une de ces entités issues de la

1. Rassemblement national populaire (RNP) : parti collaborationniste français.

Révolution nationale dont il ignorait tout.

Il y avait quelques journalistes, tel ce chroniqueur de L'Espoir Français, accrédité par la Propaganda-Abteilung, qui devisait avec des officiers SS. Mais Lange ne voyait pas le procureur Armand Floch ; c'est à lui qu'il devait son invitation. Il se sentait transparent et personne ne lui adressait la parole. Au final, il rejoignit la salle dédiée à la conférence et prit une chaise dans le fond. Il cherchait la tonsure du magistrat.

Il le repéra enfin.

L'édile lui tendit une main molle et lui demanda presque sans cérémonie : « Où en est votre enquête ? »

— Je réunis mon équipe, monsieur le Juge.

— Vous m'aviez dit la même chose la semaine dernière.

— Je préfère perdre quelques jours maintenant pour gagner du temps après. C'est un choix que j'assume.

— Bon, soit.

Floch attachait son regard sur la veste de Lange, l'air navré.

— Écoutez cher ami, comment vous dire ? Il lui montra un coin à l'écart.

— En tant que patron de la police judiciaire, vous pilotez une partie de la lutte contre les ennemis de la France nouvelle. Vous prenez votre charge et n'en percevez pas encore toute l'étendue. Vous verrez qu'en ces temps troublés, la séparation des pouvoirs est devenue contingente. Vous êtes le bras séculier de l'exécutif, je n'ai pas à me mêler de vos activités. Mais c'est une simple théorie, car en dirigeant votre enquête, je dois aussi répondre de votre plein engagement envers le Maréchal. Il y va de ma crédibilité.

Lange crispa les mâchoires.

— Soyez-en assuré.

— Bien sûr, bien sûr, là n'est pas le problème. Je vous parle de symbolique, d'image.

— Je crains de ne pas vous suivre.

Floch semblait fatigué de tourner autour du pot.

— Vous connaissez l'ordre de la Francisque ?

Lange baissa les yeux sur l'insigne qui luisait sur le veston du magistrat.

— Une distinction du Maréchal destinée à récompenser ses meilleurs serviteurs. Une récompense convoitée et chichement distribuée.

— Exact. Et je tiens à ce que vous fassiez une demande pour en obtenir une. Ce sera le signe de votre pleine fidélité envers le chef de l'État et l'assurance, aux yeux de tous, que mon collaborateur policier est fiable.

— Monsieur le Procureur, rien ne dit que ma candidature sera retenue.

Floch esquissa un sourire.

— La francisque est décernée en conseil. Je connais la plupart de ses membres, n'ayez aucune crainte. Vous aurez cette décoration.

— Je n'ai pourtant pas que des amis dans….

— Il s'agit de politique maintenant ! Vos compétences policières vous ont sauvé la mise pour le moment. Mais le vent peut tourner. Je vous propose une opportunité qui ne se présentera pas deux fois

— Comment les choses se passeront-elles ?

— Tout candidat doit se prévaloir de deux parrains ; je serai le premier et on convaincra votre directeur général d'être le second. Les règles d'attribution imposent que le récipiendaire possède de brillants états de services, militaires ou civiques. Tâchez de boucler votre enquête. Le reste suivra.

Les yeux de Lange luirent une seconde.

— Monsieur le juge, je profite de l'occasion pour évoquer un détail avec vous.

— Allez-y.

— Voilà, j'ai de solides inimitiés avec Hubert Martin, le chef du Deuxième Service de la Milice : un type ombrageux. Il peut représenter un obstacle pour mes hommes. Le cas échéant, votre arbitrage nous serait utile.

Floch fit la moue.

— Pour l'instant, la Milice n'est pas armée et se contente de bomber le torse. Quant à Darnand, c'est un rustre. Je ne le vois pas demain à l'Intérieur. Mais Bousquet est affaibli, c'est indéniable, alors… restons prudents. Votre enquête relève du droit commun, la Milice s'occupe des dissidents politiques. Personne ne devrait se marcher sur les pieds.

— J'ai votre soutien ?

— J'ai été clair il me semble.

Adèle Bréal portait un tailleur de velours noir et un exubérant chapeau composé de papier. À son bras, se tenait le lieutenant Luther du SIPO-SD. Tout dans son physique faisait penser à une publicité ambulante pour le parti national-socialiste. Il ne cachait pas sa fierté.

Le couple évoluait avec aisance au milieu des invités et prit ancrage près du buffet où le champagne coulait à flot.

— Merci Lorentz, fit-elle. Tu es si gentil d'avoir accepté de m'accompagner à cette soirée.

— C'est tellement normal, Geitel est mon supérieur. Je peux te le présenter sans peine. Et puis, ici c'est plus décontracté que dans son bureau, tu peux me croire.

Le Kommandeur Geitel, justement, impeccable dans son uniforme noir de confection Hugo Boss, devisait avec deux haut gradés de l'armée française.

Quand il vit approcher Adèle, on l'eut dit témoin d'une apparition. L'espace d'un instant, il ne fut plus question ni des généraux, ni de la politique. Geitel braqua son regard incisif sur la jeune femme et la détailla en connaisseur. Il claqua ses talons, s'inclina et la gratifia d'un baisemain appuyé.

— Eh bien, Obersturmführer ? fit Geitel à l'attention de Lorentz, que m'amenez-vous là. Ma parole, très chère, votre beauté fait pâlir les lustres de cet hôtel.

Des minutes qui suivirent, Lorentz n'en garda que le souvenir d'une cuisante déroute. Lui, le bel aryen au corps athlétique, prit une rude leçon de séduction. Dans la jungle des jeux du charme et de l'amour, l'officier fut vite sur la touche. Geitel, le vieux lion, démontra qu'il était bien le premier des prédateurs, à la Gestapo comme au lit.

Homme de goût et francophile, Geitel enchaîna les remarques spirituelles, prenant soin de ne jamais laisser vide la coupe d'Adèle. De son côté, elle peinait à confier le motif de sa présence.

Quand il devina que la tête de la belle tournait légèrement, il lui proposa de poursuivre la soirée au Cintra : un bar huppé qui donnait sur les parcs.

Installé en face de l'ancienne ambassade des États-Unis, au rez-de-chaussée du chalet de l'impératrice Marie-Louise, le Cintra était un havre de luxe et de quiétude. Geitel semblait intarissable sur l'histoire des lieux. En offrant des cigarettes à Adèle, il s'adossa au bar d'acajou et évoqua l'élégance de la bâtisse construite à la demande de Napoléon III pour y loger sa suite.

Sous les boiseries raisonnaient les airs guillerets de Für eine Nacht voller Seligkeit. Arno se fit plus intime. Il parla de sa mère, modeste couturière, d'une partie de son enfance à Strasbourg, et de Paris, la Ville Lumière qui le fascinait tant. Il savait écouter aussi, interrogeant Adèle sur son travail, posant des questions précises sur le ramassage des cheveux afin de confectionner des tissus et combattre les pénuries. Elle n'était pas insensible aux charmes de l'homme. Faisant preuve de tact, il n'évoquait la guerre que comme un contretemps malheureux dans l'édification de l'Europe nouvelle.

Un peu avant minuit, Geitel prit Adèle par le bras et se proposa de lui montrer un endroit insolite. Il l'entraîna derrière un rideau pourpre, dans une arrière-salle interdite à la clientèle. L'officier désigna une trappe.

— Voici un mystère ignoré de bien des vichyssois, ma chère.

— Une cave ? demanda Adèle.

— Nein : un passage secret. Une galerie qui relie ce chalet à celui de l'empereur, juste à côté. C'est la demeure qu'occupait Napoléon III lorsqu'il résidait à Vichy pour ses cures. On dit que ce tunnel servait à lui livrer des repas fumants.

Le SS souleva le châssis et révéla une petite volée de marches qui descendait dans le noir. Il appuya sur un interrupteur et une lumière crue inonda le sous-sol.

— C'est ici que vous emmenez toutes vos conquêtes ? se risqua Adèle. Vous n'êtes pas le petit-fils caché de Barbe Bleu j'espère !

Geitel ricana.

Le champagne l'avait fait chavirer : elle perdait la notion du temps. La tête lovée au creux de l'édredon, elle sentait les mains de l'Allemand sur elle, des effluves d'eau de toilette et l'odeur de son souffle, envasé par l'alcool. Des vagues de chaleur palpitaient en elle. Elle ne savait si la cause en était la boisson ou l'application d'Arno et de sa langue. Elle le sentit titiller ses tétons et placer ses doigts entre ses jambes pour lui écarter délicatement les lèvres. L'Allemand l'embrassa et elle recueillit le contact froid d'un métal sur sa gorge : une petite clé qui pendait au bout d'un lacet de cuir. Elle pensa un instant à cet objet, insolite, mais déjà il descendait entre ses seins vers le nombril. Le menton râpeux de Geitel l'envahissait de doucereuses sensations. Bientôt il se mit à lécher son clitoris et la bouche avide recouvrit entièrement son sexe. Adèle posa ses mains vers ses épaules et les griffa au milieu d'un frisson. Ils se retrouvèrent vite tête-bêche et la jeune femme devina au-dessus d'elle les poils bruns et gris du ventre qui la recouvrait comme une voûte. Elle sentit, tendue en arc, la queue de l'Allemand qui frémissait et glissait dans l'espace près de ses lèvres. Elle fit courir sa langue sur la hampe, la cajola et remonta vers le gland puis l'emboucha dans un mouvement vorace de succion et rien d'autre ne comptait.

Le jour s'était levé. Elle ne bougeait pas, échouée au milieu des draps, mais remplie d'un sentiment de plénitude. Une sensation que n'entachait nullement la vue de l'uniforme noir, orné de galons d'argent et soigneusement plié sur le valet. Ni les bottes cirées posées devant ni la casquette à tête de mort qui semblait la surveiller au-dessus du cintre.

Elle entendait des papiers qu'on froissait. Adèle se redressa doucement et vit Arno Geitel, vêtu d'une robe de chambre, assis devant un secrétaire d'acajou, qui s'absorbait dans l'étude de documents. Il ne l'avait pas remarquée. Au bout de quelques instants, il renferma une chemise frappée d'un svastika et enfourna le tout dans un tiroir. Il donna un tour de clef et fit glisser une latte de bois qui dissimula complètement le mécanisme de fermeture. Adèle fit semblant de dormir jusqu'à ce que l'Allemand vienne lui caresser les cheveux.

Une heure plus tard, l'arôme des toasts grillés et du thé embaumait le petit salon de la villa où logeait le Kommandeur. C'est après s'être restaurée, au détour d'une conversation plus intime, qu'elle évoqua à demi-mot la situation de sa cousine Louise et de son mari, Antoine Tachon.

Au nom de Tachon, les yeux de Geitel s'étrécirent comme ceux d'un reptile.

— Il a été transféré à la Mal-Coiffée[1] de Moulins pour y être interrogé. Je ne sais rien de plus.

— Va-t-on bientôt le libérer ?

— Tu es proche de ce type ? Le ton dans sa voix fit peur à la jeune femme.

— Non...

L'Allemand s'était soudainement emparé du bras d'Adèle et le serrait avec rudesse.

— Hé ! Tu me fais mal ! Louise est une cousine éloignée, son mari est un pauvre paysan… il doit être bien inoffensif.

Geitel relâcha sa prise, mais son regard inquisiteur ne retomba pas tout de suite.

— Je te crois. Il affichait de nouveau un sourire plein d'empathie. Mais tu dois comprendre pourquoi je suis méfiant, plus d'un doit souhaiter ma mort.

Adèle hocha la tête, un léger tremblement la parcourait. La peur ? Pourtant, quelque chose d'excitant émanait de cet homme et la recouvrait entièrement.

— J'aimerais beaucoup te revoir Adèle, fit le SS en lui cajolant les mains.

---

1. Prison militaire allemande située dans une tour carrée, dans l'ancien château des ducs de Bourbon.

# 18.

Lucien divaguait aux frontières des limbes. Sitôt estompée la douleur des coups, la faim avait pris le relais. Elle s'était lovée au creux de ses entrailles. Sous les lattes de bois, il entendait la course furtive des rongeurs. Il se disait qu'il pourrait s'emparer d'une frise, quitte à s'arracher les ongles des mains, tailler un pieu et attendre qu'un rat passe à sa portée. Il le mangerait cru : boyaux, queue et poils. Il avait tellement faim.

Dans la pénombre il se grattait souvent, la peau châtiée par les puces. Son esprit tournait en rond. Il pensait à la lettre du vieux juif, toujours dans sa poche.

Il crut reconnaître le jappement des chiens, sentir leur poitrail luisant de sueur et les voir bondir au milieu des herbes. Il se recroquevilla dans un angle et c'est ainsi que les gardiens le trouvèrent.

Un brigadier pointa le faisceau de sa torche sur lui et dit quelque chose. Deux types attendaient à l'extérieur. Une discussion vive s'ensuit.

— Sortez-le de là tout de suite ! tonna l'un d'eux.

Des bras saisirent le prisonnier sous les aisselles. Dans le couloir, le soleil perçait derrière une fenêtre à barreaux.

Des silhouettes floues s'étiraient.

On le fit asseoir sur une chaise et quelqu'un lui tendit un verre d'eau fraîche. Il l'avala bruyamment.

— Lucien ? Lucien tu vas bien ? Bon Dieu, qu'est-ce qu'ils t'on fait !

L'ancien inspecteur cligna des yeux.

— Commissaire Montford ? C'est vous ?

— Oui, je suis avec Elias. C'est fini mon vieux, on est venu te chercher !

Lucien resta coi. Puis, il réprima un frisson qui jaillissait du fond de sa poitrine et se mit à pleurer en silence ; on lui mit une couverture sur les épaules.

Dehors, plusieurs gardiens paraissaient se concerter et un commandant relisait pour la sixième fois la lettre que lui avait remise Montford à son arrivée.

— Putain qu'est-ce que j'ai faim ! murmura Lucien au moment où Elias lui tendit un autre verre.

L'ancien bûcheron se tourna vers un gardien qui tenait nerveusement son fusil : « Trouve-lui quelque chose à grailler. »

— Tout ça est très inhabituel commissaire, lâcha le commandant dont la tenue noire faisait ressortir la plaque de baudrier à francisque portée sur sa vareuse. Vous me donnez un document du Commissariat aux questions juives qui stipule que monsieur Lucien Darmon fait l'objet d'un recours visant à le réintégrer dans la fonction publique ; très bien, mais ça ne l'autorise pas à quitter le camp pour autant. Seul le préfet peut le permettre.

— Nous sommes ici à la requête du directeur général de la police, mentit Paul, nous avons besoin de Lucien Darmon pour une mission de première importance.

— Avec tout le respect que je vous dois, commissaire, je ne peux prendre d'initiative sans l'accord de mon chef de service.

— Bien. Où est-il, ce pacha ?

Le commandant regarda sa montre.

— Il déjeune à Nexon. Il sera de retour pour 14 heures.

— On va l'attendre, fit Montford en croisant les bras.

Quand le responsable découvrit l'attroupement devant le mitard, il fit stopper sa voiture et sortit en rouspétant.

— C'est quoi ce cirque ? lâcha-t-il en voyant ses policiers les bras ballants autour de plusieurs étrangers.

Le commandant expliqua la situation en quelques mots et tendit le courrier du bureau des questions juives.

Le directeur lut le document avec attention et le rendit à Montford d'un geste sec.

— Sans autorisation du préfet, les juifs ne sortent pas du camp. Vous perdez votre temps messieurs.

Paul toisa le directeur puis baissa les yeux sur son uniforme et les insignes de son rang : une guirlande de feuilles d'acanthe sous une étoile à cinq branches.

— Vous êtes le responsable du cantonnement, mais simple commissaire principal de troisième classe, cher collègue. En tant que commissaire divisionnaire, je suis votre supérieur. Je vous donne l'ordre de laisser partir le prisonnier après lui avoir remis ses papiers et ses effets personnels.

Le directeur devint écarlate.

— C'est totalement absurde, et contraire à toutes les règles. Je ne ferai rien sans autorisation du préfet !

Paul soupira et lui proposa de poursuivre la discussion dans son bureau.

Vingt minutes plus tard, la chamaille n'avait pas cessé. Montford pointa l'index vers son homologue.

— Les préfets obéissent à Bousquet et le secrétaire d'État à l'Intérieur commande le directeur de la Sûreté : mon chef. Si vous refusez de coopérer et d'attendre les documents officiels, j'en rendrai compte dès aujourd'hui.

Le directeur sembla soupeser l'argument.

— Ce prisonnier a tenté de s'enfuir, il doit être jugé d'ici peu. De toute façon, les Allemands viennent chercher les juifs étrangers et les fauteurs de trouble. Ils inscriront votre homme dans le prochain convoi.

— Vous avez transmis le nom de Darmon à la Feldgendarmerie ?

Le directeur ne répondit pas.

— Débrouillez-vous pour donner un autre nom. Qui vous voulez, mais pas Darmon.

— Pourquoi tenez-vous tant à sauver sa tête, nom d'une pipe ?

Paul sembla surpris par cette dernière remarque. Il se gratta le front un instant puis sortit un paquet de cigarettes. Il en proposa une au directeur en signe d'apaisement.

— Nous savons tous les deux que les Alliés débarqueront tôt ou tard. Quoi qu'en dise le Service de propagande. Il se pourrait qu'un autre régime s'installe et qu'on demande des comptes à certains fonctionnaires ; tout spécialement aux policiers affectés dans les camps. Si vous me bottez le cul en me renvoyant à Vichy sans mon ancien inspecteur, rapport il y aura. Votre zèle sera souligné. Le document sera déposé quelque part et fatalement, un jour, quelqu'un le sortira d'un tiroir. N'allez pas vous mettre en difficulté pour un simple prisonnier. Vous avez ma garantie que personne ne vous reprochera de m'avoir obéi.

On avait donné un seau et un ersatz de savon à Lucien pour qu'il se nettoie avant d'enfiler une chemise et un pantalon. Au moment de récupérer ses effets personnels, il reconnut la moustache de l'adjudant-chef : celui qui n'avait pas bronché quand les chiens avaient taillé en pièces le viel enseignant. Le maton saisit la carte d'identité de Darmon et l'examina avec un geste calculé. Dans un tiroir, il s'empara d'un tampon encreur et l'appliqua sur une éponge imbibée de rouge. Il souriait en apposant le cachet en travers du document. Le mot « juif » s'y détacha en gras.

— C'est la loi, inspecteur.

Lucien prit sa carte et sortit dans la lumière du jour. Il marchait comme un automate.

* * *

Ils roulèrent pendant deux heures. Personne ne parla. Paul gara la Simca 8 devant une auberge où ils commandèrent un peu de pain, des pommes, un bout de fromage et une omelette épaissie avec une cuillerée de Maïzena. Damian et Montford regardèrent Lucien engloutir la nourriture comme s'il n'avait pas mangé depuis des années, ce qui était vrai d'une certaine façon.

Pendant qu'il découpait sa miche, le commissaire posa une chopine de rouge et trois godets.

— À la santé de la 6e Brigade mobile, lâcha-t-il avec une conviction feinte ; les deux autres acquiescèrent et vidèrent leur verre cul sec.

Quand Lucien eut fini son assiette, il dodelina de la tête et Elias lui proposa de s'étendre sur la banquette arrière. Durant le long retour vers Vichy, il dormit comme un enfant.

Paul conduisait en observant les platanes le long de la route.

— Chef, fit Elias, comment va-t-on justifier notre escapade ? Lange sera furieux.

— On l'a mis devant le fait accompli, il devra faire avec. Il va gueuler pour la forme, mais il a trop besoin de résultats. J'ai vite compris qu'il ne bougerait pas pour Lucien.

— C'est un petit peu grâce à lui que le taulier a pris du galon avant la guerre, il l'a oublié ?

Paul haussa les épaules : « Il m'a bien déçu, sur ce coup-là. »

Ils arrivèrent à Clermont-Ferrand en début de soirée. Lucien voulait voir son appartement. Il craignait qu'après son arrestation, les cognes de la brigade juive n'aient tout saccagé.

La Simca fit halte à l'entrée d'une venelle, à deux pas de la rue des Gras qui montait vers la cathédrale.

Elias était resté près de la voiture, appuyé contre le capot. Paul accompagnait Lucien qui alla frapper à la loge du gardien.

Un prénommé Alphonse ouvrit en leur jetant un regard louche. Il ne reconnut pas Lucien d'emblée. Pourtant, à l'énoncé du patronyme, la mémoire lui revint.

— Je ne veux pas d'ennuis avec la police, lâcha-t-il, la dernière fois que je vous ai vu, vous étiez encadré par deux inspecteurs, alors vous comprenez…

Paul sortit sa plaque avant de demander les clefs. Le concierge pâlit.

— Mais… l'appartement n'est plus disponible ! Quelqu'un l'occupe.

— Qui ? fit Lucien en haussant la voix.

— Le nouveau propriétaire.

— Mais c'est moi le propriétaire ! rugit Lucien.

L'embarras du gardien était manifeste.

— Je suis navré, je n'ai fait qu'obéir à la loi. Tout départ d'un israélite doit être signalé à Vichy, au Service du logement. Comme vous avez été condamné, votre meublé a été réquisitionné. Vous ne pouvez plus en disposer.

— Mes affaires personnelles. Où sont-elles ?

— Je l'ignore monsieur, il faudrait demander au nouveau résident.

— Comment se nomme-t-il ?

Le concierge regarda le commissaire comme si les propos de Lucien nécessitaient son aval.

— Il s'agit d'un monsieur respectable : un marchand de biens installé avec sa femme et deux petits garçons. Il s'appelle Jules Grégoire.

— Il est là ?

Sans attendre la réponse, Lucien s'engouffra dans la cage d'escalier et monta au deuxième étage. Arrivé devant le palier, Lucien était blanc comme un linge.

— Ménage tes forces, fit Paul en le rejoignant. Tu es affaibli, n'oublie pas.

Le commissaire frappa à la porte d'une poigne énergique. Quelques minutes plus tard, la famille, médusée, fixait les deux policiers qui se tenaient au milieu du salon.

— Toutes les affaires du précédent propriétaire ont été enlevées et vendues. Nous avons emménagé dans un logement vide, je vous l'assure, fit Grégoire d'un ton mal assuré.

Lucien errait d'une pièce à l'autre, les mains moites. Il espérait une photo de ses parents, quelques livres auxquels il tenait : des ouvrages originaux de Bertillon et de Lacassagne, consacrés à la médecine légale ou à l'anthropométrie judiciaire, ses domaines de prédilection. Mais tout avait disparu.

Après de longues minutes d'une visite qui s'apparentait à une perquisition, Lucien se posta devant le père de famille.

— Qui est venu chercher mes affaires ?

— Je n'en sais rien Bon Dieu ! Quand je suis arrivé avec ma famille, on m'a demandé de signer un document qui attestait que le logement était vide, c'est tout.

— Vous avez conservé un duplicata de ce papier ?

— Oui, au cas où.

— Montrez-le moi.

Une minute après, Lucien inspectait la feuille sur la table de la cuisine. L'épouse de Jules Grégoire était partie coucher les petits et Paul fumait une cigarette sur le balcon.

Le document ne présentait pas grand intérêt, mais une carte de visite était accrochée dessus. C'était un billet à en-tête de la Police aux questions juives. Sur le billet, on lisait en caractère gras : Inspecteur Maxime Brudos.

Les mots sautèrent au visage de Lucien.

* * *

Rue Girard, dans le petit studio où logeait Montford, ils avaient enlevé leurs chaussures et poussé le lit contre l'affreuse tapisserie sépia. Pendant que Lucien se lavait au-dessus d'une bassine Paul préparait un succédané de café. Elias se détendait sur le matelas.

— Patron, fit l'ancien bûcheron, j'aimerais savoir comment vous vous y êtes pris pour retrouver Lucien et obtenir le sauf-conduit du bureau des questions juives.

— Je suis passé à l'inspection générale des camps, hôtel des Célestins. Ils ont des listes de prisonniers. Le reste, c'est mon affaire. Ça a marché, c'est tout ce qui compte.

— On fait quoi maintenant ?

— On laisse Lucien récupérer quelques jours. Il faut vous dénicher un logement ainsi que des permis de séjour pour Vichy. Et puis, je dois dégoter Pierre Bertignac, le dernier de la bande. Alors on sera paré pour cette enquête ; il n'y aura plus qu'à descendre ce cabot qui boulotte des paysannes.

— Ce ne sera pas simple pour trouver où crécher, dit Elias.

— Pas forcément. Tu as remarqué l'odeur dans le hall ?

— Ça sent vaguement la crotte.

— La merde de lapin tu veux dire. Des clapiers sont planqués quelque part, sûrement dans des chambres.

— C'est pas illégal.

— Non, mais avec la pénurie de logements, faire croire que toutes les pièces sont occupées pour stocker des cages et arrondir ses fins de mois en vendant des bêtes à poils, si. Des registres, ça se trafique. Tout à l'heure on descendra faire un contrôle surprise.

Elias se redressa et prit une tasse de lavasse. Il pensait à Béatrice. Toute seule là-haut, au milieu de sa clairière. Et à Bradoc qui devait lui tourner autour comme un vieux satyre. Il irait la retrouver à la première occasion. Il se fit violence pour garder la tête froide.

— Et votre femme patron, des nouvelles ?

— Aucune. Je n'ai pas revu mon fils depuis que je suis à Vichy. Je sais qu'il ne travaille pas les mercredis, je vais essayer de le voir demain.

Après ses ablutions, Lucien semblait reposé. Il s'accroupit sur le tapis de la chambre, scruta la cafetière et ses deux collègues. Ils le regardaient aussi. Tous buvaient en silence. Il n'y avait pas grand-chose à dire, ils étaient enfin réunis. Un seul manquait.

Alors, Lucien parla. Il avait en lui quelque chose qui montait du ventre.

Il commença par la lettre de dénonciation, du mot « juif » que répétaient sans arrêt les policiers en aboyant dans son appartement, et de plusieurs hommes en béret noir et chemise kaki : « des GMR[1], précisa-t-il, je les ai reconnus a leur insigne : une tête de lion en bronze au milieu du bras gauche ».

Un condé s'était acharné, furieux de ne pas trouver de thora ou de chandelier dans la demeure. Lucien n'était

1. Groupes mobiles de réserve : unités de police chargées du maintien de l'ordre et employées dans la lutte contre les maquis.

pas pratiquant et il ignorait tout de la culture juive. Sa mère avait épousé un athée. On le fit se déshabiller, enlever son slip et mettre les mains sur la tête. Les types en uniforme voulaient savoir s'il était circoncis. Il resta longtemps debout, dans le froid glacial de l'aube. Dans le couloir, on distinguait les chuchotements des voisins, réveillés par le tumulte. Il était nu au milieu de la pièce sous la lampe crue du séjour. Des femmes devaient l'apercevoir, la porte de l'appartement était grande ouverte.

Lucien posa sa tasse. Sa peau frissonnait : il se sentait encore à poil.

Puis, il serra ses poings comme s'il était prêt à cogner contre quelqu'un ou quelque chose.

À la fin de son soliloque, Lucien leva sur ses compagnons un regard humide.

— Merci d'être venus me chercher.

Paul avait vu juste : le concierge entretenait toute une colonie de lapins.

Il ne fut pas difficile à convaincre. En un temps record, une chambre fut nettoyée et équipée de deux lits avec autant d'armoires et de chaises.

Pendant ce temps, le commissaire avait regagné Gerzat avec la Simca. Au bout du sentier il se gara devant ce qui avait été, sept années durant, son foyer. Étrangement, il avait toujours pressenti qu'il n'était qu'un refuge provisoire, une parenthèse.

Il ouvrit la porte, essuya ses chaussures sur le perron et manqua de trébucher sur une rangée de valises. Elles étaient alignées, comme pour une revue. Pas de mot d'explication, simplement ses affaires. Il se demanda si Marthe avait passé de longs moments à plier ses chemises et ses pantalons ou si elle s'était contentée de tout jeter en vrac, comme elle le faisait avec ses vêtements, au début de chaque nuit, avant de venir s'allonger à ses côtés et de s'endormir aussitôt. Paul jaugea les bagages. Sept ans de vie conjugale ne pesaient pas lourd. Il fit quelques pas dans le hall, sortit une cigarette de son paquet souple et s'adossa à un mur, attentif au silence autour de lui. Il resta une minute puis monta l'escalier vers la chambre de Jérôme.

Le jeune homme était là. Il ronflait doucement, harassé après un cycle de nuits chez Michelin.

Paul n'osa pas le réveiller. Il prit une chaise et s'assit près du lit. Ses yeux s'attardèrent sur les affiches de boxeurs et les livres d'aventure qu'il lui avait achetés ; sur la canne à pêche et toutes ces petites choses qu'il se préparait à graver dans son esprit à tout jamais. Il voulut attraper un bout de papier pour lui laisser une lettre, mais renonça. Il manquait de recul ; il n'aurait fait que critiquer sa mère. Il se leva, s'approcha de la tête de son fils unique et y déposa un baiser.

Lucien posa le rasoir au fond de l'évier, prit une serviette et s'essuya le visage. Il savourait le plaisir de sentir bon et de ne plus avoir sur le menton cette limaille de fer qui lui faisait office de barbe. Elias attrapa son manteau et engagea sa haute silhouette dans le couloir de l'hôtel.

Les deux hommes remontèrent la rue du Maréchal-Joffre puis tournèrent dans la rue Carnot pour rejoindre une grande place.

— Elias ?

— Ouais.

— Il faut que je récupère mes affaires. Ils n'ont quand même pas tout balancé.

— J'n'en sais rien. S'ils ont trouvé le moyen de t'envoyer dans un camp, ils n'ont pas dû s'embarrasser avec deux valises de fripes et trois breloques, tu ne crois pas ?

— Et si on pouvait se renseigner ?

— Qu'est-ce que tu veux dire ?

Lucien s'arrêta et fouilla dans sa veste.

— Le type de la police juive qui m'a mis à poil, c'est un certain Maxime Brudos, un foutu inspecteur comme nous.

— Tu veux retrouver le gazier ?

— Et comment ! C'est bien la police de Sûreté qui a repris à son compte les enquêtes de la police juive, non ? Brudos est désormais sous les ordres de Lange.

— Il ne t'aidera pas sur ce coup, sois-en sûr. D'ailleurs, je me demande quelle dégelée on va recevoir pour être allés te chercher sans son autorisation.

Le visage de Lucien se rembrunit.

— En ce cas, on n'aura qu'à se rencarder au service du personnel. On inventera un bobard.

— Et après ?

— On s'explique entre hommes.

— Et il va t'accueillir les bras ouverts, c'est ça ?

— Évidemment que non, c'est pour ça que j'ai besoin de toi. Mais pas un mot à Montford, tu m'as bien compris !

* * *

BERTRAND retrouva son épouse Lucienne qui ouvrait le bar de la place. Il prit un verre de Cinzano et s'enquit des nouvelles. Elle lui parla de cette paysanne, toute paniquée depuis que les Allemands étaient venus chercher son mari. Elle se faisait un sang d'encre et questionnait tout le village.

Il accusa le coup : il ne pouvait s'agir que d'Antoine, un autre agent du réseau anglais. BERTRAND l'avait chargé de garder un œil sur Fernand, le bûcheron récemment engagé à la scierie. Il se méfiait de cet homme. Il savait qu'il avait reçu sa lettre pour aller marner dans les chantiers de l'Organisation Todt[1]. Pourtant, les gendarmes ne s'étaient jamais pointés à sa ferme. Cette chance était suspecte.

— Il faut que j'aille la voir ! Antoine travaillait pour nous.

— Si les Allemands lui ont mis le grappin dessus, que peux-tu y faire ? fit Lucienne en passant le chiffon sur le comptoir.

— Me renseigner. Je pourrais interroger les miliciens du Mayet.

— Tu n'y penses pas, ces tordus te soupçonneraient immédiatement. La Milice n'est venue s'installer dans ce coin perdu que pour une raison : dénicher le réseau des Bois Gris. Tu dois être prudent, et un peu plus malin mon cher mari !

— Je ne peux pas laisser cette malheureuse se morfondre toute seule. Antoine a accepté de nous aider, je lui dois bien ça.

— On sait tous au village que le cadavre retrouvé dans l'église de la Madeleine était celui de Fernand ; comme par hasard, les fridolins tombent sur le dos d'Antoine le lendemain. Il faut croire qu'il n'a pas été très discret. Qui nous dit qu'il n'avait pas commencé à nous compromettre par ses maladresses ? En allant voir Louise, tu signes tes aveux !

Il hésitait.

Lucienne s'approcha et lui caressa la nuque.

— Ce n'est pas la première, ni la dernière malheureuse à laquelle les boches viennent enlever un mari. Ton unique devoir, c'est la sécurité du réseau. Pense aux compagnons qui se terrent là-haut et qui ont confiance en toi.

Tout chef de maquis qu'il pouvait être, BERTRAND ne faisait pas la loi chez lui, il le savait. La discussion s'arrêta là.

1. Chargée de l'édification du Mur de l'Atlantique.

# 19.

À Thuret, aux confins de la plaine de la Limagne, Paul s'était arrêté devant l'église romane. Il demanda son chemin. Deux vieux, assis sur un banc, restaient stoïques face au vent qui assaillait les rues du village.

La métairie de Bertignac se trouvait au fond d'une allée boueuse, piquetée de traces de sabots. L'endroit, triste, exsudait des relents de lait caillé et de bouse fraîche. Paul avisa une ouverture où pendait une clochette. Il l'actionna.

Une femme déboula sur sa droite ; c'était une trentenaire brune à la peau très pâle. Elle sortait du bâtiment de ferme en portant un panier en osier, rempli de légumes terreux et rachitiques.

Paul ôta son chapeau.

— Puis-je parler à Pierre, s'il vous plaît ? Je suis son ancien chef de service : commissaire Montford, 6e Brigade mobile.

— Qui vous envoie ? demanda la femme. Le ton n'était pas hostile. Juste surpris.

— Personne, madame. Je n'ai pas vu Pierre depuis le début de la guerre. J'aurais besoin de m'entretenir avec lui.

Un voile triste tomba sur le visage de la paysanne, elle détourna la tête. Le vent fit battre lugubrement un volet.

— Pierre est mort l'hiver dernier. Pneumonie.

Paul marqua le coup.

— Je suis vraiment navré, j'ignorais complètement…

— L'administration ne vous a rien dit ? Ça ne m'étonne pas. Lors de l'enterrement, aucun officiel ne s'est déplacé. Il y avait juste deux collègues du commissariat de Riom.

Paul fit un pas sur le côté, en proie à une légère confusion.

Des images, qui toutes ramenaient à Pierre, jaillissaient en lui : les heures innombrables à guetter dans le froid, l'arrestation des Enfants d'Auvergne, le cocktail à la préfecture et la une des journaux. Toutes ces années, toute une vie. Et il n'avait pas été là pour lui dire au revoir une dernière fois.

Paul eu honte de ce que la guerre avait fait d'eux.

Il posa son chapeau sur la table de la cuisine où une vieille nappe donnait le change. La veuve versa du thé dans deux soucoupes, prit une chaise et s'assit face à lui.

— Je n'ai pas de sucre à vous offrir, j'en suis désolée, lâcha-t-elle poliment.

Paul entraperçut un adolescent, le visage émacié, qui passa une tête dans l'encadrement de la porte puis s'éclipsa dans l'ombre.

— Vous vous en sortez ?

— Pas vraiment. La pension de Pierre nous aide juste à survivre. Je fais du ménage, mais il y a l'entretien de la ferme, c'est dur. C'est pour mon fils, Jacques, que j'ai du souci.

— Quel âge a-t-il ?

— Dix-neuf ans. S'ils l'envoient en Allemagne, je serais toute seule. Je ne sais pas si je pourrais le supporter.

Paul la regarda à la dérobée. Malgré la robe informe qui l'enlaidissait, elle avait un joli visage et de beaux seins qui pointaient fièrement sous son chandail de laine. Ses cheveux, entortillés dans un chignon, ne demandaient qu'à dégringoler en cascades sur ses épaules.

— Pierre vous respectait beaucoup, dit-elle, il évoquait souvent le temps où il était sous vos ordres. Je crois qu'il avait envie de passer le concours de commissaire, de devenir quelqu'un.

Paul était gêné. La veuve continuait de parler. Elle se leva, disparut un instant, puis revint avec un cadre dans les mains : une photo sous verre.

— Comme on a pu se disputer, Pierre et moi, à propos de cette image, fit-elle avec nostalgie. Il avait tenu à l'accrocher dans notre salon, au-dessus de son secrétaire. Je lui ai dit cent fois qu'il ferait mieux de la mettre dans son bureau au commissariat, mais il craignait des ennuis. Alors il l'a installée ici. Il la regardait souvent et souriait en silence.

Paul prit le cadre. On les voyait tous les quatre. Les mobilards étaient alignés devant un buron, dans le Cantal. Ils venaient d'arrêter un artificier et deux hommes de main de la Cagoule. Les comploteurs étaient connus pour leurs liens avec les services secrets italiens qui leur fournissaient des armes en échange d'assassinats ciblés ; c'était Mussolini qui tirait les ficelles. Une sacrée journée. On reconnaissait Paul, l'air grave, tendre le doigt vers quelque chose et le géant Elias, droit comme un pilot. Une grosse moustache barrait sa figure de lutteur et ses patoches étaient calées sur le canon d'un fusil Berthier. Lucien, goguenard, se tenait adossé au mur de la fermette, deux pouces coincés dans le gilet de son costume impeccable. Pierre se tenait à côté du commissaire et croisait les bras avec conviction, le regard pétillant de fierté.

Il prit congé de la veuve en remettant son chapeau.

— Je reviendrai prendre de vos nouvelles, si vous m'y autorisez.

Elle hocha la tête d'un air maussade.

— Vous ferez comme vous voudrez.

Auguste Bradoc avait pris quelques œufs, une miche de pain et du saucisson.

Quand la jeune femme le vit traverser la clairière, elle sentit un ferret lui piquer le ventre. Elle avait bien perçu le changement d'attitude du maire, désormais plus peloteur que protecteur. Mais elle dépendait trop des bienfaits que lui prodiguait l'édile, de son pouvoir sur tout ce qui gravitait autour de Lavoine. Il suffisait d'une contrariété pour que l'ombrageux personnage dissuade quiconque de lui acheter sa maigre production.

Elle se sentait piégée.

* * *

Durant le trajet en voiture, André et Jeanne n'osaient regarder en arrière.

Apolline, vêtue comme pour une messe du dimanche, considérait les lacets de la route.

Pendant que le médecin-directeur leur présentait les documents nécessaires à l'internement de leur fille, le policier tenait la main d'Apolline et Jeanne lui caressait les cheveux. La petite n'était ni inquiète, ni attristée. Elle conservait cette expression indolente qui semblait glisser sur les choses et n'offrir de prise à rien.

Ils la laissèrent aux soins d'une infirmière et s'engouffrèrent dans la voiture.

* * *

Adèle avait posé sa journée. Elle prit le temps d'écrire une lettre à Louise en s'efforçant de la rassurer sur le sort de son mari. Ensuite, elle se maquilla et sortit pour retrouver des amies à un concert. Elle remonta la rue Clemenceau en faisant du lèche-vitrines.

À aucun moment elle ne remarqua l'homme qui la suivait.

* * *

Au Petit Casino, rue Foch, Hubert Martin trônait au pied d'un portrait de Joseph Darnand. Le chef des services de renseignement de la Milice avait réuni ses adjoints et plusieurs cadres en charge de la Franc-Garde. L'ordre du jour était sérieux : nécessité de trouver des armes pour lutter contre les maquis.

Un milicien en uniforme noir posa plusieurs télégrammes devant lui et en fit un bref résumé : « La semaine dernière, le chef départemental adjoint de la Milice des Bouches-du-Rhône a succombé sous une rafale de mitraillette. D'autres attaques ont eu lieu depuis. Tous ces attentats démoralisent nos hommes qui attendent désespérément des armes pour se défendre. »

— Nous avons la confiance du Maréchal et nous restons les mains nues face aux terroristes qui sont équipés grâce aux parachutages des Anglais, c'est intolérable ! s'écria un autre.

Martin hocha la tête et leva un bras pour faire cesser le tapage. Il adopta un ton solennel.

— Joseph Darnand, vous le savez, a pris la décision de rejoindre les rangs de la Waffen SS. Ce serait pour cet été. Les Allemands veulent créer un corps français de SS pour combattre sur le front de l'Est. C'est bien là-bas que se joue le sort de l'Europe. Il m'a été dit, de très haut, que l'occupant ne serait pas hostile à un armement partiel de la Milice pour peu qu'elle s'engage à participer à la bataille.

Selon nos informations, plusieurs unités allemandes disposent de pistolets mitrailleurs Sten, de fusils et de grenades saisis à l'occasion de parachutages dans le Bourbonnais. Les armes sont à portée de main : un arsenal qui ne serait pas prélevé sur le stock de la Wehrmacht. Il y a là de quoi négocier, chers compagnons.

— Je ne sais pas si je partage ton optimisme, Hubert, fit un ancien commandant d'active, royaliste fervent, dont la plume sévissait couramment dans les colonnes d'un journal collaborationniste. Le Maréchal se méfie de la Milice et Laval, malgré un soutien de façade, tout autant. Aussi, nous comptons sur Darnand pour défendre notre cause. Mais les choses traînent. La Milice veut être une chevalerie chrétienne au service de la France, mais que vaut un paladin sans épée ! Ce qu'il faudrait, pour asseoir notre crédit, c'est un joli coup contre les partisans.

Des murmures approbatifs parcoururent l'assemblée.

— J'y pense depuis un moment, répondit Martin. Mais je vais laisser parler Étienne Fargeau qui prépare en ce moment l'installation d'une unité de la Franc-Garde près du Mayet-de-Montagne.

Le petit homme croisa ses doigts devant lui et prit la parole en jetant aux alentours un regard satisfait.

— Toute l'agitation qu'entraîne le massacre de ces gamines autour de Vichy incite les villageois à se regrouper en brigades d'autodéfense. Il est de l'intérêt de la Milice de pouvoir contrôler cette soldatesque au moment où le maquis du Bois des Gris se renforce.

— Qu'en sait-on d'ailleurs ? fit le chef du Deuxième Service.

Fargeau chaussa une paire de besicles et lut un rapport.

— Trente, quarante personnes, peut-être moins. Ils disposent d'un poste d'émission, d'un peu d'explosif, dérobé dans les carrières du Mayet-de-Montagne, et sans doute quelques armes de poing. Pour l'instant, ils attendent le parachutage qui sonnerait pour eux le passage à l'offensive. Nous devons les frapper les premiers, avant les GMR et surtout avant les Fritz !

Hubert Martin grommela quelque chose.

— Geitel constitue en ce moment un Sonderkommando destiné à la lutte contre les partisans. Une force que nous sommes incapables d'égaler. À moins que nos contacts parmi la population, et notre bonne connaissance de la région nous permettent de dénicher ces salauds en premier. On aura besoin de vos gars. Qu'ils laissent traîner leurs oreilles dans les auberges, dans les gares où s'arrête le tacot et partout où ça cause en levant le coude. Forcément, des choses vont filtrer. Les partoches doivent bien descendre dans les fermes pour se nourrir.

La Milice prouvera qu'elle est la force qui manque à ce pays.

Au siège de la Sûreté nationale, Lange fixait Montford et ses deux inspecteurs : il crut contempler une vieille photo. Mais il se rappela vite pourquoi il avait convoqué ses hommes.

— Je viens de recevoir un rapport adressé par le directeur du camp de Nexon, qu'est-ce que c'est que ce foutoir !

—Le Commissariat aux questions juives étudie en ce moment la réhabilitation de Bertignac, se risqua Montford. On a un peu accéléré les choses.

— Mais c'est totalement en dehors des clous bon sang ! Que va dire le préfet de Haute-Vienne ?

— Je vous ai mis au pied du mur, je vous présente mes excuses. Mais notre enquête devait être une priorité, c'est ce que vous m'aviez dit. Je voulais les anciens de la 6e Brigade mobile, pas des nazillons du SRMAN[1] ou des sections spéciales de la police judiciaire tout juste bonnes à traquer les communistes. On va travailler à l'ancienne, comme on sait le faire. Et on va boucler ce dossier, je vous le garantis. Le DGPN vous félicitera en personne. Ce sera votre retour en grâce au ministère de l'Intérieur.

Les yeux de Lange semblaient briller comme ceux d'un enfant qui contemple une friandise. Lange était un sacré flic et un meneur hors pair. Mais c'était aussi un ambitieux. Paul l'avait toujours su. Le moment était venu d'exploiter cette faille, dans leur intérêt à tous.

Lange pointa un index vers ses hommes.

— Le procureur m'a fait comprendre qu'il lui faut des résultats d'ici quelques jours, faute de quoi il désignera une liste de suspects. La gendarmerie fera des descentes bien couvertes par les journaux pour rassurer dans les chaumières.

— Vous voulez un coupable, humain ou bête, ou le premier bouc émissaire venu ? demanda Montford en regardant son chef dans les yeux.

— Faites cesser ces crimes, c'est tout ce qui compte. Bien sûr que ça me bouleverse le spectacle de ces gamines éventrées, j'ai une petite qui a presque leur âge. Mais quand des milliers de nos concitoyens périssent sous les bombes angliches, qu'est-ce que trois fillettes ? Vous pouvez me le dire ?

— Quatre.

— Comment ? Lange foudroya Elias.

— Quatre victimes, chef. La dernière c'était il y a quelques jours, près du bois des Caves.

Le directeur sembla coupé dans ses effets.

1. Service de répression des menées antinationales, rattaché à la Sûreté.

— Je vais tâcher d'arrondir les angles avec le DGPN à propos de Nexon. Lucien, puisque Paul t'a tiré de là-bas, laisse-moi te dire que tu as intérêt à te surpasser comme jamais. T'étais un petit génie de l'éprouvette avant, c'est le moment de montrer que tu n'as rien oublié des leçons de Locard[1]. Je vous ai dégoté un véhicule avec bons d'essence, des rigolos[2] pour tout le monde et même un fusil Berthier en prime. Je veux être informé de tout incident. Par souci de discrétion, vos bureaux sont loin de l'hôtel des Célestins. J'ai trouvé un étage dans la villa Cornil, avenue Victoria. La bâtisse héberge juste, au rez-de-chaussée, la direction de l'Équipement agricole. Vous serez tranquilles. Voilà, c'est tout. Au boulot maintenant et plus de conneries.

Montford allait sortir quand Lange l'interpella.

— Paul, un dernier truc s'il te plaît. Ferme la porte.

— Tu bois un coup ? demanda Lange en montrant quelques flacons d'apéritif sur une table basse. L'autre fit non de la tête.

Le directeur prit une bouteille et se versa une généreuse rasade.

— Vous allez attaquer par des enquêtes de voisinage ?

— Probable.

— Tant que vous êtes du côté de Lavoine – plusieurs corps ont été retrouvés dans les environs – j'aimerais que vous passiez interroger une bonne femme qui intéresse la police allemande. Il s'agit d'une certaine Louise Tachon. Son mari est détenu par la Gestapo. Sans doute un partisan, je n'en sais rien. Essayez de connaître le fin mot de l'affaire. Autant que ce soit la police française qui se pointe là-bas.

---

1. Alfred Locard, créateur du premier laboratoire de police technique et scientifique, en 1911.

2. Revolvers.

Désolé de te rajouter ce truc, mais il faut bien qu'on réponde aux sollicitations des boches, sinon un jour ils feront sans nous. J'aurais pu demander à un de mes excités d'y aller, mais je soupçonne leurs méthodes. Elles me déplaisent.

— On fera au mieux, André.

— Merci. Et, hum… ta femme, tu as des nouvelles ?

— Elle doit tout préparer avec son avocat, j'imagine. Elle ne me fera pas de cadeaux, pas son genre.

— C'est moche, j'en suis navré.

— Bah, la vraie question c'est pourquoi est-ce que ça a duré si longtemps. Faut croire que j'étais pris par le boulot. Mais laissons ça, comment va la petite Apolline ?

Un voile de tristesse tomba sur les yeux de Lange.

— Elle est là-haut en ce moment. Je vais essayer de passer la voir tous les soirs, même si c'est pour la trouver endormie. Comme c'est dur Paul, si tu savais.

— Tu as fait le bon choix.

Montford ne tutoyait André qu'en aparté.

— J'espère, n'empêche que ça me retourne les tripes. Jeanne m'en veut à mort, je le sens. Comme elle n'a pas d'autres solutions à me proposer, elle ravale sa rancœur. Tu vois l'ambiance à la maison.

Paul s'était levé et regardait par la fenêtre de l'autre côté de la rue.

— J'imagine très bien, fit-il en souriant. Hier j'ai vu la veuve de Bertignac à Thuret, quelle pitié. De quoi vont-ils vivre, elle et son fils ?

Lange fixait le fond de son verre.

— Je sais que tu l'aimais bien Pierrot, un mobilard de première… Je crois qu'on va tous laisser un paquet de plumes dans cette foutue guerre.

— Et sans l'aide des Allemands, ajouta Paul en se retournant.

— En tout cas, tu ne me refais jamais un coup comme à Nexon. Sinon je te casse en deux, tu peux me croire !

Durant la matinée ils s'installèrent à la villa Cornil, avenue Victoria. Paul et Elias avaient dressé une grande table et demandé les services d'un serrurier pour renforcer la porte d'entrée. Une grosse armoire contenait leur fusil. Des caisses contre un mur recevraient les pièces à conviction.

Lucien prépara du thé pendant qu'Elias regardait dehors des employées du commissariat aux chantiers de Jeunesse qui se déplaçaient dans la cour ombragée.

Paul s'était procuré un tableau ébréché dans une école primaire. Il avait passé la nuit à potasser le fond de l'affaire : des comptes-rendus de gendarmerie, quelques procès-verbaux d'audition, les déclarations des parents des victimes. Une tragédie en quatre actes : quatre cadavres sans signalement ni témoins. Un mystère qui prêtait le flanc à toutes les rumeurs.

Pendant que ses inspecteurs soufflaient sur leur tasse, Paul tira le panneau vers la table et pointa doctement une craie vers ses hommes.

— Bon, aujourd'hui que sait-on exactement ? Depuis début mars, on déplore une série de meurtres féroces qui ont pris pour cible deux vaches, en deux endroits différents, ainsi que quatre gamines âgées de huit à douze ans. Le mode opératoire semble toujours le même : éventration abdominale, traces de morsures. Les victimes sont mortes rapidement. Détail étrange : toutes ont perdu un pied ou deux dans l'affaire. À chaque fois, personne n'a rien entendu. Les agressions ont lieu sur des chemins forestiers ou dans des pâturages.

— Vaches et humains, c'est quoi l'ordre des attaques ? fit Lucien.

— D'abord les ruminantes, puis les petites.

— Des proies faciles.

— On a un profil des mouflettes ? demanda Elias.

Paul fit une liste sur le tableau.

— La première s'appelait Émilie Florain : onze ans, partie chercher du bois de chauffe en fin de matinée, le 2 mars. Son corps a été retrouvé au milieu du sentier, près du lieu-dit les Mûres, à deux kilomètres de Ferrières-sur-Sichon. Les deux pieds manquaient. La seconde, Claudine Balans, est découverte une semaine plus tard au bord de la rivière la Goutte, zone du Moulins-Greffier. Elle lavait du linge. On a récupéré le cadavre à demi-émergé, un pied en moins. Cinq jours s'écoulent et Félicie Fourquet est retrouvée entre le col du Beau-Louis et le rocher Saint-Vincent. Une triple entaille lui courait du sternum au pubis. Le corps a été en partie dévoré par des chiens sauvages. Enfin, il y a trois jours : Clotilde Gasnié, étripée dans le bois des Caves. Elle était couchée sur le dos, partiellement recouverte de branchages. Même plaie que les précédentes. Sur les deux derniers cadavres, les gendarmes ont relevé l'absence d'un de ses pieds.

Paul recula d'un pas, contempla les quatre prénoms sur le tableau et posa sa craie.

— Toutes les idées sont les bienvenues.

Lucien prit une gorgée de thé.

— Je trouve qu'il y a un cheminement dans les agressions : des vaches puis des fillettes. La chose s'est enhardie, elle cherche le goût du sang. Si personne ne l'arrête, elle va continuer.

— Les blessures évoquent une créature sauvage, ajouta Elias, mais j'ai du mal à imaginer un chien ou un sanglier frapper toujours au même endroit et partir avec un pied. Pourquoi cette fixation sur les extrémités ?

Paul hocha la tête : « Un loup peut faucher une douzaine de moutons, frapper aux gorges et s'exciter en tuant gratuitement. Mais là, c'est forcément un mode opératoire pensé par quelqu'un. »

— Tu as bien dit que le dernier corps était recouvert de branchages ? demanda Lucien.

— C'est ce qui est écrit dans le procès-verbal.

— C'est pas un canidé qui s'est chargé de la besogne !

— On a les rapports des autopsies ? poursuivit Lucien.

— Comme je l'avais dit à Elias, c'est là que le bât blesse. Les gendarmes étaient mobilisés sur des opérations de maintien de l'ordre, ils n'ont pas eu le temps de pousser les investigations. Ce n'est qu'au troisième meurtre que les autorités ont fait des rapprochements.

— Pas de photos des scènes de crime non plus ?

— Juste des croquis, je vous les ferai voir tout à l'heure.

— Et la dernière, Clotilde, elle a déjà été enterrée ?

— Bonne question, je vais me renseigner. Avec un peu de chance, pas encore.

— Il va falloir qu'on soit exhaustifs, déclara Lucien. Commencer par rechercher des cirques itinérants avec ménagerie, puis des élevages signalant un molosse en fuite. Il faudra voir si les blessures de la fillette évoquent des attaques de sanglier. Le mieux serait de montrer les clichés des plaies à des chasseurs. On pourra ensuite se concentrer sur la piste d'un tueur, la plus plausible.

— Bien, tu t'en charges dès maintenant. Elias et moi on va prendre la voiture pour se rendre sur les lieux des crimes. On va bien ratisser, au cas où quelque chose aurait survécu au piétinement de la maréchaussée. Ensuite : enquête de voisinage. Le temps de contacter Floch pour avoir l'autorisation de faire autopsier la petite Clotilde et on décampe d'ici.

Comme ils attrapaient chacun leur revolver en rassemblant de quoi constituer des clichés photographiques, Elias maugréait.

— Crénom, si ça se trouve, on va débarquer en pleine cérémonie d'enterrement !

— C'est ça ou on est bon pour faire exhumer les trois autres cadavres, tu as mieux à proposer ? répliqua Paul.

— Et où va-t-on dénicher un légiste d'aplomb dans ce patelin ?

— Ce n'est pas un problème, je fais venir Charbonnier de Clermont-Ferrand.

— Quoi, le vieux Cinéphore ? Je croyais qu'il était à la retraite ? En plus c'est un ivrogne, il a plus la moelle.

— Tu as faux sur la dernière assertion. C'est un vieux débris qui sent la poire à dix mètres, mais c'est le meilleur coup de scalpel de la région.

— Il faudra le convaincre de reprendre le collier, mais ça, j'en fais mon affaire. Je le veux lui, et surtout pas un toubib qui aura envie de se faire mousser en cirant les pompes à la thèse officielle.

Ils roulèrent jusqu'à la gare et prirent le pont qui surplombait les ateliers de la Compagnie fermière. Ils mirent le cap vers Cusset. La voiture atteignit Ferrières-sur-Sichon, à une vingtaine de kilomètres de la ville thermale. Émilie Florain était la première à figurer sur leur liste macabre. Les gendarmes avaient précisément situé l'emplacement du cadavre : au milieu d'un chemin qui traversait un épais massif de hêtres. Ils s'appliquèrent tous les trois à ratisser les environs, procédant avec méthode. Après une bonne heure à sonder la mousse, retourner les tas de feuilles mortes et traquer la moindre trace de sang, ils déclarèrent forfait. La scène de crime ne donnerait rien, pas après la pluie, le piétinement des curieux et l'aboulie des fonctionnaires chargés de sécuriser les lieux. Ils se séparèrent pour interroger les habitants vivant à proximité. Ce fut décevant, on leur parla uniquement des chiens sauvages. Les visages de ceux qu'ils virent suaient la peur. Ils exprimaient l'attente de quelque chose à la fois terrible et totalement imprévisible.

Ils déjeunèrent d'une soupe épaisse dans une auberge de Ferrières.

Le trio se rendit ensuite près du rocher Saint-Vincent. C'était dans le bois des Caves qu'on trouva les corps suppliciés de Clotilde Gasnié et Félicie Fourquet.

— Toujours des coins isolés, où la vue ne porte guère, fit Elias.

— Les deux vaches ont été attaquées dans un champ clos, cerclé d'arbres. Des bêtes âgées et qui n'ont pas dû opposer beaucoup de résistance.

— Ça fait une sacrée similitude, ce souci de discrétion !

— En tout cas, on perd notre temps ici. Il n'y a ni fermes dans les parages, ni témoins. Il ne nous reste plus qu'à retrouver la rivière où fut trucidée Claudine, c'est près de Lavoine. On y sera avant la nuit.

Le cours d'eau murmurait au milieu des ronces et de la verdure. Il faisait étonnement doux sous le couvert ; les mobilards tombèrent la veste. Ils brassèrent les herbes et scrutèrent les berges. On eut dit le sol piétiné par toute une procession. Tout relevé était impossible. Rien n'évoquait le passage d'un chien, d'un sanglier ou de n'importe quel prédateur.

Après plusieurs minutes de vaines recherches, Elias siffla et les autres se rapprochèrent de lui. À quelques mètres du ruisseau, au milieu d'une touffe de fougères, une colonie de fourmis se promenait sur un bout d'étoffe chiffonné. Paul s'inclina vers le sol, contempla un bon moment la chose et demanda à Elias de la ramasser et de la mettre dans un sac de papier.

C'était une petite chaussette.

# 20.

Paul et Elias remontèrent la vallée du Sichon jusqu'à un chemin carrossable qui s'enfonçait dans le bois des Chervais ; ils atteignirent le petit hameau de Mont-Péroux et garèrent la voiture devant la ferme des Tachon.

Ils trouvèrent Louise avec ses deux fils, affairés à rassembler les bêtes pour la traite. Elias jetait aux alentours un regard inquiet. Il s'attendait à voir débouler plusieurs bûcherons avec le crime dans les yeux.

Paul se présenta et proposa à Louise de discuter en aparté. Elias resta dehors avec les deux gamins.

Le commissaire parla avec la fermière de longues minutes ; la pauvre femme semblait perdue. Elle s'embrouillait dans des explications confuses.

— Ton mari fricote peut-être avec les partoches, qui sait, je dirais que c'est bien possible. Sinon, pourquoi ses petits camarades de la scierie se font-ils tant de soucis ? Ils doivent pas avoir la conscience tranquille, non ?

La paysanne ne pipait mot.

— Les Allemands estiment qu'on sera plus malin qu'eux pour te tirer les vers du nez Louise, tu crois ça toi ? Tu veux savoir ce que j'en pense ? Les ricains sont en Afrique et un jour ils débarqueront avec toute leur armée. Peut-être qu'il a choisi le bon camp ton Antoine ; simplement il s'y est pris un peu tôt. Les Allemands sont toujours là et ça risque de dérouiller dur dans les collines durant les prochaines semaines. Moi c'est pas les hommes des bois qui m'intéressent, c'est les tueurs d'enfants. Pour que je puisse bosser tranquille, il faut que je rentre à Vichy avec un truc dans ma besace pour rassasier les boches. Tu proposes quoi la Louise ? Tu pourrais me dire qui sont les types qui sont venus te voir. Ça sera notre petit secret. On les contrôlerait, l'air de rien, dans le cadre du marché noir. Et peut-être qu'ils nous mèneraient un peu plus haut ? En fait, en nous causant à nous, tu rends un sacré service à ton mari.

La paysanne ne savait plus quoi penser, ça tournait vite dans sa tête. Finalement, elle se leva de sa chaise et marcha jusqu'au puits. Elle s'approcha du bord, se baissa par-dessus et retourna vers la ferme, où elle tendit à Paul une feuille de papier soigneusement pliée.

Le commissaire parcourut un moment les suites de lettres qui s'étalaient sur trois lignes et demanda simplement : « C'est Antoine qui te l'a donné ? »

— Il l'a pris à quelqu'un, j'ignore qui. Je crois que ceux de la scierie voudraient l'avoir.

Paul rangea la feuille et lui fit un clin d'œil.

— Tu as fait ce qu'il fallait.

En sortant, il dit à Elias : « Elle sait rien, on y va. »

Damian mit le contact et s'engagea sur le sentier qui menait vers la départementale.

— Chef, j'aimerais pousser jusqu'à Lavoine.

— Pour quoi faire ?

— Vous savez bien.

— Dis donc joli cœur, tu ne crois pas qu'on a mieux à faire ?

— Je veux juste m'assurer que Béatrice va bien. Je pourrais prendre le dernier tacot de l'après-midi et être à Vichy pour la nuit. Tant que j'y suis, je pourrais interroger le vétérinaire de Lavoine.

— Et si tu tombes sur tes anciens collègues, tu feras beau tiens !

— Maintenant que je suis de nouveau inspecteur, c'est plus la même chanson. Je me ferai discret.

— Tu parles, avec ta dégaine de Polaque... Bon, je vais t'accompagner jusqu'au véto. Tu n'auras qu'à te débrouiller pour te rendre chez cette fille en coupant par les bois. Tâche d'être prudent !

Le boulot avant tout. Elias descendit de la voiture et fit un geste au commissaire qui se contenta d'un hochement de tête bougon avant de redémarrer. Le spécialiste de Lavoine logeait dans une maison de pierres grises, au centre du bourg. Par chance, il était chez lui. Il reçut Elias au salon et demanda à son épouse de préparer du thé. Quand Elias lui parla des vaches et de Clotilde Gasnié, son visage se rembrunit.

— C'est bien moi qu'on a appelé, il y a deux jours, pour examiner la gosse. Rien que d'y penser, j'en ai encore des frissons dans le dos.

— Croyez-vous qu'un animal ait pu tuer la gamine ?

L'autre émit un soupir, se leva et partit fouiller dans un secrétaire. Il revint s'asseoir et relut en diagonale les notes qu'il avait prises ce soir-là.

— Il manquait un pied à la petite ; les chairs ne semblaient pas arrachées, mais sectionnées.

— Une mâchoire pouvait-elle faire ça ?

— Le pied n'a pas été dévoré, mais ôté avec un certain niveau de précision.

— Bon, et l'éventration, qu'en pensez-vous ?

— Troie plaies parallèles, profondes et nettes.

— Des griffes ou des couteaux ?

— Un puma peut vous étriper un homme sans problème, mais là, on aurait bien dit le travail d'une lame ou, plutôt, de trois lames en même temps.

— Vous songez à un objet en particulier ?

— Aucun scalpel ni tranchant de boucher ne possède cette caractéristique.

— Vous souvenez-vous si la victime portait une chaussette ou un bas ?

— Je n'ai pas noté ce détail, désolé.

— Avez-vous relevé des traces de violence sexuelle, la présence d'objets introduits dans le vagin ou l'anus ?

Le vétérinaire passa une main malhabile sur son front.

— Je n'exerce plus depuis des années et dans mon travail, je n'avais pas l'habitude de ce genre… d'inspections.

— D'accord, concéda Elias en faisant la moue. Il laissa l'épouse approcher avec la théière. Il lâcha pensivement un morceau de mélasse dans sa tasse et regarda l'eau chaude éroder lentement le succédané de sucre.

— Vous souvenez-vous des plaies occasionnées aux deux vaches ?

— Elles ne sont pas mortes sur le coup. Elles ont subi une forte hémorragie, l'une d'elles a fait plus de vingt mètres en traînant ses entrailles derrière elle… une misère.

— On peut attaquer une vache facilement ?

— Hum, ce sont des animaux craintifs. Les deux bestioles étaient âgées, donc moins farouches qu'un veau. Mais si l'agression avait été celle d'un chien, on aurait trouvé de multiples traces de morsures, de griffures. Un loup aurait frappé à la gorge. Là, c'était comme si le bétail s'était éventré tout seul sur des lames, par accident.

— Sur des barbelés, ce serait possible ?

— Non, je n'y crois pas une seconde.

— Votre avis ?

— Égales coupures, profondes et parallèles. J'ai la conviction que c'est le même objet qui a décousu la petite et les vaches. Trouvez ces lames et vous retrouverez l'auteur du crime.

— Donc, ça ne fait aucun doute : il s'agit bien d'un homme ?

— J'en ai bien peur.

Il ferma son manteau et tendit une main vers le praticien.

— Merci pour ces précieuses informations.

— Qu'allez-vous faire, maintenant ?

— Poursuivre l'enquête. L'autopsie du corps de Clotilde confirmera votre hypothèse, je n'en doute pas.

— Vous savez inspecteur, je ne pense pas que les gens d'ici vous laisseront faire une chose pareille. Le maire n'appréciera pas que la police de Vichy débarque et trouble le deuil des parents.

Elias posa sur l'ancien vétérinaire un regard froid.

— C'est ce qu'on verra.

Lucien avait punaisé à côté du tableau noir une carte d'état-major de la montagne bourbonnaise. Des épingles localisaient l'emplacement des corps. Il avait adressé en urgence le tricot ramassé près de la rivière au laboratoire technique de police de Clermont. Ensuite, il s'était rendu en ville pour s'acheter des vêtements de première nécessité. À l'heure du déjeuner, à la cantine du ministère de l'Intérieur, il trouva un prétexte pour accoster une des secrétaires affectées au service du personnel de la Sûreté. Quelques compliments suffirent pour l'autoriser à passer en début d'après-midi à son bureau. Il obtint ce qu'il désirait : le lieu où logeait Maxime Brudos, le condé des Affaires juives.

C'était à l'est de Vichy, non loin de l'abattoir.

Lucien se rendit sur place à bicyclette. Il voulait faire un repérage. Sur le perron d'un immeuble décati à trois étages, il avisa la boîte aux lettres et en conclu que le bougre vivait seul.

Lucien était allongé sur son lit. Il songeait à la nuit qui venait, aux cauchemars qu'il allait faire : les baraquements et les miradors, la course des chiens au milieu des herbes et les détonations des fusils qui rugissaient derrière lui. Il repensa au vieux juif et au billet taché de sang qui dormait dans un tiroir. Alors il se leva, prit une feuille et un stylo et se mit à écrire d'une traite une longue lettre à l'épouse du professeur.

* * *

Dans le mitan du soir, il avait rejoint le sentier qui menait à la clairière. Il frappa et Béatrice apparut. Ses yeux brillaient au milieu d'une chevelure fauve. Ils se regardèrent un moment ; elle lui prit la main et l'entraîna à l'intérieur. Un feu de cheminée crépitait et des bougies plantées sur des bouteilles vides répandaient des lueurs chaudes dans toute la pièce. Elle n'avait pas su qu'il viendrait ce soir, mais les choses s'étaient mises en place d'elles-mêmes, sans qu'elle comprenne.

Lui avait réfléchi à ce qu'il allait lui dire en espérant briser la glace. Mais maintenant qu'il la voyait, il voulait bien croire aux rêves.

Elle l'attira contre sa poitrine et sentit ses bras puissants se refermer autour d'elle, comme une armure prête au combat.

Les mains d'Elias effleurèrent la chevelure, touchèrent le collier de bois et de cuir et descendirent vers le buste.

Au petit matin, elle s'arracha à la bulle de chaleur qu'ils formaient tous les deux. Elle se dirigea nue vers le fourneau et fit du café. Le froid durcissait le bout de ses seins et piquetait ses hanches d'une fine chair de poule. Elias la rejoignit, entoura ses épaules avec sa chemise et déposa dans son cou un long baiser. Elle sentait les poils naissants de son menton qui lui irritaient agréablement la nuque. Il la retourna doucement et se préparait à la prendre de nouveau dans ses bras quand un détail attira son attention. Il remonta une mèche de cheveux. Elle recouvrait un bleu violacé, large comme une pièce de cinq francs.

— Qui t'a fait ça ?

— Je me suis cognée, souffla-t-elle en détournant le regard.

— Tu plaisantes ? Je sais reconnaître une torgnole. Qui t'a touché, dis-moi !

Béatrice s'écarta de lui.

— C'est mes affaires. De toute façon, que peux-tu y faire ?

Sa mine fragile la rendait encore plus désirable.

— Ce sont les types de la scierie qui sont venus ? Ou bien Bradoc ! C'est ça ?

— Écoute Elias, fit-elle en lui prenant les mains. C'est bon de t'avoir rencontré, j'ai adoré cette nuit. Mais tu n'es pas d'ici, tu ne resteras pas à Lavoine, n'est-ce pas ? Tant que mon mari n'est pas rentré d'Allemagne, je dépends des largesses du maire. S'il n'y avait pas les paniers qu'il me donne, je serais déjà morte de faim. Alors, je devine bien ce qu'il a derrière la tête. Il aimerait me fourrer dans un lit ; ça le dérangerait à peine de me savoir sous lui, dans les draps de mon pauvre René.

Elias était transi par une colère froide.

— Je ne vais pas laisser ce salopard faire usage de son droit de cuissage, tu peux me croire.

— Tout le monde dit qu'il rend des services à la Milice. Elle l'a à la bonne. Qu'espères-tu ?

Paul fit un crochet par la ferme où habitaient les parents d'Émilie Florain : la première victime. Le père était occupé à nourrir les cochons et son épouse s'activait autour du fourneau de la cuisine. Les gendarmes avaient déjà interrogé les proches, mais ce que Paul voulait, c'était recueillir une ambiance.

La chambre d'Émilie se trouvait à l'étage, sous les combles. Depuis sa fenêtre on voyait l'orée de la forêt. Le commissaire souhaita rester seul. Il regarda quelques dessins sur les murs, le coffre à jouets et des livres posés sur une table. Il cherchait quelque chose d'insolite. Se pouvait-il que le tueur l'ait observée de longues heures, caché derrière un buisson, avant de préparer son attaque ? Dans les crimes à répétition, Paul savait que la plupart des victimes sont des femmes, petites et fragiles. L'assassin est sûr d'avoir le dessus. C'est certainement un adulte ou un adolescent, de taille et de force moyennes. Il aime agir dans des endroits où il se sent en sécurité. C'est peut-être un voisin, un saisonnier qui travaille dans le coin ou même un familier des Florain. La plupart des meurtres rayonnent autour de Lavoine, une dizaine de kilomètres les séparent : un intervalle qu'on peut couvrir à pied, en empruntant des sentiers à l'écart des habitations. Le tueur a pu frapper Émilie la première car elle réside à proximité. Puis, gagnant en assurance, décider d'étendre son périmètre de chasse. Aucune des fillettes n'avait d'argent sur elle, elles ne se connaissaient pas. Le mobile de l'attaque est mystérieux. Le tueur agit certainement par pulsions. S'il habite en ville, ce qui est peu probable, des voisins se doutent peut-être de quelque chose.

Paul s'approcha de la fenêtre. Si les traces de morsure n'étaient pas d'origine animale, ça ne pouvait être que les dents du tueur : une signature. Il faudrait vérifier ça avec le labo.

S'il « mange » des filles, c'est une façon de les posséder, d'asseoir un pouvoir sur elle. C'est l'œuvre d'un esprit qui a commencé à dérailler depuis longtemps.

Paul esquissa un sourire. Il pouvait laisser sa cervelle des heures en roue libre. Mais pour l'instant, il manquait cruellement de faits bruts. Que pouvait-il encore supposer ? Si le tueur est mentalement perturbé, sa vie conjugale doit être compliquée. Un célibataire sans enfant ? La belle affaire, il n'irait pas loin avec ça. Juste de quoi interroger un tiers des habitants de la région.

# 21.

À la villa Cornil, le téléphone sonna en fin de matinée. C'était un technicien du laboratoire de Clermont qui appelait à propos de la chaussette.

— On a traité votre tricot avec la méthode de Bordet, fit une voix lasse : imprégnation d'une tache caractéristique dans de l'eau salée, avec adjonction d'un sérum et du sang de lapin mêlés. C'est tout bon.

— Vous avez obtenu un dépôt ?

— Oui. La substance sur votre tissu, c'est du sang humain. Je vous adresse mes conclusions écrites dès demain.

Lucien remercia le scientifique pour sa célérité et prit quelques notes dans le grand carnet qui leur servait de main courante ; il décrivait par ordre chronologique, comme dans un cahier de laboratoire, l'accumulation des indices, des pistes à explorer.

Lucien inscrivit en début de ligne : « Chaussette de Claudine Balans (seconde victime, secteur du Moulins-Greffier) maculée d'hémoglobine. Le tueur a pris la peine de l'ôter avant de sectionner le pied. Pas de traces de coupures (dents, canines…) sur le vêtement, rien ne transparaît au microscope. Une mâchoire animale aurait endommagé le vêtement en l'arrachant du pied. Attaque de bestiau improbable. »

Paul entrait dans le bureau quand il achevait ses notes.

— Tu es tombé du lit ce matin ou quoi ? fit-il en apercevant Lucien.

— J'ai mal dormi, comme d'habitude.

— Elias n'est pas avec toi ?

— Euh, non.

— Il a découché, pas vrai ?

Lucien haussa les épaules.

— Il devait prendre le dernier tacot pour Cusset hier soir, c'était une parole de Gascon ! J'en connais un qui n'a pas eu froid cette nuit. J'espère qu'il va rappliquer dare-dare.

— À ce propos, j'ai reçu un coup de fil du labo il y a cinq minutes.

L'inspecteur fit part des analyses sur la chaussette et Paul approuva d'un signe de tête.

— Je dois voir Lange ce matin pour faire un point avec lui sur l'enquête. Je suppose que tes recherches sur un animal en fuite n'ont rien donné. Ni chiens d'élevage en cavale ou panthère évadée d'un zoo ?

— Non, en effet.

— De toute façon, le coup de la bête du Gévaudan, personne n'y croit. Les constatations du vétérinaire de Lavoine sur les blessures subies par Clotilde ne devraient rien changer. On poursuit un homme, entre quinze et cinquante ans, physique moyen. Pas un colosse. Un type dont les pulsions sont de plus en plus fortes. Il habite au milieu du désordre et il garde chez lui, quelque part, une trace de ses victimes : un pied peut-être ?

Lucien opina du chef.

— Je voudrais que tu passes récupérer le légiste à la gare de Vichy, à dix-neuf heures. Il vient par le train Clermont-Lyon. Le procureur nous a signé une autorisation pour l'autopsie. Lange me la donnera tout à l'heure. On fera ça à Vichy dès ce soir. L'enterrement était prévu pour quatorze heures… Ce sera délicat avec les autochtones. Quand tu verras Elias, dis-lui qu'il vaudrait mieux qu'il ne soit pas là-bas. Évitons un esclandre avec le maire.

— D'accord chef.

— Une dernière chose. Le commissaire plongea une main dans sa veste et sortit une carte professionnelle. Il lui tendit. J'ai pris une photo de toi dans ton dossier administratif. Tu avais meilleure mine il y a cinq ans. Je te conseille d'oublier ta carte d'identité. Avec ce document, tu ne seras pas inquiété.

Lucien fixa le carton estampillé « Sûreté nationale ». De l'autre côté, on pouvait lire : Le ministère de l'Intérieur et la direction générale de la Police de sûreté prient les autorités françaises et les administrations de bien vouloir laisser passer et circuler librement monsieur Lucien Darmon, et de lui faciliter l'accomplissement de sa mission professionnelle.

— Bon, ajouta Paul, je file à la Sureté. On refait un point tantôt.

* * *

André Lange était en réunion. Paul patientait dans le minuscule couloir de l'hôtel. Après une demi-heure d'attente, la porte s'ouvrit et plusieurs hommes sortirent avec des dossiers dans les bras. Paul profita de l'occasion.

André était cerné par des piles de rapports.

— C'est toi Paul ? fit le directeur avec une mine de papier mâché. Tu tombes bien, j'avais besoin de faire un peu de vraie police.

— Ça n'a pas l'air d'être la grande forme ?

— Les Allemands nous mettent la pression… tous ces attentats. J'ai reçu une lettre de la Kommandantur. Le capitaine Geitel souhaite avoir les noms de toutes les personnes arrêtées par la police française. Bousquet tient bon. Pour l'instant, on ne lâche que les étrangers. Mais pour combien de temps ? Et puis, comme si je n'avais pas assez de soucis avec les fritz, la Milice continue de nous chercher querelle. D'ailleurs, hier après-midi, lors de la conférence des chefs de service, Hubert Martin a évoqué la question des juifs.

— Comment se fait-il que la Milice assiste à des réunions de police ? Sur quelles bases juridiques ? s'écria le mobilard.

— Elle a le soutien de Laval et s'en sert. Donc, cette raclure d'Hubert m'aborde avec son sourire de faux jeton et me tend ça. André fit glisser au milieu de ses dossiers un exemplaire du Petit Parisien daté du 7 février.

Un gros article était entouré au crayon rouge : « Interview de Louis Darquier de Pellepoix, commissaire général aux Questions juives : Je propose au gouvernement le port obligatoire de l'étoile jaune en zone non occupée, d'interdire aux juifs, sans aucune dérogation, l'accès et l'exercice des fonctions publiques. Quels que soient, en effet, la valeur intellectuelle et les services rendus par un individu juif, il n'en reste pas moins qu'il est juif et que, par cela même (...) il introduit dans les organismes où il occupe une fonction (...) un esprit qui modifie, à la longue, d'une façon profonde, la valeur de toute l'Administration française. »

— Ce type est dingue, lâcha Paul en levant les yeux du périodique. Ils sont au courant pour Lucien ?

— Bien évidemment, sinon pourquoi me transmettre cet article ; avec tout le foin qu'a fait le directeur du camp de Nexon, ce n'est pas étonnant. Tu me parles de Darmon, comment va-t-il d'ailleurs ?

— Il essaye de remonter la pente en s'investissant dans le boulot, c'est un dur.

— Bon, tant mieux. Cette histoire d'étoile, pour l'instant, c'est juste une opinion rapportée par un journal. Pellepoix a l'oreille du Maréchal, mais il n'a pas que des admirateurs au gouvernement. Il faut que Lucien reste discret. Avec un peu de chance, il passera au milieu des gouttes.

Le commissaire sortit un carnet.

— Vous avez des éléments sur les meurtres en montagne bourbonnaise ?

Paul fut bref et concis.

— Les vaches et les fillettes ont été attaquées par un homme avec l'aide d'une arme inconnue. Il habite ou traverse régulièrement le secteur de ses crimes. Il frappe vite, prenant par surprise. Les gosses n'ont eu le temps ni de s'enfuir, ni de se retourner. Peut-être connaissent-elles leur agresseur ou bien lui trouvent-elles un air avenant ? Lui, il les éventre, les mord et leur vole un pied en guise de trophée. On ne sait pas exactement dans quel ordre il procède. C'est un aliéné, mais il peut avoir un comportement assez équilibré quand il n'est pas en crise. On ignore s'il tue ses victimes sur place ou s'il bouge les corps. Je penche pour la première hypothèse. Il doit être maculé de sang après ses forfaits. Soit il se change, soit il possède des vêtements propres à chaque fois. Il nous reste l'autopsie pour y voir plus clair.

— Des suspects ?

— Non, mais on va interroger tous les établissements psychiatriques du département, les prisons. Faire le tour des camps de Tsiganes de la zone sud, Saliers[1] en premier lieu, pour voir s'il n'y a pas eu d'évasions. On va lister ce que l'agglomération compte comme vagabonds, asociaux, mais aussi bouchers, sorciers de tout poil, fanatiques religieux et tout le tremblement. Je vais consulter le fichier manuel de la gendarmerie.

---

1. Haute Camargue : camp d'internement réservé aux nomades et créé par le gouvernement de Vichy.

Le visage de Lange était soudain devenu très pâle.

— Seigneur, il y a un asile à côté de la pension d'Apolline...

— Appelle le responsable, il te rassurera tout de suite.

— Je le revois me dire qu'il n'est pas rare que des sinoques prennent la clé des champs !

— Oui, mais un fou ne reviendrait pas au bercail le soir, pour repartir quelques jours plus tard étriper une pauvrette. Le personnel remarquerait quelque chose.

Lange ne put s'empêcher de demander à l'opératrice de lui transmettre l'institut de Viermeux. Une infirmière lui répondit patiemment que tous les malades étaient là.

Le directeur raccrocha en soupirant. Ses mains tremblaient imperceptiblement.

Paul fit comme s'il n'avait rien vu.

— Tu m'excuseras, je me fais tellement de mouron pour ma fille.

— Je comprends, c'est bien normal.

Vite, le chef de la Sûreté reprit le dessus.

— Bon, je vais communiquer ton rapport au procureur Floch. Tu ne crois pas qu'on pourrait annoncer qu'on tient une piste, que des suspects sont interrogés ?

— Pour quoi faire, tu sais bien que c'est faux ?

— Bien sûr, mais il faut donner des signes de fermeté à la population. Ces brigades de surveillance ne plaisent à personne. Nous devons juguler ce mouvement qui pourrait profiter aux partisans.

— Ce serait si grave ? lâcha l'autre en faisant la moue.

— Voyons Paul, rien de bon ne peut jaillir du désordre, tu le sais bien. Je te demande juste quelques noms que je pourrais transmettre à mes supérieurs. Le temps pour vous d'aller au fond de votre enquête... Le cas échéant, on relâchera les suspects.

— En clair, c'est le retour des lettres de cachet ?

— À situation exceptionnelle, mesure exceptionnelle.

Mais c'est toujours l'état de droit, n'en doute pas.

— On fera ce qui est du domaine du possible.

— Ça me va. Et concernant la requête de Geitel sur la paysanne, cette femme est impliquée avec des terroristes ou pas ?

Paul pensa au message codé, au pouvoir qu'il lui donnait sur certains hommes de la scierie, Bradoc au premier chef ; un atout qu'il n'était pas sûr de vouloir partager.

— Non.

Le téléphone sonna, André répondit avec déférence puis se leva comme un ressort. Il enfila sa veste et lissa sa cravate.

— Le DGPN souhaite me parler, dit-il avec fierté. Peut-être va-t-il m'interroger sur l'enquête ? Notre réunion se termine juste à temps.

Comme il sortait, Paul eut à peine le temps d'évoquer les renforts qu'il lui fallait pour aller chercher la dépouille de la dernière victime, à Lavoine.

— Vois avec mon adjoint, accordé ! cria-t-il du bout du couloir.

Paul resta une seconde près de la fenêtre. Il aperçut les bouteilles dans un coin, posées sur un plateau. Il opta pour une Gentiane. Il regardait machinalement les reflets moirés de l'alcool tournoyer au creux du verre. En buvant le liquide à petite gorgée, ses yeux glissaient sur le bureau enseveli sous la paperasse. Les feuillets dégageaient une odeur le foin.

Une enveloppe non affranchie attira son attention. Proprement inscrite à la plume Sergent Major, l'adresse désignait le Conseil national de la francisque. Il se dirigea lentement vers l'entrée, risqua un œil dans le couloir désert, referma la porte et revint vers le pli. Il l'ouvrit facilement, elle n'était pas encore cachetée. À l'intérieur, un formulaire portait l'en-tête suivant : « Demande d'attribution de la francisque Gallique ». Un paragraphe précisait en italique : « Le port de l'insigne constituant un témoignage de fidélité au Maréchal de France, chef de l'État, implique du récipiendaire la tenue du serment défini à l'article 2 du 31 juillet 1942 : « Je fais don de ma personne au Maréchal Pétain comme il a fait don de la sienne à la France. Je m'engage à servir ses disciples et à rester fidèle à sa personne et à son œuvre. »

Tout en bas figurait une signature.

Paul la connaissait bien.

C'était celle de son vieil ami, André Lange.

* * *

Lucien et Elias déjeunèrent en début d'après-midi dans un petit restaurant de la rue Lucas, à quelques coudées de l'hôpital militaire. Sur la vitrine on avait inscrit sur une grande ardoise : « Pas de viande ».

— J'ai eu l'occasion de me rendre deux fois à l'adresse de Maxime Brudos, murmura Lucien en se penchant vers son collègue. Je suis certain qu'il vit seul.

— Alors allons-y demain soir. Autant ne pas trop traîner. Mais ce n'est pas une expédition punitive.

— Ne t'inquiète pas, je veux juste récupérer ce qui m'appartient, rien d'autre.

* * *

C'est avant le couchant que le train en provenance de Clermont-Ferrand entra dans Vichy. Le chef de gare s'entretenait avec son homologue allemand et Lucien guettait les voyageurs qui descendaient des wagons.

Cinéphore Charbonnier remontait le quai avec nonchalance quand il aperçut l'inspecteur. Il était chauve, un nœud papillon soulignait son visage rubicond. Les deux hommes se saluèrent. Une calèche les attendait à la sortie : deux chevaux noirs se détachaient sous des cumulus menaçants.

Lucien chargea les sacoches à l'arrière de l'hippomobile.

— Merci d'avoir accepté de quitter votre retraite, professeur.

— Il m'a semblé, devant la gravité des faits, que mon devoir était de vous assister. J'ai deux petits-enfants, vous savez. Je me mets à la place des parents de ces malheureuses.

Lucien n'appréciait pas uniquement le vieux Charbonnier pour ses connaissances encyclopédiques en sérologie, ou son penchant pour l'ésotérisme. C'était son humanité qui le touchait. Veuf depuis des décennies, l'homme ne s'était jamais remarié pour se vouer exclusivement à son travail.

— L'autopsie se déroulera à l'hôpital militaire, précisa Lucien. Mais l'enterrement devait avoir lieu cet après-midi, autant vous dire que la famille ne nous attend pas à bras ouverts.

Cinéphore sortit une pipe de sa poche. « Et si vous me racontiez toute l'affaire, j'en profiterais pour savourer cette promenade. Si le ciel ne nous douche pas avant. »

* * *

Il faisait nuit et un brouillard glacé s'accrochait comme un châle aux façades de l'hôpital thermal des armées. Des lumières blêmes flottaient derrière les fenêtres du rez-de-chaussée. Ils descendirent du fiacre, traversèrent la cour et rejoignirent dans le bâtiment principal le médecin en chef qui les attendait.

— Cher confrère, quand j'ai appris votre venue, j'ai tenu à vous accueillir personnellement.

Charbonnier joua les modestes et murmura qu'il avait un peu soif.

— Ça se passe où ? fit Lucien en regardant autour de lui.

— Nous avons une ancienne salle opératoire, au sous-sol. L'endroit est austère et peu équipé, mais propre. Aurez-vous besoin de matériel spécifique, professeur ?

— J'ai tout le nécessaire, fit Charbonnier en désignant ses deux sacoches en cuir. Comme ça, on ne perdra pas de temps.

Ils descendirent plusieurs marches et longèrent un couloir lugubre. Dans le bloc qui sentait l'ammoniac, ils virent un drap posé sur le corps, au centre de la pièce. Paul et Elias étaient là, en compagnie de deux autres inspecteurs.

Paul salua Charbonnier et dit que tout était prêt. Il y avait eu quelques crispations à Lavoine, mais les policiers avaient pu emmener la dépouille en garantissant à la famille qu'elle lui serait rendue le lendemain.

Cinéphore dégusta son verre d'eau comme si c'était un millésime. Il posa sa veste, lava ses mains et retroussa ses manches.

— J'ai déjà lu des récits médicaux intéressants sur Vichy, fit-il en affichant une mine enjouée. Je me souviens de cette étonnante affaire de l'anencéphalie[1], c'était bien dans cet hôpital monsieur le directeur, n'est-ce pas ?

— Hum, non, je crois que c'était à la maternité de la ville, répondit l'autre en croisant les bras.

— Ah oui, en effet. Une drôle d'histoire tout de même.

Le retraité se dirigea vers une table, posa ses sacoches et commença à étaler ses scalpels, ses bistouris et ses petites scies, d'une propreté immaculée. Il exhuma encore une collection de flacons en verre, des ampoules contenant des réactifs chimiques, des spatules et toutes sortes de choses inconnues des profanes.

1. Véridique.

— Cette affaire remonte à la fin du xixe siècle, continuait Cinéphore en inspectant son matériel. Il semblait s'être enfermé dans une bulle et ne s'adresser qu'à lui-même. Une très jeune femme, presque une enfant, accoucha à la maternité d'un bébé qui décéda rapidement. Le bambin était monstrueusement difforme, présentant tous les signes de l'hermaphrodisme et de l'anencéphalie.

— Pas de cerveau, chuchota Lucien au commissaire Montford qui jetait sur le légiste un regard circonspect.

— Aux dires du médecin-chef de l'établissement, le nourrisson avait plusieurs caractéristiques propres aux singes : des yeux globuleux, des membres particulièrement longs et un poitrail étrange. Toujours selon le praticien, ces malformations remontaient à la conception même du nouveau-né. L'adolescente vivait dans une roulotte, avec pour seule compagnie son père et un anthropoïde. Le bébé ne pouvait être que la conséquence de rapports sexuels entre la jeune fille et son primate. N'est-ce pas là, messieurs, une affaire incroyable, aux confins de la science et de la morale ?

Cinéphore finit par sortir une montre à gousset de sa poche.

— Bien gentlemen, il est temps !

Elias retira le drap et prit plusieurs clichés de la dépouille. Les viscères, béant du ventre, dégageaient une odeur insoutenable.

— Hum, quel travail ! fit Cinéphore en fronçant les sourcils. Une vraie boucherie. À quand, la découverte du corps ?

— Quatre jours.

Le légiste souleva une main de la défunte puis la regarda retomber mollement sur la table dans un bruit de caoutchouc.

— Pas de rigidité cadavérique, présence d'une tache verte abdominale : le décés remonte à plus de trente-six heures.

Le vieil homme se déplaça lentement autour de la morte, palpant et prélevant ce qui devait l'être.

— Traces de lividités au bas du dos et à la base du tronc, le corps a été trouvé face visible, pas vrai ?

Paul consulta son calepin et reprit un croquis qu'avait dressé la gendarmerie.

— C'est ça.

— Pas de signes de coupures sur les poignets ou les avant-bras, poursuivit Cinéphore. La gamine n'a pas eu le temps de se protéger : attaque soudaine. Je distingue des marques de lacération parallèles, trois lignes épaisses qui partent du bas de la gorge pour descendre vers le pubis. Un mouvement net. L'auteur était plus grand et plus fort que sa victime. Le médecin fouilla dans sa sacoche et revint avec une loupe.

— Si ces messieurs n'ont rien à faire, peut-être peuvent-ils venir m'éclairer ? lança-t-il à l'intention des deux inspecteurs qui blablataient.

Sous la lampe crue d'une torche électrique, le légiste explorait le déchirement ventral. Il retenait son souffle, aussi attentif que s'il enrayait le détonateur d'une machine infernale.

Il tendit le bras vers un flacon et préleva, avec une petite pince, une fine particule grisâtre qu'il fit tinter au fond de la fiole. « Un résidu de métal, dit Cinéphore, une trace laissée par l'arme qui a découpé l'abdomen de cette pauvrette. » Il se pencha encore sur le ventre, plongea la pince sous la loupe et retourna explorer la plaie pour mettre à jour un long cil jaunâtre.

— C'est quoi ? fit Elias.

— Un poil, dur, répondit le légiste. On dirait un poil de chien.

— Merde, on avait dit pas de cabot ! pesta Lucien.

— Ça ne prouve rien, répliqua Paul. Souvenez-vous de Félicie Fourquet et de son corps, torturé par un chien de passage. Pourtant, elle aussi avait été éventrée : trois lacérations parallèles.

— On refourguera le poil et le bout de ferraille au labo, annonça Lucien.

Cinéphore continua ses recherches. Le curetage des ongles ne donna rien. La victime n'avait pu griffer son agresseur et retenir des résidus biologiques. Il repéra un peu de boue séchée dans les cheveux : « Une argile rougeâtre, fit-il en approchant sa loupe. Je fais un prélèvement. »

— On regardera s'il y avait de l'argile sur la scène de crime, fit Lucien.

— Sinon, c'est que le corps a été déplacé après l'attaque... ou que le tueur réside près d'une zone grasse, conclut Montford.

— C'est bon d'être avec des types qui connaissent le boulot, chuchota Cinéphore en relevant la tignasse au-dessus de la nuque. Hé ! Il y a une trace de morsure assez profonde, à la naissance de l'épaule gauche, vous voyez ?

— Photo, Elias, fit Montford.

— Lésion avec abrasion ante mortem. Il va falloir inciser pour être sûr. Je ne suis pas odontologue, mais on dirait une mâchoire en mauvais état. On demandera au labo une étude détaillée avec alignement des dents. Si vous coffrez votre tueur, un moulage de ses chocottes vous permettra d'établir une comparaison avec la forme du trauma. Une bonne pierre dans le jardin de ce salopard. À ce propos, vous saviez que le fils de Napoléon III, qui mourut dans le Zoulouland, fut identifié grâce à ses chicots ?

Paul se pencha au-dessus du corps.

— En tout cas c'est sa signature. Il les mord à vif. Elles doivent crier très fort.

Le légiste secoua la tête : « Pas de bâillon dans la gorge ni de résidu de tissu qui aurait permis d'étouffer les hurlements. Toutefois, on peut considérer que l'argile derrière la nuque provient des mains du tueur. Il place une paluche sur la bouche de la fille et avec l'autre, lui tient la fosse du cou pour la croquer à loisir. »

L'autopsie se prolongea durant une heure. Cinéphore préleva plusieurs organes et chercha la trace de lésions internes. Sans résultat.

— Pas de défloration ni de fissure anale.

— Notre lascar est brindezingue, mais pas porté sur la chose, ajouta Lucien.

Une dizaine de minutes plus tard, Charbonnier rangeait ses affaires.

— Qu'est-ce que vous pensez de tout ça, Paul, fit Cinéphore en jetant un œil sur sa montre à gousset.

— De toute ma carrière, je n'ai jamais vu une telle sauvagerie. Nous avons perdu beaucoup de temps. Les trois premières victimes sont six pieds sous terre et nous n'avons aucun indice sérieux ; je me dis qu'elles sont mortes pour rien. Nous sommes condamnés à attendre le meurtre suivant.

— Si je peux vous aider de nouveau, n'hésitez pas.

— Merci professeur, c'est précieux de vous avoir avec nous.

— Une dernière chose, pour le prochain envoi au labo. Pensez à leur donner ça. Le praticien sortit une fiole soigneusement fermée de sa poche. Un insecte minuscule dansait la sarabande tout au fond.

— Qu'est-ce que c'est que ce truc ?

— Un pou.

— Et donc ?

— Si vous parvenez à faire identifier l'espèce, cherchez ses petits frères dans la tignasse d'un suspect. Votre tueur a pu contaminer Clotilde en l'agressant, à moins que ce soit l'inverse. Dans les deux hypothèses, souvenez-vous du principe d'échange de Locard : « Tout auteur d'infraction laisse des traces sur le lieu de son forfait et emmène avec lui des éléments de ce lieu. » Le pou vous aidera à démontrer qu'il y a eu contact entre le bourreau et sa victime : c'est un beau commencement de preuve, pas vrai ?

# 22.

Plus tard, dans leur chambre d'hôtel, Lucien et Elias enfilèrent leur imperméable et prirent leur Lebel. Ils se regardèrent.

— Deux gestapistes !, grommela Lucien.

— Parfait alors, on sera tranquille.

Ils montèrent dans leur voiture et longèrent l'avenue Victoria en direction de la gare, puis tournèrent dans le boulevard jusqu'à la place du Catalpa, au marché couvert. Ils se garèrent et continuèrent à pied, chacun de leur côté.

Elias arriva le premier au bas de l'immeuble : une bâtisse au crépi sale qui tranchait avec les villas Belle Époque et les riches demeures arts déco du centre-ville. Une odeur fétide flottait dans l'air. La pénurie d'essence avait contrarié le ramassage des ordures ménagères. Les poubelles dégueulaient leur compost sur le trottoir ; des amas fumants qui faisaient le bonheur des rats. La vermine gagnait en audace, bravant les riverains et leur armée de chats.

Elias s'engouffra dans le hall et attendit que Lucien le rejoigne. Les deux hommes montèrent dans les étages jusqu'à l'appartement de l'inspecteur Maxime Brudos.

— Reste au-dessus, murmura Elias.

Il se tourna vers la porte et frappa. Des lattes grincèrent.

Une personne se tenait derrière, aux aguets.

— Police française, ouvrez monsieur Brudos ! cria Elias.

Une minute passa.

— Qui me dit que vous n'êtes pas des truands ?

Assis sur une marche, Lucien reconnut le timbre. Il se revit, nu face à un Brudos goguenard qui lui tâtait les couilles avec sa matraque.

— Si vous ouvrez, je vous ferai voir mon insigne, répondit Elias d'une voix calme.

Après de longues secondes, la porte s'écarta sur une chaînette de sûreté et deux yeux cauteleux.

— Qu'est-ce que vous me voulez ?

— Vous poser quelques questions, si vous acceptez de me laisser entrer. Je suis seul.

— Vous ne pouviez pas passer au bureau, plutôt que venir m'emmerder chez moi ?

— C'est vrai, j'aurais pu. Mais je suis là maintenant. Vais-je rester sur le palier ?

— Et comment ! Tout ça ne me semble pas très catholique. J'appellerai votre supérieur dès demain pour lui demander à quoi rime ce genre d'attitude. Quel est votre service d'abord, vous n'êtes pas de la Section d'enquête et de contrôle !

Elias fit mine de se retourner puis, dans un éclair, se jeta sur le battant qu'il repoussa à l'intérieur d'un puissant coup d'épaule. La chaînette fut arrachée de son socle. Brudos reçut la porte en pleine figure et bascula à la renverse, à demi sonné. Elias donna un coup de pied dans le revolver que l'autre tenait dans sa main gauche. L'arme glissa à travers la pièce et partit se nicher sous un meuble.

Il agrippa Maxime Brudos par le col de sa chemise et le redressa pour le faire asseoir à même le sol. L'homme râlait et du sang s'écoulait de ses narines.

— F… Fils de pute, hoqueta t il en tâtant son crâne douloureux.

— Tu vas répondre gentiment à mes questions.

Brudos allait parler quand ses yeux s'écarquillèrent. Il venait d'apercevoir Lucien qui se tenait dans l'encadrement de la porte.

— Bon sang Lucien, je t'avais dit de rester dehors !

— Dès demain… je vais coller vos noms dans un rapport ; dites adieu à votre carrière, cracha Brudos.

— La ferme ! répliqua Lucien. Il entra. Qu'est-ce que t'as foutu de mes affaires ?

L'autre le dévisageait, confondu. Une lueur rosse passa dans son regard.

— Tes biens ont été aryanisés, pauvre cave. Tout ton appartement a fait l'objet d'une « Action meubles ». On a mis des scellés après ton internement et les Allemands se sont servis.

— On va faire un petit tour chez toi, ajouta Lucien. Prie pour qu'on ne trouve rien qui m'appartienne.

— Je n'ai fait qu'obéir aux ordres. Je suis un flic qui fait son boulot, comme vous putain !

Lucien serra les poings puis, n'y tenant plus, décocha un violent coup de pied dans le ventre de Brudos qui se plia de douleur.

— Ça va, je crois qu'il a compris, fit Elias en retenant son collègue.

Lucien n'entendait pas ; une colère froide dansait au fond de ses yeux.

— Hier, j'ai eu accès à mon dossier individuel. Disant cela, il se pencha vers l'autre qui respirait avec peine. J'ai retrouvé la lettre de dénonciation anonyme qui a justifié que tu débarques chez moi avec toute ta clique. Comme j'avais des doutes sur ton compte, je me suis procuré plusieurs de tes anciens rapports. Certains étaient manuscrits, j'ai comparé les écritures. Je ne suis pas graphologue, mais les similitudes étaient évidentes. C'est toi charogne qui m'as vendu ! Tu avais tout manigancé. Pourquoi ?

Maxime Brudos prit une seconde pour s'adosser contre le mur. Il avait sous le cou la poigne d'Elias.

— C'était un secret de polichinelle que t'étais juif. Après votre coup contre les Enfants d'Auvergne, beaucoup étaient jaloux que tu coures après les récompenses.

Alors, après l'armistice, quand ils ont créé la police juive, on a reçu des instructions pour faire le ménage ; ton nom était le premier sur la liste. Un exemple parfait. Sans rancune, vieux. C'était les ordres.

Lucien esquissa un sourire.

— Tu n'oublies rien, tu es sûr, cher collègue ?

— Qu'est-ce que tu veux dire ?

Lucien s'adressa à Elias.

— Cette crevure a fait l'objet d'une sanction disciplinaire il y a quelques années ; une petite incartade, rien de méchant. Une jeune romanichelle obligée de lui offrir ses charmes pour éviter un internement administratif. La chose s'est sue et notre bon Brudos a eu un blâme qui lui a fermé les portes des Brigades mobiles. Il crache sur la police judiciaire, mais c'est par dépit : secrètement, il a toujours rêvé de nous rejoindre.

— Tu divagues totalement...

— Ah oui ? Et ce n'est pas Montford, justement, qui siégeait à la commission qui a statué sur ton sort ? Tu parles, tu as voulu te venger de lui en faisant embastiller un de ses inspecteurs : la réponse du berger à la bergère !

Brudos ricana : « Tu as mené ta petite enquête... »

— Nous aussi on sait touiller la merde, fit Elias. Maintenant tu vas être bien sage.

Il le fit lever et le conduisit vers une table. En moins de cinq minutes, ils l'avaient bâillonné et ligoté à un pied du meuble. Ensuite Elias partit fumer dans la cuisine pendant que Lucien furetait de pièce en pièce.

Un long moment s'était écoulé ; il avait retourné le sommier du lit, vidé au sol quantité de tiroirs quand un bruit insolite les tira de leurs occupations. Ils coururent dans le salon et n'eurent que le temps d'apercevoir un pied de Brudos dépasser depuis la fenêtre du balcon.

— Foutre, tu aurais pu l'attacher un peu mieux ! jura Lucien en se jetant à la suite du fugitif.

Malgré les cravates qui lui enserraient les poignets, l'homme de la SEC avait enjambé la balustrade et s'était lancé sur le petit parapet. Il s'agrippait à une gouttière bosselée qui suivait la façade. Une dizaine de mètres plus bas, on devinait le carré d'une cour sale où de grandes rhubarbes perçaient entre les pavés.

— Bon Dieu, qu'est-ce que fait cette andouille ? pesta Lucien en le voyant trébucher sur le rebord.

— Tu penses aller jusqu'où, imbécile ! C'est sans issue. Tu vas te rompre les os.

— J… je ne peux pas bouger, dit Brudos. Ses doigts tâtaient frénétiquement le crépi, à la recherche d'une prise qui se dérobait sans cesse.

— Calme-toi, respire un coup et colle ton bide contre la pierre. Ensuite, avance à petits pas. Elias tendit une main par-dessus le balcon.

Les chaussettes de Brudos étaient humides ; elles ripaient à chacune de ses tentatives pour rebrousser chemin.

— Je n'y arrive pas, je vais tomber, ne me laissez pas ! hurla-t-il. L'acide lactique pétrifiait tous ses muscles.

Pendant près de dix minutes, le policier resta plaqué contre le mur, bras écartés. Puis, il sanglota.

Elias et Lucien ne pouvaient enjamber la rambarde à leur tour, c'était trop risqué. Il faisait noir : Brudos avait disparu. Ils entendaient juste ses pleurs. À un moment, ils saisirent un trébuchement puis le glapissement de terreur du condé quand son corps bascula. Aucun d'eux n'oublierait jamais le bruit que fit la tête en éclatant dans la cour.

Figés d'horreur, ils contemplèrent longuement les profondeurs qui s'étalaient sous eux. Tout était fini.

* * *

C'est Elias qui chuchota le premier.

— Difficile de faire croire à un suicide avec les liens qu'on trouvera sur ses poignets… La merde dans laquelle on s'est foutus !

— Personne n'a rien vu, il n'y a aucun vis-à-vis qui donne sur la cour. Même si des voisins ont entendu quelque chose, on pensera à la Gestapo. Tout le monde la bouclera, tenta de se rassurer Lucien.

— Attend, j'ai une idée ! Avec une cendre froide ramassée dans le poêle, Elias charbonna de grosses lettres sur la tapisserie du salon : KOLABO.

Il fit quelques pas en arrière et contempla le travail.

Lucien ne broncha pas et les deux mobilards descendirent rapidement l'escalier de l'immeuble. Ils partirent chacun dans une direction pour se retrouver à la voiture.

Elias démarra et rejoignit le centre-ville par des ruelles discrètes.

— Regarde dans la poche de ma veste, fit-il en tournant la tête vers son collègue. Lucien exhiba un carnet de cuir.

— Je l'ai trouvé planqué sous un pot de fleurs, dans la cuisine de l'autre imbécile.

— Qu'est-ce que c'est ?

— Des adresses, des numéros de téléphone. Tu as vu celui écrit sur la page de garde.

— Tu connais ?

— Plutôt, c'est le standard de la Milice française, au Petit Casino. Je me demande ce que Brudos pouvait fabriquer avec ces salopards.

— Je comprends mieux maintenant, fit Lucien. Tu as laissé l'inscription au charbon pour faire croire à un règlement de compte des partisans ?

— Je pense que les collègues s'en contenteront. Ils ont d'autres chats à fouetter.

Lucien avait toujours le nez dans le carnet.

— Putain, c'est quoi toutes ces listes ? On dirait des livraisons de marchandises.

— Du marché noir ? On lira ça à tête reposée. Pour le moment, on la met en veilleuse et on se replonge dans notre enquête.

Le reste du trajet, les deux hommes ne parlèrent plus.

Les rues de Vichy étaient totalement désertes.

* * *

Le vieux referma doucement la fenêtre et tira le rideau jusqu'au mur. Il se dirigea vers un fauteuil, tendit une main vers son journal et resta là, préoccupé par les idées qui sautillaient dans son crâne. Enfin il jeta un coup d'œil dans la cage d'escalier. Personne. Au-dessous, la porte du logement de Brudos était entrouverte. Un courant d'air la faisait grincer. Il retourna dans son salon et farfouilla parmi plusieurs éditions de Paris Soir. Il en prit une, tourna quelques pages et retrouva le tract soigneusement plié. Le document, après un court paragraphe en lettres gothiques, annonçait sur trois lignes :

— dénonciation d'un juif : 1 000 francs

— dénonciation d'un gaulliste : 3 000 francs

— dénonciation d'une cache d'armes : 5 000 à 30 000 francs

Il y avait une adresse à Vichy et un numéro de téléphone.

Le vieux posa le papier bien à plat sur la table du salon.

Il se servit un verre de vin.

# 23.

Au milieu du grand dortoir, Apolline avait rangé ses affaires sous son lit. Le premier soir, elle dormit mal. Derrière les carreaux, les branches des arbres grattaient aux vitres comme les griffes d'une chimère. Le second jour, Apolline se trouva entourée par plusieurs gosses qui la dévisageaient avec curiosité. Aucun ne semblait voir Nicole, sa sœur, qui se tenait en retrait.

Un garçon s'approcha. Il la toisa, les poings sur les hanches.

— Toi, la nouvelle, tu me suis on veut te causer.

Apolline lui emboîta le pas sans histoire. Les autres les accompagnèrent jusqu'aux ruines du couvent.

Le garçon fit entrer Apolline dans l'ancienne chapelle. Assis dans une alcôve, un jeune adolescent trônait sur une chaise branlante. C'était un petit caïd que les gosses du pensionnat admettaient comme leur chef. Il était grand pour son âge, la silhouette altière et les cheveux embroussaillés. Il parlait avec un drôle d'accent et les gamins le surnommaient « le gitan ».

— Elle est à moitié folle et elle cause jamais, résuma un loupiot binoclard en désignant Apolline.

— Comment t'appelles-tu ? demanda le meneur.

— Apolline.

— Eh bien, tu as une langue finalement ! Sache que tu es devant notre Assemblée, et c'est moi qui la préside. La chose la plus importante dans cet endroit, c'est la nourriture. Tout le monde a faim ; les rares enfants qui reçoivent des colis se les font confisquer par les adultes.

Le caïd renifla bruyamment avant de se passer une manche sous le nez.

— Note bien la règle numéro un : si tes parents viennent t'apporter un paquet, tu me le laisses et je le cacherai dans un coin sûr.

— Tu vas tout manger !

— Bien sûr que non, je ne prendrai qu'une part. Fais-moi confiance. Derrière ces murs se trouve un petit cimetière rempli d'arbustes et de fougères. Au-delà c'est les anciennes caves du couvent. Cet endroit est dangereux, les adultes ne s'y risquent pas.

— D'accord, souffla Apolline, fascinée par ce que lui racontait le garçon.

— Je vais demander à Lucette de rester avec toi et de t'apprendre la deuxième règle. Tu verras qu'elle est tout aussi importante que la première. Apolline sentit qu'une petite main se glissait dans la sienne. Elle se retourna et vit une jeune fille.

Des cheveux mi-longs encadraient son visage rond. La morve avait laissé sur ses fossettes de minces croûtes dorées.

— Qu'est-ce qu'ils ont, tes yeux ? demanda Apolline en lui effleurant les paupières.

— Je suis aveugle, mais tu sais, s'empressa-t-elle d'ajouter, je peux aller n'importe où. Ici je connais tous les recoins.

Avant de suivre la gamine, Apolline se tourna vers Nicole. Elle avait disparu.

Les deux enfants sortirent des ruines et regagnèrent l'institut en empruntant un sentier fait de graviers.

— Les autres garçons ne te battent pas ?

— Oh, non ! Le gitan m'aime bien. Il m'a appris le chemin qui mène jusqu'au trésor et qui évite tous les pièges. Il dit que comme ça, si la bête parvient à l'attraper, il restera encore une personne pour accéder aux réserves de nourriture.

— C'est quoi cette bête ?

— C'est la deuxième règle dont on t'a parlé tout à l'heure. Si tu ne veux pas finir dévorée, écoute bien ce que je vais te dire.

* * *

Les deux filles s'étaient faufilées au milieu des fougères et des massifs d'aubépines. Lucette ouvrait le chemin à travers le maquis.

— On est derrière l'asile, c'est interdit pour les enfants d'être ici, lui souffla la petite en se retournant.

Lucette posa ses mains contre le mur et commença à faire courir ses doigts de haut en bas. Très vite, elle poussa un cri de joie et murmura à Apolline de s'approcher.

Elles se tenaient devant un visage grimaçant, taillé dans la pierre grise. Les âges et le mauvais temps l'avaient beaucoup abîmé, mais on distinguait encore les traits d'un homme à la chevelure longue, les yeux sarcastiques au fond de leur orbite. Une bouche souriait sur une rangée de grandes dents. Apolline eut un mouvement de recul et Lucette perçut son trouble.

— Cette sculpture est très ancienne, presque aussi vieille que le couvent de Saint- Amâtre, dit-elle à mi-voix en posant une main affectueuse sur son bras. C'est un des garçons qui m'a fait découvrir cet endroit, il y a des mois. Il voulait me ficher la trouille pour pouvoir me peloter, mais je ne me suis pas laissé faire ! On dit que les nonnes firent graver cette figure pour conjurer une créature malfaisante qui rôdait autour de leur demeure.

Apolline risqua un doigt sur la face de pierre. Lucette semblait captivée, elle parlait toujours.

— Pourquoi tu m'as parlé d'une bête tout à l'heure ? fit Apolline en se détournant du visage ricanant.

— Tu as raison, j'allais oublier. Il y a, non loin d'ici, les ruines d'un château nommé Montgilbert. On raconte qu'il appartenait à un homme cruel qui terrorisa longtemps la région. Il avait des pratiques bizarres. On le disait loup-garou et versé dans la sorcellerie.

Un jour, un paladin de passage demanda asile pour la nuit. Un peu avant l'aube, l'invité surprit le baron qui revenait d'une de ses chasses, le poil roussi du sang de sa dernière victime. Le chevalier se jeta sur l'homme-loup et l'éventra d'un coup d'épée. Il en fallait plus pour terrasser la bête, mais cette attaque permit au héros de l'enfermer dans un cachot où elle resta durant des siècles.

— C'est un conte que tu me chantes là !

— Pas du tout ! Sache, petite sotte, que la créature s'est enfuie de sa prison. C'est elle qui dévore les enfants autour de Vichy !

La nuit venue, l'aveugle s'était dirigée à tâtons vers le lit d'Apolline. Malgré les relents de sueur que dégageait la mioche, elle n'avait pas osé la repousser.

La fillette se mit sur le côté et commença à murmurer : « Le baron court la forêt, toujours sous la forme d'un loup. Il a déjà englouti plusieurs gamines, mais les paysans se protègent. Alors il chasse de plus en plus loin. C'est comme ça qu'il a trouvé le pensionnat : un endroit avec beaucoup de chair fraîche. La petite chuchotait et ses mots s'envolaient dans l'air humide.

— Pour nous protéger, nous ne devons compter que sur nous-mêmes. Grâce au gitan, on a trouvé une astuce : un système d'alarme !

Apolline se tourna vers Lucette et posa la tête dans le creux de sa main.

— Comment vous faites ?

— On a récupéré des boîtes et divers trucs en ferraille. À la cuisine on a raconté que c'était pour monter des parties de chamboule-tout. On a tout attaché sur de longues ficelles reliées entre elles que l'on tend chaque nuit devant des ouvertures du dortoir. Si quelqu'un tente de passer, c'est un sacré vacarme et tout le monde est tiré du lit.

— Le surveillant vous laisse faire ?

— Il cuve son vin, celui-là. Une vilaine piquette qui lui fracasse la tête dès le crépuscule.

Apolline frissonna ; elle releva un peu la couverture sur ses épaules.

— Les adultes ne font rien pour attraper la bête ?

— Ils ignorent tout de son existence ; le gitan dit que le loup n'attaque qu'à la nuit tombée. On ne doit compter que sur nous. Je crois que le moment est venu de te parler de la deuxième règle.

— Je t'écoute.

— Ne jamais causer de la bête aux grandes personnes et participer, quand ce sera ton tour, à l'entretien de la barrière de protection.

— Comment faire ?

— C'est simple. Chaque jour, un garçon, ou une fille, se dirige vers une cachette où les ficelles et les alarmes en ferraille sont entassées. Il faut, sans faire le moindre bruit, sortir le tout et disposer les lignes le long des fenêtres du dortoir. C'est un exercice délicat, car tu dois agir sans lampe pour ne pas donner l'alerte. Ensuite, tu dois regagner ton lit jusqu'à l'aube. C'est le plus difficile, car tu dois résister au sommeil afin d'aller retirer les lignes au petit matin, quand il n'y a plus de danger. Si tu t'assoupis, tout le système sera découvert et confisqué. Ce serait une catastrophe !

— Je ne suis pas sûre de pouvoir rester éveillée toute une nuit, se désola Apolline.

— Si tu n'es pas capable de participer à la protection du dortoir, tu ne seras jamais acceptée dans le groupe. Tu dois faire ta part. Mais sache que si tu y arrives, tu auras droit de le rencontrer.

— Mais de qui parles-tu ?

— Je t'en ai déjà trop dit.

Lucette sortit du lit et regagna sa couche.

— Je devrais être prête pour quand ?

Dans le noir, elle entendit le frôlement des pieds nus sur le plancher et la voix de la gamine qui lâcha : « Dans deux jours ».

# 24.

Dans le hall de l'hôtel International, coincée entre une plante grasse et un escalier, une plaque annonçait qu'au deuxième étage se trouvaient les locaux de Technica : une entreprise lyonnaise spécialisée dans la vente de matériaux de travaux publics.

Il s'agissait en fait de la couverture du Deuxième Bureau, branche d'analyse des services secrets français. Malgré la collaboration, le régime de Vichy s'efforçait de maintenir sa surveillance des unités de renseignement adverses, qu'elles soient allemandes, anglaises ou gaullistes.

Paul Montford se présenta à la réception et signala qu'il attendrait près du bar « monsieur Bernard », le gérant de Technica. Il prit place sur un tabouret et passa commande en ôtant son manteau.

Après quelques minutes, un jeune homme descendit l'escalier, jeta un coup d'œil à droite et à gauche, puis s'approcha du bar. Il demanda une limonade, qu'il but d'une traite, et laissa sur le comptoir un petit billet plié, à deux pouces du verre de Paul. Il souhaita une bonne journée au barman et repartit.

Le commissaire leva les yeux. Il semblait ne pas avoir remarqué le manège. Paul posa nonchalamment la main sur le papier, le fit glisser jusqu'à son sternum et l'engouffra dans son manteau. Il paya et quitta l'hôtel. Une pluie grasse faisait briller la chaussée. Paul remonta la rue, tourna deux fois à droite, une fois à gauche, traversa une place et entra dans un commerce. À l'intérieur il regarda dehors, se demandant s'il avait été suivi. Au milieu d'un groupe de femmes qui attendait devant le comptoir, il sortit le billet et lut :

Tivoli-Palace, ce soir, 22 heures. Dernier rang au fond. Venez seul.

De retour dans la rue, il prit une allumette et brûla le message.

* * *

Elias et Lucien semblaient lessivés.

— Qu'est-ce que vous foutez de vos nuits ? demanda Montford en posant ses affaires sur le dossier d'une chaise. Il ramassa quelques lettres, avisa un gros colis avec son nom dessus et jeta un coup d'œil sur un rapport transmis par le commissariat.

— Putain, un collègue de la SEC s'est fait descendre à son domicile ! Ces salopards l'ont balancé par la fenêtre, vous avez vu !

— Je ne considère pas vraiment ça comme un confrère, fit Lucien en maugréant.

— Bon sang, qui a pu faire ça ? Le rédacteur parle de maquisards ? Quelle audace, Vichy compte plus de gardiens de la paix que de curistes en été.

— Qui sera chargé de l'enquête ? demanda Elias.

— La Sûreté, certainement. Après des miliciens, c'est un

policier qui se fait descendre. Les choses vont vite se gâter si vous voulez mon avis. Elias, où en es-tu de ton côté ?

— Pour les analyses du poil et du pou prélevés lors de l'autopsie, on va devoir attendre un peu. Sinon, j'ai demandé aux brigades régionales de Sûreté, limitrophes à l'Auvergne, de répertorier les attaques similaires aux nôtres. Ils s'en occupent. Enfin.

— Concernant les manouches, bouchers et timbrés de tout acabit, on a rien en batterie ? Ils secouèrent la tête.

Paul posa les pieds sur son bureau et dégrafa le col de sa cravate.

— Ce n'est pas folichon. Mais j'ai peut-être devant moi une piste intéressante.

Il prit un couteau et ouvrit le colis adressé à son nom. Il contenait des dossiers d'archives transmis en express depuis Lyon.

— Je me suis procuré les comptes-rendus de trois enquêtes célèbres qui évoquent étrangement le problème qui nous préoccupe. Trois chapelets de crimes, des précédents.

Les deux autres entourèrent Montford, qui déposa sur son bureau trois grosses chemises.

— Voici les sinistres œuvres de Gilles Garnier et des deux Joseph : Philippe et Vacher. Des meurtres en série qui se déroulèrent en 1573, 1860 et 1895. À chaque fois, des hommes qui furent accusés d'être des loups-garous ou des sadiques. Les victimes étaient toutes des enfants, quoique Joseph Philippe s'en prenne plutôt à des prostituées. On a toujours retrouvé des corps étripés, des traces de morsure, un criminel qui se déplace rapidement… Je vous propose de procéder comme le fit à l'époque le juge Emile Fourquet ; celui qui arrêta Joseph Vacher, « l'éventreur du Sud-Est ».

Elias et Lucien l'écoutaient sans piper mot.

— Comme le magistrat Fourquet, nous allons centraliser toutes les informations disponibles : analyser les faits dans leur moindre détail et confronter tous les éléments recueillis. Établissons un tableau comparatif des différentes attaques d'enfants autour de Lavoine. Montford prit une feuille de papier et commença à dessiner au crayon.

— Voilà, dit-il avec résolution, on va mettre dans des colonnes toutes les caractéristiques des crimes : position des corps, traces de mutilations, arme utilisée, état des vêtements. Il suffira ensuite de souligner les concordances en espérant qu'un indice se révèle.

— Est-ce vraiment nécessaire de parcourir ces vieux dossiers ? soupira Lucien.

— À défaut de témoignages, il faut nous approcher au plus près de ce tueur sans visage ; c'est avec un signalement précis qu'on pourra avantageusement interroger tout ce qui vit, rampe et crève dans un rayon de vingt bornes autour de Lavoine. Je vous l'ai dit les gars, pour le moment, la seule chose qu'on est capable de faire, c'est d'attendre le prochain macchab !

Les autres savaient que Montford avait raison.

— On va se farcir un dossier chacun. Mais avant de commencer, on va s'habiller et sortir. Elias, tu peux aller chercher le rigolo des fridolins dans l'armoire.

— C'est quoi le programme ?

— Un salopiaud qui s'enrichit au marché noir. Une promesse que j'ai faite et que j'entends honorer.

* * *

La cible de Montford était un vieux hangar donnant sur le boulevard des Graves. Le bâtiment était contigu à la Kalko, une société d'étude financée par le Reich. Elle dressait des listes de compagnies auvergnates que l'occupant pouvait, selon les termes de l'armistice, dépouiller en tout ou partie. Mais derrière ses activités officielles, la firme rachetait au marché noir diverses denrées destinées aux valoches de barons nazis.

La police française savait que la Kalko intéressait beaucoup de monde. La Résistance, au premier chef, qui rêvait de pulvériser ses burlingues. Mais aussi le SIPO-SD qui assurait sa protection, et toute une gamme de petits truands ou collaborateurs patentés qui recherchaient pour son compte les stocks dissimulés de charbon et de métaux.

En début d'après-midi, sur la foi d'un tuyau des RG, Montford et ses deux inspecteurs planquaient dans un troquet jouxtant la Kalko. La vue était imprenable. Après une heure d'attente, un homme grassouillet en complet marron sortit et s'éloigna d'un pas rapide. Il portait une grosse valise.

— Toi mon canard, t'as pas la conscience tranquille, fit Paul en le regardant remonter la rue. Ils quittèrent le bar. Pendant que Lucien rejoignait la voiture, Paul et Elias entreprirent de suivre le bonhomme.

Au chemin des Romains, leur cible héla un vélo-taxi qui prit la direction de la gare. Paul pesta, mais déjà Lucien arrivait avec la traction.

Le gros homme descendit au milieu de la rue de Paris, à la hauteur de l'hôtel Mondial où siégeait le ministère de l'Agriculture et du Ravitaillement. Il marcha jusqu'à un restaurant, le Saint Clément, introduisit une clef dans la serrure et entra. Il refermait la porte quand un colosse blond en trench le repoussa violemment. Le gars jura en s'effondrant sur un porte-manteau. Avant qu'il ne se relève, le géant en imper avait sorti un revolver et posé un index sur sa bouche. Deux autres types l'avaient rejoint ; ils semblaient provenir du même moule.

— Allez, debout, fit Montford.

— Vous êtes qui, enculés ! Paul fit un signe à Elias qui attrapa le marchand de soupe par un poignet et le tordit jusqu'à ce qu'il sente les larmes lui monter aux yeux.

— Tu vas baisser d'un ton et nous parler avec courtoisie ; sinon mon ami te laissera estropié sur ton sol à carreaux. Tu peux me croire sur parole ! tonna Montford.

Ils l'escortèrent jusqu'à la salle de l'établissement. Elias tira des rideaux pour occulter la rue et Lucien fit le guet à l'entrée. Paul braquait son Lebel sur le restaurateur ; le sang avait reflué de son visage. Elias s'approcha de la valise, l'ouvrit et siffla en exhibant des saucissons et plusieurs bouteilles de cognac.

— On est un peu pressés et ce que je vais t'expliquer est simple à comprendre. Alors, écoute et boucle là. Tu me dis oui à la fin et on se quitte bon amis. Tu me dis non et c'est bien dommage.

— Qui êtes-vous ?

— Tu la fermes ! Tout le monde sait que tu fais affaire avec les Allemands et la commission d'armistice ; ta table est connue dans tout Vichy. Tu réclames des tickets de rationnement à la tête du client. Tu peux continuer tes magouilles, on s'en balance. Simplement, tu vas partager un peu. Je vais te donner le nom et l'adresse d'une femme. Tu lui livreras, une fois par semaine, un panier rempli. Tâche de ne rien oublier : légumes, fromage, pain et un peu de viande. Une fois par semaine, t'entends ? Que ton restaurant soit ouvert, ou pas. Si tu cesses tes diffusions sans mon autorisation, c'est le plan B.

— C'est quoi, ce putain de plan ?

— Vaut mieux pas que tu le saches, crois-moi.

Le bonhomme cilla d'un air mauvais.

— J'ai des habitués ici, monsieur Geitel par exemple. Je vais l'appeler dès que vous vous serez cassés d'ici. Qui que vous soyez, vous l'emporterez pas au paradis !

Paul sembla surpris de cette dernière réplique. Il recula d'un pas et regarda Elias ; l'inspecteur se dirigea vers l'aubergiste, l'attrapa par le col comme s'il était un enfant et fourra dans sa main droite la crosse d'un 9 mm Luger.

— Qu'est-ce que vous foutez, pourquoi vous me donnez ça ! Dans un geste absurde, l'autre le pointa vers les deux policiers, il tremblait comme une feuille. Elias éclata de rire et lui arracha l'arme. Il entoura la crosse d'un mouchoir et rangea le tout dans son imperméable.

— Merci pour tes empreintes ! s'amusa Montford. Tu as tenté de fumer un serviteur du Maréchal à l'occasion d'une opération anti-marché noir. C'est très grave ! J'ai été obligé de t'abattre en état de légitime défense. Ça ne fera pas un pli pour le procureur. Il fit un pas et écrasa le canon du pistolet contre la tempe du gros. Le commissaire releva lentement le chien avec le gras du pouce.

— D'accord, c'est d'accord ! hurla l'aubergiste. Arrêtez vos conneries !

Paul resta immobile deux secondes, puis recula.

— Parfait. Premier panier livré demain. Tu nous payes un coup ?

# 25.

Il avait attendu la fin des actualités et le début du film La Main du diable, avec Pierre Fresnay, pour se faufiler dans la salle obscure et trouver un siège au dernier rang. Il n'y avait que lui à cet endroit. Des minutes passèrent. Un homme prit place à ses côtés. Il ne fit aucun geste vers Paul, il fixait l'écran. Mais profitant d'une scène plus bruyante qu'une autre, l'inconnu se pencha à son oreille. Il sentait fort l'eau de Cologne.

— Qui êtes-vous ?

— Commissaire divisionnaire Montford : Sûreté nationale.

— Quel service ?

— Enquêtes réservées.

— Comment avez-vous trouvé notre adresse ?

L'homme chuchotait comme un prêtre dans son confessionnal.

— Une connaissance au CST de Clermont[1].

— Que nous voulez-vous ?

1. Commissariat pour la sécurité du territoire : service de contre-espionnage de l'État français.

— Une assistance technique : j'ai besoin de faire traduire un message codé. J'ai pensé que c'était dans les cordes du Deuxième Bureau.

— Ne mentionnez pas ce nom, s'il vous plaît. Je vais sortir, rejoignez-moi dans la rue. Une voiture patiente devant l'épicerie. C'est à deux cents mètres sur la gauche. Attendez dix minutes avant de quitter le cinéma.

L'homme se leva et partit.

Il trouva la Citroën qui maronnait à l'emplacement indiqué. Il y avait un chauffeur, un passager avant et le visiteur du cinéma sur la banquette arrière.

Comme Paul ouvrait la portière, l'autre se pencha vers lui : « Dites à vos deux collègues qui planquent devant le cinoche de ne pas nous suivre, ils sont bien fichus de se faire repérer par les boches. » Paul ravala sa fierté et les fit décrocher du dispositif.

La voiture n'emprunta que de petites rues, puis l'avenue de France avant de prendre en direction d'Abrest. Elle enfila une côte sèche qui montait jusqu'à un plateau venteux. Ils se garèrent au pied d'un bouquet d'arbres. Le moteur s'éteignit. Le chauffeur fit un appel de phares. Devant eux, au milieu des ténèbres, plusieurs lumières claquèrent. Une seconde plus tard, deux silhouettes s'approchèrent munies de lampes électriques.

— Bigre, tout ça pour moi ? fit Paul en ricanant.

— Dehors, dit simplement l'homme du cinéma.

Paul avait à peine ouvert la portière que les deux types sortis de la nuit le firent se retourner, mains contre le capot, et commencèrent à le palper sans ménagement.

— J'ai un flingue et mon insigne de police dans les poches de mon manteau, inutile de faire du zèle les gars !

L'homme assis à côté du chauffeur se fit remettre le document, l'inspecta brièvement à la lumière d'une lampe et regarda longuement le visage de Montford.

— Qui est votre balance au CST ? demanda-t-il.

— On est des pros tous le deux, ce genre de question est déplacée, vous le savez bien. Mais vous ne vous êtes pas présentés, à qui ai-je l'honneur ?

— Appelez-moi FÉLIX, ça conviendra.

— Bien, FÉLIX, que se passe-t-il maintenant ?

— On s'assure que vous n'êtes pas suivi.

— Je suis patriote, comme vous.

— Après cette guerre, je crois qu'il faudra donner un nouveau sens à ce mot.

Ils attendirent un bon quart d'heure. Personne ne fumait : le rougeoiement des mégots aurait trahi leur présence.

Enfin, FÉLIX proposa à Paul de rentrer dans la voiture. Il s'assit à l'arrière et lui demanda à nouveau pourquoi il les avait contactés. Le commissaire évoqua Louise Tachon et son puits, l'enlèvement de son mari et les menées de Geitel.

— Je pense que ce message a un lien avec le maquis des Bois Gris, conclut-il. Son contenu intéresse les Allemands ; il pourrait provenir d'une source à eux.

FÉLIX écoutait avec attention. Il regarda ses deux collègues et hocha la tête.

— Cher commissaire, c'est un singulier hasard qui vous envoie à nous.

— Quoi qu'il en soit, fit l'autre, j'ai besoin de connaître la signification de cette phrase.

— C'est naturel, mais on ne fonctionne pas comme ça.

— Le SIPO-SD ne lâchera pas mon patron tant qu'on ne lui aura pas donné un os à ronger. Percer la clef du message me permettrait d'inventer un bobard crédible, c'est tout.

FÉLIX réfléchit un instant.

— Nous verrons. Mais puisque c'est vous qui êtes venu nous trouver, je vous fais une proposition. Il tapota sur la vitre de sa portière et le passager avant lui tendit un dossier. Il en sortit un cliché. Ce devait être l'agrandissement d'une photo d'identité : une belle blonde, vingt-trois ans peut-être.

— Elle s'appelle Adèle Bréal, c'est la nouvelle maîtresse d'Arno Geitel. On la suit depuis des mois. Récemment elle s'est couverte de bijoux et ses toilettes se sont nettement améliorées ; Geitel est très attaché à elle. Il l'a l'installée à Vichy, au 115 boulevard des États-Unis, dans sa résidence personnelle. Pour nous, c'est une carte à jouer. On aimerait en faire une source. Il doit y avoir des tas de choses intéressantes chez ce Kommandeur. C'est d'ordinaire une petite forteresse, mais avec Adèle, on aura notre cheval de Troie.

— Je ne vois pas trop où j'interviens dans ce plan ? fit Paul.

— Avec elle, pas question que le Deuxième Bureau vienne au contact. Depuis l'invasion de la zone sud, nos effectifs ont été décimés. On est constamment aux aguets et on ne peut se permettre de perdre encore des hommes. C'est la raison pour laquelle nous vous proposons de recruter Adèle pour nous.

— Et avec quels arguments ? L'amour de la patrie ?

— Vous êtes un vieux routier, je connais votre réputation. Vos méthodes ne font pas toujours dans la dentelle. Vous trouverez bien un angle d'attaque.

— J'ai déjà bien assez à faire avec mon enquête et tout un paquet d'emmerdements personnels pour en rajouter sur la couenne et jouer au petit espion. Il va vous falloir un autre boy ; je suis désolé.

FÉLIX ne dit rien. Son regard était froid comme les neiges du Sancy.

— Si vous n'êtes pas encore trop intoxiqué par Radio-Paris, vous savez peut-être que la Wehrmacht recule chaque jour un peu plus à l'Est et que les Alliés se préparent à débarquer en Provence. C'est un militaire qui vous parle. La guerre ne durera pas toujours. Quand viendra la Libération, chacun devra justifier de ce qu'il a fait pendant toutes ces années. La Sûreté mène la vie dure aux gangsters, mais aussi aux résistants, c'est avéré. Avec votre plaque, vous cautionnez cette répression, quoi que vous en disiez.

— Je fais mon travail.

— Bien sûr, comme nous tous. Moi aussi je me soumets à un général qui prend ses ordres à l'hôtel du Parc ; Bousquet de même.

— Pour un militaire, vous me semblez avoir une conception pour le moins élastique de la subordination ?

— Commissaire, je pourrais discuter longuement avec vous des subtilités du code d'instruction militaire, notamment de cet article qui dispose un soldat à ne plus obéir à un chef se trouvant entre les mains de l'ennemi, mais nous n'avons pas le temps. Sachez qu'entre vous et moi, il y a une différence de taille.

— À la bonne heure, et c'est laquelle ?

— Vous avez entendu parler du NAP[1] ?

— Alors c'est ça ! vous êtes des partisans ?

— Tout de suite les grands mots, commissaire ; disons que nous sommes quelques-uns à préparer l'avenir.

L'homme croisa ses mains sur ses genoux et regarda Paul avec un air paternaliste.

— Quand les Allemands auront quitté la France, nous n'aimerions pas les voir remplacés par des Américains ou des Russes ; il nous faudra à ce moment-là prouver aux Alliés que l'administration a su prendre ses distances avec le pouvoir actuel. Ce que nous vous proposons, c'est de rejoindre le NAP et de vous refaire une virginité. Aidez-nous à retourner Adèle Bréal et nous témoignerons de votre engagement auprès de la Résistance. Cette caution pourrait, à plus ou moins longue échéance, vous être très utile. Je vous demande de réfléchir.

---

1. Noyautage de l'administration publique (NAP) : réseau des résistants chargés d'infiltrer les rouages de l'État français.

Paul allait secouer la tête, mais FÉLIX lui fit un signe de la main. Il n'avait pas terminé.

— Vous pourriez nous conduire à votre directeur, André Lange. Si NAP pouvait le recruter, nous aurions un allié de poids face aux miliciens.

— Enfin ! lâcha Paul, vous imaginez cette fille fouiller dans les affaires du chef de la Gestapo ; le danger serait extrême, elle n'aura pas le cran !

— Nous avons déjà un plan, mais vous ne saurez rien tant que je n'aurai pas votre réponse. De toute façon, vous allez dire oui.

— Et pourquoi donc ?

— Figurez-vous qu'Adèle n'est autre que la cousine de Louise Tachon, celle-là même qui détenait le message codé. Une drôle de coïncidence, ne trouvez-vous pas ?

Montford fit une grimace.

— Déchiffrez-moi le texte et je ferai mon choix. Pas avant.

— Vous êtes dur en affaires, commissaire.

— Ne croyez pas que vous ferez de moi un petit agent à envoyer au casse-pipe, je ne suis pas de ce bois-là.

La voiture laissa Montford à quelques dizaines de mètres de son immeuble. Il refermait la portière quand FÉLIX se pencha vers lui.

— Vous pensez peut-être que nous avons besoin l'un de l'autre à part égale, mais ce n'est qu'une apparence commissaire. Tâchez de ne pas l'oublier.

Montford allait répliquer quelque chose, mais le véhicule s'éloignait déjà dans la nuit.

# 26.

## Institut psychiatrique de Viermeux – 27 avril

Apolline rejoignit son père qui l'attendait, assis sur une chaise. Quand il la vit, il se redressa et tendit les bras. Il la serra fort. Le médecin-chef arriva.

— Elle s'est fait beaucoup de camarades ? Je crois même qu'elle s'est entichée d'une petite qui s'appelle Lucette. Tout ça est encourageant, croyez-moi.

— Combien de temps encore ? fit Lange en regardant le médecin.

— On ne sait pas. Seule Apolline détient la clef. Elle semble heureuse de votre présence. Hum, je vois que vous avez apporté un peu de ravitaillement, c'est bien, nous allons le mettre de c…

Avant de pouvoir poser une main sur le panier, Apolline s'en était emparé. Elle le garda dans son dos. Le directeur de l'institut sursauta puis se força à sourire.

— Et bien, en tout cas, elle est vive la mignonette !

Ils restèrent longtemps dehors, marchant autour de la fontaine noyée de mousse. Le père parlait tout bas. Apolline cherchait Nicole, mais elle ne la voyait pas. Elle s'obstinait à ne pas lâcher la corbeille et montrait qu'elle faisait des efforts pour la traîner avec elle. Une brise fraîche repoussa les mèches de son front et fit rosir ses joues.

André la raccompagna vers l'entrée du centre. Avant qu'ils n'atteignent le perron, elle lui tendit une feuille pliée en quatre. On devinait des traits de couleurs, un dessin. Un galet de pierre remontait le long de son ventre. Il n'avait plus beaucoup de courage. Il enfouit le crayonnage dans sa poche et prit le visage de sa fille dans ses mains. Il l'embrassa et lui dit qu'il l'aimait, qu'il reviendrait très vite.

Elle était pâle et soucieuse.

Il regagna la voiture, de l'autre côté de la cour. Il ouvrit la portière du conducteur, entra puis se ravisa et sortit aussitôt. André s'appuyait contre le capot. Il voyait le porche de l'institut et la petite silhouette assise sur les marches. Le gravier grésilla quand la traction s'élança sur le chemin. Il traversa le bois sombre jusqu'à la départementale, fatigué et les yeux rougis.

Avant Cusset, il se gara sur l'accotement. Il sortit le dessin et le contempla comme une carte au trésor. On devinait des arbres, une maison et un visage qui souriait étrangement sur une porte. Deux fillettes se tenaient par la main. Au milieu des ramures, André crut discerner une forme noire. Alors, la lumière qui touchait la feuille révéla une inscription au verso.

Il tourna la page et vit qu'Apolline avait écrit quelque chose :

— Papa, fais bien attention à la bête.

# 27.

Paul Montford regardait son directeur et lui trouvait un air avachi. Il ne s'était pas rasé et son col de chemise était douteux. Quelque chose devait clocher chez cet homme-là, pensa-t-il, sans doute la santé mentale de sa fille ? Comme il avait lui aussi son lot de soucis, il chassa cette réflexion de son esprit.

— Quand est-ce que vous allez me livrer ce salopard ! tonna Lange en guise de préambule. Paul fut étonné de cette véhémence. Il se contenta de hausser les épaules.

— On épluche toutes les pistes, on reprend l'affaire à zéro. Il nous faut du temps. Le tueur ne s'est pas manifesté à nouveau. Soit il est plus malin, soit il dissimule ses victimes. Mais franchement, je n'y crois pas.

— Le procureur Floch exige un point journalier, je ne sais plus quoi inventer. Sans parler des chiffres que me réclame Bousquet : pas assez d'arrestations ni de réfractaires sous les verrous. Tu as vu le dernier télégramme ? La gendarmerie du Mayet-de-Montagne a été visitée dans la nuit : plusieurs revolvers ont été volés et un militaire a été blessé. Tout ça à quelques dizaines de kilomètres de Vichy. Je ne suis même pas fichu de faire régner l'ordre dans la contre-allée du Maréchal !

Paul ne releva pas et jeta un coup d'œil sur son carnet.

— Les analyses requises après l'autopsie se font désirer, je compte beaucoup dessus. On va bien finir par trouver quelque chose. Le problème, c'est que dans ces campagnes, on ne sait plus qui est au maquis et qui renseigne les boches : tout le monde se méfie de tout le monde. Ce n'est pas du gâteau pour avoir un témoignage précis.

— J'ai engagé toute ma crédibilité sur toi et ta fichue équipe, Paul. Prouve-moi que vous n'avez pas perdu la main.

— André, il y a une chose dont j'aimerais te parler .

— Quoi ? Vous avez encore foutu le bazar quelque part ?

Paul secoua la tête d'un air lassé ; ce n'était pas le jour pour discuter.

— C'est à propos de la veuve de Pierre Bertignac, ou plutôt de son fils, Jacques, un brave gars qui n'a pas vingt ans. Il risque de partir au STO.

— C'est pas le bagne tu sais, d'aller en Bochie. Il sera bien traité et touchera quelque chose pour sa mère. Tu préférerais qu'il soit au chômage à boire des canons ou, pire, engagé avec les autres furieux de la LVF ?

— André, tu ne crois pas sérieusement à toutes ces calembredaines ?

— Ah parce que tu penses que Radio-Londres, c'est parole d'évangile peut-être ? Parlons-en de nos amis angliches, on compte plus le nombre de nos concitoyens victimes de leurs bombardements, quel salopard ce Churchill…

— Non, mais putain ! Pierre était un patriote, il va se retourner dans sa tombe si on envoie son fils unique fabriquer des fusils pour Hitler. On ne peut pas laisser faire ça.

— Tu ne vois pas que j'ai les mains liées ! André, les yeux rougis d'énervement, pointait ses deux pognes en l'air. Regarde la littérature que je suis obligé de me coltiner tous les jours ! Je te jure, il faut vraiment avoir la foi. Tiens, par exemple : cette note du gouvernement. Lange brandissait le papier devant Paul comme si c'était un chiffon merdeux. Il lut : « Le Reich réclame avant le 30 juin prochain la mise à disposition de 240 000 travailleurs français (...), par conséquent, le gouvernement a la douloureuse nécessité de devoir supprimer, en plein accord avec le chef de l'État, toutes les exemptions prévues dans la loi sur le STO du 16 février 1943 et d'élargir le champ des classes d'âge susceptibles d'être appelées à servir. »

— Des notes similaires, j'en reçois tout le temps !

— Attend, écoute André, il y a à Lyon une antenne du mouvement Jeunes de l'Europe nouvelle, je crois que c'est une espèce de filiale du groupe Collaboration. Ils ont des amis chez les fridolins. Les gamins qui sont recrutés doivent avoir moins de vingt-cinq ans ; quant aux nazis, ils apprécient ces relais de leur dogme sur l'Europe blanche dressée contre les soviets. Le petit pourrait trouver une place dans un magazine, un endroit pas trop exposé. Il prendrait le train pour voir sa mère un week-end sur deux. Elle ne tiendra pas le coup s'il part en Allemagne. Elle est costaude, mais pas à ce point-là.

— Que veux-tu que je fasse ? Écoute, j'ai du travail ; on verra ça une autre fois et...

Paul se leva et ses yeux luirent une seconde.

— Je pensais qu'à l'occasion de ton prochain déjeuner avec le procureur Floch – il est bien au groupe Collaboration, n'est-ce pas ? – tu aurais pu aborder le sujet.

— Si tu m'avais apporté la tête du tueur sur un plateau, j'aurais été en position de quémander ce genre de service. Pour l'heure, il n'en est pas question !

Paul était vautré sur une chaise, ruminant sa dernière discussion avec André Lange.

Lucien s'approcha du tableau noir et le fit pivoter. Au verso, trois colonnes apparurent.

— On a répertorié les modes opératoires des trois affaires tirées des archives. Et maintenant, voyons les similitudes avec nos meurtres en Bourbonnais. Premièrement : le cas Gilles Garnier. Ça se passe autour de la ville de Dôle, en Franche-Comté, an de grâce 1573. Notre homme vit en ermite ; il fera quatre victimes, des jeunes adolescents qu'il étrangle et dont il dévore la chair des cuisses et du ventre. Une fois, il arrache la jambe d'un cadavre. À l'époque, on le considère comme un cannibale qui aurait eu commerce avec le diable. Il finira au bûcher. Pour certains, Garnier est un authentique cas de lycanthropie : un humain frappé d'insania lupina ou folie louvière.

— Intéressant, ça nous parle, fit Montford.

Lucien opina du chef et tendit sa craie vers la deuxième colonne.

— Affaire Joseph Vacher : quatorze victimes en trois ans. La série de meurtres débute en 1895 avec le cadavre atrocement mutilé d'un jeune berger. On le retrouve dans l'Ain, un champ isolé. Une ligne sanglante va se propager en Ardèche, dans la Drôme et jusque dans le Var. Toujours des attaques contre des femmes ou des enfants esseulés : éventration, égorgement et viol. Certaines proies sont littéralement dépecées. Je ne trouve pas de mention de cannibalisme. Vacher vécu en vagabond criminel, quêtant de petits boulots de ferme.

— D'accord, et le dernier ?

— 1860, à Paris. Affaire Joseph Philippe : le tueur de prostituées. Il escoffiera le fils de l'une d'elles, un gosse de quatre ans. On lui impute sept meurtres en tout. L'une des putes fut décapitée à coups de couteau. Là aussi, des éventrations. Le gars se fera attraper en tentant de liquider une huitième victime.

Paul prit une chaise à l'envers et s'assit dessus à califourchon. Cigarette au bec, il demanda quels étaient les points de comparaison entre ces trois affaires et leur dossier.

— C'est simple, répondit Lucien en soulignant plusieurs mots du tableau d'un bout de craie rouge.

— Prenons d'abord les analogies au niveau du signalement des meurtriers : au moins deux sont des clochards, plus ou moins itinérants. Leur allure est négligée, leur visage maigre et osseux ; ils ont un regard inquiétant. Pour Joseph Philippe, il y avait un signe distinctif intéressant, un tatouage sur le bras avec cette mention : « Né sous une mauvaise étoile ».

— Bon, fit Paul, on en revient à notre axiome de base : des marginaux qui agressent femmes et enfants. Ils s'acharnent sur les victimes. Concernant le mode opératoire, c'est plus simple, non ? Attaque éclair, éventrations fréquentes, morsures dans la moitié des cas, plus rarement le viol. On n'est pas sur le dessus du panier. J'aurai juré que la piste des asiles ou des romanichels aurait donné quelque chose…

— Il faut croire que notre salopard s'est fixé dans les monts de la Madeleine et qu'il n'a tué nulle part ailleurs, ajouta Elias. J'ai consulté les bulletins hebdomadaires de police criminelle[1] des douze derniers mois : aucun signalement n'évoque notre affaire.

Paul Montford s'approcha du tableau.

— Il est tout près d'ici et il ne bouge pas. Je pense qu'il attend qu'on le trouve. Si ses pulsions s'accroissent, il sera de moins en moins prudent. On va finir par le coincer, c'est mathématique.

— Sauf qu'on nous donne pas le temps de fignoler, maugréa Elias.

---

1. Créé en 1907 : l'équivalent de l'actuel fichier des personnes recherchées.

— Pour qu'il n'ait pas du tout attiré l'attention dans des bourgades, c'est qu'il vit dans un coin isolé. Je vais demander à Lange des renforts pour quadriller la campagne autour des scènes de crime. Il faudra explorer les ruines de châteaux, les fermes recluses, tout.

— Vous pensez avoir les effectifs pour, chef? fit Lucien.

— Sans doute, mais pour vingt-quatre heures maximum; on a intérêt à bien cibler nos recherches.

— Et selon vos analyses, fit Elias, le prochain meurtre pourrait avoir lieu quand?

— Je ne lis pas dans les boules de cristal. Mais ce sera bientôt.

* * *

À Viermeux, ce 28 avril, la nuit tant redoutée était arrivée. Tous les petits dormaient déjà. Apolline pensait que Nicole serait venue l'encourager mais elle n'était pas là.

La jeune fille posa un pied sur le sol glacial, attrapa une paire de chaussons et mit sur ses épaules un pull en laine que sa mère avait tricoté. Des traits de lune découpaient la pièce en gros blocs de suie. Elle s'aida de cette lumière chiche pour traverser la cambuse et se diriger vers la cachette: une grande malle dissimulée dans une cave à charbon occupée par une colonie de souris et des toiles d'araignées. Le coffre contenait des bouts de métal de toute provenance. Elle prit plusieurs boîtes dans ses bras et aussi une longue ficelle. Apolline la noua autour de sa taille comme Lucette lui avait recommandé de le faire. Elle remonta l'escalier, tout doucement. Tous ses sens étaient à l'affût. Avec les ténèbres, le dortoir prenait des allures de gigantesque nécropole. Apolline avançait en tâtonnant le long des murs. Elle entama son fastidieux travail. Il fallait ajuster les cordelettes et suspendre le fer-blanc. Un geste imprécis pouvait tout compromettre. Une heure plus tard, harassée par la tension nerveuse, elle s'affaissa sur son lit et resta là jusqu'au petit jour. Si la pose du système d'alarme fut pénible, son démontage pire encore. Totalement engourdie par le sommeil, Apolline se traînait au milieu des couches et manqua plus d'une fois de s'étaler de tout son long. Pourtant, quand le surveillant écarta le rideau pour réveiller les marmots, toute l'édification tintinnabulante avait rejoint le coffre aux araignées.

Devant l'Assemblée, au milieu des ruines envahies de lierre, le gitan annonça qu'Apolline avait gagné le droit d'être informée du deuxième secret.

Ainsi, elle apprit que les gamins recevaient les visites d'un personnage mystérieux. Une fois par semaine, il leur apportait de la nourriture.

— Un riche et puissant seigneur, murmura Lucette avec respect.

— Personne n'a jamais vu son visage, c'est un coureur des bois, un trappeur, ajouta un adolescent.

— On s'en fout qui il est, bougonna le caïd. La seule chose que tu dois savoir, c'est qu'il chasse le loup qui terrorise toute la montagne. Ses ancêtres possédaient le château de Montgilbert. Il compte sur nous pour avoir à l'œil les environs. Dans toute la région, il a constitué des groupes de guetteurs, comme nous. Tu comprends l'importance de notre mission ! Si les grands apprenaient qu'un homme voyait des enfants du centre en cachette, on serait surveillés plus que jamais. On ne pourrait plus accéder à la réserve de nourriture. Nous serions vulnérables face à la bête.

Apolline avait écouté en silence. Le meneur s'approcha d'elle et lui sourit.

— Puisque tu t'es montrée valeureuse, je déclare que tu es des nôtres. À ce titre, tu auras la chance de rencontrer le « chasseur ». Mais je te rappelle qu'il nous a fait prêter serment : personne ne doit révéler son existence aux adultes.

— Si tu caftes, fit un garçon, il partira et nous n'aurons plus que nos réserves pour ne pas mourir de faim. On te fera payer cher cette trahison, tu peux nous croire.

— Elle n'est pas vilaine, elle pourrait se laisser peloter les nichons pour se faire pardonner ! dit un grand. Ça fit glousser les autres.

Apolline se sentit rougir.

— Quand allez-vous revoir le visiteur ?

— Il ne vient que les nuits de chasse, quand l'astre est rond et que la bête parcourt les bois, lui répondit Lucette.

Elle s'approcha d'Apolline et lui prit affectueusement un bras.

— Un peu de patience. La prochaine pleine lune, c'est pour bientôt.

# 28.

Au camp de Calabres, près de Vichy, un peu moins de trois cents hommes, affublés de l'uniforme milicien, une tenue empruntée aux chasseurs alpins, formaient les rangs au pied du drapeau tricolore. Ils venaient de toute la zone sud.

Dans la chaude matinée de juin, debout au milieu des herbes et du vol paresseux des bourdons, le colonel de Saint-Antonin et son adjoint, le commandant Brunard, contemplaient les recrues de la toute nouvelle Franc-Garde. Le bras armé de la Milice. Toutes, mâchoire serrée, torse bombé et menton relevé, portaient le béret frappé du gamma et la chemise kaki.

Derrière les officiels, Hubert Martin s'entretenait avec quelques collègues du Deuxième Service.

— C'est une misère, regardez-les ! fit l'un des chefs miliciens. À peine quelques fusils prêtés par la gendarmerie. Qu'est-ce que c'est que cette cohorte de loups sans crocs ni griffes ?

— Et Laval, qu'est-ce qu'il fout crénom d'une mule ! On disait qu'il allait convaincre les Allemands de nous confier une partie du stock des Sten piqués aux Anglais. Tu parles, rien n'a été fait…

— Darnand se démène, n'en doutez pas, lâcha Hubert en curetant son brûle-gueule. On murmure, à Vichy, qu'il pourrait présenter sa démission avant la fin de l'été, si rien ne bouge d'ici là. C'est un homme droit qui va toujours au bout de ses idées. Nous devons garder foi en lui.

— Quand même, c'est long, ajouta un autre.

— À nous d'être inventifs et de faire nos preuves, répliqua Hubert.

— À quoi penses-tu ?

Il leur fit signe de le suivre vers un baraquement à l'écart. Ils apercevaient au loin un grand chien qui courait à l'orée d'un bois. Un milicien à la barbe rousse et aux épaules de déménageur marchait derrière.

— J'ai dîné avec l'Hauptsturmführer Geitel hier soir. Il m'a confié que la Gestapo avait reçu une lettre de dénonciation des plus intéressantes. Vous vous souvenez de l'exécution d'un de nos contacts dans la police, l'inspecteur Maxime Brudos ? Eh bien, quelqu'un a entendu une conversation entre la victime et l'un de ses meurtriers : car ils étaient au moins deux. L'un s'appellerait « Elias ». Figurez-vous que celui-ci se serait présenté au domicile de Brudos en criant « Police de sûreté » ! Que dites-vous de ça ?

Alors que les autres fulminaient en levant les yeux au ciel, le milicien à la barbe les avait rejoint. Il tenait fermement le molosse par le collier.

— Je me fais fort d'identifier cet Elias parmi les rangs de la police, poursuivit Hubert. Lorsque la chose sera faite, c'est nous qui l'arrêterons. Quant à la suite, ce sera à Roland d'avoir le dernier mot. Hubert esquissa un sourire venimeux en désignant du menton le colosse roux qui fixait sur eux tous un regard peu amène. Sur sa poitrine, le gamma pointait sous une tête de mort aux châsses de rubis : le symbole du Groupe spécial de sécurité, un conventicule milicien chargé d'assurer la garde rapprochée de Darnand.

Les hommes en noir connaissaient bien Roland Goubazi, surnommé « Abraham », tant à l'égard de sa pilosité qu'à ses talents de prédicateur. Il savait manier l'ironie, lui qui se déclarait volontiers « bouffeur de juifs » et dont les faits d'armes durant la guerre d'Espagne, quand il combattait sous Franco, avaient forgé la légende. Quant à son chien, Lucifer, il aurait, durant un interrogatoire, croqué vif les testicules d'un bolcho peu coopérant.

— Lorsque ce cochon d'Elias sera entre nos mains, je le confierai à Goubazi, fit Hubert d'un ton froid. Nous saurons vite si les terroristes ont des relais au sein de la Police judiciaire, ce dont je ne doute pas. Une fois les aveux extorqués, le scandale éclatera et la Sûreté sera salie jusqu'à la moelle. Il sera alors temps de rappeler à Laval où sont les hommes en qui il peut placer sa confiance.

* * *

Quelque part dans la vallée du Sichon, Paul regardait FÉLIX qui lui tendait une feuille soigneusement pliée. Un homme, debout à l'avant du capot, surveillait les environs. On entendait le bruit de la rivière proche.

— Petit « Code de César » du plus basique, indigne de l'Abwehr, lâcha FÉLIX en faisant la moue. À mon avis, les Allemands voulaient un code simple que même un jacques de français pourrait appliquer. Les lettres de l'alphabet sont décalées de six caractères vers la droite.

Paul déplia le billet ; il contenait, en clair, le message que la femme de Tachon avait dissimulé dans le puits. Il lut : « AUGUSTE BRADOC EST BERTRAND ».

— Qui c'est ce Bertrand ? demanda Paul.

— Vous l'avez sans doute deviné ? fit FÉLIX en haussant les épaules. BERTRAND est le chef du réseau des Bois

Gris. En d'autres termes : le maire de Lavoine est l'un des hommes le plus recherchés d'Auvergne.

Paul hocha la tête et rendit le papier.

— Vous avez rempli votre part du contrat, je ferai de même : on mandera Adèle Bréal dès cette semaine. Mais je vous le redis, je ne peux vous garantir qu'elle nous rejoindra.

— C'est un risque à prendre, nous comptons sur vous. Et votre directeur de la Sûreté, est-il prêt à se rallier ?

— Le moment n'est guère opportun. Il est en passe d'obtenir son adhésion au Conseil de la francisque. Je ne sais plus quoi penser de lui.

— Hum… ne lâchez pas le morceau commissaire, il serait tellement précieux pour la Résistance.

— Puisque nous en sommes aux doléances, j'ai une autre requête à vous formuler.

— Quoi encore ?

— Il y a dans mon entourage un gosse qui ne va pas tarder à recevoir sa convocation au STO. Son père était un policier de premier ordre, sa mère n'a plus que lui et… je crois que cette famille a eu sa part de malheur. J'aimerais éviter au gamin d'aller s'échiner dans une canonnerie de Forêt-Noire. En plus, nul n'ignore que les manufactures sont les premières cibles des bombardements alliés.

— Et alors ?

— Vous pourriez m'indiquer un moyen pour le cacher, le temps qu'il faudra ?

FÉLIX réfléchit un instant.

— Ce jeune homme veut-il servir la France libre ou seulement se planquer ?

— Si c'est bien le fils de son père, il souhaitera se rendre utile.

— En ce cas, qu'il ne rejoigne surtout pas le maquis. Les Allemands et la Milice préparent une grosse opération pour liquider le réseau. Ça va tomber sur la gueule de ces bougres de partout.

— Que me conseillez-vous ?

— Eh bien, il semblerait qu'un premier corps franc d'Auvergne soit en cours de création. Son chef est un gars solide et un bon meneur. Son nom de code est GASPARD. Le Puy-de-Dôme ne manque pas de caches où le petit pourrait voir venir en servant de coursier aux résistants. C'est l'option la plus réaliste pour le moment. Je vous dirai comment vous mettre en rapport avec GASPARD.

* * *

Paul et Lucien avaient lu tous les rapports de gendarmerie sur les vagabonds contrôlés dans l'Allier. Aucun n'évoquait la silhouette du tueur. Ils se décourageaient quand Elias entra dans le bureau.

— Ça y est, j'ai eu le laboratoire de Clermont : le résultat des analyses est enfin tombé !

— Crénom, ils ont pris leur temps. Alors ? fit Paul plein d'espoir.

— Je n'en sais pas plus. Les nouvelles consignes du directeur sont de ne pas mentionner les enquêtes sensibles au téléphone : les Allemands pourraient tout écouter. On est bon pour attendre les conclusion par la Poste.

— Niet ! s'exclama le commissaire. Trop aléatoire, pas question que l'hôtel de la Seine[1] mette son sale groin dans notre dossier. Elias, tu files chercher les documents à Clermont. Tu en profiteras pour voir Cinéphore. Il doit

1. Le bâtiment hébergeait le service en charge de l'interception et du contrôle des correspondances.

avoir terminé son compte-rendu d'autopsie. Demande-lui aussi s'il a des idées sur le syndrome de lycanthropie. Je crois me souvenir que c'est un passionné d'occultisme.

— D'accord, je pars tout de suite ?

— Non, deux choses avant.

Paul se leva et s'approcha d'Elias.

— Tu emmèneras Jacques, le fils de Pierre Bertignac. Passe le prendre à Thuret, c'est sur ta route. Tu le remettras à un type dont on me transmettra les coordonnées dans la soirée. Si tu tombes sur les gendarmes ou les fridolins, tu montres ta carte professionnelle et tu dis que Jacques est ton fiston. Invente un pipeau, ce que tu veux.

— Pourquoi on fait ça ?

— T'occupe, c'est un coup de main que je rends à la veuve de Pierre.

— Bon. Et le deuxième truc ?

Paul leva les yeux vers la pendule.

— Il nous reste deux heures pour nous habiller chic. On va fréquenter du bourgeois cet après-midi.

— C'est quoi le plan ? fit Lucien.

Paul prit le journal qui se trouvait sur son bureau et pointa un gros titre en première page.

— Le Grand Prix de la ville de Vichy ? demanda Elias. Vous voulez jouer aux courses !

Paul sourit et jeta le quotidien dans une poubelle. Il se dit qu'il était temps qu'il leur parle de FÉLIX et de la mission qu'il lui avait confiée.

Quand il eu fini, les autres attendaient la suite du programme

— Vous avez compris que les bourrins, je m'en cogne comme de ma première chemise. Ce qui m'intéresse, c'est que le Kommandeur Geitel fera un tour aux Courses avec Adèle Bréal. On profitera de la foule pour venir au contact et tenter de la recruter.

Elias fit la moue.

— Ça ne m'enchante pas de jouer le petit soldat pour les taupes du Deuxième Bureau ; c'est leur affaire tout ça, qu'ils se débrouillent. Nous, on est des policiers, pas des mouches.

— Ce que je vous demande est très éloigné de notre enquête, mais j'ai donné ma parole à FÉLIX. Vous pouvez choisir de m'aider en mémoire de Pierre ou rester ici et continuer le boulot pour lequel le pays vous paye. Je ne vous en voudrais pas. Elias regarda Lucien et haussa les épaules.

— C'est bien gentil tous ces jolis discours, mais où va-t-on dénicher un costume de ministre pour aller faire les beaux ?

* * *

Leur voiture franchit l'Allier, longea le sporting-club puis entra dans Bellerive avant de tourner vers le champ de courses. Lucien râlait à l'arrière, disant que son pantalon était trop court et que c'était le comble du ridicule.

Ils aperçurent les tribunes du grand hippodrome. Il y avait des calèches et des autos, des Allemands en uniforme et beaucoup de Français. Les femmes semblaient rivaliser de mondanité. De nombreux Vichyssois étaient venus à pied, utilisant la passerelle qui partait du quai d'Allier et traversait la rivière sur plusieurs dizaines de mètres.

Paul et ses hommes s'étaient garés à bonne distance de l'entrée du champ de courses. Ils fendaient la foule qui convergeait vers les guichets en inspectant les voitures officielles, surtout celles qui roulaient à essence. Ils s'efforçaient de dénicher les véhicules du SIPO-SD et leurs chauffeurs, dont la tenue civile était toujours un aveu. Après vingt minutes de recherche infructueuse, ils conclurent que Geitel avait emprunté le pont réservé aux piétons. Les résidences des gestapistes se trouvaient avenue des Cygnes, à deux doigts de l'édifice.

Le soleil était encore haut, il faisait chaud. Paul ajusta son chapeau et se tourna vers ses deux compagnons.

— Évitons de rester ensemble; on va se partager le terrain entre les tribunes, la caisse et le restaurant. Rendez-vous ici dans trente minutes pour faire le point. Bonne chasse les gars.

Les mobilards se dispersèrent.

Elias dépassa une buvette, louchant sur les petits verres de rosé glacé, et s'approcha des écuries. Il flottait dans l'air une odeur de cuir et de paille. On entendait le claquement métallique des sabots sur les pavés et les discussions furtives entre jockeys. Plus loin, il y avait des charrettes qu'on apprêtait pour un défilé et des femmes distinguées sous leur chapeau immense. Elles riaient.

Elias desserra sa cravate et décida de s'offrir un flacon à l'ombre d'un marronnier. C'est Paul qui les vit le premier, installés à une table du restaurant qui dominait les tribunes. Adèle portait une robe couleur crème et lui un élégant costume. Il nota la présence d'au moins deux Allemands à proximité. Il entra dans l'établissement et fit mine de chercher un coin de libre. Après une petite inspection il conclut qu'il n'y avait que trois fridolins autour de la jeune femme.

Lucien était appuyé à une barrière, de l'autre côté de la piste, où une course se préparait.

Il se concerta avec ses deux collègues venus le rejoindre, et tous les trois prirent place dans les gradins situés sous le restaurant. À un moment, Adèle cessa de siroter sa boisson et battit des mains. Elle embrassa Geitel et se leva pour ajuster sa robe. L'Allemand lui sourit et la concubine se dirigea vers la sortie.

— On la suit! fit Paul.

— Elle va aux toilettes ?

— Non, murmura Elias, Geitel lui a donné un billet. Elle va parier pour la prochaine course. Espérons qu'un Chleuh ne va pas l'escorter.

Adèle patientait seule au milieu des joueurs. Paul la regardait, adossé à un arbre. Les deux autres étaient à quelques mètres.

Quand elle empocha son ticket et fit mine de reprendre l'escalier qui montait vers le restaurant, il marcha rapidement vers elle et posa sa main sur son épaule.

— Adèle Bréal, dit-il d'une voix ferme.

Elle se retourna et le fixa avec surprise.

— Sûreté nationale madame, dit-il en exhibant sa plaque avant de la ranger prestement. J'ai besoin de vous parler en toute discrétion. C'est l'affaire de quelques minutes.

— Que me voulez-vous ? Je n'ai pas le temps de…

— Nous savons parfaitement quel genre d'homme vous attend madame Bréal. Nous ne serons pas long, suivez-moi. S'il vous plaît.

Elle le regarda dans les yeux ; l'homme dégageait une détermination farouche. En haut des marches, elle craignait de voir poindre le nez d'un gestapiste venu la surveiller. Adèle ne fit pas d'opposition.

Il l'entraîna vers les écuries. La plupart des stalles étaient vides. Au fond, près de la sellerie, l'une d'elles contenait une jument à robe noire. Lucien et Elias montaient la garde au-dehors.

Anxieuse, Adèle croisa les bras. Paul ôta son chapeau et chassa un peu de sueur qui perlait sur son front.

— Je vais être direct, madame Bréal ; vous êtes intime avec un Allemand de haut rang. Les activités de ce fonctionnaire intéressent des patriotes qui œuvrent pour la Libération. Vous pouvez nous aider.

— Je ne vois pas comment !

— En nous tenant informés de propos dont vous seriez témoin.

— Qu'est-ce qui vous permet…

— Vous couchez avec un policier allemand, madame Bréal, c'est notoire. On ne compte plus les restaurants et les spectacles où vous vous affichez à son bras.

— Taisez-vous ! fit-elle, en rougissant.

Au bout de l'écurie, leur discussion dérangeait la jument qui se mit à renâcler bruyamment au-dessus de sa mangeoire. On entendait les clameurs de la course. À l'intérieur il faisait lourd.

— Et si je rapportais notre rencontre à Arno ? Vous seriez bien embarrassé monsieur le policier ! Elle jetait sur lui un air plein de défi. Pourtant, le commissaire perçut en elle une lueur de détresse qui l'incita à poursuivre.

— Je ne suis pas là pour vous juger. Je vous demande juste de nous aider. Votre cousine a de sérieux ennuis avec la Gestapo, son mari a disparu depuis plusieurs semaines. Votre cher « Arno » vous a-t-il dit où il se trouvait ?

— Il est à Moulins, à la Mal-Coiffée.

— Depuis tout ce temps, et toujours aucune nouvelle de lui ? Ça ne vous semble pas inquiétant ?

— Que voulez-vous dire ? Le doute avait pris place au fond des jolis yeux.

— Les partisans étrangers que nous remettons aux Allemands finissent souvent dans les geôles de la Mal-Coiffée. Personne n'en revient jamais. Quelques-uns partent je ne sais où en Allemagne ; beaucoup crèvent dans le secret le plus total. Avec tous vos charmes et toute l'affection que vous porte le Kommandeur, vous me dîtes que vous ignorez de ce qu'il advient d'Antoine ? Je ne vois guère qu'une explication.

Adèle se mordait nerveusement la lèvre inférieure.

— Je voulais rencontrer Arno pour lui parler d'Antoine. Je n'imaginais pas que nous deviendrions amants ;

les choses se sont faites toutes seules. Ce n'est pas le diable, vous savez. Il est sensible et il aime la musique, la littérature. C'est un amoureux de Paris.

— Il reste un ennemi de la France. Il torture nos compatriotes. Votre devoir est de nous aider.

— Je ne ferai aucun mal à Arno, soyez-en sûr !

— Il ne s'agit pas de l'assassiner, ça ne ferait qu'entraîner des représailles sanglantes. Nous avons juste besoin de renseignements.

Adèle fit quelques pas, rongée par le doute.

— Ce n'est pas si simple ; il n'y a pas que Louise dans cette affaire. Il se trouve que j'ai un frère, Vincent, qui a des ennuis avec la police. Il s'est fait arrêter en franchissant la ligne de démarcation. Il commerçait avec la zone nord pour ne pas crever de faim. Maintenant, il est à la prison de Riom. Je ne sais pas pour combien de temps.

Paul la fixait avec un peu plus de douceur.

— C'est pour votre frère que vous restez avec Geitel ? Vraiment ?

— En partie, oui. Mais ça n'enlève rien aux sentiments que j'éprouve pour Arno.

Paul sortit une cigarette mais évita de lui en proposer une. Il ne tenait pas à ce que Geitel, lors d'un prochain baiser, sente l'odeur de tabac, elle qui n'avait pas de sèches sur elle.

— Je vais voir si on peut faire quelque chose pour votre frère ; mais ça va dépendre du procureur, je ne peux rien vous garantir.

— Si les choses s'arrangent pour Vincent, et que vous me promettez qu'aucun mal ne sera fait à Arno, je vous aiderai, conclut-elle en prenant la sortie des écuries.

— Comment peut-on vous contacter discrètement ?

— Je paye toujours le loyer de mon appartement, rue Larbaud. Je vais relever mon courrier une fois par semaine ;

moi seule ai la clef. Vous pouvez m'écrire à cette adresse et me proposer un rendez-vous où vous voudrez dans Vichy. Arno me fait confiance, je fais mes courses sans chaperon.

Paul la laissa partir en soufflant un panache de fumée. Elle avait du cran. FÉLIX ne s'était pas trompé. Mais comment convaincre Floch ? Ils en revenaient encore au même constat : tout dépendait de leur enquête sur ces crimes d'enfants. Une quelconque avancée leur donnerait du crédit et la possibilité de monnayer quelque chose.

Mais pour l'instant, ils étaient au point mort.

# 29.

Elias fit un détour dans Thuret pour prendre Jacques Bertignac. Il connaissait sa mère depuis qu'il avait fait équipe avec Pierre au sein de la 6e Brigade mobile. L'adolescent semblait menu à côté de la grosse valise. Elle, les yeux rougis, tentait de faire bonne figure. Elle serra une dernière fois son fils contre elle et lui murmura quelque chose à l'oreille.

Pendant la route il n'échangea pas beaucoup avec le jeune qui devait sacrément gamberger. Elias ne cessait de penser à Béatrice qu'il voyait toujours seule, au milieu de son champ. Avec l'autre qui lui tournait autour. Puisqu'il avait la voiture, il passerait par Lavoine en rentrant de Clermont. Tant pis si Montford prenait la mouche. Il crevait d'envie de la presser contre lui jusqu'à l'étouffer.

FÉLIX avait dit vrai. À Clermont, près de la place de Jaude, le café des Sports se trouvait à l'adresse indiquée. Un sexagénaire, béret sur la tête, les accueillit derrière son comptoir. Il les fit entrer dans une cuisine attenante. Il ferma soigneusement la porte du troquet et ouvrit une trappe qui menait à une cave. L'air embaumait la mousse et le saint-nectaire.

— C'est toi « Jacques » ? demanda l'homme en toisant l'adolescent.

— Oui.

— Bon, fit-il en se tournant vers Elias. Le p'tit va rester ici jusqu'à ce soir. Un compagnon passera le chercher pour le conduire dans un endroit sûr.

— Et après ? demanda Jacques.

— Je n'en sais rien. Ce n'est plus mon affaire Mais je vais te donner un bon conseil, p'tit. Tu devras être sacrément prudent. Il y a quelques semaines, un détachement de GMR a arrêté un de nos chefs à Clermont. On raconte que la Gestapo pourrait venir épauler les Groupes mobiles pour faire le sale boulot. Nos ennuis ne font que commencer, c'est sûr.

Le patron du bar devait ignorer qu'Elias était de la Sûreté, c'était bien comme ça. Il serra la main de Jacques, fit un signe de tête au tenancier et sortit par derrière comme ce dernier lui demanda.

Il regarda sa montre-roulette ; il avait largement le temps de passer au commissariat central pour prendre le résultat des analyses biologiques.

Au sein du laboratoire de police scientifique, deux hommes régnaient au milieu des becs Bunsen et des rapports balistiques.

L'un des techniciens tendit une chemise brune à Elias et le toisa avec morgue.

— Vous n'êtes pas un peu parano à la Sûreté ? C'est bien la première fois qu'on nous dit de ne pas communiquer des comptes-rendus par téléphone et d'éviter la Poste. Qui serait assez bredin pour détourner un courrier à en-tête du ministère de l'Intérieur ?

Elias bougonna en ouvrant la chemise : « On voit bien que vous n'êtes pas de Vichy… »

Le technicien s'approcha d'Elias pour commenter par-dessus son épaule.

— Le bout de métal trouvé dans une des plaies est le résidu d'une lame à la composition ferreuse atypique : pas vraiment le genre de Douk-Douk fabriqué à Thiers. Peut-être un poignard traditionnel, genre Kriss indonésien, épée Dao chinoise ou corne de fakir, tout ce qu'on veut quoi.

— Une corne de quoi ?

— C'est une dague de parade utilisée par les fakirs en Inde ; elle est construite à partir d'appendices d'antilopes recouverts d'acier.

— Putain, mais comment vous connaissez tous ces machins ? répliqua Elias avec admiration.

— Mon père tenait un magasin d'antiquités, il était féru d'armes exotiques. Sa plus belle pièce était une Kukri népalaise qui…

— … D'accord, c'est vous le plus fort ! Donc la gamine a été éventrée par un surin pas ordinaire, ou une relique. Ça limite les recherches, intéressant. Et le pou, vous avez pu le caractériser ?

— Une banale pédiculose corporelle : des poux vivant sur la peau si vous préférez.

— Comme les trucs qu'on attrape à l'école ?

— Non, pas vraiment. Le parasite de tête est commun, le second est lié à un mode de vie précaire et à une hygiène médiocre. C'est une pathologie qui affecte souvent les vagabonds. Vous avez constaté des marques de grattage sur le corps de l'enfant ?

— Je n'en ai pas souvenir.

— Ça peut signifier que les insectes n'ont pas eu le temps de proliférer. Elle a été contaminée au moment du meurtre, pas avant.

— Notre tueur a des poux sur le corps, c'est ça ?

— Oui, pensez à chercher des triturations sur le torse, les épaules et le dos de vos suspects. Les lentes aiment les plis des vêtements sales. Je dirais que votre client porte des loques ou les mêmes vêtements depuis un bail; il doit cocotter dur.

— Génial, autre chose?

— Le pou de corps transmet le typhus. Avec un peu de chance, Dame Nature lui réglera son compte avant que vous ne le trouviez.

— On peut toujours rêver. Il restait une dernière analyse, je crois.

— Les clichés montrant les traces de morsures: on peut conclure, tout est consigné dans le rapport, que la dentition de l'agresseur est médiocre. On a constaté de nombreux signes de déchaussement. J'ai une hypothèse: celle d'antécédents de scorbut ou de carences en calcium. Un truc sévère.

— D'accord, voilà qui va nous aider.

— Oui, et j'ai gardé le meilleur pour la fin.

— Quoi?

— On a cerné la caractéristique du poil trouvé dans une des plaies de la gosse. Ça n'a pas été une mince affaire. On a dû l'adresser au parc zoologique de Clères. Il dépend du Muséum national d'Histoire nationale.

— Vous avez envoyé le prélèvement à Paris? Mais pourquoi?

— Votre poil: c'est celui d'un léopard.

* * *

Cinéphore Charbonnier logeait dans un modeste appartement de la rue du Port, au fond d'une venelle sombre du vieux Clermont.

La pièce était enténébrée malgré les bougies que son hôte disposait ici et là, au mépris de toute prudence. D'innombrables manuels couraient partout du sol au plafond.

L'ancien maître de conférences à la faculté de médecine de Clermont possédait probablement la plus remarquable collection d'ouvrages occultes de tout le Massif Central. Son parcours l'avait conduit des rosicruciens à un cercle théosophe. À la mort de son épouse, Charbonnier s'était même essayé au spiritisme. Et désormais, il entassait tous les livres traitant de démonologie.

Lucien avait déclaré à Elias que le vieil original avait publié à compte d'auteur, il y a une dizaine d'années, une imposante monographie consacrée aux actes de sorcellerie en Auvergne.

L'étude fut rudement décriée par ses pairs de la communauté scientifique. Mais son contenu fut suffisamment précis et dérangeant pour que la 6e Brigade mobile de Clermont en commande un exemplaire. Il s'agissait là d'une base documentaire précieuse en cas de crime rituel dans les campagnes.

Elias fit quelques pas sur le tapis élimé du salon. Il laissa courir ses doigts sur les dos rugueux des livres ; il sentait l'odeur forte du cuir et un mélange de poussière et d'eucalyptus.

— Dans tout ça, fit-il en tournant le dos à un mur barré d'étagères, vous auriez quelque chose sur la lycanthropie ou l'insania lupina ? Il avait prononcé les termes latins en lisant un papier sortit de sa poche.

Cinéphore se gratta les cheveux.

— Ma foi, le folklore germanique fourmille de représentations du diable s'incarnant dans une bête carnassière. Dans plusieurs ouvrages du xve siècle consacrés à la démonologie – je pense à l'Encyclopédie des croyances du monde Noir, un manuscrit éclairant sur divers cultes solaires hyperboréens –, on voit les rites magiques de prêtres en contact avec l'au-delà. Ils parviennent à se transformer en loup féroce sous l'effet de puissantes drogues.

D'autres légendes – des recueils de textes nordiques tel l'Edda, une suite de poèmes en vieux norrois qu'on trouve dans le Codex Regius islandais – présentent de nombreux récits mythologiques. Il y est bien question de femmes et de guerriers décrits comme des félins enragés.

Elias croisa ses bras et jeta un regard circonspect sur Cinéphore.

— Un taré couvert de poux qui découpe le pied de ses victimes et qui se prend pour un carnivore aux dents longues ? Mais comment se fait-il qu'on ne l'ait pas encore repéré ? Un cinglé pareil ça ne peut qu'attirer l'attention.

— Oui, acquiesça Cinéphore, mais la lycanthropie est perçue aujourd'hui comme une forme de psychose. J'imagine que notre tueur connaît parfois des bouffées délirantes où dominent ses pulsions profondes. Mais la plupart du temps, il reprend le dessus. Je crois bien, mon cher Elias, que vous voilà confronté à une affaire qui n'a rien de commun avec tout ce que vous avez pu rencontrer.

L'inspecteur était perplexe.

— Le labo m'a signalé deux trucs intéressants : l'arme du tueur est ancienne et liée de près ou de loin à un léopard.

Cinéphore haussa les épaules.

— Le léopard, c'est un peu loin de nos contrées. Je n'ai rien qui associe un culte démoniaque avec une bestiole pareille. Un chien, un chat, tous les mammifères de nos campagnes, d'accord… mais une panthère !

* * *

C'était au fumoir de la Feria, derrière la porte du 11 rue Drichon. André Lange avait dégrafé sa cravate. Sa veste reposait sur un porte manteau richement ouvragé. Le malaise qu'il avait éprouvé en arrivant cédait la place à une douce griserie. Il avait remarqué les casquettes d'officiers allemands, sagement rangées dans le vestibule et les silhouettes de plusieurs commis de l'État, un cognac à la main, dont il connaissait l'entregent.

En face de lui, l'entrepreneur en costume évoquait les activités florissantes de son usine de Brioude. Sa chevalière renvoyait l'éclat d'un lustre de cristal.

— Figurez-vous qu'il y a plusieurs mois de ça, des communistes, eh oui ! cher ami, des communistes, sont venus me voir pour me demander de mettre mon usine à leur service. Sans doute pour couvrir leur mouvement subversif. Je n'ai pas craint de leur dire que j'étais, moi aussi, un patriote. Mais du côté de la France, pas du Komintern ! Je leur ai dit mes quatre vérités à ces bolchos. Notamment qu'il est facile de courir au maquis quand on ne possède ni attaches, ni travail. Et surtout pas une usine à faire tourner avec d'honnêtes ouvriers. Partir, c'est abandonner la boutique aux Teutons, bazarder le patrimoine économique de la nation. Beau civisme que voilà. Non, le vrai courage, c'est savoir rester aux commandes en plein cyclone : maintenir le navire à flot. Quand la guerre sera finie, le nouveau régime devra compter avec nous, les capitaines d'industrie, pour aller de l'avant. Si de Gaulle se fait botter les fesses par Hitler, nous aurons eu raison d'être prudents ; si les Anglo-américains emportent la mise, on nous saura gré d'avoir préservé nos manufactures du pillage. Le pays pourra se remettre sur pied grâce à nos chaînes de montage. Il n'y aura peut-être pas beaucoup de médailles pour les patrons, mais nous, nous serons encore là pour profiter de la liberté retrouvée.

Lange inspecta le fond de son verre : une goutte de liqueur y glissait, petite larme de mercure.

Il tenait mal l'alcool, il avait trop bu.

— Félicitations pour votre francisque, fit le gérant en se resservant. Quand allez-vous enfin vous décider à nous rejoindre au sein du groupe Collaboration ?

— Je ne fais pas de politique. La Sûreté non plus d'ailleurs…

— Allons cher ami, la politique, grâce à ce salaud de Blum, nous sommes dedans jusqu'au cou. Prenez l'aryanisation de l'économie : vous devez expurger tous vos contrats du moindre commis juif au risque de ne plus faire affaire avec personne. Impossible d'y échapper, croyez-moi.

— Je ne suis qu'un policier, je n'ai pas beaucoup de compétences dans ce métier-là et…

— Balivernes que tout ça ! Combien ont demandé la francisque et peuvent toujours attendre ? Vous, elle vous est tombée dans le bec sans effort. Vous êtes directeur de la Sûreté, plus d'un maquisard doit chier dans son froc au prononcé de votre nom, vous vous en rendez compte ? C'est une bonne carte de visite pour entrer dans l'arène.

Lange se sentait nauséeux. Il posa son verre sur la moquette et son regard glissa le long des rideaux rouges, des tableaux de maître et d'une fresque murale qui évoquait des orgies romaines dignes du Satyricon de Pétrone.

L'homme se leva, la démarche chaloupée. Dans un brouillard cotonneux, André entendit qu'il parlait avec quelqu'un : « Prenez bien soin de mon ami, Solange ». Des pas qui effleurent un tapis, le froufrou de robes et des petits rires. André releva la tête et aperçut madame Chabreloche qui désignait avec un geste emphatique quatre jeunes pensionnaires, récemment apprêtées.

— De gentilles filles, toutes de bonne éducation et propres, monsieur Lange, annonça-t-elle avec fierté.

Il remarqua une jolie brune ; une beauté froide. Ses nattes encadraient deux seins d'ivoire à la pointe ferme. L'espace d'une seconde, il ne pensa plus qu'à ce buste qu'il s'imaginait pétrir et mordiller tout son soûl. Sentant l'excitation qui le gagnait, elle s'approcha de lui. Ses hanches ondulaient de manière exquise au travers d'une fine robe de soie, un modèle étourdissant, car fendu au milieu, qui ne cachait rien des charmes tapis dessous.

Elle lui prit la main et il n'eut qu'à se laisser guider.

Dans une chambre attenante aux murs couverts de miroirs, elle alluma plusieurs bougies et le conduisit vers une alcôve. Elle saisit un pichet d'eau qu'elle versa dans une cuvette dorée. La fille se tourna vers Lange, elle percevait sa respiration troublée, les gouttes de sueur qui perlaient à son front. Elle se pencha vers sa ceinture. Il vit le vallon que dessinait sa poitrine, les courbes de ses fesses. La fille dégrafa son pantalon et agrippa les bords du caleçon qu'elle retira lentement. Elle prit délicatement la verge dans ses mains, la cajola dans l'eau tiède puis enduisit ses doigts de savon. Elle les fit glisser le long de la hampe jusqu'à ce qu'elle soit huileuse de mousse et prit le gland, le recouvrant d'eau. André sentait les odeurs de jasmin qui émanaient de sa crinière.

Ensuite, elle se pencha au-dessus de la cuve et se nettoya également le sexe et le buste avec sur le visage un air pénétré qui rappela au policier la mine de certaines paroissiennes de Vichy ; cette similitude impie le troubla. Déjà elle l'attirait sur le lit à baldaquin et se mit entièrement nue. André Lange contempla le corps offert, la fine toison, le bassin étroit et les cheveux de jais.

Elle écarta les jambes et s'allongea en l'invitant du regard. Il fut bientôt sur elle, son pantalon bouchonnait sur ses chevilles et sa cravate chatouillait le nez de la fille. Il s'enfonça en elle. Elle anhéla vite. Un nouveau coup de rein la fit crier de surprise et de douleur.

— Doucement monsieur, doucement, fit-elle dans un souffle.

Lange semblait ne pas l'entendre et continuait de la besogner, l'esprit à l'envers. Il se redressa sur les genoux, arracha sa cravate et la tint devant lui en disant à la fille de se retourner : son ton ne souffrait aucune contestation.

Il entreprit de lui ligoter les poignets.

— Attention : ni gifles ni morsures, monsieur ! protesta la fille, le nez contre l'oreiller.

Il voyait la paire de fesses qui tressautaient devant lui. Il cracha dans sa main et se mit à enduire de salive son anneau rose.

— Pas ça, c'est interdit vous le savez !, mais l'autre en la sentant gesticuler sous lui, était au comble de l'excitation.

Maintenant, elle hurlait : « Arrêtez tout de suite ! » Lange enfouit la tête de la fille dans l'oreiller. Il pesait sur elle de toute sa masse et son sexe la meurtrissait. La fièvre montait en lui : il n'entendait plus les cris ni les pleurs et ses dents crissèrent au-dessus de l'épaule. Il rêva d'y planter ses quenottes comme s'il s'agissait d'une pêche bien sucrée. Enfin, il poussa un cri et roula sur le côté. Il resta là, comme sidéré. Puis il se leva lentement, renfila son pantalon et tira rudement la cravate qui enserrait les poignets de la gamine. Elle gisait au milieu du lit à baldaquin : en position fœtale, le corps secoué par des sanglots. André mit ses chaussures et gagna la porte de la chambrée. Il l'ouvrit et bafouilla quelque chose d'inaudible.

Il traversa la salle de réception en évitant de croiser la maquerelle et s'enfuit de la Féria.

Dans la suite, une volumineuse peinture couvrait le mur principal. Il s'agissait d'une scène mythologique : des satyres couraient après de jeunes nymphes effarouchées. Le chef de meute, juché sur son rocher, menait la sarabande avec un pipeau. Sous ses cornes de bouc, son regard lubrique dissimulait de grands yeux noirs. Des prunelles vides qui ouvraient sur un cagibi. Là, un homme assis sur une chaise pouvait ne rien manquer du spectacle. Parfois, une personne qui n'était pas cliente venait s'y installer et prendre des photos. Puis elle s'en allait aussi discrètement qu'elle était venue.

Ce fut le cas, ce soir-là.

# 30.

En début d'après-midi, au Petit Casino, Hubert Martin se frottait les mains en prenant connaissance de la déposition d'Alphone Mansard. C'était l'homme qui avait rapporté à la police allemande la visite de deux émissaires de la Sûreté au domicile de Maxime Brudos, dont un certain « Elias ».

Le SIPO-SD s'était montré courtois. Il avait payé la récompense au vichyssois tout en laissant la Milice juge des suites à donner à l'affaire. C'était là une marque de confiance que le service devait honorer. Aussi, dès l'aube, une voiture s'était garée rue Constantine, au pied de l'immeuble de Mansard. Deux fonctionnaires lui avait demandé de le suivre.

Dix minutes d'interrogatoire suffirent pour que Martin sache tout ce que le délateur avait pu voir et entendre le soir où Brudos avait chuté de son balcon.

Il possédait un signalement précis d'« Elias ». Mais il lui restait encore à fourbir ses armes avant de passer à l'action et d'interpeller le renégat. Car s'attaquer à la Sûreté, c'était désigner Lange en personne. Et nul n'ignorait, Martin le premier, l'état de grâce dont l'ancien mobilard disposait désormais dans les cercles pétainistes.

Le chef du renseignement leva les yeux vers ses adjoints : « Si je demande à André Lange de me communiquer la liste de tous les Elias présents dans les rangs de la Sûreté, je ne pense pas être très bien reçu, fit-il avec ironie. On va devoir enfumer ce renard nous-mêmes. J'insiste sur l'importance de cette enquête pour la Milice : l'inscription « Kolabo » suggère que l'homme que nous recherchons est proche des maquis.

— J'ai peut-être quelque chose, fit un cadre en lisant ses notes. L'unité Franc-Garde que nous avons constituée récemment au Mayet-de-Montagne nous a adressé un rapport intéressant.

— De quoi s'agit-il ?

— Une rixe qui opposa il y a quelques semaines deux mobilards à des bûcherons de Lavoine. Un des bagarreurs correspond en tout point au signalement du voisin de l'immeuble de Brudos : taille haute, chevelure blonde et longue, yeux bleus.

— Un parfait aryen, s'ésclaffa quelqu'un assis au bout de la table.

— Pas un Allemand en tout cas, poursuivit l'autre. Geitel nous a juré qu'aucun des membres de son Sonderkommando n'avait traîné du côté de Lavoine.

— Je me souviens très bien de cet incident, fit Martin en bondissant de son siège, j'en avais même parlé à Lange. Comment ai-je pu ne pas faire le rapprochement !

— Qu'est-ce qu'on fait alors ? demanda un chef de Trentaine[1].

— On se procure une photo de notre Elias auprès de l'administration puis on la présente aux bûcherons de Lavoine impliqués dans la bagarre. Si le lascar est reconnu, on lui

---

1. Petite section de la Milice.

met la main dessus dans la foulée. On signale l'arrestation au SIPO-SD en premier lieu, en gonflant l'hypothèse d'une appartenance de l'homme au maquis des Bois Gris, et on obtient l'autorisation de l'interroger nous-mêmes. Puis on prévient Lange, beaucoup plus tard. Quand la police se souciera de son fonctionnaire, il sera passé aux aveux depuis longtemps. Succès sur toute la ligne.

— Encore faut-il qu'il crache le morceau tout de suite, vous avez vu sa description ! s'inquiéta un milicien. Je n'aimerais pas que les Allemands nous dament le pion.

— Je vous l'ai déjà dit, je confierai notre ami aux bons soins d'Abraham. N'ayez crainte, il le fera chanter sur tous les tons.

* * *

Le rocher Saint-Vincent se dressait au-dessus de la cuvette. Jusqu'à l'horizon, on voyait les collines rebondies et les forêts émeraude. Sur la droite : des hameaux sous les lumières du couchant luttaient contre les ombres qui montaient de la vallée.

Lucien se tenait au bord du vide. Paul fumait une cigarette, cheveux au vent. Elias avait disposé sur les vestiges d'une table de pierre une nappe grossière avec une miche de pain, du saucisson et deux bouteilles de vin rouge.

Ils avaient pris un chemin en sous-bois pour gagner le sommet du piton ; ils mangèrent en silence, comme lorsqu'ils s'étaient retrouvés tous les trois en revenant de Nexon. Personne n'en parla, mais tous sentaient qu'il y avait une place à leurs côtés : celle de Pierre Bertignac. Le cercle n'était pas refermé. Il leur manquait à tous. Après, ils fumèrent et soufflèrent des panaches dans l'air froid.

Ils avaient contacté tous les zoos de la région, établi la liste des vétérinaires, recueilli leurs dépositions et dressé le même constat : aucun léopard en liberté signalé à plus de deux cents kilomètres à la ronde. Le mystère restait entier. Lange était dans une rage folle. Toute la pression qui venait du sommet de la hiérarchie retombait sur eux.

— Encore une semaine à ce rythme et Floch nous retirera le dossier, ça ne fait pas un pli, murmura Paul en portant un verre à ses lèvres, les yeux perdus dans le paysage.

Quand la nuit fut là, le commissaire s'ébroua et étira ses bras devant lui.

— Elias ? Tu as vérifié le matériel ?

— Deux fois, chef.

— Espérons que la chance nous sourira.

Sur ces mots, il fit cul sec et donna le signal du départ.

La camionnette de Bradoc, une vieille Citroën Type 23, stationnait derrière une ferme à l'entrée de Saint-Priest-la-Prugne. Ils l'avaient prise en filature depuis Lavoine. Ils attendirent que le chauffeur se soit enfoncé dans les bois des Gris.

Elias s'était approché du véhicule et avait versé un mélange de terre et de sable dans le réservoir.

Vers vingt-deux heures, leur voiture roulait feux éteints et à faible allure le long de la départementale. Ils se garèrent derrière un massif de sapins, à moins de cent mètres des premières exploitations de Saint-Priest. Elias grimpa sur la branche basse d'un arbre pour faire le guet. Paul et Lucien se tenaient dans la Simca, portes ouvertes, et tous patientaient.

Il leur avait fallu deux jours de recherche pour comprendre que c'était bien Bradoc qui assurait le ravitaillement des réfractaires au STO. À la Sûreté, les comptes rendus d'interrogatoires de plusieurs complices des francs-tireurs – certains furent livrés aux boches dans la foulée – permirent d'en savoir plus sur la taille du maquis. En partant du fait que Bradoc était BERTRAND, suivre ses activités quotidiennes révéla le temps qu'il lui fallait pour gagner leur cachette, quelque part au milieu d'un grand carré allant du mont de la Plantade au puy de Montoncel, et du bois des Batureaux au col des Planchettes.

L'humidité les maintenait éveillés. Un peu avant une heure, une ombre sortit des fourrés. Elias murmura quelque chose du haut de sa tribune.

Lucien serrait entre ses jambes la crosse d'un MAS 38 et Paul mit la clef dans le contact. Ils attendaient. Le bruit d'un moteur crachota et bientôt, deux phares fendirent la nuit et plongèrent dans le premier lacet de la route qui redescendait vers Lavoine. Les trois mobilards enfilèrent une cagoule noire. Paul démarra.

Ils trouvèrent la Citroën deux kilomètres plus loin, immobilisée sur le bas-côté. Paul mit les phares et accéléra. Coupant la chaussée, leur voiture stoppa net et Elias bondit à la suite de Lucien qui courait vers la cabine. Paul prit son Lebel et se mit en couverture. Bradoc avait ouvert le capot de la camionnette pour examiner le bourrin. À l'arrivée tonitruante de la Simca, il s'était rué dans le fossé, basculant au-dessus d'une rangée de fougères.

— Rattrapez-moi cette andouille ! cria Paul. Il se dirigea vers le bahut et l'inspecta sommairement.

Elias dévalait la pente pierreuse, maudissant les racines qui manquaient à chaque pas de le faire culbuter en avant. Lucien le suivait avec peine, gêné par le fusil. Après quelques minutes, ils s'arrêtèrent et tendirent l'oreille. Des branches craquèrent sur la droite. Ils perçurent le souffle rauque du fuyard. Elias fut sur Bradoc en quelques enjambées et le faucha d'un rude coup d'épaule. L'autre glapit en se ramassant contre le tronc d'un arbre. Il se griffa au milieu d'un amas de ronces. Sans retenue aucune, Elias saisit le gros homme par le col de son pull et lui décrocha un violent coup de poing au niveau du foie. Plié par la douleur, Bradoc n'opposa aucune résistance quand Lucien lui passa une paire de menottes et le fit gravir la pente en sens contraire, le piquant au dos avec le canon de son fusil.

Arrivé à la route, Bradoc claquait des dents et clignait des yeux, le regard voilé par une sueur acide.

Paul le regarda à peine et tira se sa poche une autre cagoule, sans orifices, qu'il lui passa sur la tête. L'autre cria de terreur et le commissaire enserra sa gorge dans l'étau de ses mains.

— Si tu continues de gueuler, on t'abat comme un chien dans le fossé. Réfléchis bien ; tu vas la fermer ou pas ?

Bradoc bougea la tête.

— À la bonne heure ; grimpe dans la voiture. On veut plus t'entendre.

Ils roulèrent pendant une vingtaine de minutes ; le maire, peinait à trouver de l'air sous la laine.

La Simca 8 quitta la route, emprunta un sentier sur la droite et tressauta au milieu des ornières. On percevait le bruit d'une rivière.

L'esprit de Bradoc se remettait lentement en place. Etait-ce le Sichon qui murmurait ? Et ces hommes, qui étaient-ils ? Il pensa à des truands au service des Allemands, comme les gestapistes de la rue Lauriston. La voiture s'arrêta et des mains calleuses le firent sortir. Il tituba. On le conduisit droit devant ; il entendit une porte grincer. On lui enleva rudement sa cagoule ; ses yeux papillotèrent face à une lampe à pétrole. La pièce sentait le rance, de larges toiles d'araignées pendaient des poutres. Il y avait des timbales en fer-blanc dans un coin, un grand pot où pourrissait du marc de café et des assiettes sales dans un évier.

Toujours cagoulé, Paul Montford désigna un tabouret branlant au milieu du local et Bradoc s'assit lentement dessus. Il observait les trois hommes avec une appréhension sourde.

Paul croisa les bras et s'adressa à l'élu.

— Tu as une autorisation de la Kommandantur pour circuler de nuit ?

Pas de réponse.

— C'est quoi ça ? fit-il en jetant au pied d'Auguste un sac en toile de jute dont le contenu cliqueta. Elias écarta les bords du pied.

— On dirait des composants pour un groupe électrogène.

— Qui a besoin d'un truc pareil dans la brousse ? fit Lucien

— Quelqu'un qui utilise un poste émetteur pardi ! conclut Elias.

— Tu vas nous dire pourquoi tu te balades avec ce matériel, poursuivit Paul, ainsi que tout un lot de cartes, de vêtements et d'articles textiles vierges ; c'était dans le coffre de ta camionnette.

Bradoc, les mains entravées par les menottes, considéraient ses ravisseurs.

— Il y a une explication à ma présence sur cette route.

— Ne te fatigue pas, coupa le commissaire, on sait tout. Tu diriges le maquis des Bois Gris. Ton nom de code, c'est BERTRAND.

Bradoc pâlit. Il tenta de répondre quand Paul Montford fit un geste autoritaire.

— On pourrait te livrer séance tenante aux boches ; tu imagines la suite. Mais on a un marché à te proposer. Tu peux nier que tu sois BERTRAND tout ton soûl, ça n'a aucune importance, sache simplement que vous avez été vendus et qu'en tout état de cause, les seuls qui connaissent ta double vie se trouvent ici rassemblés. On peut garder ce secret, le temps de vous laisser désigner un autre chef par exemple. Mais on peut aussi te donner à des gens qui te feront parler et qui décimeront tout le réseau. Ce soir, tu n'as qu'une alternative : coopérer ou pas.

— Je… Je vous écoute, fit Bradoc d'une voix nasillarde.

— Tu es intelligent, normal puisque tu es chef ! Alors voilà : on ne s'est jamais rencontrés. Concernant la panne de ton camion, tu n'auras qu'à dire qu'on t'a volé le véhicule. En échange, tu nous aides avec les gars de la scierie et tes administrés. Beaucoup se taisent, car ils nous croient du côté des fridolins.

— Vous aider à quoi Bon Dieu ?

— À trouver le salopard qui éventre des gamines depuis des mois. On a besoin de signalements pour établir un portrait-robot. Forcément, quelqu'un que tu connais a vu quelque chose. Rassemble des témoignages et contacte-nous, c'est ta part du contrat.

— Putain, vous êtes de la police… Ce dingue, qu'est-ce que vous avez sur lui ?

Paul se posta devant Bradoc. Il le dominait de sa hauteur, bras croisés.

— Les journaux n'ont pas parlé de ce que je vais te dire : la propagande évoque l'arrestation de suspects, mais c'est du flan. La vérité c'est qu'on n'a pas grand-chose. On recherche un homme, corpulence et taille moyennes. Il est vêtu négligemment. Il doit se gratter, car il a des poux. Il possède un ou plusieurs couteaux, ainsi qu'une arme spéciale : plusieurs lames jointes. Il habite un endroit isolé. Il est célibataire, sans enfants. Il marche beaucoup, mais ce n'est pas un vagabond. Les gens le jugent bizarre. Chez lui, il conserve des restes biologiques en souvenir de ses victimes. C'est un fétichiste.

— Seigneur Dieu ! murmura Bradoc.

Le prisonnier tremblait de froid ; une haleine laiteuse s'échappait de sa bouche.

— D'accord… Je ferai ce que je peux. Où puis-je vous joindre ?

— Appelez l'hôtel des Célestins et demandez le Service

des enquêtes réservées. C'est tout. En cas d'entourloupe, on te balance à la Gestapo séance tenante. J'ai été clair ?

Auguste cligna des yeux.

— Une dernière chose, plus personnelle.

— Quoi ?

— Elias… fit le commissaire. L'inspecteur s'approcha d'Auguste Bradoc et se pencha vers lui.

— À partir de cet instant, Béatrice sort de ta vie à tout jamais. Tu cesses de lui tourner autour. Si tu passes outre mon conseil, c'est chez les boches direct, capito ?

Bradoc approuva d'un signe de tête.

Il avait la rage au cœur.

# 31.

**14 juin**

C'était bientôt l'été. Apolline ne quittait guère les affidés du gitan. Son père n'était pas venu la voir depuis des jours.

La gamine ne doutait guère de l'existence du loup-garou. Elle s'était fabriquée, avec la mèche de sa sœur, un talisman qui la suivait partout. Chaque nuit, elle se blottissait sous les couvertures et faisait un peu de place à Nicole. Toutes les deux, enfin complices, murmuraient des secrets connus d'elles seules.

Le jour tant attendu, celui de la rencontre avec le « chasseur », se présenta peu après la classe, en fin d'après-midi. C'était avant la pleine lune.

Les gosses convergèrent vers les ruines du couvent. Au fond de la propriété, on voyait la ligne des arbres qui annonçaient la forêt.

Ils s'étaient assis au milieu des hautes herbes, invisibles des surveillants. Ils restèrent ainsi un long moment, sans bruit. Apolline sentait derrière elle l'odeur lourde de Lucette.

Enfin elle le vit : une ombre qui se faufilait au milieu des ronces. C'était une personne imposante, le corps recouvert d'une houppelande noire. Il chaussait des bottes de cuir striées de boue, son visage était mangé par une capuche. L'apparition se tenait à distance des petits ; elle prenait son temps, les dévisageant les uns après les autres. Elle tendit enfin un doigt osseux en direction d'Apolline et le gitan, répondant à cet appel muet, fit un pas vers lui et lui murmura quelque chose à l'oreille.

Le garçon se tourna vers elle et lui fit signe de venir. Les mioches la fixaient avec intensité. Apolline avança d'un pas et déjà des mains fortes se posèrent sur sa tête et tâtèrent sans pudeur ses seins et son ventre, ses fesses et le haut de ses cuisses.

Il se dégageait de la silhouette une odeur de cave et d'humus.

— Elle est pleine comme un bon crabe, fit l'homme à l'étrange accent. Tu as bien travaillé, lâcha-t-il à l'attention du gitan qui se tenait en retrait.

Il se redressa et fouilla dans une des poches de sa pèlerine. Il tendit au caïd trois tablettes de chocolat d'une marque anglaise et la carcasse d'un lapin.

— Je la choisis pour me rejoindre. Quand je reviendrais : elle devra être prête. Le moment approche où nous allons pouvoir piéger la bête.

Le caïd hocha la tête et posa une main sur les épaules d'Apolline.

— Ne vous inquiétez pas, nous vous attendrons ici.

La capuche de l'homme acquiesça et disparut au milieu des bois.

* * *

Elias passa la nuit chez Béatrice.

C'est après le lever du soleil qu'il lui avait annoncé la bonne nouvelle : Bradoc ne l'importunerait plus.

— À Vichy, il y a tout un tas de veuves qui louent des appartements ; je vais nous dénicher un petit nid rien que pour nous. Tu seras loin de Lavoine et des hommes du maire ; personne ne médira plus sur ton compte. Tu vas enfin quitter cette atmosphère malsaine.

Elle le regardait, attendrie, comme on le fait avec un enfant qui dit des sottises.

— Elias, je ne crois pas être capable d'abandonner mon mari. Tu imagines qu'il débarque ici et trouve la ferme vide ? Que pensera-t-il de moi ?

— Mais toi, de quoi as-tu envie ?

— Je ne sais pas, je me sens si perdue, notre histoire est tellement… inattendue.

— Je ne pourrai pas redescendre dans la vallée et te laisser seule ici. C'est au-dessus de mes forces, murmura-t-il en l'embrassant.

— Tu me dis toi-même que Bradoc ne viendra plus. Qu'ai-je donc à craindre ?

— Et le tueur qu'on recherche, tu y as pensé ?

— Tu m'as dit qu'il ne s'attaquait qu'aux gamines.

— Tu n'es pas si vieille.

Elle lui passa tendrement une main dans les cheveux.

— J'ai besoin de réfléchir. Laisse-moi quelques jours, d'accord ?

Il la regarda avec une intensité qui lui fit presque peur.

* * *

**Deux mois plus tard**

Comme tous les dimanches, à dix heures du matin, la relève de la garde devant l'hôtel du Parc faisait le plein de curieux. Face aux Vichyssois en mal de distractions, le Maréchal rendait les honneurs au drapeau français. Puis il se livrait à un bain de foule, caressant au passage la joue d'une gamine ou saluant de la main des vétérans bardés de médailles. Ce rituel lui faisait un bien fou, du moins c'est ce que pensait le docteur Ménétrel qui le trouvait miraculeusement rajeuni après chacune de ces ablutions populaires.

Dans la cohue joyeuse, beaucoup n'avaient guère prêté attention au dernier discours radiophonique du chef du gouvernement, Pierre Laval, qui déclara souhaiter la victoire de l'Allemagne.

Adèle Bréal se tenait adossée à l'un des piliers de la galerie couverte qui longeait la rue Foch.

Elle se disait que c'était là un endroit idéal pour une rencontre ; ça grouillait de suppôts des RG, mais tous avaient les yeux rivés sur le Maréchal. Qui s'intéresserait à une jeune femme bavardant avec un homme ? À l'heure exacte, Paul Montford s'approcha d'Adèle par-derrière. Il glissa dans son sac à main une pipette en verre et un objet entouré d'un mouchoir.

— Les instructions sont dans votre boîte aux lettres depuis dix minutes ; relevez votre courrier dès que possible. Bonne chance.

Quand elle se retourna, il n'y avait plus que la foule anonyme. Des pigeons picoraient des miettes sous un banc. Dans l'air s'élevait le premier couplet de Maréchal, nous voilà !

Paul marcha rapidement jusqu'à un passage couvert qui quittait la rue Foch sur la droite. À hauteur d'une librairie, la vitrine dévoilait des portraits hagiographiques de Philippe Pétain, il vit FÉLIX à l'intérieur. Il parcourait un ouvrage. Paul croisa son regard et poursuivit son chemin sans ralentir.

Une heure auparavant, dans une chambre de l'hôtel Ermitage louée sous une fausse identité, un agent du NAP lui avait remis la fiole – le petit paquet au mouchoir – ainsi que diverses consignes. Craignant la présence de micros, il avait fait tourner un phonographe durant leur conversation.

Désormais, tout reposait sur les épaules d'Adèle.

* * *

Au Petit Casino, Hubert Martin descendit retrouver la douzaine de miliciens en uniforme qui l'attendaient dans le hall. Un officier de la Franc-Garde le salua et les deux hommes montèrent à bord d'une Citroën noire. Les autres grimpèrent dans un petit camion. Le convoi prit la direction de Cusset et de la montagne bourbonnaise.

Hubert profita du voyage pour vérifier le barillet de son revolver. Il scruta plusieurs fois sa montre et tenta de calmer sa nervosité en regardant le paysage : les pentes ensoleillées des collines, les vallons striés de laîches et les granges solitaires.

— Où en est-on avec le maquis des Bois Gris ? fit distraitement Martin en se tournant vers le chef de la Franc-Garde.

— On a identifié deux ou trois partisans-terroristes qui viennent se ravitailler dans des fermes autour de Lavoine. Les paysans qui les aident seront interrogés. Nos hommes espèrent dénicher le camp de base. On pourrait refermer le collet dans quinze jours, peut-être plus tôt.

— Que disent les gendarmes du Mayet-de-Montagne ?

— Ils se font tirer l'oreille. À chacune de nos réunions interservices sur la sécurité, ils font la politique de la chaise vide. Si vous haussez le ton, ils réclament une réquisition judiciaire…

— Les ganaches ! siffla Martin, je te les collerais

volontiers au poteau d'exécution pour leur apprendre le sens du devoir ! Tous des traîtres ! Leurs brigades doivent grouiller de sympathisants gaullistes. Depuis que le Deuxième Service est en place, on a plus d'informations de la part des Allemands que de la maréchaussée, un comble !

À Lavoine, la voiture et le camion se garèrent au centre du bourg. Les hommes au gamma se déployèrent rapidement. Ils ratissèrent soigneusement le village, frappant à toutes les portes. Ils montraient la photo d'Elias Damian et notaient le moindre détail.

Bradoc, parce qu'il était maire, fut convoqué. Devant ses salariés, dont deux impliqués dans le pugilat, il ne put que reconnaître le policer.

— Elias a encore fait des siennes ? demanda l'édile, le plus crânement qu'il put.

— Ce salaud est recherché pour meurtre, trancha Martin.

Voyant qu'ils avaient fini, les miliciens remontèrent dans leur fourgon et regagnèrent Vichy.

Bradoc entra dans le bistrot de son épouse et se fit servir un grand verre de vin. Il l'avala cul sec. Il était blanc comme un linge et transpirait à grosses gouttes. Dans sa tête, les idées tournoyaient à toute vitesse. Elias arrêté, les miliciens le conduiraient sûrement dans les sous-sols du Petit Casino ou, pire, au château des Brosses : une villa-prison où les hommes au gamma torturaient à tour de bras. Désormais, lui et tout le réseau des Bois Gris étaient en danger. Nul doute que pour monnayer la fin de ses supplices, le policier balancerait ce qu'il savait sur les partisans, à commencer par l'identité de leur chef.

Auguste fixait un point abstrait dans son verre. Que pouvait-il faire ? S'il restait les bras ballants, Elias le donnerait. S'il se rapprochait de la Milice en montant un bobard destiné à se couvrir, les ravisseurs de l'autre soit le livreraient immédiatement aux boches. Ça sentait le roussi dans tous les cas de figure.

Durant la nuit, il écoutait la pluie crépiter sur le toit de la ferme. Lucienne dormait à ses côtés, lovée en chien de fusil. Il observait les silhouettes blêmes que la lune faisait danser sur les murs. Il se retourna longtemps sur sa couche puis, de guerre lasse, se leva. Bradoc enfila un pull sur son pyjama. Il se fit du thé et plaça une bûche dans le vieux poêle.

La pendule égrainait les minutes au rythme des battements de son cœur : il crevait de trouille. Le pâturage était noyé sous les ondes grises. Au bout d'un long moment, assis devant la fenêtre, il vit que le vent soufflait vers le nord. Entre deux pans de nuages s'allumait un ciel tigré d'étoiles.

Il s'habilla chaudement, prit une pèlerine et un revolver qu'il dissimulait dans la cave. La nuit était claire. Son chemin passait au milieu des fougères ourlées de pluie.

Il marchait vite, les sens aux aguets. Il ne craignait pas la bête, car il doutait que celle-ci résiste à son calibre. Bien des légendes couraient sur ces loups-garous que seules les balles en argent peuvent meurtrir, mais c'était là folle superstition. La Gestapo lui semblait une créature bien plus dangereuse.

Auguste atteignit la clairière, trempé. Il vit la ferme de Béatrice, lovée dans les ténèbres. Un élan douloureux lui perça le cœur. Il avait pris sa décision, rien ne pouvait plus le faire dévier de sa route. Arrivé à la porte de l'exploitation, il frappa longuement. Il avait posé son bâton contre le chambranle.

Son pistolet pesait dans la paume de sa main.

# 32.

Le Kommandeur Arno Geitel allait quitter son bureau pour remplir sa tasse quand il vit Adèle descendre avec une théière fumante. Il l'embrassa dans le cou. Malgré l'heure tardive, il travaillait encore sur son rapport : la venue, le 27 août dernier, du Generalfeldmarschall Von Rundstedt, commandant des forces d'occupation de l'Ouest. Philippe Pétain avait accueilli le militaire à l'occasion d'un long entretien.

Le supérieur de Geitel, le général SS Karl Oberg, chef suprême des SS et de la police en France, était considéré dans les hautes sphères comme un rival direct de Von Rundstedt. Aussi, Geitel ne doutait pas que son compte-rendu serait lu avec intérêt. En annexe, l'Allemand dressait une carte sécuritaire de l'Auvergne, où la situation se détériorait de jour en jour. Sa description des forces de police française était peu amène. Il les accusait d'être trop laxistes avec les terroristes et trop complaisantes envers le gaullisme. Geitel évoqua Darnand qui sollicitait ses services, quand il n'interpellait pas Oberg lui-même. Le chef milicien se plaignait des inconstances de Bousquet – le secrétaire général à la Police – et proposait à demi-mot de le remplacer à la tête du maintien de l'ordre. Geitel se permit un avis personnel sur cet ancien patron d'une société de déménagement, aux costumes mal coupés, qui avait récemment prêté serment devant un portrait du führer à l'ambassade d'Allemagne. Il estima que substituer Darnand à Bousquet pourrait apporter des résultats notables dans la lutte anti-maquis, un domaine où le SIPO-SD devait reprendre l'initiative.

Il allait signer son rapport quand on vint l'avertir, malgré l'heure tardive, qu'un homme désirait le voir. Il s'agissait d'Hubert Martin. Geitel, intrigué par cette visite soudaine, reçut l'intéressé dans le salon du rez-de-chaussée.

Hubert Martin avait confié son parapluie ruisselant à un employé de maison et salua d'un geste appuyé le Kommandeur. Il tendit en retour une main mollassonne.

— Désolé de vous déranger en pleine soirée, Hauptsturmführer.

— Que puis-je pour vous ? fit Geitel en lui désignant un siège.

Martin passa un doigt dans le col de sa chemise et rassembla ses longues jambes côte à côte.

— La Milice se prépare à interpeller un Français, inspecteur de police : c'est l'auteur d'un meurtre. On le suspecte de fréquenter des communo-gaullistes. Je souhaitais vous tenir informé de ce fait moi-même.

— Cet individu s'en est-il pris à des intérêts allemands ? demanda Geitel en cherchant un cigare sur la tablette devant lui.

— Pour l'instant, nous l'ignorons.

— En quoi suis-je concerné par cette affaire ?

— Eh bien, fit Martin encore plus embarrassé, il se trouve que cet inspecteur est un des hommes du directeur de la Sûreté : André Lange.

— Et alors ?

— Lange, dès qu'il saura qui nous détenons, le fera aussitôt libérer. Il a ce pouvoir-là. Hauptsturmführer, la situation se dégrade rapidement dans la région : les caches d'armes sont nombreuses, des maquis se constituent partout, avec toujours plus de matériel. La Milice fait ce qu'elle peut, mais elle manque de fusils. Dans quelques mois, mes services monteront en puissance, c'est un secret de polichinelle. À ce moment-là, le SIPO-SD et la Franc-Garde œuvreront de concert pour garantir l'ordre. En venant vous voir, j'anticipe sur l'avenir.

— N'est-ce pas un peu prématuré, tout de même ? Pourquoi ne pas attendre notre prochaine réunion ? Où est l'urgence ?

Martin calcula son effet en laissant planer un court silence.

— Cet inspecteur pourrait appartenir au maquis des Bois Gris ; il a travaillé plusieurs mois dans une scierie de Lavoine. C'est un bourg suspecté d'aider les partisans. Il se trouve à deux jets de pierre d'un massif où se terrent les agitateurs. Nous y avons installé une brigade afin de mieux le surveiller.

Geitel tira une bouffée du cigare qu'il venait d'allumer. Il fixa longuement un rond de fumée qui montait vers le plafond.

— Je connais cet endroit. Vous avez bravé l'orage juste pour me mettre au courant de votre enquête ?

— Herr Geitel, nous attacherions du prix à ce que cet individu ne nous échappe pas. Après l'avoir interrogé, s'il apparaissait qu'il détient bien des informations sur le maquis, le SIPO-SD pourrait légitimement le réclamer et la Sûreté serait mise de côté.

Les lèvres du capitaine formèrent un mince trait qui cilla à peine.

— D'accord, fit-il. Je ne m'immisce pas dans votre petite guerre entre services, et si votre suspect vous livre des confidences, nous le transférerons. Mais uniquement dans ce cas-là.

Hubert Martin hocha la tête.

Geitel se leva, pressé d'en finir.

— La chose est entendue. Je vous souhaite une bonne nuit, monsieur Martin.

* * *

Auguste, dégoulinant de pluie, contemplait la porte de la ferme : le cœur battant. Il frappa.

— Qui est là ?

— C'est moi, Auguste. Je dois te parler Béatrice, ouvre-moi je t'en conjure !

Après un long silence, peut-être le temps qu'il lui fallait pour s'extirper des brumes du sommeil, la femme répliqua d'un ton sifflant.

— Tu ne devais plus revenir par ici tu l'avais promis, Auguste. Laisse-moi en paix. Je ne veux plus te voir !

— Béatrice, ça concerne Elias : c'est une question de vie ou de mort !

La porte s'ouvrit prudemment. Elle se tenait là, devant lui, les cheveux en bataille autour de son visage. Comme elle était belle. Cette certitude lui perça le fond de l'âme.

— Tu dois prévenir Elias, fit-il en reprenant son souffle. La Milice en a après lui, elle va l'arrêter.

— Que lui veulent-ils ?

Comme elle tient à lui !

— Je l'ignore, mais ils ont diffusé sa photo dans tout Lavoine. Ils ne vont pas lâcher l'affaire, tu dois l'avertir dès que possible.

— Pourquoi me le dire, à moi ?

— Parce que toi, il te croira. Moi, il penserait que je cherche à lui jouer un tour.

Il était minable dans la nuit grise. Lui, le coq orgueilleux de Lavoine. Le patron qui régnait sans partage.

— D'accord…

À ce mot, Bradoc sentit un poids qui le quittait.

— Dépêche-toi. Chaque heure compte.

Elle le regarda qui s'en retournait sous l'ondée. Il marchait pesamment sur le sol boueux et ses grosses bottes s'extirpaient avec peine de la terre grasse.

— Auguste ! Il s'arrêta.

— Pourquoi tu fais ça ?

Auguste pourrait lui dire que le désir qu'il éprouvait pour elle avait cédé la place à quelque chose d'autre, de bien plus fort. Il voulait la rendre heureuse et il comprenait ce que ça impliquait. Et cette idée le démolissait de l'intérieur, morceau par morceau. Il serra ses poings, les gouttes lui irritaient le crâne et sa pèlerine était de moins en moins imperméable ; il grelottait.

Dans l'encadrement de la porte elle était auréolée de la lumière chaude qui s'écoulait de la ferme. Ça ne faisait aucun doute : dans cette mansarde se nichait une parcelle du paradis.

Auguste se retourna et s'enfonça dans le cœur incertain des bois.

* * *

Adèle posait les yeux sur un livre, mais ne lisait pas. Assise en nuisette sur le lit, elle regardait la pendule sur la table de chevet et se demandait combien de temps il faudrait au somnifère pour faire son effet. Geitel discutait toujours avec le Français. Allait-il s'écrouler dans un instant, ce qui ne manquerait pas de provoquer l'intervention du médecin SS qui logeait à l'étage inférieur ? Le praticien ne tarderait pas à déceler des traces de drogue dans l'organisme. La liste des suspects serait rapide à établir. Adèle figurerait à la première place.

Elle se leva et entrouvrit la porte de la chambre, attentive au moindre bruit. La jeune femme redoutait de l'entendre tomber, les voix gutturales des nazis s'agitant autour du corps inanimé.

Elle avait lu les directives trouvées dans sa boîte aux lettres, puis brûlé le message.

Le tube en verre que le commissaire avait glissé dans son sac à main ne contenait que deux doses de somnifères. Elle avait versé une première mesure dans la tasse d'Arno, puis l'avait remplie une seconde fois, preuve qu'il avait bien ingéré le soporifique.

La visite du Français, impromptue, avait sérieusement perturbé ses plans. Son amant, affairé à la rédaction de quelque rapport, lui avait promis de monter la retrouver. Mais l'autre avait débarqué : leur discussion n'en finissait pas.

Elle se rongeait les sangs quand elle vit entrer le Kommandeur, le visage las et la démarche pesante.

— Dure journée, mon chéri ? fit-elle en le contemplant qui s'affaissait lourdement sur le matelas.

Il mit une éternité à défaire les boutons de sa chemise. Il maugréait.

Elle s'allongea à côté de lui et lui mordilla un lobe d'oreille.

— Oh toi, tu es bien une Française, toujours insatiable ! murmura Geitel en se passant une main sur le front. Je ne vais pas être très vigoureux ce soir, ma toute belle. Je me sens barbouillé.

— Peut-être pourrais-je te revigorer un peu, minauda-t-elle. Elle fit courir ses doigts sur son torse.

Elle eut beau y faire, la minute suivante, il ronflait comme un sonneur.

Adèle fixa son visage pour évaluer la profondeur de son sommeil. Elle voyait la ligne sombre du lacet de cuir qui entourait son cou et, au milieu, la clef qui pendait sous son menton. Quand elle fut sûre qu'il n'émergerait pas de sitôt, elle bascula lentement de l'autre côté du lit et gagna pieds nus le secrétaire, un meuble de style Directoire aux contours ciselés de bois d'acajou. La façade était agrémentée d'une tirette amovible, truffée de tiroirs.

Il avait tout mis sous clef !

Elle jetait un œil inquiet sur le lit et tâchait de ne pas faire de bruit incongru.

Ses doigts effleuraient les motifs sculptés, poussant du plat de la main. Elle tentait de déceler d'imperceptibles jointures, d'improbables fissures qui trahiraient la présence d'un compartiment secret.

Elle poursuivit ses investigations durant une bonne dizaine de minutes avant de découvrir une fine plaque de marqueterie dorée qui glissait sur un sillon. La pièce bougea à l'horizontale et Adèle mit à jour une serrure enchâssée dans un autre module. Un coffre. Mais la clef se trouvait accrochée au cou d'un des hommes les plus craint de la ville !

Arno Geitel dormait toujours ; elle le contempla un moment, envahie par des sentiments contradictoires. Elle se résolut à s'emparer de la petite clé, faisant remonter avec d'infinies précautions le collier de cuir le long du menton puis autour du crâne.

Elle la serrait dans ses mains : elle avait dépassé le point de non-retour. Adèle se dirigea vers la penderie où se trouvaient ses robes. Elle sortit un Minox Riga argenté. Montort lui avait remis avec le somnifère. Le Minox – un appareil photo miniature – ne pesait guère plus de cent trente grammes. Ses huit centimètres de long lui donnaient l'apparence d'un briquet-tempête. Un parfait joujou pour espion en herbe.

Adèle décida d'agir mécaniquement et d'en finir au plus vite.

Prendre la clef, l'essayer dans la serrure, c'est bon ça s'ouvre. Sortir ce que contient le coffre, un dossier mince à couverture brune et des rapports à en-tête de la Sicherheitspolizei avec la signature de Geitel en bas. Poser les feuilles bien à plat, retenir son souffle et prendre un cliché à chaque fois. Les doubler pour la sécurité. Trouver un carnet annoté, plutôt épais. Photographier les premières pages, pas le temps pour le reste. Tout remettre en place, refermer la layette, rajuster le panonceau et planquer l'appareil. Enfin, disposer la clef autour du cou d'Arno.

Surtout ne pas s'écrouler de peur et partir aux toilettes pour se calmer avant de se recoucher !

Adèle était allongée dans le lit. Une fine pellicule de sueur trahissant son escapade. Geitel dormait toujours, la bouche ouverte, abruti par la drogue qu'elle lui avait administrée.

Et maintenant, pensa-t-elle en fixant le plafond, qu'allait-il lui arriver ?

# 33.

La résidence du vicomte Clemens Van Gossum se trouvait dans une petite tour atypique du quai d'Allier. La demeure se donnait des airs de donjon médiéval, sa façade était piquetée d'inquiétantes gargouilles. À Vichy, les anciens racontaient que la bâtisse provenait d'un castel écossais. Le propriétaire l'avait fait démonter pierre par pierre pour le reconstruire à l'identique.

Paul et Lucien la contemplèrent un moment. L'inspecteur avait entendu un collègue lui narrer la présence du vicomte à Vichy. C'était un excentrique fortuné qui disposait d'un jardin d'hiver peuplé de toutes sortes de créatures empaillées. Dans le quartier, on menaçait les mioches désobéissants d'aller passer une nuit avec les spectres joncés du château.

Une domestique les fit patienter dans un salon dont presque tout l'espace croulait sous des antiquités ; elles semblaient provenir des savanes africaines.

Les policiers s'installèrent dans deux fauteuils club. Au mur, se déployaient un superbe kiboko – grand fouet en cuir d'hippopotame – d'imposants boucliers massaï, un casse-tête en forme de serpent, des arcs, des tambours et divers mammifères naturalisés.

Le vicomte Van Gossum se présenta en chaise roulante, vêtu d'une élégante robe de chambre en satin. Ses yeux pétillants surplombaient une fine barbe coupée en bouc qui lui donnait des airs d'officier de la Coloniale à la retraite.

L'homme s'avéra d'une humeur affable, plaisantant joyeusement, même lorsqu'il évoqua ce triste jour de juin 1912 où un éléphant le chargea, en plein Congo belge, pour le soulever et l'envoyer tutoyer les hautes branches d'un baobab.

Van Gossum aurait pu mourir piétiné, mais il se contenta de rester paraplégique.

— J'ai tout de même rendu la monnaie de sa pièce à ce gredin, fit-il en montrant du doigt un jeu d'échecs installé sur une table basse : les figurines en ivoire défiaient celles en ébène.

La domestique leur servit un café turc.

— Messieurs, que puis-je pour vous ? demanda-t-il en portant une tasse de porcelaine à ses lèvres.

Paul alla droit au fait : plusieurs crimes semblaient liés à une attaque de léopard.

— On nous a rapporté que vous étiez fin connaisseur de l'Afrique et propriétaire de félins empaillés. Vos lumières nous seront peut-être utiles ?

Van Gossum posa sa tasse et réfléchit un instant.

— Je possède effectivement une panthère naturalisée et même une tête de lion. Elle n'a pas été conservée dans les meilleures conditions : elle dégage une sale odeur. J'ai dû la mettre sous clef.

— Professeur, nous sommes dans une impasse. Nous avons une victime avec un ou plusieurs poils de léopard sur elle. Mais aucun animal de ce type n'a été aperçu dans la région.

— Pourriez-vous me décrire les blessures ?

— À chaque fois, le meurtrier s'est servi d'une arme inconnue, capable d'occasionner trois plaies parallèles : un terrible coup de griffe. Les cadavres sont fréquemment éventrés et présentent souvent des traces de morsures humaines. Enfin, un pied manque presque toujours aux victimes.

— Bon sang ! Et sur ces mots, le paléoanthropologue fit nerveusement pivoter sa chaise roulante vers la droite. Suivez-moi !

Ils gagnèrent le fond de la pièce où s'étalait une large table basse encombrée de fossiles et de manuscrits.

— Attrapez-moi ce bouquin, fit-il à l'attention de Paul qui venait de le rejoindre.

Coincé sous des artefacts, un gros livre à la couverture racornie semblait dormir là depuis des siècles.

Le vicomte prit l'ouvrage. Il peinait à masquer son excitation. Il s'agissait d'une imposante étude en anglais rédigée par Hutton Webster, professeur de l'université du Nebraska. Elle était intitulée : Magie dans les sociétés primitives, une étude des politiques et religions premières.

Van Gossum tourna fébrilement les pages puis posa son doigt sur un paragraphe.

— Voilà ! dit-il, ma mémoire ne m'a pas trahi.

— Qu'est-ce que c'est ? fit Lucien.

— La secte des hommes-léopards, ça ne vous dit rien ? Le vicomte avait posé la question sans morgue aucune.

Les policiers se penchèrent vers le livre.

— Il s'agissait d'une confrérie animiste composée d'assassins professionnels dont les motivations furent tantôt occultes, tantôt politiques. Ils appartenaient à la tribu Anioto et terrorisèrent au début du siècle le Congo belge et certaines zones limitrophes. Regardez, il y a là l'esquisse d'un homme-léopard.

On voyait sur un croquis une silhouette humaine vêtue d'un pagne moucheté. Sa tête était recouverte d'une cagoule taillée dans la même texture. Le corps était enduit d'un mélange de peintures et de scarifications.

— L'initiation des adeptes était particulièrement violente : le prétendant devait tuer rituellement un membre de sa famille et se livrer à un acte de cannibalisme.

— Sa propre fille ? fit Paul.

— Fille, garçon, épouse. Oui, en effet. Lors des attaques, les victimes étaient toujours éventrées. Parfois des morceaux du corps étaient prélevés : les sectateurs les destinaient à des cérémonies impies.

— Mon Dieu ! souffla Lucien.

— Oui, c'est ce qu'on dû dire les KAR quand ils ont trouvé les premiers suppliciés.

— Qui sont les KAR ?

— Les King's African Rifles, un régiment colonial monté par les Britanniques au Kenya. Les KAR assuraient le maintien de l'ordre et luttaient contre les tribus hostiles à la présence étrangère. Ils éradiquèrent en partie l'influence des Anioto.

Le visage du vicomte était soudain devenu très pâle.

— Je crois que j'ai besoin d'un remontant. Suivez-moi sous la véranda.

Les verres se remplirent d'un vin capiteux dont la robe brillait sous le reflet de bougies alignées sur un chandelier. Le vicomte resserra autour de ses épaules la couverture que venait de lui apporter la domestique. Sur ses mains, les taches de vieillesse s'étalaient en corolles.

— La première fois que j'ai entendu parler des hommes-léopards, c'était au début de ce siècle, avant que ne soit achevé le chemin de fer ougandais reliant Monbassa au lac Victoria. À l'époque, je m'étais rendu plusieurs mois au Kenya afin de représenter l'Université libre de Bruxelles sur un ensemble de fouilles archéologiques. On avait mis à jour, près de Malindi, les vestiges d'une souche inconnue d'Australopithecus Africanus. Je me trouvais sur le continent noir depuis à peine deux semaines quand j'appris que le chantier du train ougandais, à quelques miles à peine de son terminus au bord du lac Victoria, s'était brutalement arrêté. Les ouvriers de la ligne ferroviaire venaient de retrouver les restes de plusieurs membres de l'expédition perdue Morgan-Bishop. Elle était partie deux décennies plus tôt rechercher, en pleine jungle, les traces d'une cité oubliée. Un site mythique dont d'éminents archéologues affirment qu'il abrita une civilisation brillante et de grandes richesses.

Von Gossum était transporté par son récit et ses yeux fixaient quelque chose qui semblait bien au-delà des murs de son jardin.

— L'expédition Morgan-Bishop était dangereuse, car la cité était juchée sur un petit plateau cerclé par d'immenses bayous. Ils provenaient d'un bras du fleuve Congo qui s'égarait dans la jungle en d'infinis méandres. Imaginez un marécage sans fin, infesté de moustiques, de crocodiles et de boas, où la navigation suit des cours d'eau labyrinthiques.

Le vicomte prit une lampée de vin et fit claquer sa langue.

— Bref, quelque part à l'ouest du Kenya, des squelettes et plusieurs carnets retrouvés dans une caisse à proximité attirèrent des universitaires en mal de renommée. Concernant les documents, il pouvait s'agir des vestiges d'une campagne qui passionna tout un pan de la communauté scientifique européenne. Pourtant, la situation se compliqua vite. Le train traversait un territoire occupé par les Nandi, une peuplade hostile à la présence de tout allochtone. Une compagnie du KAR se rendit sur place pour sécuriser le chantier et j'en profitais pour les suivre.

À peine arrivé, je ressentais une atmosphère lourde, malsaine.

Van Gossum s'employa à remplir généreusement les verres à peine vidés de ses hôtes.

— Un mal mystérieux décimait les ouvriers du tracé ; on retrouva même un squelette entièrement nettoyé par une colonie de fourmis processionnaires. Les os du malheureux blanchissaient au soleil et il lui manquait la main gauche. Au début, les KAR pensèrent à des attaques de lion : deux fauves furent abattus lors d'un raid « punitif ». Mais quelques jours plus tard, on découvrit à proximité du camp deux autres cadavres horriblement mutilés. On accusa alors les Nandi et je garde avec effroi le souvenir de certains interrogatoires menés à leur encontre par des officiers britanniques. C'était encore une fausse route. Des langues se délièrent et certains indigènes parlèrent des hommes-léopards. Une terreur indicible gagna les ouvriers et le tracé du train se trouva menacé par un puissant mouvement de révolte. Le gouverneur de Nairobi dut envoyer sur place un régiment entier de KAR qui ratissa la région pendant une semaine. Plusieurs membres des Anioto furent capturés et les attaques cessèrent. J'ai pu récupérer l'arme utilisée par l'un de ces cultistes.

Van Gossum, soudain facétieux, ménagea son petit effet en jetant un regard de biais aux policiers.

— Seriez-vous intéressés, messieurs, pour voir ce très curieux objet ?

Le professeur précéda ses hôtes dans un couloir qui menait à une porte fermée à double tour. L'homme sortit une clef de sa robe de chambre, ouvrit la serrure et les invita dans un cabinet cossu. Sur un bureau, un cendrier croulait sous des mégots de cigares et une grande peau de zèbre servait de tapis. Une odeur de vieux cuir, de poussière chaude et de poterie donnait à l'air une consistance presque palpable.

— Il s'agit, fit Von Gossum, d'une longue griffe en acier avec trois pointes recourbées. Le manche est recouvert d'une peau de léopard.

— Où est cette arme ?

— Je l'ai rangée dans la malle qui se trouve sur l'étagère, là-bas. Vous pouvez l'attraper, s'il vous plaît ?

Lucien se hissa sur la pointe des pieds et prit une grosse valise de voyage patinée par le temps. Il la posa par terre et commença à défaire les boucles.

Paul et le Vicomte formaient un cercle autour du coffre ; Lucien se releva en repoussant le couvercle.

— Voilà, dit-il en soufflant.

Les trois hommes regardèrent au fond.

Elle était vide.

# 34.

Dans un long bruissement de vapeur, la locomotive couina sur ses essieux et se mit en branle en direction du nord. Sur la place de Ferrières-sur-Sichon, on voyait les feldgendarmes avec leur collier de chien qui contrôlaient les identités. Des suspects étaient agenouillés au sol pendant que des uniformes vert-de-gris rentraient dans les foyers, ressortaient avec des tiroirs et des papiers qu'ils jetaient en tas sur les perrons. Deux camions étaient alignés devant une maison aux murs blancs. Des villageois attendaient à l'intérieur, gardés par des soldats. Des femmes se lamentaient dans un coin et plusieurs enfants pleuraient.

Dans le wagon de tête, trois bûcherons de Lavoine faisaient le compte des caisses d'emballage qu'ils devaient livrer à la ville. Elles étaient destinées au transport des bouteilles d'eau minérale de Vichy. Il restait près de vingt-six kilomètres pour rejoindre la capitale de la zone sud. Le voyage durerait un peu moins de deux heures. Un des gars de la scierie, qui s'appelait Marcel Rougeron, sortit de sa besace du pain et de la fourme. Les gars se mirent à l'aise comme ils purent en s'allongeant sur les banquettes en bois. Marcel but au goulot d'une chopine et la passa aux collègues. Le paysage défilait lentement, les conversations étaient assourdies par le souffle asthmatique de la chaudière.

Deux femmes avec des bambins discutaient à l'autre bout du wagon. Marcel coupait une pomme en quartiers et la voix des dames lui parvenait par intermittence. L'une racontait qu'à Vichy on servait dans un restaurant du bord d'Allier du saumon cuisiné à l'huile de ricin. Le plat, divinement préparé, évoquait la crème anglaise.

Marcel tomba la veste et s'épongea sous les aisselles. Devant lui, un passager s'absorbait dans la lecture d'un journal. Sur la première page, un titre en gras rapportait un accident forestier dans le massif des Gabelous : un adolescent s'était estropié dans un trou à loups en cherchant des baies. Depuis plusieurs semaines, on ne comptait plus les mésaventures de ce genre. Les ruraux, pour se protéger des attaques de la bête, creusaient des fosses d'un bon mètre et demi de profondeur, tapissés de pieux durcis au feu. Ces souricières, pourtant interdites, infestaient la vallée et devenaient un vrai problème.

Marcel aperçut la gare de l'Epinglier où le Tacot fit une halte pour permettre à un voyageur encapuchonné de monter dans le wagon d'à côté.

Quelques minutes plus tard, sa vessie le titillant, il se leva et se dirigea vers la porte du petit wagon. Il traversa la première classe et se retrouva dehors, accoudé sur une rambarde. Il déboutonna sa braguette et pissa un coup.

Il allait regagner son compartiment quand il remarqua, au travers d'un hublot qui s'ouvrait dans la porte du deuxième wagon, deux passagers penchés l'un vers l'autre. Il pensa à un père et sa fille. Mais un pressentiment lui fit regarder d'un peu plus près. L'adulte était drapé dans une cape qui lui dissimulait le visage. Une tenue étrange pour cette fin d'été !

Il montrait un objet à la gosse, mais quelque chose ne collait pas dans la scène. Soudain, Marcel vit la forme se ruer sur la fillette et la faire disparaître dans les replis de sa grande houppelande. Il n'y eut pas de cri : la surprise fut totale. Marcel resta abasourdi. La silhouette charbonneuse portait l'enfant comme un vulgaire jouet ; elle se tint en équilibre sur l'arrière du train, puis sauta dans des fourrés. Elle roula au sol avec son paquet vivant. Le bûcheron n'en croyait pas ses yeux. C'était forcément lui, la « bête » dont tout le monde parlait ! Bradoc avait réuni tous les gars l'autre jour. Il avait évoqué le profil du suspect que recherchait la police. Il les avait enjoints d'ouvrir l'œil et de repérer tous les types bizarres.

Marcel ignorait quelle était la chose qui venait de bondir du train. Mais il était certain que ce n'était ni un sanglier, ni un loup-garou.

Il voulut prévenir ceux qui somnolaient à l'arrière. Mais le temps qu'ils reviennent tous, l'ombre serait déjà loin. Alors, Marcel jura et sauta à son tour du tacot. Il se ramassa au milieu d'un tas de rocaille et de grandes tiges de digitales pourpres. Il se redressa en frottant ses genoux et ses côtes endolories. Du sang coulait d'une plaie à son bras. Ça le cuisait fort.

Le forestier courut le long de la voie pour retrouver l'endroit où la forme avait chuté. Il vit le gros tas d'orties couchées. Il traça au hasard, droit devant, boitant à demi. S'il s'arrêtait : la fillette ne reverrait jamais ses parents. Marcel était solide, il ne tarda pas à entrapercevoir le ravisseur qui traçait à vive allure. Il cria et la silhouette se retourna. Marcel serra les dents en essayant de ne pas penser à son bras. Le « moine » sembla surpris, mais guère inquiété. Il laissa la fille tomber par terre et glissa la main sous la houppelande. Il sortit un pistolet, visa et tira. Le bûcheron se jeta sur le côté et une puissante détonation se répandit dans le bois.

Marcel était vautré dans un parterre de mousse sèche. Il releva la tête. Le ravisseur s'enfuyait vers la lisière du bois.

La gamine était prostrée au sol. Elle se mit à crier pour la première fois.

* * *

La ligne de chemin de fer montait vers le Mayet-de-Montagne. Marcel tenait la fille par la main ; elle ne semblait pas blessée. Lui ne voulait pas s'asseoir de peur que la nausée ne le prenne. Il déchira un bout de manche et inspecta la plaie sur son bras droit. Il devinait l'os sous les bourrelets de chair et ça l'élançait comme la piqûre de mille abeilles.

— Eh merde !

Un gros vent chaud secouait les branches des hêtres. Des gentianes faséyaient et leurs fleurs si jaunes lui donnaient la migraine.

Il respira un grand coup et se tourna vers la gamine. Ses joues étaient salies par la terre, les larmes et la morve.

— On y va bambine.

Et ils suivirent les traverses en direction de la prochaine gare.

# 35.

Paul et Lucien virent le visage du vieil homme se défaire.

— Il y a un problème ?

— Je… Je ne comprends pas, la griffe devrait être ici ! Je ne la sors jamais de sa malle et je suis le seul à avoir la clef du bureau.

Paul s'approcha de la fenêtre. Pas de trace d'effraction, elle était close. Il l'ouvrit et se pencha dehors. Il vit le jardin et le bout de pelouse qui venait lécher la base de la demeure. Facile de monter jusqu'au châssis, mais pas de l'ouvrir de l'extérieur.

— Vous avez une explication ?

— Mais non, aucune ! La domestique n'entre jamais ici. Je le lui ai formellement interdit. Et je ferme toujours à clef quand je pars.

— Quand avez-vous vu cette arme pour la dernière fois ?

— Ça fait un moment, plusieurs mois peut-être.

— Pourriez-vous être plus précis ?

Le vicomte tiqua.

— Attendez, ça me revient maintenant, j'ai eu deux fois la visite d'un confrère archéologue. Nous avons longtemps discuté dans ce bureau.

— Vous lui avez montré la griffe ?

— Je ne suis plus très sûr, c'est possible.

— Ce monsieur aurait-il pu s'emparer de la griffe à votre insu, en restant seul dans le bureau ?

Van Gossum était de plus en plus ennuyé.

— Mon Dieu, oui ce serait possible ! Il lui arrivait de consulter des documents durant ma sieste. Il était très aimable pour un Allemand et...

— Un Allemand, s'exclama Montford, vous avez invité un boche chez vous !

— Il parlait très correctement le français.

— Pourquoi diable cet Allemand est-il venu vous voir, était-ce un militaire ?

— Non, pas du tout, je vous ai dit qu'il était archéologue. En lien avec l'institut de Marburg. Un jeune homme intelligent, quoique borné sur certains sujets. Il a fait une thèse consacrée à la colonie viking d'Erik le Rouge, au Groenland.

— Professeur, où peut-on trouver ce personnage ?

— À l'époque, il séjournait dans un hôtel du centre-ville, je n'ai pas noté lequel. Mais j'ai peut-être conservé sa carte de visite.

Le vicomte se dirigea vers un coin de son bureau et renversa un petit tiroir.

Après avoir farfouillé au milieu des papiers et des pièces de monnaie, il s'exclama : « La voici ! »

Montford lut :

*Ahnenerbe – Société pour l'Étude de l'Histoire des Idées Premières.*

*Gabriele PAULSEN*

*19 Pücklerstrasse, Dahlem (Berlin)*

— Monsieur le vicomte, c'est très important pour notre enquête : que vous voulait ce type ?

— Il manifestait de l'intérêt pour les travaux menés par une connaissance à lui, un monsieur Herbert Seydliz, ancien membre de cet Ahnenerbe. Il fut, m'a-t-il raconté, à l'origine de plusieurs expéditions dans des cavernes paléolithiques françaises, au début des années trente.

À cette occasion, Seydliz avait appris l'existence de « Glozel » : un site fameux dans la montagne bourbonnaise. Il avait projeté de s'y rendre, mais la guerre éclata. Je crois qu'il mourut peu de temps après. Paulsen désirait poursuivre les recherches de son mentor. Il s'intéressait à plusieurs emplacements druidiques de la région et à certains artefacts déterrés à Glozel. Mon visiteur en possédait un exemplaire : un galet de diorite recouvert d'une très curieuse épigraphie. Pour lui faire plaisir, j'avais accepté de me renseigner sur cette pierre. Mais je n'ai jamais trouvé le temps. Le fragment a fini comme presse-papier sur mon bureau.

— Vous l'avez toujours avec vous ? demanda Lucien.

— Il doit être à côté, attendez une minute.

L'instant d'après, l'inspecteur soupesait un caillou large comme la paume de sa main. Elle représentait un cervidé dont les bois étaient entourés d'un alphabet obscur.

— Paulsen voulait savoir si ces glyphes renvoyaient à des écritures connues. Au premier regard, je pensais à des inscriptions étrusques ou phéniciennes. Mais lui me parla d'un langage indo-européen proto-historique : de signes codés susceptibles de dissimuler des rites d'initiation magiques ou de vieux hiératiques hyperboréens. Tout ça me semblait très fumeux, pour ne rien vous cacher.

Paul jeta un coup d'œil sur la pierre puis proposa de prendre congé. Il remercia le vicomte pour son aide et lui demanda s'ils pouvaient repasser un autre jour.

— Je n'arrive pas à croire que cet allemand ait pu me voler ma griffe d'Anioto, je suis bien déçu.

Ils marchaient tous les deux le long de l'Allier, insouciants aux cris des enfants qui jouaient dans le parc et aux promeneuses qui défiaient le soleil avec leurs ombrelles.

— On a fait un pas de géant !

Paul acquiesça en sortant son carnet.

— Le vicomte nous a donné la description du principal suspect de notre enquête. Mais nom d'un chien, c'est un boche ! Lange aura besoin de l'autorisation de la Gestapo pour l'interpellation. C'est loin d'être gagné. Et puis, admettons qu'on retrouve la trace de ce salopard : les SS souhaiteront l'arrêter eux-mêmes. Ensuite, ils étoufferont l'affaire. Et ça, ça me déplaît beaucoup.

— Qu'est-ce qu'on peut faire ?

— On prévient Elias, et on localise notre homme.

— Sa chambre d'hôtel ?

— Oui, il est ici depuis des semaines, il a forcément demandé un permis de séjour. Il y aura une mention au fichier des résidents extérieurs.

— Ça va aller vite.

— Hum… pas sûr, ça ne correspond pas avec son profil.

— Comment ça ?

Incommodé par la chaleur, Paul ôta sa veste et la jeta sur son épaule.

— À l'heure qu'il est, notre gars est taraudé par ses pulsions. Il a perdu pied depuis des jours et des jours. Tu le vois dissimuler des pieds d'enfants dans une chambre d'hôtel, porter des vêtements infestés de poux sans que jamais on ne le signale à la police ?

— S'il est Allemand, les gens hésitent peut-être.

— Les Allemands savent se tenir. Si l'un d'entre eux part en vrille, ils sont les premiers à le remettre d'aplomb.

— Donc, la piste de l'hôtel ne tient pas ?

— Je crains que non. Ce qui ne veut pas dire qu'il ne faut pas la suivre : c'est la seule que nous avons. Gardons la tête froide, c'est tout. On est encore loin de l'avoir attrapé.

# 36.

Au début de la rue Thermale, la Maison des missionnaires servait d'ambassade au Vatican. Ce soir-là, le Maréchal honorait de sa présence la conférence consacrée à l'œuvre du père Charles de Foucauld. Le chef de l'État entendait signifier au représentant du Saint-Siège la reconnaissance qu'il éprouvait pour une organisation qui, tout en désignant près d'un quart de l'humanité, consentait à maintenir ses liens diplomatiques avec le régime de Vichy. Car bien peu de pays semblaient encore croire, en cette année dix-neuf cent quarante-trois, à l'indépendance d'un État entièrement occupé par l'ennemi.

Durant tout le symposium, André Lange n'avait pas quitté des yeux le chef de l'État. Il espérait une entrevue : laisser une trace dans l'esprit du vieil homme qu'on disait sujet à des absences. André se savait assis sur un fauteuil aux pieds fragiles. Dernièrement, il avait mis le paquet dans la lutte contre les partisans et multiplié les réunions de travail avec les RG et les GMR. Pourtant, Geitel ne se privait pas de fustiger en public la médiocre coopération de la police française. Si les choses ne changeaient pas, il serait vite remercié. Son passé de républicain le rattraperait de nouveau.

À la fin de la conférence, il aperçut les quatre gendarmes de la Garde qui sortaient : Philippe Pétain allait partir. André Lange ajusta machinalement la francisque qui brillait sur son revers. Sur le perron, juste sous la statue du curé d'Ars, il vit la traction avant noire qui ronronnait et deux motards qui enfilaient leur casque en allumant les phares de leur deux-roues. André allait se faire connaître quand une silhouette fonça droit sur lui.

— André ! fit Paul en soufflant, j'ai cherché à te joindre toute la journée !

— Pas maintenant, pesta Lange. Il ne quittait pas des yeux la voiture officielle. Plusieurs prêtres attendaient leur invité sur le trottoir.

— André, il s'agit de l'enquête. On a du neuf !

Mais Lange le repoussa d'une main et fila au bas des marches. Paul vit son directeur tenter d'approcher du groupe formé par Pétain, Ménétrel et quelques ministres, mais fut écarté par un type en costume qui faisait non de la tête. Fortement contrarié, Lange recula d'un pas et regarda le convoi s'éloigner rapidement vers le centre-ville.

Il se retourna et tomba à nouveau sur Paul, adossé contre un muret.

— Comment m'as-tu trouvé ?

— Ta secrétaire. J'essaye de te contacter depuis des heures.

— Qu'y a-t-il ?

— On a une piste.

Ils avançaient en direction des lumières pâles qui entouraient le parc des Sources. Lange jetait aux alentours de furtifs coups d'œil.

— J'allais t'en parler : les gendarmes ont coincé notre homme, tôt ce matin. Votre enquête est terminée.

— Quoi ! On a interpellé le tueur ?

— Comme je te le dis. Avant-hier, une gamine a failli être enlevée dans le tacot de la montagne bourbonnaise.

Le ravisseur a pu s'enfuir, mais suite au signalement donné par la fillette, la brigade du Mayet-de-Montagne a ratissé les bois environnants et mis la main sur l'agresseur : un simple d'esprit qui vivait embastillé chez sa mère. Les pandores ont trouvé un couteau et des vêtements tachés de sang dans sa chambre. Le gars était puant de crasse et totalement dérangé de la tête. Il a avoué rapidement les quatre meurtres et, à l'heure qu'il est, il prend le frais à la prison de Cusset. Pour le procureur Floch c'est du tout bon. On tient notre lascar.

Paul était stupéfait.

— Ce suspect, il est Français ?

— Oui, il se nomme Jean-Marius quelque chose.

André aperçut sa voiture garée sous un lampadaire.

— Voilà Paul, fin de l'histoire. Autant te dire que les gendarmes sablent le champagne. Ce n'est pas tous les jours que la maréchaussée parvient à doubler les cadors de la Sûreté. Je vais entendre leur général se gausser pendant des semaines !

— André, il faut que tu m'écoutes nom d'une pipe ! Le pauvre gars qu'on a bouclé n'a rien à voir avec notre tueur, j'en fais le pari.

— Qu'est-ce qui te permet de l'affirmer ? Je te signale qu'il a tout déballé.

— Faire avouer, ce n'est pas le plus difficile, je ne vais pas te l'apprendre.

— Un homme au trou et plus de meurtres : c'est ça qui compte.

— Pour les huiles de la rue Foch peut-être, mais pas pour moi ! Tu m'as demandé de trouver le coupable ? Eh bien il court toujours, un Ausweis dans la poche !

— Qu'est-ce que tu veux dire ?

— Entrons dans ta voiture. Les voix portent loin dans une rue déserte, surtout à Vichy.

La buée s'étalait lentement sur le pare-brise de la Citroën. Paul entraperçut dans le rétroviseur les cernes qui soulignaient ses yeux.

— Notre meilleur indice, c'est le poil de léopard. Un archéologue allemand se balade dans la nature avec une arme africaine, une griffe à trois pointes. Ça colle parfaitement avec les blessures relevées sur les ventres des victimes. Punaise, un poil de léopard, c'est pas banal. Et le manche de l'équarrissoir en est justement recouvert ! Le fridolin que je cherche a une bouche en piteux état : va-t-on comparer sa dentition avec les photos des morsures sur le corps de Claudine Balans, la dernière ? Tu me parles de traces de sang sur ses vêtements, la belle affaire ! Peut-être du sang de cochon ou de lapin, notre lascar braconne comme tous ces paysans qui crèvent la dalle à cause des rationnements. Va-t-on interroger le labo ? Et les trophées du tueur, les fameux pieds, les a-t-on retrouvés ? A-t-on fouillé le jardin de ce Jean-Marius, inspecté le grenier ou les lattes du plancher ?

— Arrête Paul. Floch est allé vite en besogne en collant tout sur le dos de ce bougre, j'en conviens. Mais que pouvons-nous faire, c'est trop tard ! Une conférence de presse a lieu demain. Le parquet va livrer le nom du prévenu et tout le monde sera content. Moi le premier. Après, on pourra se concentrer sur le vrai boulot.

Paul préféra la boucler plutôt que de balancer ce qu'il avait sur le cœur.

— Les boches nous reparlent d'instituer l'étoile jaune en zone sud, ils requièrent du chiffre, toujours plus ! Ils craignent un embrasement généralisé des maquis lors du débarquement. Ma priorité : c'est décapiter le corps franc des bois Gris. Si j'échoue, Bousquet fera ses valises et la rue de Paris[1] grouillera de Waffen-SS. Ça va faire tout drôle, tu peux me croire.

— André, j'aimerais voir le dossier du suspect, juste par curiosité.

— J'ai le procès-verbal de synthèse. Là, dans la boîte à gants.

Jean-Marius Pialoux était décrit comme un garçon décharné aux yeux globuleux. Il ne possédait pas de vie affective, excepté une mère qui faisait tourner la ferme d'une poigne de fer. Le vieux était mort il y a une vingtaine d'années, emporté par une mauvaise fièvre. Le fils se mit à perdre la raison. Sa marâtre avait toujours refusé de l'envoyer en institution ; elle avait honte de lui et craignait les qu'en-dira-t-on. Aussi elle l'enferma durant des années dans une cave, le nourrissant quand elle y pensait. Jean-Marius vivait au milieu de ses excréments. Contrairement à ce que pensait sa mère, le fils se déplaçait en dehors de son oubliette. Il était parvenu à élargir une fissure qui débouchait sur un pan de terre rendue meuble par un ruisseau tout proche. Ses ongles longs et noirs lui servant de griffes, il avait patiemment creusé un passage vers l'air libre. Excité par la faim, le désaxé partait épisodiquement pour de longs raids nocturnes, à la recherche de baies, de racines ou de petits gibiers. Les gendarmes le cueillirent à l'aube sur le hameau de Moulin-Voir, près de la Chabanne. Il était à demi nu, bavant et claquant des dents, avec pour seul vêtement une chemise en lambeaux.

Paul semblait atterré.

— C'est la mère qui devrait être en prison à l'heure qu'il est ! Non, franchement, tout ça ne me convainc pas André.

1. Principale rue de Vichy.

De toute façon, j'en conclus que nous sommes relevés de l'affaire, mes inspecteurs et moi ?

André hésitait.

— Cet Allemand, vous savez où le trouver ?

— Si j'en crois le fichier des résidents, il loge à l'hôtel des Bains, rue Montaret. J'avais prévu d'y aller avec Elias dès demain matin.

Le directeur fixait son commissaire avec intensité.

— Pas question de procéder à son interpellation sans en référer aux Allemands, on est bien d'accord ? Pour l'instant, vous vous assurez de sa présence. Ensuite, le boulot classique : filature, identification de ses fréquentations, etc. S'il s'avère que notre suspect est bien un fritz, alors peut-être que ces meurtres dissimulent une opération secrète de la Gestapo : des représailles contre des familles de terroristes ou une guerre psychologique contre le maquis ?

— Peu importe : on n'est pas obligés de le livrer aux boches. À circonstances exceptionnelles, justice exceptionnelle… Puisque le « tueur » a déjà été arrêté, qui ira chercher après un professeur d'archéologie qui a soudainement disparu ? Tu l'as dit toi-même : les Allemands ont tellement à faire avec les partoches. En plus, les meurtres cesseront et ton bredin confortera la thèse officielle.

— On va dire que je n'ai rien entendu Paul, d'accord ? Je ne cautionne absolument pas ce genre de méthodes indignes de la Sûreté.

Montford haussa les épaules.

— Bon, je n'ai rien dit. On continue ?

— Oui, mais c'est devenu trop sensible. Je vous accompagnerai à l'hôtel des Bains moi-même. On se retrouve à huit heures devant l'entrée.

— Vous revoilà sur le terrain monsieur le directeur ?

— Un peu de respect, ou je te renvoie compter les poireaux aux sociétés de jardins !

# 37.

En introduisant la clef dans la serrure de son studio, Paul aperçut des ombres qui dansaient sur le pas de porte de l'appartement d'Elias et de Lucien. Il était minuit passé. Les gars ne dormaient pas. Inutile d'attendre demain pour leur annoncer la rocambolesque arrestation de Jean-Marius.

Il jeta sa veste sur le lit, retira sa cravate et prit une bouteille de liqueur rangée dans une boîte à chaussures.

Il allait frapper à la porte de ses collègues quand il entendit une discussion vive et aussi une voix féminine. Il faillit tourner les talons, mais il perçut encore des paroles chargées d'inquiétude. Paul se manifesta.

Lucien lui ouvrit et tomba des nues.

— Tout va bien pour vous ?

Il vit une jeune femme qui semblait épuisée.

— Je dérange, peut-être ?

— On a toqué plusieurs fois à votre chambre, patron, mais vous étiez sorti. On a un très gros problème sur les bras !

Paul referma la porte et posa le flacon dans un coin.

— Je vous écoute.

Elias s'avança en tenant la fille par la main.

— Je vous présente Béatrice, je vous ai déjà parlé d'elle.

— Oh oui, et plus d'une fois : voici la fameuse Béatrice

qui déconcentre si souvent mon inspecteur.

— Elle débarque de Lavoine. Elle nous a attendus en bas durant trois heures.

— Et ? fit Paul en s'asseyant sur le lit, prêt à encaisser la prochaine catastrophe.

— Bradoc est venu la voir pour lui signaler que la Milice me recherche.

— Pourquoi donc ?

— Il y a quelques semaines, on a salement cafouillé avec Lucien. On voulait interroger l'inspecteur de la SEC[1] qui avait fouillé son appartement de Clermont. Alors on s'est pointé au domicile du gars. Mais les choses se sont mal passées. Il est devenu très hargneux, puis il a décampé par une fenêtre et…

— Vous étiez chez l'autre, Brudos ? Le cogne qu'on a retrouvé écrasé au pied de son immeuble ? Il se leva comme un ressort. C'est vous qui l'avez balancé, vous l'avez tué ! Oh bordel, non !

— C'était un accident, il est tombé tout seul.

— Vous vous êtes bien gardés de m'en parler, c'était quoi cette opération commando à la con ! Comment croyez-vous qu'on va se sortir de cette pagaille ? Un policier est mort, putain. Vous êtes mouillés jusqu'au cou !

Les inspecteurs semblaient totalement dépassés par le cours des événements. Quant à Béatrice, elle se tordait les mains d'impuissance en ne quittant pas Elias des yeux.

— Quand je vous ai dit que les collègues enquêtaient sur ce crime, vous n'avez pas bronché. Vous pensiez quoi, bougre de cons ? Que la chose allait passer à l'as ? Eh bien voilà, la Milice vous a dans sa ligne de mire.

---

1. Police juive.

Elias croisa les bras pour contenir la tension qui le parcourait.

— On a trouvé des notes chez lui : Brudos travaillait en sous-main pour la Milice. Il leur signalait les policiers qui n'étaient pas « sûrs ».

Paul jeta sur Béatrice un air mauvais.

— C'est ce salaud de Bradoc qui a vendu Elias ?

Elle secoua la tête : « Je ne crois pas, sinon pourquoi venir me prévenir en pleine nuit ? »

Paul regagna sa chambre d'un pas raide. Il passa sa tête sous le robinet et s'abandonna sous l'eau froide. Il se vit dans la vitre et donna un violent coup de poing contre le mur qui fit trembler toute la pièce. Il ouvrit la fenêtre et laissa l'air tiède tout envahir. Paul se sentait perdu, tout semblait hors de contrôle. Il regarda la table de nuit et chassa les papiers qu'il y avait dessus : des lettres de l'avocat de Mathilde, un mot de son fils dans une enveloppe. Il l'avait lu dix fois sans trouver le temps de lui répondre. Il tira un tiroir, fouilla au milieu de paquets de cigarettes achetées au marché noir et referma ses doigts sur une poignée de cartouches. Il prit son Lebel, chargea le barillet et mit une douzaine de munitions dans la poche de son pantalon.

Il rejoignit la chambre d'Elias.

« Tu as dix secondes pour préparer une valise : tu pars. »

L'autre s'exécuta sans sourciller.

Lucien essaya de dire quelque chose : « On pourrait peut-être demander à Lange si… »

— Ta gueule ! Ferme-la. J'en ai assez de tout ce merdier. Je devrais vous désarmer et vous livrer aux autorités. Si je m'abstiens, c'est uniquement pour éviter à Elias d'être torturé.

Montford ouvrit le coffre de la voiture et fit rentrer l'ancien bûcheron à l'intérieur.

Ils traversèrent le pont de Bellerive. En dessous, les eaux noires de l'Allier s'écoulaient sous un épais manteau de brume.

Ils coupèrent à travers Thuret et Paul se gara dans la cour boueuse, juste devant la métairie de la veuve Bertignac. Il fit sortir Elias : son dos était tout contusionné.

Sans lui adresser la parole, le commissaire se dirigea vers la porte de la ferme et frappa longuement avec la crosse de son Lebel. Il n'y avait pas de voisins à moins d'un kilomètre, il pouvait réveiller la femme de Pierre sans ameuter tout le canton.

Quand elle vit Montford, elle poussa un cri en évoquant son fils. Paul la rassura tout de suite : il n'était pas arrivé malheur à Jacques. Leur venue au milieu de la nuit était motivée par tout autre chose.

Sur la table de la cuisine, les yeux rougis de sommeil, la veuve avait disposé des tasses pour un semblant de café.

— J'ai un service important à vous demander. Il faudrait qu'Elias puisse se cacher ici. Il pourrait vous être utile sans trop attirer l'attention.

— Les Allemands le recherchent ?

— Oui.

— Je sais que Jacques va bien et chaque semaine, quelqu'un me livre des fruits, une miche de pain et des légumes : rien ne me manque. C'est à vous que je dois tout ça. Aussi, je vais vous aider en retour. Je suis sûre que Pierre aurait fait de même.

Paul hocha la tête. Il resta discuter une bonne demi-heure, peaufinant le gros mensonge qu'il avait dû faire pour protéger la veuve. Lui dire la vérité, c'était faire d'elle une complice.

Comme il regagnait sa voiture, Paul vit Elias qui le regardait depuis l'embrasure de la porte.

— Tu ne bouges pas d'ici jusqu'à nouvel ordre. On tâchera de garder un œil sur Béatrice.

— Merci, chef…

Le commissaire pointa un index vers son inspecteur : « Le tour de cochon que tu viens de me jouer, je ne suis pas prêt de te le pardonner. Tu peux prier saint Bénilde[1] qu'il ne t'arrive rien, car par votre faute on est tous dans de beaux draps. »

Sa voiture quitta les terres surplombant la Limagne, ses fermes éparses et ses vieilles granges aux pigeonniers. La route s'enfonça dans une forêt épaisse dont le sommet hachuré dessinait une ligne bleue sous la lune.

Au bout d'un long tronçon, il aperçut dans son rétroviseur des éclats de lumière. Après un tournant, les faisceaux l'enveloppèrent d'une pelisse chaude pour bondir loin devant illuminer le regard d'un chevreuil.

Paul écrasa l'accélérateur et tenta de semer le véhicule. Après une course folle, il prit une piste forestière sur le côté et coupa ses phares au moment où la traction plongeait dans les bois. Elle tressauta sur les ornières et les touffes d'herbe molles. Il cala net derrière une rangée de pins noirs et sortit de la voiture arme au poing. Dans l'air frais il ne voyait que des ombres, immenses et droites. Il tendit l'oreille et perçut l'autre véhicule qui passait en rugissant devant la tortille. Le bruit du moteur s'enfuit dans le lointain.

Après dix minutes, il décida de repartir. Il rejoignit la cité thermale en prenant un autre chemin qu'à l'aller.

Il se gara à bonne distance de la rue Girard où se trouvait son hôtel. Paul marchait d'un pas méfiant, se retournant à plusieurs reprises pour s'assurer qu'il n'était pas suivi. Il était abruti de fatigue et sa montre indiquait trois heures du matin. Il allait pousser la porte-tambour de l'hôtel quand une voix l'interpella. Le commissaire plongea instinctivement une main dans la poche de sa veste.

1. Saint patron de Thuret, réputé pour répondre aux causes désespérées.

Dans la grande vitre, il vit le reflet d'un homme avec un imperméable et un chapeau.

Il lui faisait signe.

C'était FÉLIX.

* * *

La voiture des hommes du Deuxième Bureau stationnait dans une venelle, près de la gare. FÉLIX posa une sacoche sur le capot.

— Qu'est-ce qui vous a pris de foncer comme un dingue dans les bois tout à l'heure ? On a cru que vous alliez sortir du décor, faut pas nous faire des frayeurs comme ça, commissaire.

— J'ai pensé que c'était la Gestapo ou la Milice. Dans le doute, j'ai préféré mettre les bouts.

— On voulait vous accoster au milieu de la forêt : ça nous semblait plus discret qu'à Vichy. Mais puisqu'on vous tient, soyons brefs.

FÉLIX actionna les fermetures de la sacoche et saisit des feuillets qu'il étala à même la carrosserie.

— On a pu développer les clichés qu'Adèle a pris dans le bureau de Geitel ; la petite a été impeccable. Elle n'a pas tout photographié, mais le résultat dépasse tout ce qu'on pouvait espérer.

Paul n'avait qu'une envie, se coucher.

— Adèle Bréal a pu se procurer une partie du carnet d'adresses du Kommandeur. L'animal connaît du monde, c'est rien de le dire : ministres, bourgeois de la place et tout le tremblement. D'après ce qu'on a pu lire, il se trouve au cœur d'un important réseau d'affaires, certainement lié au marché noir. On pense que Geitel accède à des entrepôts allemands et détourne une fraction des stocks réquisitionnés. Il les revend à des particuliers en choisissant des intermédiaires peu scrupuleux. Bien sûr il touche son pourcentage. Ses gains pourraient dormir sur le compte d'une banque zurichoise : Adèle a pu en photographier un relevé avec le numéro. Concernant ses hommes de main, pourriez-vous vous renseigner sur leur pedigree judiciaire ? Ce sont tous des Français.

— Ça vous servira à quoi ?

— On pourrait les approcher et en asticoter deux ou trois pour leur faire cracher le nom de leurs clients. Si on tombe sur des cibles juteuses : politiciens ou hauts fonctionnaires, on tâchera de les manœuvrer pour les ramener dans le giron du NAP.

Paul opina du chef : « D'accord ».

— Il y a un cliché intéressant, la couverture d'un dossier que Geitel gardait sous clé. Hélas, Adèle n'a pas eu le temps d'en photographier le contenu. Le commissaire l'examina. Sous un timbre « SECRET » figurait en clair, inscrite au stylo, la mention RS/6/EINHERJAR.

— Et alors ?

— RS peut être le diminutif de RSHA, qui est l'acronyme de l'Office central de la sécurité du Reich. « 6 », ce serait la sixième division, l'Amt VI ou SD-Ausland, un service de renseignements extérieurs SS qu'on suit depuis des mois. Du très, très lourd… Il a prospéré après l'invasion de la Nono[1].

— Je vois.

— Reste « EINHERJA ». On ne sait pas ce que c'est. Si vous avez des lumières sur le sujet, on est preneur.

— Je ne vous promets rien.

— Bien. Avant qu'on aille tous se coucher, je finis par le plus délicat.

1. Terme familier désignant la zone non occupée, la zone sud.

— Quoi ?

FÉLIX regarda Paul Montford sans que celui-ci ne parvienne à discerner ce qui lui traversait la tête. Il attrapa une enveloppe brune et étala devant lui un jeu de clichés photographiques.

— Il y avait des images dans le secrétaire de Herr Geitel, commissaire. Adèle a pu les mitrailler. La qualité n'est pas excellente, mais on voit bien de quoi il en retourne.

Paul prit les épreuves négatives. C'était des scènes de coït dans des décors baroques, une maison de passe si on en jugeait par le mobilier.

— On ignore qui sont tous ces messieurs, peut-être des gens importants. Il y a juste une tête qui nous a interpellés : c'est le dernier tirage, là.

Dessus, on devinait le corps frêle d'une femme qui étouffait sous le ventre d'un client. Son visage, en plein effort, était tourné vers le haut. Il faisait presque face à l'objectif.

Paul hoqueta de surprise.

C'était André lange.

FÉLIX referma la portière de la berline et se tourna vers Paul avec une mine lasse.

— Gardez la photo de votre cher directeur, si vous le voulez.

Paul n'arrivait pas à s'en détacher. Il murmurait : « Les Allemands font certainement chanter beaucoup de monde avec toutes ces photos, vous avez entre les mains une arme redoutable ! »

— Oui, c'est la raison pour laquelle Adèle doit nous aider une dernière fois en récupérant les pellicules originales. Elle nous a laissé un mot avec les premières images, disant qu'elle avait aperçu de petits rouleaux dans le fond d'un compartiment. Ce doit être tout un lot de clichés non développés qui sont du plus grand intérêt. Et puis, nous voulons aussi le contenu du dossier RS/6/EINHERJAR. Il s'agit peut-être d'informations liées à la réorganisation du RSHA en Auvergne ou un projet d'opération contre les maquis. De toute façon, quelque chose d'utile pour le NAP.

— Pfff… C'est encore à moi de convaincre Adèle ?

— Elle ne connaît que vous; vous aviez été si efficace la première fois.

— Arrêtez votre baratin, elle doit crever de trouille. Je ne suis pas sûr qu'elle réitérera son exploit. Et puis, si elle vous ramène les pellicules originales, Geitel va la démasquer.

— Concernant le dossier confidentiel, les enjeux qui tournent autour peuvent être énormes, nous avons le devoir d'essayer. Sinon, on a les moyens de cacher Adèle quelque part dans le sud du pays.

— Vous lui demandez de lâcher son boulot, sa famille, pour partir se terrer je ne sais où, tout ça pour vos beaux yeux ? Et si elle se fait coincer ? Je serais balancé dans l'heure !

— Alors il vous faudra fuir aussi. Des hommes à nous surveillent en permanence les allées et venues devant l'hôtel du Portugal et toutes les villas occupées par le SIPO-SD le long du boulevard des États-Unis. On pourra donner l'alerte avant votre arrestation. Par ailleurs, on s'est un peu renseigné sur votre compte : vous êtes en instance de divorce, votre fils est adulte. Pas grand-chose à perdre, n'est-ce pas ? Il suffirait de vous mettre au vert un moment, ça fait partie des choses réalisables. On vous l'a prouvé avec Jacques. Vous patienterez jusqu'à la libération et vous reviendrez ensuite, tout auréolé de gloire : un « vrai » résistant.

— Mais Adèle, elle passe par pertes et profits ?

— La guerre exige des sacrifices; il faut parfois savoir donner un pion pour menacer le roi.

— Oh, épargnez-moi vos images à trois sous !

— De toute façon, vous êtes allé trop loin pour reculer commissaire, vous devez envoyer Adèle récupérer ce qui nous manque.

Paul se sentait barbouillé ; il se frotta les yeux.

— Un de mes hommes a des ennuis avec la Milice, je vais devoir traiter cette affaire en priorité.

FÉLIX eut un geste vague.

— Faites au plus vite monsieur Montfort. Nous devons lever le secret qui entoure le projet « EINHERJAR ».

# 38.

La douche de la résidence était défectueuse, l'eau était glacée. Aussi, c'est de fort mauvaise humeur que Paul avait réveillé Lucien pour l'envoyer au ministère. Il voulait qu'il se procure un compte-rendu d'audition : celui du bûcheron qui avait porté secours à la fillette. À l'inspecteur de retrouver ensuite les lieux de la poursuite et de relever des indices. Le commissaire avait obligé Béatrice à regagner sa ferme, le temps que la situation d'Elias soit éclaircie.

Lange arriva peu de temps après Paul devant l'hôtel des Bains. Deux hommes chargés de sa sécurité le suivaient. Ils reçurent comme instruction d'attendre dans le hall sans trop se faire remarquer.

Paul regardait André, le teint pâle et les mâchoires serrées. Il essaya de se concentrer sur le boulot et de chasser l'image de son patron chevauchant une gamine dans un bordel obscur de Vichy. Il trouvait ça répugnant et n'en revenait toujours pas. Les nazis avaient-ils déjà exigé quelques marchandages infâmes en agitant la photo sous ses yeux ? Par peur du scandale, avec un régime dont le moralisme paternaliste était bien connu, André avait-il enfreint d'autres principes : livré des prisonniers aux SS ou donné des renseignements relevant du secret d'État ? Le directeur de la Sûreté française était-il, et depuis combien de temps, un agent à la botte du Reich ?

— Paul, tu es dans la lune ? On y va.

Le commissaire lui emboîta le pas jusqu'à la réception.

Lange présenta sa carte et demanda à parler au responsable. Ce dernier les accueillit dans son bureau, au fond d'un couloir étroit. Vêtu d'un costume élégant, le gérant offrit un fauteuil à ses visiteurs. Il jeta un regard appuyé sur la francisque qu'arborait André puis croisa ses longues jambes maigres.

— Messieurs, que puis-je pour vous ?

Lange insista tout d'abord sur le caractère confidentiel de l'entrevue.

— Nous souhaitons savoir si vous avez actuellement un client nommé Gabriele Paulsen ; cette personne est de nationalité allemande.

Le directeur leva les yeux au ciel et poussa un soupir.

— Ce patronyme ne m'est que trop connu, hélas !

— Que voulez-vous dire ?

— Cet individu est resté chez nous un mois. Au début, tout se passa normalement, c'était un résident ordinaire. Puis, il a commencé à ne plus sortir de sa chambre. Ensuite, ce Paulsen s'est mis à dégrader les murs en les recouvrant d'inscriptions absurdes ; il était évident qu'il venait de perdre la tête. Une fois, il a même menacé notre gouvernante avec une fourchette !

— Vous ne l'avez pas chassé ?

— La chose semblait délicate à plus d'un titre : comme vous l'avez souligné, ce monsieur était allemand. Il s'est entretenu quelquefois avec un officier, au bar. Nous avons beaucoup hésité avant de lui demander de partir. Porter plainte était exclu. Nous ne voulions pas d'ennuis supplémentaires.

— Vous parlez de ce client au passé, il n'est plus ici ?

— Non, depuis plusieurs mois. Le directeur sortit un mouchoir en soie et se tamponna la base du nez comme s'il se remémorait de vilaines odeurs. Cette personne s'est sauvée en pleine nuit, laissant au passage un impayé et de gros dégâts !

— Pourriez-vous nous dire quel jour, exactement?

— Bien sûr, il suffit de regarder le registre.

— A-t-il présenté des documents militaires, une carte professionnelle particulière lors de son arrivée à l'hôtel ?

— Il faudra que je me renseigne, mais je crois me souvenir qu'il avait un Ausweis étendu. Mais c'était un simple professeur d'université.

— Je vous propose d'aller consulter votre répertoire, fit Lange.

Après quelques instants, le chef d'établissement désigna une date : « Il n'a plus fait parler de lui depuis le 22 février dernier. »

André proposa de prendre congé quand Paul signala qu'il pourrait être utile d'inspecter l'ancienne chambre de Paulsen.

— La pièce était dans un tel état que j'ai dû tout refaire à neuf. Les inscriptions au mur sont effacées. Je doute que vous trouviez quoi que ce soit d'intéressant.

André Lange ouvrit la fenêtre pour dissiper l'odeur de peinture fraîche.

Paul commença par examiner la salle de bains, l'évier et le bidet et aussi le fond de la baignoire. Il regarda sous le lit, tâta les cloisons et le dessous des tiroirs de la table de nuit. André finit par mettre la main à la pâte. Tout cela lui rappelait un terrain qu'il avait quitté depuis bien longtemps.

Après une bonne vingtaine de minutes, alors qu'il scrutait le parquet, Paul dit : « Il y a quelque chose coincé entre deux lattes. » Joignant le geste à la parole, il prit son carnet et fit ressortir une pince à épiler qu'il gardait dans la reliure. Il se courba et, très délicatement, retira du sol un jeton en laiton. Il était très abîmé. Sur une des faces, on devinait vaguement un visage. Sur l'autre, le mot « discrétion » et le nombre onze. Le reste était effacé. Paul brandit le jeton dans la lumière et le présenta à Lange. Ce dernier ne disait rien. Ses lèvres étaient serrées, son regard fuyant.

— André, c'est quoi à ton avis ?

— Une pièce de monnaie, que sais-je ? Rien d'important.

André quitta la chambre et descendit l'escalier.

Paul resta seul. Il sortit un mouchoir, plaça dedans le petit disque et remis le tout dans une poche de sa veste.

Précédé de ses gardes du corps, André rentra dans la voiture.

— Tout coïncide, lâcha Paul d'une voix docte. Paulsen perd la boule vers la fin du mois de février et quitte l'hôtel. Le premier crime démarre entre le premier et le deux mars suivant. Notre suspect se présente comme archéologue, même profession que celle donnée lors de ses entrevues avec le vicomte. J'en conclus que cette visite étaye nos soupçons.

— En tout cas, on ne va pas plus loin sans le double aval de Floch et de la Gestapo, fit Lange en posant son chapeau sur la banquette arrière.

— Mais, Floch a annoncé ce matin qu'il détenait le coupable. Il ne va pas se déjuger en nous permettant de filer un autre quidam ?

— Je peux le convaincre de vous autoriser à enquêter discrètement. Officiellement, le mystère est résolu. Mais vous, vous peaufinez le travail en fermant toutes les portes.

— Concernant les Allemands, il va falloir être persuasifs pour qu'ils ne nous retirent pas l'affaire des mains. Si ce Paulsen a fricoté avec le SIPO-SD, c'est perdu d'avance.

— Peu probable. Si c'était le cas, il logerait boulevard des États-Unis avec les autres. Pourquoi l'isoler dans un hôtel ouvert comme un moulin ? Il n'a pas le profil d'un espion non plus.

— Alors, c'est sûr André, on continue ?

— Pour l'instant, tu attends surtout mes instructions. Et tes deux artistes, où sont-ils d'ailleurs ?

— Elias a pris sa journée. Lucien vérifie quelque chose pour moi au Mayet-de-Montagne.

Lange tira la portière.

Avant qu'elle ne se referme, il regarda Paul droit dans les yeux.

— Pas d'initiative intempestive, c'est compris ?

Paul laissa le véhicule tourner au coin de la rue. Dans sa poche, il sentait le petit disque. Il s'était bien gardé de dire qu'il savait ce que c'était. Le regard d'André, au moment où il lui présenta le jeton, l'avait convaincu de se taire. Car c'était une de ces pièces qu'on utilise dans les bordels pour régler les filles. Pour connaître son origine, il lui suffirait de consulter les dossiers du comité d'organisation professionnelle de l'industrie hôtelière. Toutes les maisons de passe y étaient répertoriées. Qu'est-ce que Paul allait découvrir dans ses recherches ? Il l'ignorait.

Mais soudain, une idée incroyable lui vint à l'esprit.

# 39.

Lucien Darmon cligna des yeux en regardant le sommet de la colline. La ligne de chemin de fer se confondait dans les reflets du soleil.

Autour de lui, des prés glissaient sur des pentes roides et de gros taillis épineux alternaient avec des champs veinés de ruisseaux. Il était parti à pied de la gare de l'Epinglie car selon les gendarmes, c'est là que l'homme à la houppelande était monté dans le tacot. Avant d'entamer sa promenade, les pandores l'avaient envoyé à l'adresse du courageux témoin. Lucien avait pu relever quelques informations sur le suspect. Ensuite, avant le midi, il s'était livré à l'audition de la petite sous le regard inquiet de sa mère. Elle était, à ce jour, la seule personne vivante capable de donner une description du visage de l'agresseur. Il avait noté avec précision des détails rapportés aux sourcils, à la longueur du nez ou à la couleur des yeux du ravisseur. En comparant ces éléments avec ceux fournis par le Vicomte Clemens Van Gossum, Lucien était en mesure d'établir un portrait parlé[1] du tueur.

---

1. Ancêtre du portrait-robot.

Un adversaire qui commençait à faire des erreurs, frappant en plein jour et en public. Bientôt il allait faire le faux pas de trop : il fallait y croire.

Des odeurs de mousses et de fougères flottaient autour de lui. Il fouillait les bas-côtés quand un faucon crécerelle tomba du ciel et plana au-dessus de la voie avant de disparaître dans une sapinière.

Enfin, il trouva le tas de gravats avec la pelle rouillée plantée au sommet : c'était là que l'homme avait chuté en emportant la fillette. L'inspecteur se fit un bâton avec une branche morte et retourna lentement les herbes sur un périmètre qu'il fit croissant.

Il pensait toujours à Locarde en s'accroupissant au milieu des feuilles ; on ne se casse pas la gueule d'un train sans laisser une trace de son passage.

Aussi, il sourit en repérant bientôt un bout d'étoffe épinglé sur une tige de mûrier. Un carré sombre de quelques centimètres de côté. Il le rangea dans une boîte d'allumettes. Il suivit un chemin sableux perpendiculaire au chemin de fer : avec sa charge, le ravisseur aurait pu laisser des empreintes dans le sol meuble. Après une trentaine de mètres, il ramassa un morceau d'emballage qui avait dû contenir une barre chocolatée anglaise. Il se souvint que dans la déposition de Rougeron, la fillette s'était vu offrir une friandise par l'homme en noir. Encore un peu plus loin, toujours en veine, Lucien aperçut un reflet brillant sur le sol. Il se pencha et découvrit un petit trésor : une cartouche. Il prit un mouchoir et s'empara de la munition, vide de balle. Le bout portait le poinçon caractéristique du chien qui l'avait percutée. Le projectile était d'un calibre 32, son étui cylindrique, poisseux. Le signe d'une arme aux composants graissés comme il fallait. Une cartouche légèrement huileuse signifie aussi que les empreintes digitales s'y fixent plus longtemps : un bon point pour eux.

De retour à Vichy, il passa par le commissariat installé au rez-de-chaussée de l'hôtel de ville, et présenta le bout de munition à l'armurier. Il l'inspecta à l'aide d'une loupe et conclut d'un ton sans appel : « Walther PP semi-automatique de confection allemande ; apprécié de la polizei des boches. Chargeur à huit coups, amovible. »

À la villa Cornil, Lucien se jeta dans le boulot pour éviter de trop cogiter. Le bureau vide d'Elias le mettait mal à l'aise.

Il prit dans un tiroir un petit pot en verre contenant une fine poudre noire et l'appliqua soigneusement sur la cartouche. Il mit à jour une esquisse de sillons digitaux, sans doute le gras d'un pouce au moment où l'utilisateur du Walther avait garni son pistolet. Il fixa l'empreinte et rangea le résultat dans une enveloppe. Il plaça le tout dans le dossier, avec les photographies des morsures, le poil de léopard, les traces d'argiles et tous les autres indices.

Lucien reprit le grand carnet et ajouta sur une nouvelle ligne : « Le suspect dispose d'une arme à feu de confection allemande. Il sait l'utiliser et en prendre soin. Son profil pourrait évoquer un déserteur parti se cacher dans les bois. »

Il allait reposer sa plume quand la porte du bureau s'ouvrit ; Paul Montford entra d'un pas lourd. Il s'affaissa sur sa chaise, la mine fade.

Lucien se risqua à livrer ses dernières découvertes.

— On recherche un archéologue allemand et on a comme fuyard une ombre qui tire des balles de Walther PP ? Je ne m'imaginais pas un rat de bibliothèque jouer de la gâchette.

— Le tueur a peut-être fait son service militaire ? Le Bois des Gris est réputé pour son hostilité aux troupes allemandes. Il a pris soin de s'enfourailler, voilà tout.

— Hum, qu'est-ce que tu as d'autre ?

— Assez de détails pour diffuser un portrait parlé précis ; j'ai besoin de votre accord pour lancer mes filets.

— Lange veut qu'on opère en totale discrétion ; on va faire un signalement au commissariat de Vichy, aux collègues de la Sûreté régionale et aux brigades de gendarmerie de la montagne bourbonnaise. Rien de plus. De toute façon, la ligne du tacot et les deux départementales qui relient le Mayet et Ferrières à Cusset seront surveillées. On va refermer notre souricière tout doux.

Lucien se leva et fit quelques pas vers un lavabo. Il se mouilla le visage puis se retourna vers Montford.

— Chef, c'est moi le seul responsable.

— Quoi ?

— C'est moi qui ai entraîné Elias chez Brudos. Je voulais retrouver des photos de famille, quelques livres auxquels je tenais. Il m'a dissuadé d'y aller, mais j'ai insisté.

— Je n'ai pas en envie de parler de ça avec toi !

— Désolé chef, c'était important que ça sorte.

Montford se frotta les yeux et resta un moment la tête dans les mains.

Il parvint à se lever et vint se planter devant le tableau de classe où figuraient les correspondances entre les affaires Vacher et consorts et le salopard qui les défiait depuis trop longtemps.

— Puisque notre boche n'est plus dans son hôtel, où peut-il bien se terrer ?

— Toute la question est là. J'ai bien envie de voir ce que ce lascar faisait autour de Glozel avec ses histoires de pierres gravées. Prends les clefs de la voiture Lucien, on va aller faire un tour là-bas.

* * *

Il retourna vers la faille dans le rocher et s'y engouffra de profil. Arrivé dans la première anfractuosité, il avança vers le fond pour atteindre un boyau. Alors il se coucha dans la boue ocre et rampa comme un reptile des premiers âges du monde.

Dans une seconde grotte, où il pouvait tenir sa lampe au-dessus de lui, d'immenses bourrelets de pierre formés par les concrétions l'entouraient comme des rideaux.

Il vit le lit de paille et le cercle noir du foyer éteint. Et aussi, à la verticale, un trou par lequel, les autres soirs, les effluves du feu s'étaient échappés dans des volutes stygiennes. Il rajusta la houppelande sur ses épaules. Les taches de sang caillées se confondaient avec les souillures du limon rouge.

Il pensait aux ancêtres qui avaient posé sur les parois des cavernes l'empreinte de leurs mains. En tendant l'oreille, il percevait le ululement des vents qui rapportaient la mélopée des hommes nés au milieu des étendues glacées de l'hyperborée. Un sourire glissa sur ses joues rongées de barbe. Il était comme ces guerrières de l'Edda, le recueil des légendes islandaises où la terre était le domaine des nains, des sorciers et de créatures dignes des Nibelungen. Un univers fait de cités glorieuses et de montagnes veinées de galeries. Il était parti en quête d'un trésor aussi ancien que le monde lui-même. Maintenant, il touchait au but.

Il rassembla des brindilles ramenées de l'extérieur et prit un briquet.

Des étincelles crépitèrent et une aura jaune sale balaya les murs de la grotte.

La pierre et les méandres du calcaire, sous l'effet de la lumière, lancèrent des reflets écailleux.

Dans un coin, le feu éclairait un tas de petits os humains.

# 40.

Ils se rendirent en début d'après-midi à Glozel, un hameau qu'on gagnait en suivant la vallée du Sichon. La route, sèche et ondulante, frayait son passage au travers de collines couvertes de frênes et de sapins. Le fermage se trouvait au bout d'un long chemin de terre masqué par deux rangées de buissons.

Le propriétaire des lieux, un paysan de petite taille au regard rusé, répondit avec moult détails à toutes les questions que posèrent les policiers.

Il évoqua la première visite que lui fit l'Allemand au début de l'année. Il s'était présenté en professeur venu tout spécialement de Berlin.

Quand Montford demanda ce qui pouvait bien intéresser l'universitaire, le petit homme eut un sourire énigmatique.

— Vous n'aimez pas l'archéologie ? Depuis près de vingt ans, des tas de personnalités ont défilé ici. J'ai connu des scientifiques de toute l'Europe, des conservateurs de musée, des journalistes, ah oui, beaucoup ! Ils sont tous venus pour voir la même chose.

— De quoi s'agit-il ?

Le paysan fit un signe aux policiers et s'engouffra dans une salle qui jouxtait sa ferme. C'était une collection rudimentaire, faite d'armoires hétéroclites et d'une grande table où reposait un nombre respectable d'objets. Ils semblaient très anciens.

— Voilà, tout est là.

Paul mit les mains dans les poches et commença à inspecter les rayonnages. Il y avait des galets gravés en schiste ou en granite. Mais aussi d'étranges visages sculptés sur des urnes en terre, des colliers, des harpons et des pendentifs en os. Une suite de vases et de blocs étaient couverts d'une écriture alphabétique inconnue. Le plus dérangeant était ces figurines évoquant des idoles antédiluviennes.

Lucien s'était penché, incrédule, au-dessus d'une dalle striée de signes cabalistiques.

— D'où proviennent tous ces objets ?

— Un champ situé en contrebas du plateau, pas très loin d'ici. Tout ça remonte au mois de mars 1924. Je labourais la terre avec ma vache quand une de ses pattes s'est subitement enfoncée dans le sol. J'ai creusé et enlevé des tas de caillasses pour tomber sur une fosse avec des poteries pleines de signes mystérieux ; plus tard des spécialistes m'ont dit que c'était un tombeau. L'été suivant, j'en ai trouvé d'autres.

— Bon et cet Allemand, il vous a donné son nom ? demanda Montford.

— Il s'appelait Paulsen.

— Vous a-t-il expliqué ce qu'il cherchait ?

— Il était passionné par la civilisation celtique, les druides, et toutes ces choses. Il est resté des heures à recopier les inscriptions figurant sur certaines tablettes cuites.

— Un objet l'intéressait-il en particulier ?

— La pierre, qu'il m'a volée ! Et aussi quelques vases, sur l'étagère devant vous.

Paul et Lucien contemplèrent de grands pots striés de lettres et de signes extravagants. On devinait la forme d'un oiseau et juste au-dessous, plusieurs svastikas.

— On dirait le symbole des nazis, fit Lucien.

Le paysan haussa les épaules.

— Paulsen m'a dit que c'était l'évocation d'une étoile dans le ciel, Sirius je crois. Après il m'a demandé s'il y avait un coin dans les environs où on peut voir les astres.

— Et que lui avez-vous dit ?

— Le rez de Montauban, c'est bien.

— Quel était le but de ses recherches ?

— Je n'en sais fichtrement rien. Mais j'ai l'habitude de voir des visiteurs importants, mes découvertes les intéressent. Certaines personnes sont aimables, d'autres moins. J'ai été accusé d'avoir fabriqué moi-même ces reliques ; finalement on m'a donné raison. Cet Allemand m'a volé un galet auquel je tenais beaucoup. Si vous pouviez m'aider à le retrouver, je vous en serais reconnaissant.

Paul regarda Lucien d'un air entendu.

— Le Teuton vous a-t-il laissé des affaires ?

— Non.

— A-t-il mentionné d'autres endroits où il souhaitait se rendre ?

— Je ne me souviens pas.

— Une dernière question, avez-vous remarqué quelque chose de bizarre chez ce visiteur ?

— Bizarre ? Il m'a dit plusieurs fois que si je parlais de lui, des soldats viendraient et j'aurais de sérieux ennuis.

— Bon, je vais vous donner un numéro de téléphone. Si ce sinoque revient traîner par ici, surtout, n'allez pas lui parler. Prévenez-nous immédiatement.

— Cet Allemand, il a fait des choses graves ?

— Pour votre sécurité monsieur, moins vous en saurez, mieux ça vaudra.

Montford se tourna vers Lucien : « Tu m'attends dans la voiture ».

Ils étaient garés devant l'hôtel hébergeant le Comité d'organisation professionnelle de l'industrie hôtelière. C'était une obscure administration chargée, entre autres, de gérer les maisons de passe : des lieux classés dans la rubrique des « spectacles de troisième catégorie », dûment répertoriés par le fisc. Leur existence était permise en égard aux « besoins » des troupes d'Occupation. La nature véritable de la commission était un secret bien gardé par le régime qui avait fait du redressement des valeurs morales la clef de voûte de son idéologie. Toutefois, les services de police connaissaient bien cette intendance. Au troisième étage, un homme frusqué dans une blouse grise l'accueillit. Il rangeait des fiches dans un grand sabot.

— C'est pour quoi ?

— Besoin d'identifier l'endroit qui utilise ça, répliqua Montford.

Joignant le geste à la parole, il déposa sur l'appui-main le jeton en laiton trouvé dans la chambre de l'hôtel des Bains.

Le rond-de-cuir haussa les épaules.

— C'est quoi ?

— Une monnaie de bordel ; je voudrais savoir lequel.

Soufflant de lassitude, il fit ouvertement claquer l'étui qui contenait sa carte de police.

— C'est écrit « discrétion » côté pile, mais le reste est effacé.

Le secrétaire se pencha au-dessus de la pièce et tendit une main.

— Tutut ! Juste pour le plaisir des yeux camarade… Je n'aimerais pas vous inculper pour meurtre parce qu'on a retrouvé vos paluches dessus.

Le préposé eut un mouvement de recul. Il fixa encore le petit cercle griffé puis se leva et traîna un moment devant une armoire à tiroirs d'où il préleva trois sachets.

Il revint vers son bureau et, tel Caïphe jetant à Judas ses trente deniers, renversa le tout.

Paul examina les différents jetons, cette monnaie du péché dispensée dans les trois établissements de la ville. Il en prit un et le leva devant ses yeux en plissant les paupières. Sur une face, on voyait le visage d'une femme avec au-dessus la formule « Discrétion et Sécurité » et sur l'autre le mot « Féria ». Au milieu et tout autour, une adresse : « 11 rue Drichon – Vichy ».

— C'est où, la rue Drichon ?

L'employé tendit la main vers un plan de la ville. Il pointa une branche de ses lunettes sur un point situé à proximité de la gare.

— C'est un passage qui relie le boulevard Gambetta et la rue de Paris.

— Bon, un commentaire dessus ?

— C'est la principale « résidence » de la ville ; les Allemands y sont nombreux. La gérante de l'établissement est une membre active de l'Amicale des maîtres et maîtresses d'hôtels, le syndicat professionnel.

— Une femme de bien, j'imagine.

— Elle paye ses impôts rubis sur l'ongle et les Allemands sont contents du suivi sanitaire des filles, c'est tout ce que je peux dire.

— Parfait, je vous laisse à vos tâches, mais avant de partir je vous prends un jeton.

Avant que l'homme à la blouse n'ait pu protester, Paul était déjà dans l'escalier.

Ils choisirent une table dans un coin du Relais Champagne ; les toilettes étaient à côté, mais ils pourraient deviser tranquillement. Ils commandèrent le plat du jour. Un serveur, tablier autour des reins, passa entre les clients avec un grand ciseau pour récolter les tickets de rationnement. Dehors une affiche mentionnait qu'il n'y aurait pas de vin. Pourtant, des journalistes allemands accueillaient deux carafes qui devaient contenir autre chose que du sirop de grenadine.

— Aucun doute Lucien, fit Montford à voix basse. C'est bien les mêmes. Il posa entre le sel et le poivre les deux petits jetons et croisa les bras d'un air satisfait.

— Ça prouve que Paulsen s'est rendu à la Féria alors qu'il séjournait rue Montaret ? Et après ?

— Voyons Lucien, je t'ai connu plus incisif. Qui mieux qu'une prostituée peut nous renseigner sur l'intimité anatomique du tueur : présence d'une cicatrice, d'un détail essentiel, peut-être la confirmation qu'il a des poux ?

— Les pauvres filles, soupira Lucien. Je me demande ce qu'on peut s'offrir avec deux tickets pareils.

— Tu le sauras dès ce soir.

— On va faire une descente ?

— Sûrement pas, tu nous vois débarquer arme au poing dans une chambre devant un Oberstleutnant en train de se faire astiquer. On aurait l'air finaud.

— C'est quoi le plan ?

— Nous serons deux bourgeois en goguette. Toi, tu solliciteras une entrevue avec la maquerelle en prétextant une envie particulière ; sitôt dans son bureau tu déclineras ta fonction et demanderas à consulter les registres de sa clientèle. Avec un peu de chance, Paulsen y sera.

— Et vous ?

Montford esquissa un sourire.

— J'aimerais vérifier un détail, dans un salon au décor très spécial. Je t'en parlerai plus tard.

# 41.

La rue Drichon : une venelle obscure qui sentait la pisse et le traquenard. Un passage sinistre que les bonnes gens évitaient soigneusement pour rejoindre la rue de Paris.

Paul et Lucien, tirés à quatre épingles, s'étaient présentés un peu après minuit au numéro 11 : l'entrée de la Féria. Un homme costaud, nuque raide et cheveux coupés ras, les dévisagea depuis une ouverture dans la porte. Il les fit s'avancer.

Une grande mosaïque décorait le hall. On entendait dans les étages des chansons à la mode.

La mère maquerelle les accueillit et leur exposa les règles de l'établissement. Les premiers prix offraient une cabine au rez-de-chaussée avec banc et porte-manteau : la chose se faisait debout ou à califourchon sur une chaise. C'était l'option habituelle des ouvriers, dont l'affluence était record en fin de mois, au moment de la paye. Au premier, une petite chambre était proposée pour les tarifs de deuxième classe. Au second, c'était le grand luxe avec suite, baignoire et lotions parfumées pour les clients les plus aisés.

Lucien demanda après la tenancière. Il lui parla de ses penchants graveleux tout en sortant un rouleau de billets – prélevés en soirée sur les fonds spéciaux de la Sûreté – afin de convaincre son interlocutrice.

Après qu'il eut disparu derrière une porte, Paul s'installa sur un sofa pendant qu'on allait chercher une dizaine de filles qui s'alignèrent devant lui, sourire aux lèvres. Il fit mine de réfléchir puis pointa son index vers une blonde, vêtue d'un pagne oriental et d'un large collier égyptien, agrémenté de quelques plumes d'autruche. Les bijoux, clinquants à souhait, mettaient en valeur sa poitrine entièrement dénudée.

La souris s'éclipsa derrière un rideau et Paul fut invité à rejoindre une caisse où une pie-grièche lui réclama cent cinquante francs contre remise d'un jeton.

Paul le détailla dans le creux de sa main : en tout point identique avec celui retrouvé dans la chambre de Paulsen.

— Quand vous aurez fini, vous le donnerez à la demoiselle de compagnie, lâcha la femme d'une voix monocorde.

En tendant les billets, le commissaire exigea l'alcôve avec les tentures rouges et les vases antiques. Il ajouta : « Un confrère ne tarit pas d'éloges à son sujet… »

Au dernier étage, il entra dans un grand salon orné de parures vermeilles, de peintures d'éphèbes et de statuettes de nymphes au derrière rebondi. Des miroirs judicieusement disposés semblaient repousser les murs. La fille se mit pieds nus et se dirigea vers un chevet. Elle versa dans une vasque le contenu d'un flacon sombre. Des senteurs enivrantes ondulèrent dans la suite. Elle dégrafa lentement son ensemble qui tomba au sol, dévoilant ses longues jambes et son sexe épilé.

Paul la considéra un instant, sortit un briquet puis alluma une cigarette.

— Tu peux rester assise sur le lit ma jolie, je n'ai pas l'intention de te toucher.

— Vous faites ce que vous voulez du moment que vous me donnez le jeton, répliqua-t-elle avec assurance.

Il sourit, mit la main dans sa poche et posa la piécette sur l'oreiller, juste à côté de la fille.

— Allez, rhabille-toi avant que je change d'avis.

— Vous avez besoin de parler ? C'est votre femme ? J'ai l'habitude, vous savez.

— T'occupe, c'est pas tes oignons.

Devant l'air médusé de la fille, Paul Montford se retourna et inspecta longuement la salle. Il fallait trouver le bon angle. Après quelques instants, il tomba sur le grand vase : celui qui figurait sur la photo que lui avait donnée FÉLIX. C'était une jarre romaine peinte de scènes érotiques. Comme sur le cliché, on distinguait un vieillard qui s'accouplait avec une esclave en la prenant par-derrière.

Paul s'approcha de l'objet. Il le souleva et regarda s'il laissait un rond de poussière sur le guéridon. Ce n'était pas le cas. Dans la suite des premières classes, le ménage devait être fait tous les jours. Il se retourna et inspecta le mur à la fresque, juste en face du vase. La vue sur le lit était imprenable. Ses mains tâtaient la grande peinture où les nymphes dansaient nues devant le satyre en érection. Du bout des doigts, il évaluait le relief, l'épaisseur de l'enduit et cherchait des fissures.

La fille était allongée et lui demandait ce qu'il faisait. Paul regardait la cloison. Puis, ses yeux se rétrécirent et il s'arrêta devant le faune. L'expression de la créature semblait étrange. Il souffla un jet de fumée dessus et en vit une partie disparaître dans deux petits trous, larges comme un jeton de la Féria ! Il tapota légèrement le mur avec le poing. Il sonnait creux.

— Qui y a-t-il derrière, jeune fille ? fit Paul en se retournant.

— J'en sais fichtre rien monsieur.

Paul essaya de pousser la paroi, mais ce fut peine perdue. Alors il sortit du salon et rejoignit le couloir dont le sol était recouvert de tapis pourpres. En face, une porte dissimulait des rires gras, des coups de fouet et le crissement d'un gramophone égrainant les premiers vers de Lili Marleen :

« Vor der Kaserne Vor dem großen Tor, Stand eine Laterne Und steht sie noch davor... »

Il y avait une autre porte, plus discrète, qui jouxtait la suite qu'il venait de quitter. Elle ne comportait aucune dorure et dessus figurait un petit écriteau : « Porte de service ». Paul essaya de tourner la poignée. Elle était verrouillée !

« ...so wollen wir da uns wieder sehen bei der Laterne wollen wir stehenwie einst Lili Marlen ! »

Il tendit son oreille contre le bois puis frappa à grands coups de poing. Derrière lui, la femme avait enfilé un peignoir et poussait des cris hystériques.

— Vous êtes complètement fou, arrêtez, c'est interdit aux clients d'entrer ici !

Sans lui prêter la moindre attention, Paul prit son élan et enfonça la porte d'un violent coup d'épaule. Le chambranle se fissura dans un craquement sec et le policier manqua de tomber en basculant dans un cagibi.

— Georges ! Georges, ramène-toi, y a un saligaud qui casse tout à l'étage ! braillait la pute du haut de l'escalier.

« ... Unsere beide Schatten sahen wir einer aus daß wir so lieb uns hatten daß gleich man daraus... »

Le commissaire tendit devant lui la lumière du briquet ; le cagibi ne comportait qu'une chaise, une tablette et deux trous dans le mur gauche. Il se baissait pour voir à travers les orifices quand une masse sombre le percuta tel un ours.

La chaise vola dans les airs et lui fut projeté contre le

fond de la pièce. Il se protégea le visage au moment où un coup de savate s'apprêtait à lui démolir le nez. Il vit la silhouette de Georges qui le dominait, le colosse taciturne qui leur avait ouvert la porte de la Féria.

— Tu vas la sentir passer ! tonna-t-il en sortant une matraque en bois.

Paul pensa à son Lebel, mais l'autre lui aurait fracassé le crâne avant qu'il ne puisse l'agiter. Il banda tous ses muscles et croisa ses poings au moment où la trique s'abattait sur lui. Il parvint à freiner la course de l'arme au prix d'une vive douleur. Il projeta son pied droit dans le tibia de son agresseur qu'il sentit fléchir en grognant. La seconde suivante, le casse-tête l'atteignait sur l'épaule gauche, amortie par le rembourré de sa veste. Excité par la souffrance, Paul roula sur le côté et agrippa un pied de la chaise pour la tendre devant lui. Un premier coup la fit vibrer, il se mit à genoux. La seconde attaque la fendit en deux dans un bruit infernal. Aveuglé par les copeaux de bois, le policier fixait ahuri les deux morceaux de chaise qu'il tenait à bout de bras. Tâchant de se remémorer ses leçons de boxe française, il lança une jambe en avant pour surprendre le videur, leva l'autre puis la rabattit au sol en se projetant de tout son poids pour asséner trois coups de poing rapides. Ses phalanges s'écrasèrent contre un mur de brique. L'autre le cueillit de revers et Paul encaissa dans les côtes.

Geroges allait cogner une nouvelle fois quand sa tête sembla tressaillir. Un second choc et l'autre fixa, hagard, l'homme qui venait de le frapper par-derrière. Il s'effondra.

Lucien entra dans le cagibi et aida son patron à se relever. Il tenait dans une main un objet long et dur.

— C'est quoi ce machin ? fit Paul en grimaçant de douleur.

— Vous voulez vraiment le savoir, chef ?

— Fous les menottes à cet abruti avant qu'il ne revienne à lui.

Dans le couloir la musique avait cessé. Plusieurs filles en nuisette passaient une tête à travers la porte de leur chambre. Deux hommes habillés en toute hâte déboulèrent devant eux et cavalèrent dans l'escalier pour rejoindre la sortie.

* * *

— Qui êtes-vous ? demanda la maquerelle.

Montford époussetait sa veste.

— L'inspecteur Darmon a dû vous le dire : Sûreté nationale. Dites à vos filles que la récréation est terminée. Ces messieurs de la Wehrmacht s'impatientent.

— Que voulez-vous ?

— Expliquez-moi à quoi sert ce cagibi !

Le visage de la femme s'empourpra de colère.

— C'est un débarras, rien de plus.

Paul s'approcha d'elle.

— Nous enquêtons sur des faits graves et vous êtes priée de répondre, faute de quoi, je vous promets un rapport gratiné.

— Pourquoi ne vous êtes-vous pas présentés tout à l'heure ? Ici, c'est une maison respectable. Vos menaces ne m'impressionnent pas.

— Écoutez, répliqua Paul un ton plus bas, allons dans la chambre.

La souteneuse souffla la flamme qui embaumait les pétales de rose séchée et rajusta machinalement la couette.

Lucien était adossé contre un des montants du lit.

— Nous savons que des photos sont prises à l'intérieur de cette pièce ; à qui servent-elles et pourquoi ?

— Je ne peux rien vous dire.

— Les Allemands sont les commanditaires, pas vrais ?

Contentez-vous de répondre en hochant la tête, ça restera entre nous.

Elle hésita, puis fit « oui ».

— Qui est immortalisé ? Des notables de Vichy, des fonctionnaires influents ?

Même mouvement de tête.

— Qui vous fournit la liste des types à espionner ? Là, j'ai besoin de détails.

Elle tortillait ses mains avec nervosité.

— Un Allemand vient au début du mois consulter nos registres. Il nous montre des noms qui l'intéressent et nous demande de prendre des clichés au cas où les clients reviennent.

— Qui se charge de la besogne ?

— Heu… C'est Georges.

— Un cogneur à la fibre artistique ! fit Paul.

— En tout cas, ajouta Lucien, j'ai pu jeter un coup d'œil sur le livre. Pas mal d'habitués de la haute. Il exhiba un gros cahier à la couverture en cuir.

— Tu as pu voir tous les noms, je veux dire sur les dernières semaines ?

— J'ai regardé en diagonale, sans succès.

Le commissaire prit le registre et vint s'asseoir à côté de la maquerelle qui affichait sa mine des mauvais jours. Il parcourut les pages en silence, cherchant avidement le nom de Lange et peut-être celui de Floch.

L'idée d'ajouter le nom lui était venue comme ça. Mais Il ne trouva pas les patronymes. Lange avait-il usé d'un nom d'emprunt ?

— Vos visiteurs laissent-ils une pièce d'identité en payant les jetons ? Vous ne m'en avez pas demandé à moi ?

— C'est une maison de rendez-vous ici, pas le mont-de-piété ! grogna la tenancière. Si les messieurs sont habillés comme il faut et qu'ils sont solvables, on les accepte.

Paul jeta le cahier derrière lui et plissa des fossettes en sentant sa côte qui le titillait.

— Nous cherchons un de vos habitués, un allemand qui se fait appelé Paulsen. Il est très dangereux. Vous devez nous aider à le coincer, dans l'intérêt de tous.

— Je me souviens de ce personnage.

— Comment ça se passait avec les filles ?

— Mal. Comme il sentait assez mauvais de la bouche, elles ne se bousculaient pas. J'ai dû hausser le ton plusieurs fois.

— Pourriez-vous le décrire ?

— Très « Allemand » : blond, mais dégarni sur le dessus, yeux bleus, des dents très abîmées, une pitié. Et c'est vrai qu'il empestait... Il fallait le convaincre de mettre de l'eau de Cologne pour ne pas indisposer les autres clients.

— Est-ce qu'il avait des poux ?

— Non je ne l'ai pas remarqué ; en fait je n'ai posé qu'une seule condition pour l'accepter, qu'il prenne un bain à chaque fois. Au début il voulait, puis il rechigna de plus en plus. Les filles avaient peur de lui, alors j'ai dû demander à Georges de ne plus lui ouvrir.

— On souhaiterait s'entretenir avec une des filles qui couchaient avec lui ; c'est possible ?

— Il avait sa préférée, Antoinette. Mais une fois il l'a mordue.

— C'est qui cette jouvencelle ?

— Une pauvrette, pupille de l'assistance publique. Elle travaillait chez nous depuis à peine un an.

— On peut lui parler ?

— Il se trouve qu'on la cherche depuis plusieurs semaines, sans résultat. C'est dommage, une fille mignonne qui plaisait beaucoup à nos clients. Elle n'a pas réglé ses dettes, en plus.

Paul fixa la maquerelle, une vague de dégoût l'envahissait.

— Elle habitait ici ?

— Oui. Mais elle découchait parfois avec un client qui s'était entiché d'elle, le fils d'un gros entrepreneur de Roanne. Par souci de discrétion, le jeune homme lui avait loué une chambre à deux pas d'ici. Antoinette le recevait là-bas. Comme il payait bien, j'ai trop rien dit.

— Et c'est où ?

La tenancière partit chercher l'adresse dans un calepin en cuir rouge. Paul la nota et dit à Lucien : « On y va ».

# 42.

Derrière la gare de Vichy, le boulevard de l'Hôpital formait un grand coude au milieu duquel partait la rue d'Alger. La lune dessinait sur l'horizon une ligne blanchâtre. Ils laissèrent leur voiture au pied d'un petit collectif aux façades cendreuses. Le passage était désert. Le nom de famille d'Antoinette figurait sur une boîte aux lettres, un chiffre à la craie indiquait l'étage. En haut de l'escalier, le couloir baignait dans la pénombre.

La chambre d'Antoinette se trouvait au fond ; Paul et Lucien frappèrent, mais rien ne bougea à l'intérieur. Lucien proposa de dénicher le concierge. Ils errèrent un moment dans les allées glauques avant de dégoter la loge. Ils sonnèrent, un gros homme à demi vêtu vint leur ouvrir. Quelques minutes plus tard, le gardien se frottait les yeux dans sa cuisine.

— J'ai pas vu cette fille depuis des semaines. Je ne m'en plains guère, pour rien vous cacher. Tout le monde sait qu'elle fricote à la Féria. Cette gamine n'a jamais su faire autre chose qu'écarter les cuisses. Et comme c'était sans doute pas assez de besogner au bordel, elle s'est mise à accueillir des clients chez elle. Même qu'une fois, un vieux monsieur très élégant est descendu d'une calèche pour faire sa connaissance. L'ancien s'est tapé les deux étages, il soufflait comme un diable. Quand on voit l'état des marches, on se dit que la poulette devait sacrément valoir le coup.

— Est-ce qu'elle recevait des Allemands ?

— Je n'ai jamais croisé d'uniformes.

Paul ne put réprimer un bâillement. Cette journée n'avait que trop duré.

— Un homme de taille moyenne, blond, au comportement bizarre, ça ne vous dit rien ?

Le concierge se gratta sous les bras en secouant négativement la tête.

Les policiers demandèrent un passe pour ouvrir la porte de la chambre d'Antoinette. Les toilettes, pleines de cafards, trônaient sur le palier avec le lavabo. Pas de fermeture.

— Ca devait reluquer sévère, fit Paul en jetant un coup d'œil dans le couloir.

Le bignole esquissa un sourire concupiscent et enfourna la clef dans la serrure.

La piaule évoquait un grand cercueil aux cloisons suintantes ; il n'y avait ni table ni chaise. Seule une malle permettait de ranger nippes et colifichets. Sur le dessus, des pierrailles étaient posées en tas, comme ces cairns qu'on trouve le long des sentiers de montagne.

Lucien prit un galet. Il était recouvert d'inscriptions à la craie : des signes abstrus.

— On dirait le même genre de caillou que celui que détenait le vicomte. En tout cas, il ne vient pas de Glozel celui-là.

Le gardien s'approcha et l'inspecta.

— C'est bizarre, mais maintenant je me souviens que la fille m'avait montré une pierre. Un de ses clients la lui avait donnée. Elle me disait que c'était une amulette provenant d'un tombeau sacré ou un talisman aux pouvoirs magiques : des trucs de folasse.

— Cet habitué, il a un nom ?

— J'ignore lequel. Le gazier devait être bourgeois, il se déplaçait en automobile.

Paul alluma les phares et démarra.

— Qu'est-ce qu'on fait, à présent ? fit Lucien en dodelinant de la tête.

— On va se coucher. Demain je ferai le point avec Lange. La plupart des voitures à essence appartiennent aux Allemands, aux policiers ou aux hauts fonctionnaires. En ajoutant quelques décisionnaires et deux ou trois privilégiés, le spectre n'est pas si large. Si notre suspect est bien motorisé, cela explique comment il s'y prend pour quitter rapidement les lieux de ses forfaits.

— Oui, et la gendarmerie doit hésiter avant d'arrêter une automobile. Le risque d'importuner une huile ou la Gestapo est trop important.

Paul opina du chef.

— Quant à la Feldgendarmerie, elle ne fouillera pas une voiture conduite par un compatriote.

— Vous pensez qu'on va retrouver Antoinette ?

— Je n'en sais rien, mais j'ai un mauvais pressentiment. Si le profil que nous avons du tueur tient la route, la pauvrette est déjà morte depuis longtemps.

# 43.

Au milieu de la nuit, une main glacée s'était refermée sur son cœur. Les flammes mouraient et les parois de la grotte luisaient comme celles d'un igloo.

Accroupi au-dessus des braises, il sentait le bois humide dans ses doigts. Il implorait le feu de s'ouvrir comme une rose des sables et répandre sa chaleur dans la caverne.

Son esprit était peuplé d'images confuses. Le passé lui revenait en mémoire.

Depuis des semaines, la grande guerre des races avait commencé. La sixième armée s'était enfoncée toujours plus loin dans les profondeurs de l'Union soviétique. Les immenses champs de blé d'Ukraine, que les chars avaient percés comme des quilles de bateaux, laissaient place à d'autres étendues, plus vastes encore. L'espace semblait sans borne.

Après la chute de Sébastopol, au bord de la mer Noire, il avait suivi le professeur Herbert Seydliz pour une mission d'exploration qui devait être courte. Quelques jours en Crimée, au milieu des vestiges de l'ancienne civilisation gothe : la tête de proue du Saint Empire germanique de l'Est telle que la décrivaient ses condisciples du département préhistoire et fouilles de l'Ahnenerbe. Dans un territoire peu sûr, où les partisans semblaient jaillir des forêts, ils s'étaient donné comme objectif Mangup Kale. La grande forteresse des rois goths dont Himmler convoitait les richesses. Ses bas-reliefs couverts d'inscriptions pariétales enflammaient l'imagination du Reichsführer. Il affirmait qu'elles recélaient tous les savoirs utiles à leur quête, à commencer par le premier d'entre eux : le plan « Einherja » autour duquel tout l'institut archéologique SS se mobilisait depuis des mois.

Mais la Wehrmacht se défiait des activités de l'aréopage nazi. Quant aux officiers de la division SS Wiking, qui les avaient accueillis après leur pénible trajet en train, ils n'aimaient guère ces scientifiques à l'uniforme noir dont le statut de rat de bibliothèque dispensait du service militaire. Aussi, après de longues tractations, le général Steiner, commandant en chef de la division, se leva et signifia que la discussion était close. En sortant du QG de campagne, ils ne reçurent à titre d'escorte que dix hommes : cinq prélevés sur le contingent combattant des Waffen-SS et quatre parmi l'Einsatzgruppen D. Cette unité spéciale était chargée, après les hostilités, d'assurer le nettoyage des éléments juifs des populations. Le dernier, qui se nommait Jakiwit, appartenait aux milices ukrainiennes pronazies. Il serait leur guide pour rejoindre et explorer les méandres troglodytiques de Mangup Kale.

Quarante-huit heures plus tard, dans la touffeur du mois d'août, ils progressaient dans les bois, longeant de grands affleurements rocheux au sommet desquels un plateau abritait la plus grande forteresse de Crimée.

* * *

Jakiwit ouvrait la marche en silence. Ce solide quadragénaire s'aidait d'un bâton pour fouetter les hautes herbes et chasser les serpents.

Le professeur Seydliz n'avait qu'un sac à dos rempli d'un duvet, d'une gourde, d'une tenue de rechange et du nécessaire pour prendre des notes et des photos. Il avait enroulé son Eastman Kodak dans plusieurs mouchoirs et une paire de jumelles pendait à son cou. Il aimait jouer les aventuriers en portant son Mauser rangé dans un holster d'épaule en bon cuir anglais.

Ils étaient seuls au monde. Le sentier se transforma vite en vilaine ornière. Au-dessus de leur tête, la densité des frondaisons obscurcissait la lumière du jour. En fin d'après-midi, ils dépassèrent quelques fermes isolées, les cours envahies de ronces.

Le premier soir, ils dressèrent leurs tentes canadiennes et deux soldats mirent le feu à un petit fagot de bois. Jaillissant d'un fourré, Jakiwit bondit sur les brindilles et dispersa les flammèches à grands coups de pieds.

— Pas de feu, vous allez attirer l'attention des partisans ! tonna-t-il en regardant les deux Allemands. Ceux-ci, rouges de colère, se jetèrent sur l'Ukrainien alors que les hommes de l'Einsatzkommando faisaient cercle en s'esclaffant. Seydliz dut insister pour convaincre un responsable de siffler la fin de la récréation et séparer les adversaires.

Jakiwit avait un œil poché, il s'écarta du groupe pour ruminer de sombres pensées.

— Nous avons besoin de lui, Herr Offizier, plaida le professeur. Le chef se contenta d'hausser les épaules.

— Il ne nous aime guère, murmura Seydliz à son collègue, mais nous ne devrions pas en avoir pour plus de trois jours. Si tout va bien, nous serons de retour à Berlin d'ici une semaine.

Un peu avant l'aube, des cris réveillèrent le campement. Une sentinelle gisait au sol, la gorge tranchée.

En moins de cinq minutes, tout le monde se trouva sur le pied de guerre. Trois fantassins se déployèrent dans les buissons et tous les autres se hâtèrent de plier les tentes. Lui et Seydliz, Mauser au poing, restèrent près d'un arbre pendant qu'un gradé SS interrogeait rudement Jakiwit. Sans sourciller, il montra la carotide sectionnée du factionnaire puis désigna une fine plaie sous l'omoplate gauche.

— Ce n'est pas l'œuvre d'un partisan.

— Qu'est-ce que tu veux dire ?

— Attaque éclair par l'arrière, puis frappe dans le dos au niveau du cœur ; votre collègue a été foudroyé sans avoir le temps de comprendre ce qui lui arrivait. C'est la signature d'un commando, peut-être le Smersh.

— C'est quoi ça ? demanda l'autre, le visage soudain très pâle.

— Une unité secrète du NKVD, les services de contre-espionnage russes. Elle est chargée de traquer les agents de renseignements étrangers et de s'infiltrer derrière les lignes ennemies. Elle exécute les gradés.

— Himmelgott ! s'écria l'officier, ce crime ne restera pas impuni. S'il y a un commando sur nos trousses, des villageois ont certainement vu quelque chose, on va tirer ça au clair.

Il distribua quelques ordres brefs et toute l'équipée se mit en branle.

Une heure plus tard, un soldat SS qui était parti en éclaireur annonça un corps de ferme à trois cents mètres.

Les membres du Sonderkommando encerclèrent les bâtisses.

— Je crois que tout ça n'a rien à voir avec l'archéologie, bougonna Herbert Seydliz en serrant une main sur la crosse de son arme.

Quand elle vit les silhouettes en feldgrau, une femme qui portait une oie poussa un cri strident et s'engouffra dans une grange. Au moment où un fantassin traversait la cour, un chien surgit et le chargea en visant la gorge ; ce dernier eut le réflexe de lever son pistolet-mitrailleur et une rafale coucha la bête au sol. Les détonations claquèrent dans l'air et vinrent cogner au nord contre les falaises, puis rebondir au-dessus de leurs têtes dans une clameur d'orage.

Les Allemands foncèrent dans une ferme en criant. On entendit des exhortations indistinctes, des bruits sourds et encore des coups de feu. Un paysan se rua dehors et un tir l'abattit. On regroupa les civils au milieu de la cour pendant que d'autres Waffen-SS pillèrent consciencieusement le potager et la cave. Des hommes riaient en brandissant des bouteilles, des paniers de pommes de terre, une miche de pain et des pots de crème.

L'officier fit amener le chef du village : un septuagénaire aux traits creusés par la faim. Il pointa un index ganté vers le vieillard qui ôta son chapeau. Malgré les victuailles dénichées par les Allemands, il semblait bien que toute la vallée souffrait de disette.

L'Allemand vociférait en montrant la forêt puis se retourna et gifla à toute volée le patriarche qui tomba par terre. Une femme cria et vint se pencher sur lui, mais un coup de crosse dans les reins la plia en deux.

Excédé, l'officier fit un signe et la famille fut alignée tout entière le long d'un mur de pierres.

Les soldats mirent en joue alors que les Ukrainiens hurlaient de peur. Le capitaine entama un commandement puis se ravisa. Il se tourna vers un homme de troupe qui s'appelait Liebich. Il lui dit quelque chose à l'oreille. Le fantassin posa sa mitrailleuse en bandoulière, prit une dague accrochée à son mollet et s'approcha du vieil homme qui se relevait à peine. Il le repoussa face contre terre et le saigna d'un savant coup de lame. Les autres soldats, qui reçurent consigne d'économiser les balles, égorgèrent le reste de la famille.

À l'orée du village, juchés sur un petit promontoire, les deux archéologues assistèrent à toute la scène. Mal à l'aise, Seydliz sortit une pipe et détourna la tête en l'allumant.

Son condisciple avait les poings figés le long du corps. Il ressentait la peur dont les effluves flottaient dans l'air. C'était un mélange d'adrénaline, de tension électrique et d'odeurs : la poudre, le sang et le crottin de cheval.

Il avait tout perçu avec une acuité extraordinaire.

Il ne regrettait qu'une seule chose : ne pas avoir tenu lui-même le poignard.

# 44.

Elle était venue le voir durant un songe. Comme d'habitude, elle s'était assise à côté du lit. Ce matin, Cinéphore Charbonnier décida de ne rien faire pour la chasser. Il traînerait le fauteuil devant la fenêtre et l'ouvrirait pour permettre aux cheveux du soleil de glisser sur le dos de ses livres. Il poserait une couverture sur ses jambes, se préparerait un succédané de café et aussi une pipe avec le tabac qu'il gardait pour les grandes occasions. Cinéphore contemplerait la lumière du midi monter sur les toits rouges du vieux Clermont. Il laisserait encore le bout de ses doigts effleurer la photo de leur mariage : un bel été en Ardèche. Il y avait si longtemps.

Durant tout ce temps, elle marcherait pieds nus devant les ouvrages, alignés comme des millésimes. Elle porterait la robe qu'il aimait.

La fumée du brûle-gueule lui piquetait les yeux ; il sentait le nœud dense et froid qui remontait vers sa gorge et partait se lover au fond de son crâne. C'était quelque chose de tendre et de triste.

Il fallait que cette matinée ne soit que pour elle ; il voulait s'offrir ça.

Il ramassa la bouteille de gentiane qui avait roulé sous le fauteuil. Il se voyait en prince moldave s'abîmant dans le poison élégant de l'absinthe et glisser lentement au bout des contrées du rêve, là où la mémoire vous enlace et vous broie dans un étau.

Il portait le goulot à ses lèvres quand le téléphone sonna. Il mit du temps à se traîner vers le combiné ; dans les vapeurs de l'alcool, il ne comprenait pas un traître mot de ce que disait l'opératrice. Finalement, il reconnut la voix de Montford.

— Je vous dérange, Cinéphore ?

— Ce n'est pas un bon jour. Ou plutôt si, je ne sais pas trop...

— Je ne serai pas long. J'aurais besoin de vos lumières à propos d'un terme vaguement nordique.

— Je vous écoute, fit Charbonnier.

— « EINHERJAR », ça vous dit quelque chose ?

Le vieux légiste se fit épeler le mot et le nota d'une écriture malhabile.

— Je vous rappelle.

Sa bouche était empâtée par la gentiane et sa cervelle noyée dans le coton.

Deux heures plus tard, Paul décrocha depuis le bureau de la villa Cornil. Au bout du fil, Cinéphore semblait avoir recouvré ses esprits.

— Commissaire, je n'ai trouvé qu'un seul livre intéressant ; c'est un dictionnaire des religions nordiques. L'Einherjar est le nom que les Vikings donnaient aux guerriers intrépides que les valkyries guidaient au Walhalla. Ensuite, elles les ressuscitaient pour qu'ils participent au Ragnarök.

— En bon gaulois, ça veut dire quoi Ragna truc ?

— La bataille finale. L'ultime affrontement entre les dieux menés par Odin et les géants du feu et de la glace commandés par Loki. Un Armageddon païen si vous voulez. Les Einherjar formaient la garde rapprochée d'Odin.

— Et après, que deviennent ces guerriers-ressuscités ?

— Je crois que le Ragnarök laissa beaucoup de gens au tapis, y compris des dieux. Mais deux Einherjar survécurent en se dissimulèrent dans un arbre. Ils fondèrent une civilisation et ce fut le commencement d'une nouvelle ère.

— Très éclairant, professeur.

— Un lien avec le meurtre des fillettes ?

— Non, du tout. Je vous souhaite une bonne soirée.

Montford reposa le combiné et s'installa confortablement dans son fauteuil.

Cette histoire de mythologie nordique n'avait ni queue ni tête ; FÉLIX n'aurait qu'à s'en débrouiller.

— Lucien, fit-il en se reconnectant sur l'enquête, il faut qu'on retrouve la voiture de Gabriele Paulsen. Comme il l'utilise probablement pour s'échapper, après ses forfaits, elle doit regorger de traces, des taches de sang, des poils… une mine d'or.

— On attaque par où ?

— Même diffusion ciblée que pour le portrait parlé : gendarmeries et police urbaine de Vichy. On recherche une auto à essence d'aspect négligé. Un véhicule qui dort en forêt par tous les temps, embusqué peut-être.

— C'est impossible qu'il passe entre les mailles du filet ! On va le serrer ce salaud, n'est-ce pas chef?

— En toute logique, tu aurais raison Lucien. Pourtant, je me demande quelle sinistre surprise Gabriele nous réserve encore.

# 45.

Assis à son bureau de l'hôtel Bellevue, André Lange posa ses lunettes et massa une petite rougeur à la base du nez. Il était épuisé et son crâne bourdonnait douloureusement. Pourtant, sa journée était loin d'être finie.

Il ouvrit les fenêtres et tenta de capter un peu de fraîcheur.

On frappa.

— Entre, Yves.

— J'ai un parapheur avec quelques notes qui réclament ta signature, fit le directeur adjoint de la police judiciaire. C'était un homme au physique de comptable qu'André Lange appréciait. Sa capacité de travail semblait sans limites.

— Il faudrait que tu lises également notre synthèse mensuelle à l'attention de Bousquet.

— Tu pourrais me résumer ça en deux mots, ce soir je suis crevé.

— Eh bien, d'abord je dois te dire que le bureau des affaires juives a désormais un nouveau directeur : ton modeste serviteur !

— Vrai, le télégramme de nomination est paru ?

— Ce matin.

— Félicitations Yves ! Quelles seront tes missions ?

— Enquêtes judiciaires sur la base de signalements en provenance de la SEC et des Allemands. Ce ne sera pas une sinécure, les quotas demandés par les boches sont très élevés.

— Vous les envoyez où, tous ces juifs ?

— Les étrangers ? Drancy puis quelque part à l'Est, c'est les Allemands qui gèrent.

— Hum… et cette synthèse ?

— Concernant la partie « Affaires politiques et lutte contre le terrorisme », on a mis le paquet sur les défaillants au STO. Il faut dire que les statistiques des intendants de police sont inquiétantes.

— C'est-à-dire ?

— Si on prend les listes de jeunes aptes à servir, tels qu'ils furent recensés par la loi de février 42, et si on retranche les agriculteurs requis sur place, les ouvriers et deux ou trois autres catégories peu nombreuses, on obtient un chiffre énorme, très éloigné de celui des départs effectifs.

— Il nous manque du monde ?

— Exact, et tous ces types sont bien quelque part.

— Le maquis ?

— Probable, mais peut-être aussi des burons, des villages reculés où ils se planquent en attendant qu'on les oublie.

— Merde, il faut en déloger plus. Sinon, les boches feront des rafles au petit bonheur la chance.

— Je suis bien d'accord. Aussi, avec l'aide des RG je te propose d'intensifier les surveillances, de vider le plus de caches possible. Je considère que c'est notre priorité opérationnelle ?

— Oui, ça l'est Yves, à cent pour cent.

Dans la nuit noire, au fond du parc des Sources, l'opéra scintillait tel un paquebot. Durant le récital, André Lange transpirait. Il tira sur le col de son smoking avec le bout de l'index et jeta de côté un regard sur la chaise vide. Jeanne n'était pas venue; une nouvelle dispute à propos d'Apolline. Aujourd'hui, ils n'avaient passé que quelques instants avec leur enfant. La faute à une réunion de travail avec des conseillers du ministre. Lange n'avait pu se libérer que tardivement. Sa femme avait explosé lors du retour, disant qu'il se fichait de sa fille comme d'une guigne. Les mots l'avaient transpercé aussi sûrement que des flèches.

La musique l'indisposait. Il voulait dormir et ne plus penser à rien. Quand l'entracte arriva enfin, il se glissa dans le flot du public et se laissa guider jusque dans le hall.

Il resta un long moment debout, insouciant aux gens qui l'entouraient. Des dames, coûteusement apprêtées, riaient sottement. Il lui semblait incroyable qu'on puisse plaisanter.

Soudain, il le vit.

Alors il fendit la multitude d'un pas rapide et attendit d'accrocher son regard avant de lui tendre une main.

— Bonsoir, Herr Geitel.

— Monsieur le directeur de la Sûreté, mes respects, fit le capitaine SS en rectifiant la position d'un geste désinvolte.

Il portait un élégant costume de flanelle grise, une ravissante jeune femme se tenait à ses côtés. André la salua d'un mouvement de tête.

— Il se trouve que j'essaye de vous joindre depuis hier, Kommandeur.

L'Hauptsturmführer fit la moue, se tourna vers sa compagne et lui fit un baise main.

— Adèle, très chère, pourriez-vous nous laisser seuls un instant ? Je vous retrouve bientôt.

La belle répondit par un sourire. Il la regarda s'éloigner.

— J'espère que vous n'allez pas me gâcher la soirée. J'ai passé une semaine exécrable.

— Je suis navré de vous importuner à un pareil moment. Mais comme je vous l'ai dit, je n'ai pu...

— Des affaires à régler loin de Vichy ? le coupa-t-il. Des terroristes ont fait dérailler un train près d'Aurillac, il y a deux jours. Nous avons dû sévir.

— J'en suis désolé.

L'autre le fixa comme s'il doutait de la sincérité de cette remarque.

— Il faut que nous parlions sans tarder de l'enquête sur les meurtres des fillettes.

— Je croyais qu'elle était bouclée, tous les journaux le disent.

— Juste une dernière vérification, fit Lange, mal à l'aise.

Geitel haussa les épaules et ses lèvres formèrent un méchant rictus.

— Toutes les semaines, des soldats allemands se plaignent d'embuscades menées par les partisans. Il y a des choses beaucoup plus graves que votre petite enquête, monsieur le directeur, aussi navrantes que puissent être ces exécutions d'enfants.

— Nous recherchons un de vos compatriotes, peut-être un ancien militaire.

L'autre le fixa, incrédule.

— Vous supposez qu'un Allemand se livrerait à un carnage pareil ? Totalement absurde.

— J'ai dois savoir si le suspect, qui se fait appeler Gabriele Paulsen, est en contact avec le SIPO-SD. S'il a agi sur instructions…

Le visage de Geitel devint cramoisi.

— Il est plus facile d'accuser un de mes condisciples que d'avouer que votre police a lamentablement échoué, n'est-ce pas ?

Lange ne cilla pas.

— Je suis dans l'obligation de vous poser la question Herr Kommandeur. Je ne dis pas croire nécessairement à cette thèse, mais j'ai besoin de confirmer mes soupçons sur le profil du tueur.

— C'est-à-dire ?

— Celui d'un fou furieux.

— Mes services n'ont rien à voir avec ce boucher ; j'ignore qui est ce Paulsen. Ça ira comme ça ?

— Votre parole me suffit Kommandeur. Nous allons continuer notre travail.

Un voile d'inquiétude sembla traverser le visage de l'officier. « Il ment », pensa Lange.

— Mais si le responsable est bien un Allemand, vous n'imaginez tout de même pas le juger vous-même ?

— La convention d'armistice prévoit clairement que la justice française juge les auteurs de crimes qui ne sont pas exclusivement dirigés contre l'armée ou les autorités d'occupation ?

— Que me chantez-vous là, monsieur le directeur ? Il n'y a plus d'armistice. La zone sud est territoire d'opérations. J'exige que cet « Allemand » nous soit remis dès son arrestation.

— Nous devons pouvoir l'interroger avant, lâcha André. Sinon la population croira que vous tentez de le protéger.

— En ce cas, je demande à entendre cet individu juste après. Nous seuls déciderons de sa mise sous écrou.

Lange hocha la tête.

— Il importe surtout que cette personne soit jugée pour ses crimes et punie ; si la justice du Reich peut remplir cet office, je n'y vois pas d'inconvénient. Mais il me faudra en référer au procureur Floch.

— Bien, tenez-moi au courant dès que vous aurez interpellé ce Paulsen, conclut Geitel au moment où retentissait la sonnerie de fin d'entracte.

Les deux hommes se serrèrent la main et André Lange rentra dormir ; il avait réservé ces places pour faire plaisir à son épouse, il n'avait pas coeur à s'attarder.

Vers minuit, Geitel enfila une robe de chambre et se servit un porto. Adèle se démaquillait à côté. Quelques minutes passèrent. Puis le Kommandeur se leva et gagna l'escalier qui menait au rez-de-chaussée. Un caporal en uniforme assurait la garde et tuait le temps en lisant des magazines. Il se releva prestement en voyant jaillir son supérieur.

— Vite, télégramme ! bougonna l'autre en montrant du doigt la salle des transmissions.

Un instant plus tard, assis devant sa console, le SS Müller leva la tête.

— À qui dois-je adresser le texte Hauptsturmführer ?

— Berlin, état-major du Reichsführer Heinrich Himmler. Contenu du message : « Projet Einherjar compromis. »

Le visage de Geitel était pâle.

# 46.

Adèle Bréal venait de remonter la rue Luca quand elle sentit une présence derrière elle.

— Ne vous retournez pas, continuez d'avancer !

Le commissaire Montford la talonnait en faisant mine de parcourir distraitement les titres d'un journal.

— Vous allez emprunter la rue de l'Intendance, à droite, juste après l'hôpital des Armées. Au premier porche, engagez-vous à l'intérieur.

— Laissez-moi tranquille ! souffla-t-elle en regardant devant, je ne veux plus rien avoir à faire avec vous ! J'ai pris trop de risques la dernière fois.

— Faites ce que je vous dis, ou vous ne reverrez pas votre frère de sitôt !

Quand Adèle franchit l'entrée du numéro douze, le commissaire lui emboîta le pas. À l'arrière, ils se retrouvèrent dans une cour ceinturée de hauts immeubles. Elle était sombre et humide. Le policier toisa Adèle avec autorité.

— Il nous faut plus d'éléments sur un dossier qui se trouve dans le bureau de Geitel : c'est urgent.

— La première fois, je vous ai dit oui sans me rendre compte de ce que vous me demandiez. Maintenant, je serais incapable de refaire ça.

Montford jeta un coup d'œil aux étages pour s'assurer que toutes les fenêtres étaient closes.

— Vous reste-t-il une dose du somnifère ?

— Oui, mais…

— Le produit a-t-il fait son effet ?

— Oui.

— Alors tout est sous contrôle. Vous droguerez de nouveau votre cher et tendre et ouvrirez le compartiment secret du bureau. Maintenant que vous savez où chercher, ça ira vite.

— Vous êtes un vrai salopard !

— Que croyez-vous que fricote votre amant dans les caves de l'hôtel Portugal ? Vous faites semblant de ne pas voir, mais au jeu des crapules, je ne suis pas sûr d'avoir la palme. Je vous demande d'agir une dernière fois : prise de clichés du dossier « EINHERJAR » et, tant que vous y êtes, ramassez toutes les pellicules que vous trouverez.

— Vous êtes malade ! Après ça, je serai immédiatement suspectée.

— Oui, c'est la raison pour laquelle vous devrez quitter le bâtiment dans la foulée. Si vous droguez Geitel en début de soirée le produit devrait faire effet jusqu'au lendemain. Durant la nuit, vous aurez le temps de rejoindre le pont de Bellerive où un véhicule vous conduira où vous voudrez, en lieu sûr.

Elle le regarda interdite, puis se mit à pleurer de désespoir. Agenouillée au sol, elle tremblait sous la force des sanglots. Paul la releva doucement .

— Adèle, je comprends ce que vous ressentez. Mais vous ne devez pas flancher.

— Que vais-je devenir ?

— Des gens vous expliqueront tout ça. Maintenant, vous allez m'écouter bien attentivement.

Ce soir, ils dînaient dans le salon. Geitel se sentait trop fatigué pour le Cintra. À la lueur du chandelier, il paraissait plus soucieux qu'à l'accoutumée.

Adèle avait pris un disque de Fred Astaire et la mélodie de Cheek to Cheek se répandit autour d'eux. Elle savait que les comédies musicales américaines lui plaisaient.

— Quelque chose te tracasse mon chéri ? demanda-t-elle en reposant la pochette du microsillon.

Il sourit tristement et tendit la main vers la carafe de vin.

Un peu plus tard, elle sortait de la salle de bains, un peignoir crème négligemment serré à la taille.

Geitel, étendu sur le lit, fixait le plafond en fumant une cigarette.

— J'ai envie d'un cognac avant de dormir, dit-il. Tu m'accompagnes ? Comme elle préférait une tisane, il alla lui préparer. Il s'affairait en sifflotant. Adèle prit son sac à main et glissa l'index entre deux coutures pour extirper la fiole en verre. Elle la dissimula derrière un des pieds du sommier et s'allongea, prenant appui sur un coude.

Arno posa le plateau avec la théière fumante sur un guéridon. Il prit son alcool qu'il dégusta par petites gorgées.

Au bout d'une minute, il dit qu'il devait appeler quelqu'un et quitta la chambre.

Une occasion pareille ne se représenterait pas de sitôt. Elle attrapa la fiole, ôta le bouchon de liège, versa la dernière dose dans le verre et agita le liquide ambré avec son index.

Quand Geitel revint, il semblait contrarié par quelque chose. Elle se leva et l'embrassa dans le cou ; il lui prit la taille et tira doucement ses cheveux en arrière pour amener ses lèvres contre les siennes.

Cette nuit-là, il lui fit l'amour avec une attention et une délicatesse qu'elle ne lui connaissait pas. Elle culpabilisait tout en s'inquiétant de l'effet véritable du somnifère. Pourtant, après leur étreinte, il roula sur le côté et sombra rapidement. Elle attendit de nouveau avant de se saisir de la clé qui pendait autour de son cou. Il ne bougea pas d'un cil.

Elle se dirigea vers le secrétaire et retrouva la plaque amovible. Derrière, le dossier était toujours là. Elle tourna les pages qu'elle photographia avec le petit Minox. Elle prit les pellicules, referma la cache et retourna près du lit pour dissimuler les films dans son sac.

Dans l'obscurité, elle entendait Geitel souffler doucement. À travers la fenêtre, la lumière d'un réverbère dessinait la ligne de ses épaules.

Elle avait repéré une porte de service, derrière la cuisine de la villa. Elle pourrait l'emprunter en évitant le planton du hall. Une fois dans la rue, les sentinelles qui la connaissaient n'oseraient pas lui demander pourquoi elle était dehors à cette heure tardive. Il lui suffirait de rejoindre le pont de Bellerive, à quelques centaines de mètres de là. Un chauffeur, muni d'une fausse autorisation de circulation, l'emmènerait loin du danger. Étrangement, devoir quitter Geitel la rendait triste et soulagée à la fois.

Le conducteur ne serait pas là avant une bonne heure.

Elle s'allongea sur le lit et entreprit de se détendre. Elle observa un instant le carré de lumière blême que dessinait la fenêtre en face du lit.

Elle se mit en chien de fusil et se tourna vers Arno.

Son cœur manqua un battement.

L'Allemand ne dormait pas. Il la fixait.

# 47.

**Crimée, quelques mois plus tôt**

C'est à la fin du deuxième jour que Seydliz et son adjoint, précédés des hommes de la division wiking, arrivèrent au pied de Mangup-Kale.

Jakiwit insista pour que l'expédition bivouaque au sommet, dans les vestiges de l'ancienne forteresse byzantine. Malgré leur fatigue, les soldats approuvèrent en grognant. La forêt recelait bien des pièges et tous avaient en tête la mort violente de leur camarade, quelques heures plus tôt.

Ils cheminaient sous le couvert ; la pente zigzaguait entre les troncs, les rochers enduits de lichen et les restes de murailles gigantesques.

Au point culminant, Seydliz posa son sac et s'offrit une longue rasade d'eau fraîche. En portant la gourde de cuir à ses lèvres, il frémissait de plaisir. Il contemplait les façades croulantes d'un temple, les forts dévastés et les gorges noires. Dans le cœur de la montagne couraient les dédales qui menaient aux habitats troglodytiques d'où la vue sur l'horizon, à flanc de falaise, vous coupait le souffle.

Après la venue du crépuscule, on désigna une sentinelle et l'équipée trouva refuge dans une large pièce, creusée à même la pierre, où chacun prit ses aises. On alluma un feu ; une cheminée perçait la voûte et laissait voir un bout de lune.

Assis sur une couverture, Seydliz discutait à voix basse avec l'officier de la Waffen SS. Son équipier touillait les braises. Il faisait cuire des pommes de terre volées au village.

— Nous recherchons partout dans le monde les vestiges de nos ancêtres, les Aryens, disait le professeur. Himmler a la conviction que les Goths furent les aïeuls des Germains. Ces derniers descendaient d'un grand peuple indo-européen. Il s'agit d'une noble source qui tire son origine des lointaines terres nordiques. Il n'en reste que des traces éparses, mais leur écho a traversé les siècles jusqu'à nos jours.

L'officier se moucha bruyamment et sortit une pipe. Il semblait las. Il ne comprenait pas grand-chose à toutes ces billevesées, mais si Himmler accordait de l'attention aux recherches, il devait prêter son concours. En regardant les flammes claquer dans le silence de la grotte, il ne sut parler que de l'hiver qu'il avait connu après la chute de Kiev. Quand la glace bloquait le moteur de leurs Panzers et qu'ils devaient élever de grands feux pour dégeler le sol et pouvoir y creuser des abris. Il se souvenait des chiens affamés que l'ennemi lança contre leurs chars, une mine attachée sur le dos. Les canidés étaient dressés pour chercher des bouts de lard sous les véhicules. Depuis, il avait la phobie des cabots. Lui et ses hommes les canardaient dès qu'ils en apercevaient, dans les villages qu'ils traversaient et dans les champs qui bordaient les routes.

* * *

Quelques heures plus tard, au milieu de la nuit froide, il s'accroupit et regarda les autres qui ronflaient autour du foyer. Il sentait l'excitation, ce frémissement qui l'avait envahi la première fois. Il s'approcha de Jakiwit et lui secoua l'épaule.

— Réveille-toi, vite ; il se passe quelque chose de bizarre.

Le guide, incrédule, émergeait à peine.

— Je suis allé pisser tout à l'heure et je n'ai pas trouvé la sentinelle à l'entrée du tunnel ; j'ai peur qu'il lui soit arrivé quelque chose.

— Réveille donc l'officier, pourquoi me déranges-tu ?

— Si je me trompe, il explosera de colère. Il nous méprise parce que nous sommes des archéologues et pas des soldats ; j'ai peur de me tromper. Toi tu peux m'accompagner pour qu'on soit sûr de notre coup avant de sonner l'alarme.

Jakiwit fit la grimace ; les Allemands le prenaient pour un valet qu'on pouvait déranger à loisir.

Il s'étira en silence et prit un revolver qu'il gardait sous sa couverture.

— Allons-y, fit-il de mauvaise grâce.

Sur le plateau, comme l'avait dit l'archéologue, la sentinelle n'était plus là.

L'Ukrainien serra nerveusement la crosse de son arme et roula des yeux inquiets aux alentours.

— Tout ça n'est pas normal, geignit-il.

— Et si les partisans mettent le feu à la galerie pour nous enfumer ? S'ils font s'effondrer le conduit à la grenade ? Y as-tu pensé ? Nous serions faits comme des rats !

— Que proposes-tu ?

— Explorons la terrasse quelques instants ; nous devons être sûrs qu'il n'y a aucun danger.

— Et le garde, où est-il donc ?

— Je l'ai surpris à reboucher un flacon cet après-midi. Peut-être qu'il s'adonne au schnaps et qu'en ce moment il cuve au pied d'une muraille ?

Jakiwit acquiesça mollement.

Au bord du plateau, non loin d'une église troglodytique, il fit mine de s'engager sur un sentier. Tracé dans la falaise, sans le moindre parapet pour le séparer du vide, le chemin semblait délicat et très humide.

— Tu vas te rompre les os, pauvre fou ! souffla Jakiwit en rejoignant l'Allemand qui fixait le précipice à ses pieds.

— Il est juste là !

— Qu'est-ce que tu dis ?

— Le soldat, j'aperçois son corps sur les rochers, au pied de la muraille.

— Seigneur ! Il a glissé ? Mais je ne vois rien ?

— Regarde ici, la lune fait briller sa boucle de ceinturon, près du bosquet.

Jakiwit se pencha un peu plus. L'autre mit le pied droit sur le côté et bougea la taille pour se donner un bon élan. Il brandit ses deux mains ouvertes et atteignit le dos de l'Ukrainien. Le milicien fut projeté en avant et disparut dans le précipice ; un bref glapissement souilla la nuit avant que le corps ne rebondisse très vite sur une corniche.

Il resta longtemps au bord du gouffre, jouissant des ondes reptiliennes qui le traversaient tel un courant chaud ; c'était divinement bon. Il recula et s'assit contre la muraille. Il devinait au loin les pentes noires couvertes de ruines et vers l'ouest la lune qui s'effaçait devant l'aurore. Sa joie se résumait à sa présence parmi les vieilles tours dont il imaginait, sous le zénith, l'ombre barrant la route aux sauvages tribus mongoles.

Les deux corps gisaient tout en bas.

Comme il l'avait fait après avoir égorgé la première sentinelle, il défit la ceinture de son pantalon, baissa son slip et se masturba avec frénésie.

Il regardait la plaine et rêvait de carnages. La guerre offrait toutes sortes d'opportunités ; il avait adoré ce que les soldats avaient fait aux villageois. Ils étaient les maîtres de ce pays, les seigneurs de la Création. Il s'était découvert une nature insoupçonnée. Maintenant, il lui fallait apprivoiser le serpent qui couvait en lui. Ne pas prendre de risques inutiles, profiter de tous ces juifs dont personne ne s'inquiétait et qui encombraient la surface de la Terre.

Dans la grotte, tout le monde dormait. Il se glissa dans son sac de couchage, à l'affût du moindre bruit. Il s'était préparé une histoire au cas où on l'interroge sur sa promenade nocturne.

Laissant venir le sommeil, il se disait que la recherche des vestiges aryens l'intéressait de moins en moins.

# 48.

Au square de la Source de l'hôpital, ils s'étaient installés autour d'une table. Sous les ferronneries du kiosque à musique, quelques artistes reprenaient le refrain d'une chanson de Maurice Chevalier.

Elle se tenait droite, fière et prête à ne rien lâcher. Lui fixait son verre de vin et semblait attendre quelque chose. Les yeux de sa femme, elle l'était juridiquement pour quelques semaines encore, exprimaient cet air dur et triste qu'il lui connaissait bien.

Ils ne parlaient pas beaucoup. Elle essaya d'accrocher son regard, il faisait mine de ne pas le remarquer.

Elle posa une liasse entre le verre et la tasse de thé jaune.

— Je t'ai apporté les papiers.

— Ce n'était pas la peine de te déranger, tu aurais pu me poster tout ça.

— La censure aurait mis son nez dans nos affaires, tu y tenais ?

Il sourit. Ce n'était pas faux.

— Comment va Jérôme ?

— Il a du travail, son chef d'atelier est content de lui.

— Il ne fréquentait pas une fille ?

— Marie.

— Hum, ça fait combien de temps qu'ils sont ensemble ?

— Mon pauvre ami, tu t'intéresses à la vie sentimentale de ton fils maintenant ? J'aurais pu donner n'importe quel prénom, tu m'aurais posé la même question.

— Tu ne peux pas tenir une discussion normale sans déverser ton fiel toutes les cinq minutes ?

Elle porta sa tasse à sa bouche et but délicatement le liquide mordoré.

— Je ne veux pas me disputer avec toi. Signe les papiers et restons-en là.

Il prit un stylo et fit ce qu'elle voulait. En quinze ans de mariage, il avait toujours fait ce qu'elle voulait.

Ils marchèrent sous la galerie du parc des Sources, derrière eux les notes d'une ballade de Tino Rossi flottaient dans l'air. Des pigeons roucoulaient au-dessus de leur tête et deux gosses se chamaillaient en courant sur les trottoirs de la rue Wilson.

Ils se firent une courte bise devant un vendeur ambulant de billets de la Loterie nationale.

Il la laissa poursuivre son chemin.

En ce début d'après-midi, le service était vide. Lucien n'était pas là, Elias jouait au fugitif et Pierre reposait parmi les morts, quelque part dans la Limagne. Un sentiment de profonde tristesse lui serra le cœur. Il s'assit et laissa son regard divaguer dans la pièce. Il voyait la carte d'état-major et les punaises marquant l'emplacement des petites. Tout lui semblait d'une parfaite vacuité.

Le téléphone sonna à quinze heures.

— Oui ?

— Chef, nom de Dieu ! J'essaye de vous joindre depuis des heures.

— J'ai déjeuné avec Marthe.

— Je suis avec les gendarmes du Mayet-de-Montagne ; il faut que vous rappliquiez dare-dare.

— Que se passe-t-il ?

— On a retrouvé un autre corps.

— Merde ! Où êtes-vous ?

— Juste après Lachaux, en direction du Rez-de-Sol. Au niveau de la « pierre du Sang ». Vous allez voir, c'est vraiment un truc de dingo !

# 49.

Paul avait demandé à un gradé de l'hôtel Bellevue de passer le récupérer à la villa Cornil. La Peugeot 402 quitta Vichy et prit la direction de Châteldon, le village où vivait Pierre Laval. Sur le bas-côté de la départementale, une camionnette de gendarmerie stationnait au milieu des herbes. Un petit sentier filait à travers un massif de hêtres ; deux militaires montaient la garde pour écarter les curieux.

Paul mit son chapeau, le soleil tapait dur. Lucien vint à sa rencontre. Il semblait perplexe.

— Où est le corps ?

— À cent mètres d'ici, sur une espèce de mégalithe que les gens du coin appellent la « pierre du Sang ». Il y a un gros souci.

— Lequel ?

— Suivez-moi, vous allez comprendre.

Au bout du chemin, une double ligne de barbelés barrait la voie. Une pancarte avec pochoir à tête de mort disait en lettres gothiques : « Achtung ! Minen ».

— Le cadavre se trouve sur le rocher, de l'autre côté des barrières, fit Lucien en désignant quelque chose de l'index.

— Comment a-t-il été trouvé si on ne peut pas passer ?

— Deux gamins sont tombés dessus ce matin. Ces

inconscients se sont faufilés sous les fils et ont marché au milieu des mines. Ils voulaient atteindre la carcasse d'un avion angliche qui s'est écrasé au bout de la clairière, l'hiver dernier. C'est les gendarmes qui m'ont dit ça. Les gosses espéraient dégoter du chocolat dans les soutes. Ils n'ont pas vu le danger. Je ne vous dis pas la torgnole que leurs pères leur ont passée. Les pandores les interrogent à la brigade du Mayet-de-Montagne.

Paul regardait le panneau.

— Le cadavre s'est retrouvé sur le caillou bien après le crash, c'est forcé. Mais comment a-t-on pu le mettre là sans sauter sur une charge ?

— C'est un mystère, chef.

— Il faut qu'on aille récupérer ce corps. Peux-tu demander aux gendarmes si ils possèdent un détecteur de métaux ? On en aura besoin pour atteindre le rocher.

— J'y ai déjà pensé, mais leur lieutenant dit qu'ils doivent d'abord en référer à la légion d'Auvergne. Moi je crois qu'ils n'ont pas envie de désarmer une zone installée par les fridolins. Ça pourrait faire du grabuge avec la Kommandantur.

— Je vois, en ce cas je vais passer un coup de fil à la brigade et proposer à Lange d'interférer auprès de Geitel. Toi tu contactes Charbonnier à Clermont ; je voudrais qu'il se charge de l'autopsie, comme pour Clotilde Gasnié.

— Chef, vous croyez que c'est le corps d'Antoinette qui est là-bas ?

— On sera vite fixés.

Deux heures plus tard, une traction avec trois Allemands à bord vint se garer derrière la fourgonnette des gendarmes. Geitel sortit le premier, précédé de deux gestapistes en civil.

Il s'approcha du commissaire Montford, le détailla soigneusement du regard, puis lui tendit une main ferme.

Le Français était en bras de chemise et patientait à l'ombre d'un noisetier.

— Désolé de vous déranger Kommandeur, mais nous avons besoin de franchir plusieurs lignes de mines pour accéder à un cadavre : une affaire de droit commun relevant de la police judiciaire.

Geitel examina la pancarte. Il opina du chef.

— Je me souviens de cet accident : un quadrimoteur Lancaster de la RAF qui devait se diriger à l'est pour un parachutage clandestin. Lors de l'impact, le fuselage s'est éventré contre des rochers. La cargaison a valdingué dans tout le champ ; il y avait des caisses d'armes et des dizaines de grenades. Des Mk II à fragmentation qui brillaient au soleil comme des œufs de Pâques. Afin d'éviter que des enfants ou des partisans ne viennent en ramasser, j'ai fait ratisser le périmètre. Puis on a mis le panneau… par sécurité.

— Il n'y a jamais eu de mines dans le pré ?

Geitel tourna la tête vers les deux gendarmes qui bavardaient près de la route.

— Non.

— Les autorités françaises le savaient-elles ?

— Je ne pense pas.

— Voilà donc l'origine du miracle !

Geitel esquissa un sourire.

— Si vous souhaitez franchir les barbelés, renvoyez d'abord les militaires. Nous tenons à ce que notre petit subterfuge fonctionne encore un peu.

Le commissaire partit remercier les deux maréchaux des logis et décréta que la Sûreté reprenait l'affaire à son compte. Il rejoignit le capitaine qui fumait une cigarette.

— Ce n'était pas nécessaire de vous déplacer personnellement, Herr Geitel.

— Si, car si j'en crois votre directeur, le suspect numéro un serait un Allemand. Je me trompe ?

— Non, c'est exact.

— En ce cas, le SIPO-SD est concerné. Je souhaitais voir si ce cadavre a un lien avec votre série de meurtres.

— Bien, comme vous voudrez. Je vous demande juste d'attendre que mon inspecteur ait procédé à l'analyse de la scène de crime.

— Natürlich. Sachez que j'ai moi-même appartenu à la police criminelle de Leipzig ; je respecte votre professionnalisme commissaire, prenez tout votre temps.

— Merci de votre compréhension ; j'aurais une question directe.

— Je vous écoute.

— Si notre suspect est bien l'Allemand que nous recherchons, il est peu vraisemblable qu'il se soit engagé au milieu du champ de mines sans une bonne raison.

— Hum, continuez.

— Pour traverser une zone farcie d'explosifs, il faut être fou à lier ou bien savoir pertinemment que l'endroit ne comporte aucun risque.

— Mais il est fou, l'affaire est entendue.

— Oui, mais pas au point de perdre toute logique. Notre meurtrier est intelligent, dénué d'empathie avec ses victimes, mais sûrement pas aliéné. Je pense qu'il appréhende tout à fait l'interdit ; simplement il s'en tape complètement.

— Où voulez-vous en venir commissaire ?

— Le tueur savait qu'il n'y avait pas de mines dans le champ. Quelqu'un le lui avait dit ou bien un document à sa portée le signalait. Beaucoup de gens étaient-ils dans la confidence, Herr Geitel ?

— Je ne puis vous livrer aucun détail sur notre fonctionnement, mais je vous redis que c'est impossible.

* * *

Le commissaire fit venir cinq inspecteurs de l'hôtel Bellevue dont trois prélevés sur le contingent de la Section des affaires politiques. Dans la touffeur de l'été, cravate dénouée et manches retroussées, les hommes s'étaient alignés au début de la clairière pour converger lentement vers la pierre du Sang ; ils examinaient le sol à la recherche du moindre indice.

Le cadavre gisait, les bras en croix, sur le haut de la roche en granite. Une cupule se trouvait sur le sommet, à l'endroit où la tête reposait. La dépouille était très maigre, son exposition en plein soleil l'avait entièrement desséchée. On distinguait des restes de vêtements, peut-être une robe, et un morceau de pied pendant à demi. Les oiseaux avaient mangé les yeux.

Un enquêteur écarta un bout de tissu du torse, révélant trois profondes entailles.

— Une de plus au tableau de chasse, soupira Lucien.

Paul se gratta le menton en regardant la momie.

— Petite taille, bassin féminin et longs cheveux châtains. C'est peut-être Antoinette…

— Il y a des larves et des insectes nécrophages, fit Lucien, je prélève.

L'odeur du cadavre n'évoquait ni la viande rance ni l'ammoniac : une mort ancienne.

Un des gars de la SAP inspectait les oripeaux avec une pince à épiler ; au bout d'un moment il montra un coupon de papier trouvé au fond d'une poche.

— C'est un ticket de rationnement, je lis « J3 » dessus.

— C'est la catégorie des femmes enceintes et des adolescentes, répliqua un autre.

— On le garde comme pièce à conviction.

— Elle a presque perdu tous ses ongles, quant au bout des doigts, c'est une vraie misère. Je vous fiche mon billet qu'on en tirera rien.

— Étrange, fit Montford en parcourant le corps. Elle semble s'être totalement déshydratée.

— Il y a de grosses taches brunes sur le rocher juste en dessous des fesses et du dos.

— Probablement du sang coagulé. Mince, regardez l'entaille sur la gorge, on dirait un sectionnement artériel, non ?

Un autre mobilard, qui avait fait ses classes à la brigade criminelle de Lyon, s'était accroupi au pied de la pierre.

— Ouais, la fille a été égorgée sur place, j'en jurerai. Elle s'est vidée par les carotides.

— Tu peux préciser ?

— Vous avez vu la taille des plaies au ventre ? Si elle s'était fait embrocher ailleurs, comment expliquer tout ce sang. Un humain n'en contient que quelques litres.

— Ça pourrait correspondre à la légende des druides, répondit Lucien.

Paul alluma une cigarette et jeta un coup d'œil à Geitel qui se promenait dans les environs.

— Le chleuh est en train de nous observer, quelque chose le tracasse. Tu nous expliques ton truc de folklore ?

— Un gendarme m'a dit que la pierre du Sang est très connue dans la région, elle servait d'autel sacrificiel : les druides plaçaient les victimes allongées sur le roc, la tête en haut de la cuvette. Après l'égorgement, le sang s'écoulait dans la vasque en suivant un goulet.

Près de la route, deux policiers repoussaient des pans de fougère avec les mains et dégageaient de l'espace au ras du sol.

— Commissaire, venez voir par ici !

— Qu'est-ce que c'est ?

— Des traces de pneus on dirait, anciennes, mais bien conservées. On peut tenter une photo de détail.

— D'accord, murmura Montford en se penchant vers eux, mais attendez que le SIPO-SD soit parti. Ils en sauront bien assez en temps utile.

Le Kommandeur se servit un verre de chablis dans le salon et fit claquer sa langue en contemplant une peinture expressionniste installée au-dessus de la cheminée.

Ensuite, il descendit les marches qui menaient à la cave.

La porte blindée était ouverte.

Sous la lumière crue de l'ampoule, Kirtsch, « le cogneur », et l'adjudant-chef Ernst s'affairaient au-dessus d'une table. Elle était couverte de pinces et d'objets divers, utiles pour accompagner les interrogatoires.

Adèle était ligotée sur une chaise. Avec son visage barbouillé de larmes et de bleus, elle était méconnaissable. Le haut de sa nuisette, déchirée, dévoilait des seins blancs dont la surface était criblée de brûlures de cigarette.

Elle tremblait de façon grotesque, son esprit venait de lâcher la rampe.

Geitel la contempla sans compassion aucune.

Il s'accroupit près d'elle.

— Tu m'as tellement déçu, ma chérie.

# 50.

Elias se réveilla en sursaut.

Il sentait sur lui le drap poisseux de sueur et son cœur battait la chamade.

Encore ce mauvais rêve ; il s'était perdu dans un dédale creusé dans les mines de Brassac, là où son père était descendu si souvent, gâtant sa santé dans les entrailles de la Terre. Pendant qu'il errait dans les ténèbres, son paternel hurlait son nom depuis le haut du puits Bayard. Il disait qu'il n'aurait jamais dû s'enfoncer dans le trou, que lui et sa mère s'étaient saignés aux quatre veines pour lui éviter ce tourment. Il les avait trahis tous les deux. Il n'avait que ce qu'il méritait.

Elias cherchait la sortie, elle se dérobait sans cesse.

Il repoussa les draps et se dirigea vers la bassine dans laquelle il versa un carafon d'eau. Il s'aspergea le visage ; ses muscles endoloris lui rappelaient la journée qu'il avait passée dans le verger.

Aux toilettes, il vida sa vessie en essayant de chasser ses idées noires. Devant la chambre de la veuve, il remarqua une tache jaune sous la porte. Puisque tous les deux ne semblaient pas vouloir dormir, il frappa doucement. Il avait envie de parler.

La veuve ne répondit pas, il insista. La porte était entrebâillée alors il la poussa de l'index. Le lit était inoccupé, défait.

Elias fronça les sourcils ; son instinct de policier reprenait le dessus. Il posa une main sur le matelas : il était froid.

Il s'approcha de la fenêtre et jeta un coup d'œil dans la cour. D'abord, il ne vit rien, puis distingua des silhouettes grises devant la grange ; la lune éclairait le bois de leurs mousquetons.

Elias s'écarta de l'ouverture. L'adrénaline giclait dans ses veines.

Il n'eut pas le temps de regagner sa couche pour attraper son Lebel. Des pas résonnaient dans l'escalier. Elias était pieds nus, il en profita pour se déplacer en silence vers une lampe posée sur une sellette. Il la mit sur le parquet, maudissant les ombres qui bougèrent dans toute la pièce, puis saisit la table de chevet dans un mouvement vif. Les bruits dans l'escalier s'amplifièrent. Elias se précipita en haut des marches et projeta en rugissant le meuble qui heurta comme un train le premier milicien. Le deuxième, qui le suivait de près, glapit de terreur et reçut le corps de son collègue avant de s'effondrer à son tour. Tout en bas, un chef de Trentaine lâcha quelques coups de pistolet qui éclatèrent une boiserie. L'inspecteur se rua dans sa chambre et plongea vers le lit pour s'emparer de son arme.

Dehors, au milieu de la cour, Roland Goubazi, le chef du Groupe spécial de sécurité, tenait la veuve par les cheveux ; elle hurlait de peur.

— Elias Damian, je te conseille de te rendre immédiatement sinon la ribaude va passer un sale quart d'heure. Je t'informe qu'elle vient de se pisser dessus !

L'inspecteur s'empressa d'enfiler pantalon et souliers sans perdre de temps avec les chaussettes. Il releva le marteau de son revolver.

Il se disait que la plupart des miliciens n'étaient que des ouvriers, des commerçants ou des sans-professions : de piètres tireurs. Il pourrait en descendre un ou deux avant qu'ils ne le prennent. Mais s'ils faisaient le siège de la maison, ils n'auraient qu'à y mettre le feu et l'affaire serait jouée. Et puis, ils tenaient l'épouse de Bertignac…

— Damian ! cria Goubazi depuis la cour, je te laisse trois minutes pour te livrer. Au-delà, on s'occupera de la fille et tu seras passé par les armes. N'aggrave pas ton cas et sors de cette ferme.

Elias n'eut pas à réfléchir bien longtemps. S'il se rendait tout de suite, il pourrait négocier qu'ils lâchent la veuve. Il prendrait certes une bonne trempe, mais ce ne serait pas la première. Et puis, il était inspecteur de la Sûreté. La Milice ne pouvait s'arroger des compétences de police judiciaire, ce serait un abus de pouvoir. Quant à son implication dans la mort de Maxime Brudos, il était prêt à parier qu'ils ne disposaient d'aucune preuve sérieuse. L'affaire était jouable.

La minute suivante, il sortait de la ferme en levant les bras.

Une dizaine d'hommes au gamma l'entourèrent et le mirent en joue.

Goubazi se tint devant Elias, poings sur les hanches.

— Désarmez-moi ce salopard et passez-lui les bracelets.

— Que me reproche-t-on ? On lui retira sèchement son Lebel.

— Nous t'arrêtons pour menées antinationales et meurtre sur le fonctionnaire Brudos.

— C'est absurde, rugit Elias, vous faites erreur.

— Ta gueule, tu feras moins le mariole quand on t'aura emmené aux Brosses ! Joignant le geste à la parole, il lui projeta un coup de genou dans le bas-ventre.

— Accroupi au sol, Elias gémissait : « Laissez la femme, elle n'a rien à voir avec toutes ces histoires. »

— C'est à nous seuls d'en juger. T'as un poste TSF chez toi, une machine à écrire ? fit Goubazi en foudroyant la veuve du regard. On va vérifier. Allez les gars, passez-moi ce repère de bolchos au tamis.

Pendant une heure, Elias et la femme restèrent à genoux dans la boue froide, aveuglés par les phares du camion qui pourfendaient la cour. Les hommes de main pillèrent et saccagèrent tout. Ils mitraillèrent des rangées de vaisselle et canardèrent même des poules et une génisse. Elle eut la mauvaise idée de beugler quand un milicien inspecta un tas de paille à coups de fourche.

Goubazi riait aux éclats au milieu de la cour et houspillait ses hommes en parlant d'une cache aux jambons et de bonnes bouteilles que la paysanne devait réserver aux canailles du maquis.

Enfin, quand tous eurent leur compte, ils mirent le feu à la grange et contemplèrent les flammes qui s'élevaient dans la nuit bleue.

# 51.

**Crimée, quelques mois plus tôt**

Après la disparition de leur guide et d'une autre sentinelle, la peur s'empara des membres de l'expédition. L'officier réunit tous ses hommes et décida d'interrompre les fouilles. Ils repartaient tous au camp de base de la division Wiking. Durant leur descente à travers bois, Seydliz le prit en aparté. Il dit qu'il en avait assez de cette mission ; la forteresse était fascinante, mais les risques trop grands.

— Dès notre arrivée au cantonnement, je demanderai au général Steiner de nous mettre dans le premier Junker pour Berlin. Quand cette guerre sera terminée et que ce pays sera devenu un Ostland aux marches du grand Reich, alors nous pourrons revenir et nous consacrer pleinement à nos recherches.

Il hocha la tête, mais il n'avait nullement l'intention de retourner s'enfermer avec les ronds-de-cuir de l'Institut.

Le lendemain, la providence joua en sa faveur. À l'issue du dîner au mess de l'état-major, Seydliz eut une brève altercation avec Steiner. Ce dernier signala que le QG de Poltava[1] avait donné pour instruction d'économiser au

1. QG du groupe d'armées du Sud.

maximum le kérosène. Les réserves serviraient aux corps d'armée avançant à l'est. La priorité d'Hitler restait les gisements de pétrole du Caucase. Pour y parvenir Stalingrad – qui offrirait à la Wehrmacht une position stratégique sur la Volga –devait être rayée de la carte.

Seydliz était consterné, mais il n'eut pas d'autre choix que de suivre avec son équipier la VIe armée qui se lança à l'assaut de Rostov-sur-le-Don.

La bataille des blindés allemands, confrontés aux chars T-34 soviétiques qui zigzaguaient au milieu des champs de tournesol, résonnait au loin. Eux, à l'arrière d'un camion, n'entendaient que le grondement sourd des obus ou la descente en piquet des Stukas; des rugissements qui carambolaient dans l'air chaud de l'été et fracassaient l'espace immaculé du ciel au-dessus de la steppe kalmouk.

L'automne arriva avec les premiers bombardements de Stalingrad.

Seydliz devait mourir un soir, à l'occasion d'une attaque de ces commandos menés par les « Chtrafrotis ». C'étaient des soldats soviétiques accusés d'avoir reculé devant l'ennemi qui échappaient aux pelotons d'exécution du NKVD en s'engageant dans des missions suicides où les pertes étaient effrayantes.

Il avait longuement contemplé le cadavre du professeur, fasciné par la blancheur de sa peau. En sortant du baraquement qui faisait office de chapelle ardente, ses pieds crissèrent sur les herbes recouvertes d'une fine plaque de givre.

L'hiver approchait.

## 52.

Il avait peur.

Avant la fin de l'après-midi, deux hommes vinrent le chercher et le conduisirent au rez-de-chaussée, à grands coups de pied dans le derrière.

On le poussa dans une large pièce où Goubazi attendait en compagnie de deux miliciens : Hubert Martin et un type vêtu d'une culotte de chasse et de bottes cirées. Il portait une chemise kaki avec brassard au gamma. Il s'agissait de Faulder, chef du « centre de séjour surveillé » des Brosses. Le responsable détailla l'inspecteur puis prit congé, accompagné du chef du Deuxième Service.

Elias avait toujours les menottes dans le dos. Goubazi le regardait en relevant consciencieusement ses manches.

— Quel dommage qu'un gars costaud comme toi ait choisi le camp des juifs et des communistes.

Il plongea ses mains dans une bassine d'eau froide et s'aspergea le visage.

— Tu écoutes Radio-Londres ?

— Non.

— Tu penses que les Anglais vont venir chasser les Allemands, c'est ça ? Mais mon pauvre ami, l'Angleterre est l'ennemie héréditaire de la France, tu l'as oublié sans doute ?

Tu t'imagines aussi que les bolcheviques renverseront la Wehrmacht sur le front de l'Est ? Un accord de paix sera signé avant l'hiver, quant aux troupes judéo-maçonniques de Churchill et Cie, le Führer te boutera tout ça hors du pays comme le fit Jeanne d'Arc en son temps. Tant de naïveté de la part d'un homme, policier de surcroît, ça donne envie de dégueuler.

Elias, impavide, serrait les dents.

— Qui connais-tu au maquis des Bois Gris ?

— Personne.

Goubazi hocha la tête.

— Bon, tu vas déguster.

Le milicien se dirigea vers une table et prit un long nerf de bœuf durci à l'eau.

— Passez-lui un bandeau sur les yeux.

L'inspecteur eut un mouvement de recul et les janissaires durent le battre pendant deux minutes avant de parvenir à l'immobiliser. On l'aveugla avec un chiffon et il se redressa gauchement.

— Tu sais, voir venir un coup permet au corps de se préparer au choc et d'encaisser plus aisément. Tu vas découvrir que sans cette faculté, la sensation d'une bonne trique est étonnamment décuplée.

À titre d'illustration, Goubazi abattit brutalement la tige sur le torse d'Elias qui cria de douleur. L'interrogatoire pouvait débuter.

Entre deux raclées, le milicien devisait en reprenant son souffle.

— Tu te demandes sans doute comment on a pu te déloger à Thuret, pas vrai ? C'est simple, on a fait mettre sur écoute l'hôtel où vous créchiez, toi et tes deux collègues. Quand le commissaire t'a passé un coup de fil l'autre soir, on a pu facilement identifier le village de Thuret, localiser la ferme n'a été qu'une formalité.

Sous sa cagoule, Elias suait et se tortillait dans le noir.

— La… La fille n'a rien à voir… Je l'ai contrainte à m'héberger, car je souhaitais me cacher. Laissez-la partir, hoqueta-t-il.

— Tu es chevaleresque, mais elle ne m'a pas du tout donné l'impression d'être prise en otage ; il va te falloir faire preuve de plus d'imagination.

— Bande d'ordures, mon arrestation est illégale. Je suis policier, vous devez me relâcher !

— C'est la Gestapo qui décide, pauvre crétin. On a toute latitude. Elle a aussi quelques questions à te poser, figure-toi !

— Allez, ôtez-lui ses grolles et pendez-le par les pieds à cette corde.

Le milicien reprit son nerf de bœuf et le courba entre ses mains.

Des lignes de sueur parcouraient son crâne rouge d'effort.

# 53.

Lucien allait frapper à la porte quand il vit qu'elle n'était pas fermée. Il jeta un regard circonspect dans l'appartement, puis s'engagea prudemment à l'intérieur. D'habitude les lieux étaient impeccablement rangés, mais pas cette fois-ci. Des tiroirs étaient vidés sur le tapis du salon, partout régnait une odeur qui oscillait entre le whisky et le porto.

Le vieux Cinéphore était par terre, à demi vautré. Il avait tenté de rejoindre les toilettes, mais sans succès ; son chandail empestait le vomi.

Lucien posa un mouchoir sur sa boucha et contempla le légiste d'un air désolé.

Charbonnier battit des sourcils et entraperçut l'inspecteur à deux pas de lui. Il toussa.

— C'est… C'est pas beau la vieillesse.

— C'est encore votre femme qui est venue vous rendre visite ?

— Elle ne peut pas se passer de moi.

— Pour l'instant, je crois que vous avez besoin d'une douche.

Après un ultime effort, Lucien fit basculer la grosse carcasse dans la baignoire. Il prit le pommeau et l'aspergea tout habillé à grand coup d'eau froide.

Le médecin cracha et vociféra après tous les diables, et il en connaissait d'innombrables dans plusieurs langues.

Lucien lui tendit une serviette et partit préparer un café. Le retraité le rejoignit à la cuisine une demi-heure plus tard.

— On a trouvé un autre cadavre.

— Éventré, lui aussi ?

— Oui, mais le corps est totalement desséché ; il semble plus ancien que celui de Clotilde Gasnié, la dernière victime.

L'autre but son caoua bruyamment.

— Quelle saloperie. Vous êtes venus me chercher pour l'autopsie ?

— Vous ne répondiez pas au téléphone, vu l'urgence, Montford m'a…

— Ça va, je vais vous suivre.

Lucien posa sa tasse dans l'évier.

— On a bien progressé, vous savez. On court après un Allemand : un militaire en rupture de ban ou un policier. Il y a un détail que vous devez connaître.

— Quoi ?

— La petite a été égorgée sur un rocher bien particulier, un mégalithe appelé la « pierre du Sang ».

— Un autel sacrificiel ?

— Oui.

Cinéphore se dirigea vers le salon et farfouilla au milieu de verres et de bouteilles vides. Il prit un petit carnet aux pages couvertes d'une écriture alambiquée.

— Ça nous sera peut-être utile, c'est tout ce que j'ai trouvé sur les Berserkers et les cultes druidiques s'y référant. J'ai cogité depuis que votre collègue est passé me voir la dernière fois. Je commence à y voir clair.

— C'est-à-dire ?

—Une pierre sacrificatoire, des attaques évoquant un loup, tout souligne la proximité symbolique entre ces troubades d'Odin et votre client.

— Le lien avec l'assassin me semble quand même un peu vague, professeur.

Cinéphore fit non de la tête. Il ouvrit son carnet et plissa les yeux.

— Hum, écoutez: il existait un type particulier de Berserker, plutôt marginal, dont même les Germains se méfiaient. On ne trouve qu'une seule trace de ces reîtres dans des écrits romains: un commentaire de Suétone, un polygraphe du Haut- Empire, qui décrivit la « religion atroce et barbare » des druides et l'aversion de l'empereur Auguste pour les oblations humaines des Celtes. Il mentionna à ce propos des légendes sur des hommes-loups. On les nommait « Ulfhednars ». Ils entraient en transe durant les combats et décuplaient leur force. Mais ils commettaient aussi des carnages après la fin des batailles. Des effets secondaires macabres qui remplissaient d'effroi les Romains.

— C'est-à-dire ?

— Pour calmer leur instinct de loup et apaiser leur feu intérieur, les Ulfhednars avaient la réputation de manger des enfants.

* * *

La voiture ronflait sur la Limagne et ses grandes étendues labourées. À travers la vitre baissée de la portière, l'odeur lourde de la terre embaumait tout l'habitacle. Cinéphore s'était endormi, cuvant à demi. Lucien fronçait les sourcils devant la ligne noire des tourmentes qui venaient du sud.

À la hauteur de Thuret, une idée lui vint. Il inspecta son rétroviseur. Le légiste roupillait toujours et personne ne les suivait; Lucien prit la première à gauche à l'entrée du village et gagna l'allée qui menait à la ferme de Bertignac. Il coupa le moteur et se dirigea vers les bâtiments où planait une odeur de viande grillée. Dans la boue de la cour, il vit des traces de pneus de camions, les douilles qui accrochaient les reflets du soleil et les ruines carbonisées. Elles témoignaient du passage d'une colonne infernale dont il devinait la nature. Dans la grange au toit éventré par les flammes, il tomba sur la carcasse d'une vache. Il cherchait partout les silhouettes outragées de corps humains, mais heureusement n'en trouva pas. Il longea l'arrière de la ferme, en quête d'un puits où d'un amas de terre fraîchement retournée. Il aurait pu s'agir d'une tombe improvisée.

En refermant la portière de la voiture, Lucien était livide.

— Un problème ? fit Cinéphore en s'étirant.

— Ils ont pris Elias !

* * *

Une douleur lancinante irradiait depuis ses orteils jusqu'aux genoux. Pendant une bonne heure, Goubazi s'était acharné sur la plante de ses pieds, les frappant à coup de nerf de bœuf. Elias ne pouvait plus marcher et un sang noir mêlé de chairs meurtries suintait entre ses orteils.

On avait déposé devant sa paillasse une tranche de viande et une purée de haricots filandreux.

Après quelques heures de somnolence, il perçut des bruits de pas dans le couloir et une peur irraisonnée bondit dans son ventre.

La porte de la cellule s'ouvrit : une jeune femme entra.

— Je suis l'infirmière. Vous avez demandé à voir un médecin ?

Elias hocha la tête ; il était fiévreux et des larmes de douleur lui perçaient les yeux.

La fille s'accroupit et inspecta ses pieds.

— Le médecin reçoit dans un baraquement situé sur l'hippodrome de Vichy, de l'autre côté de la route. Vous ne pouvez pas marcher et j'ignore si les prisonniers sont transportés jusque là-bas. Je vais dire au chef du château qu'il faudrait que le docteur vienne vous voir. Je ne peux rien vous promettre. Vous avez soif?

Elias battit des paupières.

Elle porta un verre à ses lèvres et il but avec avidité.

— Il... il y avait une femme avec moi. Comment va-t-elle ?

L'infirmière regarda brièvement en direction du couloir.

— Je ne devrais pas vous le dire, mais je crois qu'ils l'ont emmenée au Petit Casino ce matin.

Elias reprit un peu d'eau.

— Merci.

Elle le dévisageait avec intensité.

Il ne la trouvait pas vilaine. Ses cheveux sentaient la violette.

— Comment vous appelez-vous ?

— Rosie.

— On dirait un prénom de petite fille. Il toussa. Quelque chose de visqueux remontait dans sa gorge.

— Vous êtes de la Résistance ? lâcha-t-elle au bout d'un moment.

Elias haussa les épaules.

— Vous avez le rôle de la gentille et Goubazi celui du salaud. C'est comme ça que fonctionnent les interrogatoires de la Milice ?

— Parlez plus bas, je vous en prie.

— Alors, quoi ?

— Je ne suis pas de leur côté. Je fais mon travail d'infirmière, c'est tout. Mais je connais quelqu'un du réseau Goélette à Vichy, je peux transmettre un message si vous voulez.

Elias hésitait ; le ton de la voix était sincère.

— Non, ça ira.

L'infirmière opina, sourit puis quitta la geôle.

Il aurait tout donné pour rassurer Béatrice, simplement lui dire qu'il était vivant. Mais si la visiteuse lui avait menti, son amour serait en danger. Il ne pouvait pas prendre un tel risque.

Des heures passèrent. La porte s'ouvrit de nouveau et l'inspecteur sentit une mauvaise bile refluer dans sa gorge en voyant deux hommes en noir venir le tirer par les épaules. Ils le remontèrent vers la salle d'interrogatoire et ses pieds laissèrent deux rails sanguinolents sur le sol.

Elias fut encore pendu. Goubazi se tenait à côté.

— Pas de bandeau cette fois-ci.

L'un des miliciens arracha la chemise d'Elias puis s'amusa à faire osciller son corps en le poussant vers l'arrière.

Le barbu, tourné vers la table, pivota au moment où le prisonnier basculait dans sa direction ; son ventre vint percuter l'objet que le tortionnaire brandissait devant lui : un fer à repasser incandescent.

Elias hurla de douleur.

* * *

Cinéphore salua le commissaire Montford et posa sa veste sur le dossier d'une chaise. Des taches étoilaient sa chemise et son col dévoilait un liseré noir. Le légiste semblait sortir d'un mauvais rêve mais ses yeux, hier encore embrumés par l'alcool, avaient retrouvé toute leur acuité.

La lumière crue et l'odeur chimique flottaient autour du corps momifié posé sur la table de dissection.

Paul et Lucien semblaient contrariés, étrangers à ce qui se déroulait en ce moment. Le commissaire parlait d'une voix lasse : « On l'a découverte en plein soleil, sur un rocher. »

Cinéphore fit deux fois le tour du corps et le manipula avec précaution.

— Les ongles se déchaussent en général après trois à quatre semaines et la déshydratation des organes commence après au moins deux mois ; si on ajoute l'exposition au soleil et un emplacement sans humidité, le processus peut être accéléré. La seule chose à vérifier, c'est la présence de résidus organiques mous non corrompus : c'est utile pour évaluer le moment du décès. On va ouvrir tout de suite pour être fixés.

Écartant les plaies abdominales, Cinéphore opéra au scalpel en fendant une épaisse couche de tissus racornis. Après avoir tout examiné à la loupe, il se releva en souriant.

— Je dois faire d'autres prélèvements avant d'être sûr, mais la mort pourrait ne pas être si ancienne. Pas plus de quelques mois.

— On pense que c'est la première victime du tueur, murmura Montford. Un coup d'essai. La mort est déjà ritualisée avec positionnement du corps sur la pierre et égorgement. Une possible allusion aux cérémonies druidiques.

Cinéphore posa sa lentille.

— Je vais poursuivre mes recherches.

Paul et Lucien étaient adossés sous un porche de l'hôpital ; une calèche remonta en trombe la rue Lucas.

— Qu'est-ce qu'on fait pour Elias ?

— La Milice ne peut l'interpeller sans l'aval de la police : c'est de l'abus de droit pur et simple. Ces crapules sont allées vite en besogne. À croire qu'elles se sentent pousser des ailes depuis que Darnand a prêté serment à Hitler.

— Que faire alors ?

— Forcer Lange à le faire libérer.

— Jamais il n'acceptera, c'est peine perdue.

— Oui, sauf si on menace de raconter ce qu'il fricote à la Féria.

— Qu'est-ce que c'est que cette histoire ?

— Je t'expliquerai, éluda Paul. Pour en revenir à notre affaire, tout ça ne me dit rien qui vaille. Des pierres couvertes d'inscriptions cabalistiques, des meurtres rituels et des évocations de guerriers nordiques qu'on retrouve dans un rapport top secret des Allemands ; je crois qu'on gratte la partie émergée de l'iceberg.

— C'est quoi tous ces mystères ! De quel dossier parlez-vous ?

— Si je ne vous en ai pas causé tout de suite, à Elias et toi, c'était pour vous préserver. Disons que je sais de source sûre qu'André Lange est un habitué de la Féria.

— Merde, c'est pour ça que vous teniez tant à y aller ?

— Bien sûr que non, c'est Gabriele Paulsen qui nous a conduits droit au bordel, ne l'oublie pas. Je voulais voir si Lange avait posé son nom sur le registre. Au fond de moi, je ne pouvais le croire.

— Et ce rapport confidentiel ? C'est quoi cette affaire ?

— Une personne doit m'en dire plus très bientôt, sois patient. Ce qui est probable, c'est que Geitel en sait plus qu'il n'y paraît. Je m'en méfie comme de la peste.

Une heure plus tard, le professeur Charbonnier rendait ses conclusions. La fille était morte d'une hémorragie massive due à l'éventration. Les blessures portées à la gorge étaient post mortem.

— L'état du cadavre ne permet pas de relever de traces de morsures. En revanche, j'ai trouvé ça dans un des plis de la chemise, encollé dans du sang et de la crasse. Cinéphore brandit un objet en métal qui baignait dans un petit flacon d'alcool à quatre-vingt-dix degrés.

Paul le leva à hauteur des yeux ; son visage se crispa.

— Hélas, je crois deviner ce que c'est : la clé d'appartement d'Antoinette.

# 54.

Cette nuit, il rêva de soupe au lard, de tranches de pain épaisses et de saint-pourçain. Au petit matin, le chant d'un guêpier le réveilla. Seule la faim parvenait à lui faire oublier l'inconfort de la paillasse et les brûlures sur son torse qui le tourmentaient sans relâche.

La porte s'ouvrit et deux miliciens en armes jaillirent dans la pièce.

L'un d'eux lui jeta une feuille et un crayon à la figure.

— L'ordre a été donné de procéder à ton exécution ce matin. Tu seras fusillé ; il te reste cinq minutes pour faire ton testament. Ne lambine pas.

Elias les regarda, ahuri.

— C'est une plaisanterie ?

— On a l'air de rigoler ?

— Vous n'avez pas le droit je…

— Trois minutes ! tonna un milicien. Allez fils, ne gaspille pas ton temps à bavarder. Ce n'est pas nous qui décidons, tu penses bien.

Elias tenait le bâtonnet en tremblant ; il voyait à peine la page blanche.

Il écrivit quelques mots pour Béatrice ; toutes les idées qui lui venaient semblaient incohérentes. Il lui souhaita bonne chance et lui dit qu'il l'aimait.

Dans un parfait sentiment d'irréalité, chancelant sur ses pieds démolis, il se fit porter par les deux paramilitaires.

Elias grimaçait à chaque pas. Dehors, il faisait beau. Un air frais charriait de fines odeurs d'herbe coupée. Après l'atmosphère viciée des caves, ces parfums entêtants lui donnaient des haut-le-cœur.

Un camion se gara près d'une fontaine et une douzaine de francs-gardes bondirent sur la pelouse.

Le poteau était déjà dressé, le long d'un grand mur gris.

Il y avait Goubazi qui était là, son chien Lucifer couché à ses pieds et deux types qu'il ne connaissait pas.

On l'attacha rudement au piquet.

Un milicien lui tendit un bandeau qu'il refusa, tournant la tête en serrant les dents.

— Salauds, salauds ! marmonnait-il.

Un chef de Trentaine distribuait des ordres.

Les miliciens se postèrent devant lui en deux rangées.

— Alignement. Prenez vos distances !

Il jeta au ciel un regard éperdu. Ses arbres lui manquaient. Les promenades solitaires au milieu des fougères grasses, l'odeur d'humus et l'ombre des châtaigniers. Il avait connu Béatrice trop tard. Mais elle avait changé sa vie : il ne fallait rien regretter. L'officier milicien leva une main.

— À mon commandement. Garde-à-vous. Présentez... armes ! Peloton en joue...

Il ferma les yeux.

Au col des Planchettes, le permanent du réseau avait le casque sur les oreilles.

En tant qu'opérateur radio qualifié – une ressource rare dans la Résistance auvergnate –le rôle de RIVAL était essentiel. Ces deux dernières années, les rangs de ses pairs avaient été décimés par les véhicules radiogoniométriques des Allemands. Le gouvernement les avaient autorisés à parcourir les routes françaises bien avant l'invasion de la zone sud. La Gestapo repérait les transmissions et la Feldgendarmerie achevait le travail en donnant l'assaut. Aussi, les règles de sécurité étaient simples, mais draconiennes : ne pas diffuser sur la même fréquence en un même lieu, à moins de deux semaines d'intervalle et se contenter d'émissions courtes. Pas plus de dix minutes.

À l'heure pile, RIVAL alluma la radio et se brancha sur le réseau de la BBC.

Il écrivit dès que la voix française d'outre-Manche annonça : « Et maintenant, voici une série de messages personnels. »

Cinq minutes plus tard, après avoir relu deux fois ses notes, il se leva d'un bond et traversa la clairière, en plein milieu d'un match de football improvisé.

Au centre des buts, le capitaine SERGE, ancien officier de l'armée d'armistice, vit RIVAL le rejoindre à grandes foulées.

Il lui tendit le message en reprenant son souffle : une suite de formules codées s'étalaient sur une dizaine de lignes : Cette année, la truite est savoureuse / Il passe le dimanche au lit / François joue bien de la clarinette / Le meilleur vin est rouge / Prenez garde aux coups de soleil / Le moral est atteint…

SERGE écarquilla les yeux puis fixa intensément l'opérateur.

— « Le moral est atteint »… Bonté divine, il faut prévenir BERTRAND tout de suite !

Le parachutage était imminent.

# 55.

**Stalingrad, novembre 1942**

Cette nuit-là, ils bivouaquèrent dans la carcasse d'un char qui avait basculé dans un trou d'obus. Ils étaient quelque part, coupés de leurs bases arrières depuis la grande contre-offensive de l'artillerie russe, noyés dans un paysage irréel qui s'étalait aux abords des décombres de l'ancienne manufacture Octobre rouge. Là était l'épicentre des combats titanesques qui opposaient la VIe armée allemande et les troupes soviétiques, au bord de la Volga.

Il régnait un froid polaire. Quand le vent se levait et chassait les fumées des incendies, il balayait le tapis de poussière qui recouvrait la croûte gelée du sol.

Il portait des bottes de feutre et, sous les restes de son uniforme, plusieurs couches de vêtements russes chapardés sur des morts. Quand il perdit le bonnet ouchanka qui protégeait ses oreilles, il opta pour une écharpe afin que sa tête ne se frigorifie pas sous son casque. Les épaisseurs de tissus le faisaient ressembler à un ours pataud, égaré dans la lumière froide de la banquise.

Son MP 40 sur les genoux, il fixait à travers un orifice de la tourelle l'enfilement des murs abattus. Il voyait les silhouettes noires de suie des blocs de pierre qui formaient, au milieu des châssis de véhicules fumants, autant d'abris contre les snipers. C'était un parcours imprécis, donc mortel, jusqu'au vieux bâtiment qui barrait l'avenue. Ils avaient choisi cet édifice pour leur servir de cache.

Ses camarades de la division SS Wiking avaient appris à le respecter, à le craindre aussi. D'abord surnommé le rat de bibliothèque, il avait pris le nom d'Erik le Rouge. Tant en référence à sa thèse universitaire sur l'illustre viking qu'à la barbe gouttant de sang qu'il ramenait après ses montées au feu. Au fil des semaines, il s'était imposé avec un courage peu commun, presque suicidaire. Il avait pris la tête d'une de ces hordes de fantassins qui pénétraient dans les villages isolés en quête de nourriture, de vêtements chauds et de bois : une denrée plus précieuse que l'or. Ils avaient des haches dans les mains, comme les barbares des temps jadis. Durant des heures résonnaient le bruit des cognées et les lamentations des paysans, quand les soldats défonçaient les portes et les meubles, les planchers, et tout ce qui pouvait s'enflammer. Ceux qui se rebellaient étaient alignés contre les granges et mitraillés sans détail. De gros bûchers étaient dressés sur les places. Les soldats faisaient fondre la neige pour se désaltérer.

Un Landser[1] qui se nommait Klaus, boucher dans le civil, faisait merveille avec son poignard quand il éventrait savamment les carcasses des chevaux pour en extraire les entrailles. La science de l'homme le fascinait ; il n'avait de cesse de l'observer, fouillant les viscères des animaux, écorchant chiens et chats pour tailler dans les peaux des gants qu'il monnayait contre des paquets de cigarettes. C'est Klaus qui lui avait appris à trancher adroitement

1. Fantassin allemand.

les pieds gelés d'un cadavre pour récupérer une paire de bottes ou de chaussures.

En début d'après-midi il se concerta avec le boucher et deux autres militaires, réfugiés comme eux dans le ventre du char. Ils étaient les derniers survivants de l'unité d'assaut. Leur lieutenant avait sauté sur une mine et le sous-officier, en charge du lance-flammes, avait brûlé comme une torche après qu'une balle perdue fit exploser son réservoir à essence.

Leur situation était délicate. Dans l'immense no man's land qui les cernait, coincés au milieu d'une ligne de front changeante, avec les snipers russes à l'est et ceux de la Wehrmacht à l'ouest, les bombardements menaçaient à tout instant leur abri précaire. S'ils s'aventuraient au-dehors, un tireur embusqué pouvait les abattre sans difficulté.

Ils décidèrent de tenter une sortie durant la nuit.

Avec la lune, le scintillement du givre sur les ruines transformait le paysage en dédale de cristaux. On entendait près de la Volga un grondement de tonnerre et parfois dans le ciel, au-dessus des lumières fauves d'un immeuble en flammes, le crépitement d'une longue chevelure pâle de fusées au magnésium.

Ils atteignirent en moins d'une heure la vieille bâtisse dont les étages avaient été soufflés. En investissant prudemment les lieux, ils tombèrent sur plusieurs ruskofs geignant au milieu des gravats. Lui et Klaus se consultèrent du regard puis entreprirent d'égorger les hommes étendus autour d'un poêle éteint.

Ensuite, les quatre derniers membres de l'unité, dont la mission consistait à nettoyer les caves et les rez-de-chaussée de toute forme de résistance, s'écartèrent des fenêtres sans vitres pour se regrouper au fond de la pièce. L'unique issue était une porte défoncée qui menait à une volée de marches ; au-delà, ils s'enfoncèrent dans un réseau de galeries froides où ne brillait aucune lumière.

Un sergent de la 389e division d'infanterie utilisa sa lampe pour éclairer le sol : un magma de boue dure et de cendres. Tous haletaient, le nez irrité par des odeurs de feu de bois et de poiscaille. Non loin de leur refuge, une usine de poissons sur les bords de la Volga, à l'arrêt depuis les premiers bombardements, corrompait le voisinage avec ses énormes stocks.

Au bout d'un premier couloir, ils pataugèrent dans de grosses flaques d'eau et l'atmosphère se fit plus humide. D'épaisses taches de moisissure s'étalaient sur les murs ; des champignons proliféraient.

Une fente pâle suinta devant eux. Elle s'agrandit pour signaler le bout du corridor.

Le sous-officier partit en éclaireur, son pistolet-mitrailleur en avant ; à son invite les autres le rejoignirent. Ils débouchèrent dans une salle souterraine aux parois couvertes de carreaux blancs. Des armoires en métal, tables improvisées, étaient alignées sur le sol. Des silhouettes en hardes s'y disputaient quelque pitance. Dès qu'ils entrèrent, les occupants furent pris de panique et se regroupèrent en poussant de petits cris.

Les soldats de l'unité se déployèrent dans la pièce et mirent en joue la masse peureuse.

À l'évidence, il s'agissait d'une dizaine de gosses loqueteux aux corps décharnés. Klaus et le sergent s'approchèrent des mioches et posèrent quelques questions dans un semblant de russe. Après quelques échanges, ils comprirent qu'ils se trouvaient sous un ancien hôpital, probablement la morgue. Dans un coin flottait une odeur épouvantable de chairs en décomposition. Ils découvrirent des cadavres, entreposés là par l'administration et manifestement oubliés au début de la guerre. Les gamins avaient renoncé à fermer la porte de la salle qui les contenait. La grosse écoutille corrodée avait souffert des pilonnages de la Luftwaffe qui avaient tassé l'immeuble sur lui-même. L'ouverture était faussée. Les Allemands mirent des tissus devant leur bouche tant la pestilence était forte ; les mômes vaquaient à leurs occupations, insouciants de la puanteur.

De ces gosses, ils apprirent que les parents étaient morts, décimés par l'artillerie. Ils appartenaient à la même école et s'étaient naturellement retrouvés sur leur zone de jeux. Ils avaient déniché un passage qui menait jusqu'ici et ne sortaient plus que pour trouver à boire et de quoi manger. Il s'agissait presque toujours de viande de cheval qu'ils découpaient grossièrement, entre deux bombardements, disputant leur pitance aux nuées de rats. Plusieurs exposèrent avec fierté leurs morsures en retroussant leurs manches.

Lui, devina vite le profit qu'il pourrait tirer de ces petits squelettes ambulants.

Sous le regard intrigué du sergent il fit deux groupes en séparant les frères des sœurs.

— Ces gosses seront nos lutins, dit-il aux autres. Puisque la station de pompage est détruite et qu'il n'y a plus d'eau courante, ils iront dehors nous chercher à boire et tout ce qui peut se manger. Afin de s'assurer qu'ils reviennent avec leur butin, on n'enverra jamais en même temps deux membres d'une même famille.

Les soldats trouvèrent l'idée excellente.

Dans un paysage haché par les bombes, les divisions de fusiliers sibériens tenaient les halls d'immeubles et occupaient les points en hauteur d'où ils distribuaient la mort à tout instant. Lors d'une première sortie, à moins de cent mètres de leur refuge, un garçonnet s'effondra avec un seau d'eau à la main, le crâne fracassé par une balle. Les deux autres avaient pu regagner le boyau conduisant à la morgue.

Tel le vieux Fagin dans Oliver Twist, le sergent évalua les trophées des gamins. La sœur de celui qui était tombé ne versa pas une larme ; elle se blottit, taciturne, dans le fond de la salle.

Le lendemain, un peu avant l'aube, la température chuta à moins trente degrés. L'odeur du charnier se fit moins prégnante et ça lui donna une idée. Avec l'aide des autres, il déplaça plusieurs carcasses corrompues et les disposa non loin de leur tunnel, agissant avec toute la rapidité possible pour ne pas attirer l'attention d'un sniper.

L'infâme fumet dégagé par les corps pourrissants se répandait désormais à l'extérieur : il appâterait peut-être chiens et rats, ce qui leur offrirait un peu de viande.

Les jours passèrent. L'esprit engourdi par la faim et le froid, les Allemands n'étaient plus que des silhouettes hâves qui tournaient en rond autour des tables de dissection. Ils tentaient de ne pas devenir fous.

Deux semaines s'étaient écoulées depuis leur entrée dans les sous-sols glacés de l'hôpital ; la moitié des gosses étaient morts. Certains d'inanition, d'autres fauchés par des tireurs embusqués : Allemands ou Russes, personne n'en savait rien.

— On ne peut plus continuer comme ça ! dit-il en s'adressant au reste du commando. On va tous crever dans ces ruines ; regardez les gamins, ils sont trop faibles pour nous servir de commis, les snipers font carton sur carton.

— Que proposes-tu ? geignit Klaus, le visage squelettique et les joues piquetées de bouts de barbe.

Il haussa les épaules : « On n'a qu'à les manger. »

# 56.

Le temps était suspendu et plus aucune pensée ne traversait son esprit. Il resta ainsi de longues secondes, le cœur à l'arrêt et le souffle en suspens, quand une gifle lui fit ouvrir les yeux.

Des miliciens ricanaient et Goubazi le dévisageait, moqueur.

— Tu as de la chance, on t'accorde un sursis. Jusqu'à la prochaine fois. Mais si tu ne parles pas, on te flinguera pour de bon ! Allez, rembastillez-moi ce traître.

Quand Elias se retrouva sur la paille de la geôle il se mit en boule et resta prostré. Son esprit ne parvenait pas à se remettre du choc.

Il pleura en silence.

* * *

C'est le groupe d'autodéfense de Lavoine, bouclant sa visite des « trous à loups », qui tomba sur la traction avant. Elle se trouvait au bout d'une laie, sous la toison d'un grand saule. Elle était grise de poussière et de la mousse encombrait le bas du pare-brise. Un des guetteurs posa la main sur la portière et la retira d'un air dégoûté : ça collait.

Un paysan dit qu'il valait mieux ne toucher à rien et prévenir les autorités.

Dans l'heure qui suivit, Montford et Darmon étaient sur les lieux. Les mobilards notèrent la position exacte du véhicule : en contrebas d'une colline, près du bois Blanc. Au sommet, une route reliait Ferrières-sur-Sichon à Glozel.

— On l'a trouvée comme telle, fit un gendarme de Ferrières à l'attention du commissaire.

Les gars de la patrouille bavardaient à deux pas. Montford se tourna vers eux et les remercia de leur collaboration ; il leur suggéra de quitter les lieux.

Quelques-uns râlèrent en disant qu'ils avaient le droit d'être tenus informés ; Paul le plus diplomatiquement possible fit savoir que la gendarmerie aurait tous les renseignements utiles dès qu'il le jugerait nécessaire.

Lucien prit le véhicule en photo et l'examina sous toutes les coutures.

— C'est du sang séché sur la poignée, dit-il en grattant la surface en métal avec un petit canif ; il préleva de fines particules sèches qu'il plaça dans une éprouvette. Pour les empreintes, pas la peine d'y compter. Avec l'humidité et la saleté, ce serait un miracle qu'on obtienne un relevé exploitable.

Montford croisait les bras.

— On ne va pas tarder à être fixés. On a l'empreinte des pneus relevée à la pierre du Sang et ceux-ci, sans parler de la plaque d'immatriculation.

Ils passèrent près d'une heure à fouiller la voiture, notant les résidus d'argile devant le siège du chauffeur et les fibres, épaisses et rugueuses, un peu partout dans le coffre. Lucien prit une loupe et lâcha solennellement : « Corde ».

— Bizarre, je pensais que le tueur choisissait ses victimes au hasard, pas qu'il les enlevait !

— Tuer ne suffit plus, il faut qu'il jouisse de leur agonie en les torturant.

— Il devra se trouver un autre transport, ajouta Lucien et je pense que…

Un bruit de moteurs se fit entendre. Quelques minutes plus tard, au bout du chemin, apparurent des feldgendarmes avec leur MP 40 et, juste derrière, Arno Geitel accompagné d'un autre allemand du SIPO-SD. Il portait une lourde mallette de cuir.

— Nom d'une mule, c'est vous qui l'avez prévenu ? murmura Montford en regardant le gendarme.

— Jamais de la vie commissaire ! Vous devriez plutôt interroger les gars du groupe d'autodéfense. Plusieurs sont miliciens volontaires, l'un d'eux a dû se faire un plaisir de cafter auprès de la Kommandantur.

Geitel semblait irrité.

— Bonjour Herr Geitel.

— Commissaire, qu'est-ce que c'est que cette voiture ?

— Peut-être celle de Gabriele Paulsen.

— Vous avez des preuves ?

— Heu… pas encore, mais la plaque nous dira bien des choses sur l'affectation de la guimbarde. Je vois qu'elle n'est pas équipée au gazogène ; son propriétaire doit posséder des coupons d'essence fournis par une préfecture. Mais peut-être dispose-t-il aussi d'une carte de circulation… allemande. Si c'est le cas, un fichier au KDS nous le confirmera.

Montford conservait un ton neutre, prenant garde à ne placer aucun sous-entendu dans ses remarques.

Geitel tournait autour de la berline tel un lion enragé.

— Eh bien, commissaire, je dois dire que vous avez bien travaillé. Toutefois je vous informe que désormais, c'est le SIPO-SD qui reprend la direction des recherches. Disant cela il fit craquer ses doigts et tout son corps se raidit.

— Désolé, Kommandeur, mais ce ne sont pas mes instructions.

— Votre supérieur, Herr Lange, a reçu nos consignes. Il vous les transmettra dès votre retour à Vichy. Je n'ai rien d'autre à ajouter, ou plutôt si, avez-vous des prélèvements à nous communiquer ?

— Nous n'avons pas eu l'occasion de…

— Nous vous contacterons pour faire un point sur l'enquête. Il va sans dire que vous ne prendrez aucune initiative sans nous en référer.

Accompagnés du gendarme, Montford et Darmon regagnèrent la départementale sous l'œil impavide des Allemands.

Quand leur véhicule fut hors de vue, Geitel se tourna vers son adjoint. Sa voix était blanche.

— Fais-moi enlever cette voiture, qu'elle disparaisse pour toujours.

— Où se trouve-t-il à votre avis ?

— J'aimerais que ce soit très loin d'ici, en enfer.

— Il est devenu incontrôlable.

— Je l'ai senti dès le premier jour. Mais il avait une recommandation de l'Ahnenerbe, le joujou d'Himmler. C'était difficile de l'envoyer balader.

— Qu'est-ce qu'on fait maintenant ?

— Laissons ces policiers remonter jusqu'à lui ; quand ils l'auront déniché, nous aviserons. Je veux une surveillance permanente sur ce fouinard de Montford, une équipe devant la villa Cornil et une autre devant son domicile, rue Girard.

— Vous croyez que la fille a dit vrai, Hauptsturmführer ?

Arno Geitel ferma les yeux. Il repensait aux caresses d'Adèle, à sa trahison aussi. Il avait été faible et naïf. On ne pouvait accorder aucune confiance à ces Français. Un instant encore le corps livide de la jolie rousse dansa dans son esprit ; elle allait lui manquer.

— Que le policier nous mène lui-même à la tanière des partisans. Quand ce sera fait, nous liquiderons tous ces nuisibles.

* * *

Après avoir déposé le gendarme à la brigade du Mayet-de-Montagne, Paul demanda à Lucien de garer la voiture sur le bord de la route. Il était traversé par une colère froide. Au bout d'un moment, il secoua la tête comme s'il se parlait à lui-même. Il sortit son paquet de cigarettes et en grilla une.

— C'est un des leurs, bien sûr.

— Geitel le sait depuis le début, pas vrai ?

— Peut-être bien, mais j'ai un doute, je crois que la voiture a tout révélé. Les fridolins veulent récupérer leur cinglé de compatriote et l'évacuer discrètement ; je te fiche mon billet qu'il n'y aura pas de procès.

— Ils vont nous suivre de près…

— La bonne nouvelle, c'est qu'ils sont incapables de le retrouver sans nous. On était à deux doigts de le coincer ce salopard ; tu as vu que la bagnole était planquée près du Bois Blanc ? C'est là qu'on a trouvé le premier corps, celui d'Émilie Florain.

— Gabriele Paulsen ne va pas s'en tirer, je deviendrais fou si ça arrivait !

— Je pense comme toi, mais que faire ?

— Il faut qu'on le déniche avant les Allemands, quitte à les abreuver de fausses pistes pour donner le change.

Les yeux de Paul brillaient d'un éclat froid.

— On va le serrer nous-mêmes, loin des boches.

— Et après ? risqua Lucien en remettant le contact.

— On le butera.

# 57.

Un peu avant vingt et une heures, Auguste Bradoc enfila une veste matelassée. Il prit son béret, vérifia sa lampe torche, le Colt semi-automatique avec deux chargeurs garnis et les documents fournis par les Anglais. Pour le ravitaillement il avait un thermos de thé brûlant, des biscuits et du saucisson. Il rangea le tout dans un petit sac à bandoulière.

Dans la cuisine, il croisa Lucienne qui fixait sa tisane en silence, rongée par l'inquiétude. Elle vit son homme, harnaché, la mine résolue. Dans ces instants où tant de périls s'annonçaient et où le risque de le perdre devenait plus fort, elle le trouvait beau. Son amour pour lui était plus grand que jamais.

— Voilà je pars, dit-il simplement. J'ai confié la scierie au contremaître. Si on te pose des questions, raconte que je suis descendu chez mon frère à Perpignan pour quelques jours. Il sait quoi dire au téléphone si on tente de le joindre à mon sujet.

Elle se leva, il la serra contre lui et comme ils l'avaient convenu, se séparèrent sans formule.

Dans cette longue nuit de septembre, Bradoc retrouva FRANK et TOM, qui l'attendaient, planqués dans une grange à l'orée des bois. Ils enfourchèrent chacun une bicyclette et gagnèrent la route où ils se fondirent dans les ténèbres. Devant les Bois Fréchaux, une camionnette les embarqua jusqu'au vilain sentier qui menait au col des Planchettes, la base du maquis des Bois Gris.

Redevenu BERTRAND aux yeux de tous, le maire de Lavoine méditait en silence le discours qu'il ferait devant ses hommes. À minuit, un aéronef de l'US Air Force survolerait un petit champ isolé, à moins de dix kilomètres de leur bivouac. Le grand soir était enfin arrivé, du ciel allaient tomber les armes. Ils espéraient tous des grenades, des bâtonnets d'explosif plastic et surtout des pistolets-mitrailleurs Sten MK II : une artillerie puissante, des pièces faciles à dissimuler. Une fois au camp, entouré de la cinquantaine de réfractaires, de communistes et de patriotes, BERTRAND donna ses dernières instructions.

— Les conteneurs seront divisés en cinq caissons. Il faudra éteindre les lampes, ramasser les parachutes et décamper au plus tôt avec le matériel. Je veux quatre porteurs par module, deux qui tiennent le pare-choc et deux autres à l'extrémité qui se saisiront des crochets. Vous rejoindrez le camion au pas de course, sans vous retourner, quoi que vous puissiez entendre. Sur la route, si on vous fait signe de vous arrêter, vous foncez dans le tas !

* * *

Dans la nuit noire, ils convergèrent vers le champ en traversant une aire de mort-bois, infestée d'épines et de ronces. La lune baignait les arbres d'une lumière froide.

Arrivés sur la zone de droppage (code RICCO), ils se mirent à la baliser avec des lampes de poche électriques. RIVAL alluma sa radio à vingt-trois heures. L'avion ne devait émettre que cent kilomètres avant de survoler le point de largage. Ils étaient tous en place, certains avec un fusil, blottis dans le dédale des troncs et des massifs qui encerclaient la périphérie du champ. Personne ne bougeait. Des brumes nacrées s'échappaient des bouches figées par l'appréhension.

Son casque sur les oreilles, RIVAL fit un geste ample vers BERTRAND qui attendait plus loin à côté du camion.

Au nord, une couverture de nuages gris biffait le ciel ; le vent se levait. L'avion arrivait. Tom se mit au milieu du champ, une lampe pointée vers les étoiles, prêt à signaler au pilote leur position.

La masse du B-24 Liberator s'approchait. Il fit un premier passage à l'aplomb de la zone de largage avant de décrire une ellipse au-dessus des monts de la Madeleine et revint en grondant.

Au deuxième passage, l'aéronef lâcha au jugé trois cigares de métal. Deux ondulèrent lentement dans la nuit, leur parachute ouvert comme les corolles d'une grande fleur.

Les voiles du troisième s'entortillèrent dès le droppage et le conteneur tomba comme une bombe dans un massif de résineux. Dans un effrayant bruit de ferraille, il éclata sur un rocher. Sous la violence du choc, les cylindres de fer se disloquèrent et toute la cargaison fut projetée à plusieurs dizaines de mètres à la ronde. Au milieu des tablettes de chocolat, des munitions et des crosses de fusil brisées, une poche de tissu libéra des milliers de tracts qui s'égayèrent partout. Un petit vent canaille ramena plusieurs de ces papillons dans les jambes des partisans qui s'échinaient en silence à ramasser les membranes et à désolidariser les tambours des deux premiers cigares.

Les gars regroupèrent en souriant les PM Sten. BERTRAND invectivait à voix basse ceux qui lambinaient.

Quand le camion fut chargé et tous les autres partis à pied ou installés à l'intérieur, le chef s'apprêta à gagner la cabine.

Au-dessus du champ, un dernier spectacle lui glaça le sang. Les tracts virevoltaient telle une nuée d'engoulevents et le sol en était tapissé.

Il se baissa et saisit l'un d'eux : un rectangle coloré en bleu, blanc et rouge et frappé d'une croix de Lorraine. Ces mots : « Obéir, c'est trahir. Désobéir, c'est servir ».

* * *

Dans Cusset, André Lange prit son chapeau et sortit de la berline. Son chauffeur lui tenait la porte. Un policier chargé de sa sécurité inspectait la rue déserte.

— C'est bon, monsieur le Directeur, fit-il en hochant la tête.

— Bonne nuit Gilles, bonne nuit Sébastien, répondit Lange. À demain huit heures.

Le patron de la Sûreté marcha lentement vers le portail de sa maison. Il se sentait lourd de fatigue. Ses yeux se posèrent distraitement sur les reflets d'un réverbère qui éclairaient les pavés mouillés par la pluie.

Le portique de fer grinça désagréablement. Ces gonds avaient besoin d'un peu d'huile, il s'en occuperait ce week-end.

Il voyait une pâle lumière qui perçait loin derrière la vitre du salon ; Jeanne devait l'attendre, incapable de trouver le sommeil. Savoir Apolline seule, perdue dans le grand dortoir de Viermeux, lui taraudait le cœur.

Lange sortit ses clefs quand un bruissement anormal stoppa sa main en l'air. Il fit mine de ne rien remarquer puis se mit soudainement à genoux en lâchant le trousseau qui tinta sur le perron.

Il avait presque dégainé quand une voix troua la nuit.

— Doucement patron, ce n'est que nous.

— Paul ?

Ses yeux tentaient de discerner l'ombre familière.

Montford et Darmon firent un pas de côté. Ils quittèrent une niche obscure qui se trouvait près d'un citronnier.

— Qu'est-ce que vous foutez là, planqués comme des romanos ?

— Il faut qu'on te parle.

— À une heure pareille, chez moi en plus ! Tu ne crois pas que tu exagères un peu?

— Désolé, mais y a urgence. Et puis je me méfie de l'hôtel Bellevue, les murs ont des oreilles.

— Et les fenêtres, les poignées et tout le reste, ajouta Lucien.

— Très bien alors, entrez une minute puisque vous êtes là.

— Je ne pense pas que ce soit une très bonne idée.

— Comment ça ? On gèle ici. Jeanne va nous préparer quelque chose à manger.

— Il vaudrait mieux la laisser en dehors de ça.

Le directeur devint pâle. Il serrait nerveusement son chapeau dans ses mains.

— Enfin, à quoi ça rime ?

Paul s'approcha et le regarda avec détermination.

— La Milice a chopé Elias il y a quelques jours. À l'heure qu'il est, je n'ose imaginer ce qu'ils sont en train de lui faire subir.

— Je sais, j'ai eu la nouvelle en fin d'après-midi.

— Il faut qu'ils le libèrent immédiatement ! Son arrestation est illégale, la Milice n'a aucun pouvoir de police judiciaire.

— Pas encore, c'est vrai. Mais ça ne va pas durer…

— Peu importe, tu es d'accord pour intervenir ?

— Elias a salement déconné à ce qu'on raconte ; cette fois-ci, je ne suis pas sûr de pouvoir lui sauver la mise.

— Tu rigoles ? Depuis quand la Milice appréhende des policiers, c'est le monde à l'envers ! Tu connais mieux que moi la directive de Bousquet : « Tout milicien qui se livre à une opération de police ou de provocation doit être arrêté. »

— N'oublie pas à qui tu t'adresses, je te prie. Les choses sont un peu plus compliquées que çà. Tout à l'heure, ce n'est pas Darnand que j'ai eu au bout du fil, mais Geitel en personne. Ce salaud m'a informé des activités clandestines d'Elias. Il serait en cheville avec le maquis ! Au moment où je vous parle, les Allemands lui préparent une cellule à Moulins. Mais avant, ce sera le détour d'usage par l'hôtel du Portugal, dans les caves des tortionnaires SS.

— C'est un tissu de conneries André, la Milice a inventé ce bobard uniquement pour se venger d'Elias et nous mettre en difficulté.

— Tu sembles bien sûr de toi, tu es objectif ou bien est-ce l'amitié virile qui te brouille le jugement ?

— Tu m'as avoué toi-même, à plusieurs reprises, que tu n'accordais aucun crédit à cet Hubert Martin. Tu le disais sournois comme une vipère. Tu as oublié peut-être ?

— Si Elias Damian était resté dans les clous, il serait tranquillement en train de dormir chez lui, à qui la faute ?

Paul faisait de grands gestes et la colère envahissait tout son visage.

— Laissons Elias une seconde, parlons du cadre judiciaire. Je ne te demande pas de l'absoudre, mais d'interférer pour qu'il soit remis à la police française ; qu'il bénéficie d'un procès impartial. Avec le SIPO-SD, il finira une balle dans la nuque !

André Lange s'approcha de Paul et empoigna son imperméable.

— J'en ai plus qu'assez de vos magouilles, je vous ai fait revenir parce que vous étiez intègres. Je vous faisais confiance. Mais je me suis trompé sur votre compte.

Maintenant, on arrête les frais, basta ! Vous n'appartenez plus aux enquêtes réservées.

— Retire tes mains André, s'il te plaît.

— Je suis ton chef et je suis chez moi. La police, c'est fini pour vous, vous êtes trop dangereux.

Paul éclata de rage et d'un violent coup de poing il l'expédia dans un massif où il tomba lourdement. Le patron sortit son arme. Mais Paul et Lucien, plus rapides, le braquaient déjà.

— Lâche ton flingue !

André blêmit. Il s'exécuta.

— Vous… vous êtes complètement fous ! Je devrais vous faire arrêter sur-le-champ.

Les deux autres le dominaient.

— C'est tout, fit Paul, on en reste là ?

— Oui. Ton protégé a oublié qu'il avait une plaque de policier. En rectifiant Maxime Brudos, un collègue, il s'est mis en dehors de la Sûreté. En intervenant pour le faire libérer, je compromettrais toute l'institution. Bousquet me casserait les reins.

Paul hocha la tête. Sa bouche était fermée, dure. Il jeta un coup d'œil à Lucien puis se retourna vers André.

— À vrai dire, je m'attendais à une réponse de ce genre. Aussi, je ne suis pas venu les mains vides.

Il fit un geste : Lucien lui tendit une enveloppe ouverte avec quelques clichés dedans.

— Les photos sont assez nettes, on voit bien qu'il s'agit d'une gamine, seize ou dix-sept ans. À peine plus qu'Apolline, n'est-ce pas ?

Lange prit les clichés. Une sueur glacée descendit le long de sa nuque et paralysa ses membres.

— Tu vas bien m'écouter, André. Si tu ne bouges pas tes fesses pour tirer Elias d'affaire, la veuve Bertignac du même coup, ces images circuleront partout. Ta femme n'y coupera pas. Je connais plus d'un ministre bien-pensant qui trouvera à redire, ton cher ami le garde des Sceaux en premier. Je doute que ta francisque fasse de vieux os. Réfléchis bien. Je te laisse les tirages, on a des copies.

Paul se retourna et Lucien le suivit. Ils disparurent dans la nuit.

André prit les photos et les déchira en petits bouts.

Ses mains tremblaient.

Quand Montford passa devant la réception de son hôtel, le veilleur de nuit, aux petits soins depuis l'épisode des clapiers, lui fit un signe avec un exemplaire de La Montagne plié dans une main.

— Monsieur le commissaire, quelqu'un a déposé un mot pour vous.

— Qui c'était ?

— Un homme bien habillé qui n'a pas donné son nom, juste cette enveloppe.

Assis sur son lit, Paul lut le billet qu'elle contenait : « Mon chéri, ton cousin est souffrant, passe donc le voir à Nonette[1] cet hiver. »

Paul posa son Lebel sur la table de nuit, prit une allumette et mit le feu au papier qu'il laissa brûler dans le pot de chambre. Il pila les cendres et jeta le tout par la fenêtre.

Il avait bien compris le message.

FÉLIX voulait le voir de toute urgence.

---

1. Petit village du Puy-de-Dôme.

# 58.

## Stalingrad, ruines de l'hôpital

Glacé d'horreur, le sergent fit un pas en arrière.

— Manger les gosses ? Himmelgott ! C'est de la pure monstruosité, jamais de la vie !

Lui ne cilla pas. Inutile de discuter.

Le sous-officier lança une bordée d'injures puis s'éloigna en bougonnant ; il se laissa tomber sur un siège.

Il regardait les gamins du coin de l'œil, collés les uns aux autres pour conjurer le froid, leurs têtes tournées vers les Allemands et le vide dans leurs prunelles.

Quand le sergent se leva pour aller uriner derrière une armoire métallique, il s'approcha tel un chat et prit son supérieur par surprise en bondissant dans son dos. Il frappa à la volée à grands coups de poignard.

Le soldat poussa un cri rauque qui se mua en borborygmes au fur et à mesure que le sang affluait dans sa gorge. Lui continuait de taillader avec précision, indifférent aux cris des Allemands comme aux gesticulations de sa proie, la queue à l'air et le ventre plaqué contre les carreaux du mur. Quand le corps glissa au sol, il ramassa le Schmeisser. Il tira la culasse pour chambrer une première balle et ôta la sécurité.

La mine sombre, il toisa les fantassins, pétrifiés.

— Quelqu'un a un problème ? fit-il en tenant l'arme automatique à deux mains. Bon, parfait. Il se dirigea vers les gamins. Dans un même élan, il balaya le groupe d'une rafale.

Quand les douilles cessèrent de tintinnabuler par terre, il se tourna vers Klaus.

— À toi de jouer, on crève la dalle.

Le boucher découpa soigneusement les cadavres, comme le faisaient les trappeurs d'Alaska avec la viande d'ours. Il trancha de fins lambeaux de chair qu'il mit à sécher sur la table de dissection. On aurait dit qu'il apprêtait ses étals à Mannheim.

Ils survécurent ainsi, deux semaines de plus, jusqu'à ce qu'un tapis de bombes allemandes efface du paysage la barre d'immeubles d'où les snipeurs guettaient leur sortie.

Ils firent disparaître toutes traces des cadavres et aucun d'eux ne parla jamais de ce qui s'était passé, durant l'hiver 1942, dans les sous-sols du grand hôpital de Stalingrad.

# 59.

Paul remontait la rue de France à pied. Face à l'enfilade des maisons bourgeoises, les allées du parc bruissaient sous un tapis de feuilles mortes. Il traversa la chaussée puis s'engagea d'un pas alerte dans la rue du Languedoc. Une camionnette bleue stationnait sur le bord du trottoir. Il s'approcha du pare-brise et, sans s'arrêter, s'empara du petit papillon glissé sous l'essuie-glace. Il fit mine d'examiner son paquet de cigarettes tout en dépliant le papier. Ensuite il le roula en boule et l'avala. Quelques minutes plus tard, il poussait une porte cochère dans la rue Lafloque. Deux hommes l'attendaient dans une cour, ils mirent le verrou derrière lui, ôtèrent l'arme de son étui et le guidèrent vers un étage, dans un immeuble désaffecté qui ne comportait aucun vis-à-vis.

Dans une salle vide, FÉLIX lisait un journal, assis sur une chaise.

— Adèle Bréal est morte commissaire, lâcha-t-il d'une voix caverneuse.

— Comment ?

— Elle ne s'est pas pointée au rendez-vous convenu et son appartement est toujours inoccupé. Elle s'est fait choper.

— Qu'allez-vous faire ?

— Rien. On ne fait pas d'omelette... Vous connaissez le refrain. Tant pis pour le « Projet Einherjar ». On ne saura jamais ce que c'était.

— Si Adèle a été arrêtée, à l'heure qu'il est, elle a dû tout balancer sur ses contacts, moi au premier chef.

— Oui, c'est une éventualité. Désolé, vraiment.

Paul se sentit pris de vertiges. Il s'assit contre un mur, le regard perdu dans le vieux parquet.

— Et ma femme, mon fils ? Les boches vont les interroger !

— Ils verront vite qu'ils ne savent rien. Geitel n'a aucune preuve matérielle contre vous, mais quelqu'un a instrumentalisé sa maîtresse ; cette humiliation doit le rendre fou de rage. Commissaire, vous n'êtes plus en sécurité à Vichy.

— Que me proposez-vous ?

— Prenez attache avec GASPARD ; ça bouge en Auvergne. La Résistance définit une nouvelle stratégie. Moins d'attaques sporadiques pour favoriser le regroupement de tous les maquis vers le massif de la Margeride, entre Truyère et l'Allier. Ils veulent créer un bastion défensif destiné à retarder la remontée des troupes allemandes vers le nord, après le débarquement. Aux portes de la Lozère, vous pourrez vous cacher facilement.

— Si je dois partir, il faudra d'abord que je règle deux choses, avec votre aide.

— Dites toujours.

— La Milice a mis la main sur un de mes inspecteurs, Elias Damian. Les boches vont venir le chercher, ils pensent qu'il est partisan. Il ne doit pas se retrouver dans les geôles du KDS.

— Je suis au courant de cette arrestation, un contact à nous travaille au château des Brosses. C'est là qu'est votre homme. Il sera bientôt transféré à la Mal-Coiffée de Moulins : un terminus. Je suis navré pour vous, mais nous n'interviendrons pas. Trop risqué. Nous ne sommes qu'un bureau de renseignements.

— Je le sais parfaitement, je songeais plutôt au maquis des Bois Gris pour monter l'opération ; c'est un secret de polichinelle qu'un parachutage a eu lieu il y a quelque temps. Tous les journaux en parlent, on a ramassé des messages gaullistes partout dans le massif des Gabelous. Maintenant que BERTRAND est outillé, lui et ses francs-tireurs sont prêts à frapper un grand coup. Je leur donne un bel objectif : libérer un « camarade ».

— Essayez de le convaincre, je doute qu'il vous porte dans son cœur ! Que doit-il penser de votre chasse aux terroristes ?

— Il le fera parce qu'Elias connaît sa vraie identité. Il n'a pas le choix.

— Qu'attendez-vous de moi ?

— Activez votre contact afin qu'il signale le moment où Elias quittera les Brosses dans le fourgon des prisonniers. Moi, je demanderai aux maquisards d'intercepter le véhicule cellulaire. Ils devront agir avant Moulins.

— Vous persuaderez BERTRAND ?

— Il le faudra bien.

— Et la deuxième chose ?

— J'exige un document certifié du NAP attestant que, dans mes fonctions de policier, je me suis efforcé de limiter les actions commises par le gouvernement contre les patriotes. Écrivez-le noir sur blanc : notre brigade n'a eu pour seule finalité que la répression des crimes et délits de droit commun.

— Pas question.

— C'est la vérité FÉLIX, vous me devez bien ça. Si par miracle je m'en sors, je ne croupirais pas en prison dès la Libération. Je veux que le NAP témoigne que j'étais un résistant. Ce papier, il me le faut tout de suite, signé de votre main.

FÉLIX sembla réfléchir puis se fit apporter une feuille qu'il griffonna à la hâte.

— C'est la dernière fois que nous nous voyons commissaire. En disant ces mots, un vague dégoût perçait dans le son de sa voix.

Paul Montford prit le billet, le lut attentivement avant de le ranger dans sa poche.

Au moment où il hélait un vélo-taxi pour regagner la villa Cornil, une voiture se gara au milieu de la rue Girard, devant son hôtel. À bord, deux policiers allemands ouvrirent une sacoche et saisirent une photo d'identité.

C'était le visage de Paul.

# 60.

Assis dans la confortable voiture qui le conduisait au château de Wesselburg, en Westphalie, l'homme méditait sur sa bonne fortune. Depuis qu'il venait de soutenir sa thèse relative à l'écriture runique au Groenland, tout lui souriait.

Les propos de son maître de recherches, le professeur Cornelius Milgram, membre éminent de l'institut archéologique allemand, lui revenaient en mémoire.

— Mon cher, si vous désirez poursuivre vos études et accéder à un poste important, vous devez choisir le centre de Marburg. Si leurs travaux consacrés aux racines nordiques du peuple allemand frôlent l'escroquerie intellectuelle, ils ont l'avantage de s'inscrire dans la ligne idéologique du parti national-socialiste. Or vous le savez, la SS possède de nombreux affidés parmi les élèves, toujours prompts à dénoncer les cours « déviants » de nos confrères. Vous ferez des concessions, mais vos théories sur les Vikings plairont. Elles sont dans l'air du temps. Aussi, commencez par adhérer à la SS puis, une fois adoubé par l'institut de Marburg, postulez pour l'Ahnenerbe de Berlin. Vous serez dispensé du service militaire et payé pour faire ce que vous aimez : de l'archéologie.

Interrogé sur l'Ahnenerbe, Milgram soupira. Il ouvrit un tiroir et farfouilla avant de s'emparer d'une brochure.

— Tenez, dit-il en la jetant devant lui. C'est assez éclairant, vous allez voir.

Intitulé « Germanien », le fascicule comptait quelques dizaines de pages. En cahier central, le dossier du mois évoquait l'art rupestre suédois.

* * *

Après un contrôle médical et l'examen de son arbre généalogique, le bureau de la race et des colonies lui remit une attestation où figurait, sous un tampon humide, la mention « Apte à la SS » suivie de la précision manuscrite : « Nordique pur ». Toutes les voies lui étaient ouvertes.

Le siège de l'Ahnenerbe se trouvait à Berlin. La vaste demeure servait d'épicentre à la plus étonnante organisation qu'il lui fut donné de connaître. La Société pour l'étude de l'histoire des idées premières comportait de nombreux départements scientifiques, allant de l'archéologie à l'anthropologie. Elle réunissait des experts venus de toute l'Allemagne. Ces sommités s'employaient à retrouver les croyances, les pratiques et le langage des ancêtres de la race germanique. Un très discret « département R » faisait même de la prospective militaire. Les allées et venues d'officiers de la Luftwaffe rattachés au centre de recherche de l'armée de l'air de Dachau en témoignaient. Toutefois, le conventicule le plus secret de l'Ahnenerbe, dont on disait que ses membres rendaient compte directement à Himmler, concernait les sciences paranormales. La cellule possédait une galerie de bourlingueurs aussi farfelus que passionnés. Leur champ d'études transcendait tous les dogmes du national-socialisme en se basant sur l'analyse des grandes traditions ésotériques. L'objectif était toujours le même : remonter aux sources et démontrer que les grandes civilisations de l'humanité procédaient d'un seul et même tronc commun : la race immémoriale des Aryens

* * *

Au détour d'un lacet, la forteresse de Wesselburg s'éleva au-dessus des arbres. C'était une enceinte de forme triangulaire ; il avait lu qu'elle évoquait la pointe de la sainte Lance, l'arme qui servit au centurion Longinus pour percer le flanc droit du Christ.

Il fut reçu chaleureusement par un officier SS qui lui proposa de prendre sa valise. L'homme arborait comme lui, sur la bande de bras de son uniforme noir, la rune de vie, « Algiz » : symbole de l'Ahnenerbe.

Ils traversèrent une cour pour gagner la base d'un imposant donjon. À l'un des étages, on lui présenta sa chambre : une cellule austère.

— C'est une joie de vous accueillir parmi nous Professeur Paulsen, fit l'officier. Vos études sur Erik le Rouge et la colonie perdue du Groenland sont remarquables. J'ai le plaisir de vous annoncer que dès ce soir, après le dîner qui suivra votre conférence, le Reichführer Himmler en personne s'entretiendra avec vous.

Les yeux de Gabriele luisirent un instant. Il bomba le torse.

— C'est un immense honneur.

— Ja, en effet. Reposez-vous Herr Professor ! Vous devrez être en forme pour votre exposé.

Il parcourait ses notes quand un domestique frappa à la porte. On le conduisit à la salle de réunion. Dans la tour nord, l'auditoire patientait au milieu d'une pièce cerclée de douze piliers. Au centre, sur le sol en marbre, courait une étrange roue solaire prolongée de douze rayons.

L'estrade comportait un grand tableau noir ; une vingtaine d'hommes en uniforme bavardaient.

Gabriele ôta sa casquette et salua un confrère de l'Ahnenerbe qu'il côtoyait à Berlin.

Il s'approcha du pupitre quand un murmure traversa l'assistance : Himmler arrivait. Contrairement à ce qui avait été annoncé, le chef suprême des SS venait suivre la conférence de Paulsen ! Il marchait d'un pas énergique et donnait l'image d'un homme d'affaires.

— C'est votre jour de gloire mon cher, chuchota le professeur en se penchant vers Gabriele. D'aucuns ici ont fait le siège du Reichführer pour attirer son attention. Ah vous n'aurez pas que des amis ce soir !

— Professeur, je vous laisse la parole, fit Himmler après un bref salut. Gabriele se racla la gorge et attaqua sans fioritures. Sa voix était grave, dénuée du moindre affect.

— Mes recherches portent sur le viking Erik le Rouge qui découvrit l'Islande puis le Groenland au xe siècle. Sur cette île hostile, il fonda la première colonie nordique. Les peuplades profitèrent du réchauffement climatique pour prospérer sur la côte sud. On trouva leur présence sur la commune inuit de Upernavik, beaucoup plus au nord, comme en témoigne la fameuse pierre runique de Kingigtorssuaq.

— Professeur, l'interrompit un gros homme chauve, avez-vous localisé l'emplacement de la porte de l'Agartha ?

Paulsen laissa filer une pointe d'irritation.

— Vous voulez parler de ce passage qui conduirait à la Terre creuse : un royaume s'étendant sous la surface ? Je connais cette « croyance », mais je n'ai aucun élément me permettant de l'infirmer ou de la confirmer.

— Mentionne-t-on les Berserkers dans les artefacts retrouvés au Groenland ? enchaîna un autre.

— Hum… non, pas vraiment. Les Berserkers furent interdits avec l'avènement du christianisme. On a peu d'écrits sur ces guerriers d'Odin. Ils possédaient, dit-on, une force peu commune.

Un lieutenant leva la main.

— Herr Professor, une légende raconte que plusieurs Berserkers du Groenland ne parvinrent pas à revenir de leur transe et décimèrent leurs compagnons ; ceci expliquant la disparition de la colonie. Qu'en pensez-vous ?

Gabriele ricana intérieurement devant tant de sottises. Et dire qu'Himmler croyait à des sornettes de ce genre. Il haussa les épaules.

— La communauté souffrit d'un important refroidissement et probablement de consanguinité. On ne retrouva plus au XVIe siècle, comme unique trace de leur passage, que quelques fermes désolées.

À la fin de son exposé, d'autres questions fusèrent : Les runes de la pierre de Kingigtorssuaq possédaient-elles un pouvoir magique ? Il dit qu'il l'ignorait. Un autre SS leva le bras.

— Que savait-on des sacrifices chez les Vikings ?

— Ils furent moins nombreux qu'on a pu le raconter. Parmi les pratiques les plus étonnantes, je peux vous citer le rituel de « l'aigle de sang ». Pour effrayer leurs ennemis, ils s'emparaient de l'un d'eux, lui coupaient les côtes dans le dos et faisaient ressortir les poumons. Les organes mis à nu évoquaient deux ailes sanglantes.

Le public était conquis ; les applaudissements éclatèrent.

Durant le dîner, il fut tant sollicité que lorsqu'il voulut goûter sa caille aux raisins, elle était froide.

# 61.

Après le dessert, Walther Bechner, le président de l'Ahnenerbe, lui proposa de le suivre. Gabriele se sentait un peu ivre. Les murs du couloir, éclairés de torches, oscillaient étrangement.

Ils descendirent au rez-de-chaussée de la tour, puis gagnèrent un escalier qui buta sur une porte à la serrure complexe. De larges inscriptions runiques couraient le long des plinthes.

Walther frappa trois fois. Un officier SS vint leur ouvrir. Bechner et Paulsen pénétrèrent dans une salle au plafond bas, remplie d'armoires vitrées. Ici et là, de belles écorces étaient gravées de croix gammées et de silhouettes guerrières.

Heinrich Himmler était assis sur le bord d'un bureau tapissé de documents. Deux hommes en costume sombre se tenaient derrière lui, dégustant un alcool.

— Professor, Professor ! fit Himmler avec enthousiasme. Toutes mes félicitations.

— Vous m'honorez Reichführer.

— Walther, votre petit protégé est si prometteur, fit le chef SS en posant une main sur l'épaule de Gabriele.

— Bienvenue dans la salle des Ancêtres. Cet endroit vous plaît ?

— Reichführer, on dirait le trésor des Nibelungen, il y a tant de choses.

— C'est ici mon antre, la grotte où j'entrepose tous mes richesses. Ces artefacts me rappellent le génie de nos ancêtres. Nous pourrions explorer tout ce qui se trouve ici, mais le temps nous manque.

— Je suis à votre service Reichführer.

— Parlez-moi encore des Berserkers et de ces Gaulois qui leur ressemblaient tant !

Devant la curiosité de son chef, Paulsen sentit l'excitation le gagner. Fini la cohorte des médiocres, il avait enfin l'occasion de faire ses preuves.

Il conféra sans quitter Himmler des yeux ; il y avait dans son expression et le timbre de sa voix une froideur dérangeante.

— Je n'ai étudié que les Vikings, mais il est connu que les Gaulois aimaient montrer qu'ils faisaient fi de la mort. En ce qui concerne les Berserkers, ils pouvaient entrer en transe et ne plus craindre le froid.

— Savez-vous d'où venaient leurs pouvoirs ?

— La légende se confond avec l'archéologie, répondit Gabriele en acceptant un verre. Les Berserkers étaient considérés comme les protecteurs des rois, mais aussi les fidèles combattants d'Odin. Ils devaient ressusciter après leur mort pour affronter les géants lors de la grande bataille de la fin des temps. L'origine de leur « fureur » reste un mystère. J'ai lu diverses choses à ce sujet : un don sacré, nommé « Hamrammr ». Une forme de métamorphose animale.

— Dans Germania, Tacite évoque les prouesses de ces hommes de guerre ; il y a tant de sources concordantes, fit Himmler, comment ne pas y voir une authenticité historique. Toutes les légendes ont une part de vérité, n'est-ce pas ? Dans les grandes sagas islandaises et les poèmes de notre enfance, il est toujours fait mention de ces guerriers.

— Oui, comme je l'ai dit, la légende et l'histoire se confondent.

Himmler rassembla l'extrémité de ses dix doigts et se cala pensivement dans son fauteuil.

— Il n'y a pas que les légendes qui évoquent les Berserkers. Tout près d'ici se déroula une bataille décisive pour l'histoire du peuple allemand. Hermann le Chérusque défit les légions du général Publius Quinctilius Varus. Cet exploit fut narré par Tacite dans Germania. Saviez-vous qu'il admirait les guerriers germains ? Il ne fait aucun doute que nos ancêtres détenaient une partie du secret des Berserkers. La chose intrigua tant les Romains qu'ils n'eurent de cesse de percer cette énigme.

— Possible, Reichführer. Dommage que nous manquions de preuves.

— Nous avons toutes les preuves qu'il nous faut, bien au contraire, fit Himmler d'un ton sec. Que dites-vous du livre de Hirtius, dans La Guerre des Gaules ?

— Vous faites allusion au livre IX des Commentaires de Jules César ? Je connais cette théorie. Officiellement, le Romain n'en écrivit que sept. Après sa mort le huitième fut rédigé par Hirtius, son collaborateur. Une légende raconte qu'il existerait un neuvième tome apocryphe. Mais personne ne l'a jamais trouvé.

Les yeux d'Himmler percèrent Paulsen de part en part.

— C'est une nuit très spéciale Professeur, elle marquera votre vie à tout jamais. Vous croyez-vous capable d'entendre certaines choses au-delà du commun et de les garder secrètes à tout jamais ?

Le ton était solennel. Les yeux de Gabriele s'étrécirent de convoitise. Il hocha la tête.

Tous les hommes en noir se retrouvèrent près d'une cheminée où Bechner entretenait le feu.

— Qui commence ? demanda Himmler avec une joyeuseté enfantine.

La chaleur montait : les Allemands ôtèrent leur vareuse pour se mettre à l'aise. Mais pas Paulsen. Les mains sur les genoux il écoutait, attentif. Pas une goutte de sueur ne perlait sur son front. Bechner se retourna, grandi par l'ombre des flammes. Il parla avec gravité.

— Les premières écritures de l'humanité s'inspirèrent du mouvement des astres. Parmi les symboles qu'elles utilisèrent, on trouva fréquemment notre svastika. La croix gammée évoque depuis les temps immémoriaux la planète Sirius. La présence de cette représentation sur les dolmens celtiques ou dans les catacombes romaines trahit la prégnance d'un culte solaire. Son origine est étroitement liée à nos ancêtres aryens.

Himmler se versa un verre de vin français et leva le flacon pour en apprécier la robe.

— Nous discutions du neuvième manuscrit d'Hirtius... J'avoue m'y perdre un peu, s'étonna Paulsen.

— Montrez-le lui, ordonna Himmler en regardant son directeur.

L'intéressé marcha vers un coffre dissimulé derrière un rideau. Il revint avec une chemise de cuir.

Sur les documents s'étalait une écriture gothique enluminée de créatures grimaçantes.

— Les confessions de Conrad de Marburg, grand juge de Rhénanie au XIII^e siècle, fit Walther Bechner d'une voix magistrale.

— J'en ai très vaguement entendu parler, soupira Paulsen.

— La tâche de l'inquisiteur était d'expurger le pays de l'hérésie. Il brûla de nombreuses personnes avant que l'Empire ne le destitue pour ses outrances. Marburg tint plusieurs carnets de campagne relatant ses expéditions judiciaires. Les Confessions réunissent quelques-unes de ces chroniques. Cet ouvrage est inestimable. Un passage décrit un fermier se comportant comme un animal sauvage. Le rédacteur évoque clairement le pantomime des guerriers celtes, allant jusqu'à citer en toutes lettres la bataille de Bibracte où César défit les Helvètes.

— Bechner s'effleura pensivement le menton puis écarta les mains dans un geste ampoulé : « Le récit de cet engagement figure dans le fameux neuvième livre de La Guerre des Gaules. »

Paulsen était à demi convaincu.

— Pourquoi ce livre, s'il existe, présente-t-il tant d'intérêt pour nous ?

— Contrairement aux huit premières chroniques, le dernier commentaire – écrit vers 49 avant Jésus-Christ – n'évoque pas les conquêtes de César. Mais on y apprend que le Proconsul s'inquiétait de la présence de guerriers mystiques dans les rangs ennemis. Comme il convoitait la source de leur pouvoir, il aurait mandaté Hirtius ainsi qu'un général romain fidèle, Caïus Cimber, afin de rassembler tous les éléments disponibles sur les Berserkers. Les derniers paragraphes du livre IX relatent les enquêtes menées par les deux Romains. Ce tome ultime, à la différence des précédents, ne fut pas transmis au Sénat de Rome. Cimber prit sa tâche très à cœur et n'hésita pas, pour parvenir à ses fins, à torturer des centaines de druides dans la Gaule occupée. Il aurait interrogé Vercingétorix lui-même au fond de sa geôle.

Himmler, que le sujet semblait passionner au-delà de tout, se mit à frétiller dans son fauteuil.

— À ce stade Paulsen, fit-il, je pense qu'il nous faut commencer par le commencement et vous dévoiler enfin tous les mystères. Vous allez comprendre pourquoi notre quête est si importante pour le Reich.

* * *

Ils étaient quelque part dans les entrailles de Wewelsburg ; un endroit qu'on appelait « la crypte ». C'était une grande cave voûtée à ogives. À l'une des extrémités se dressait un autel de marbre noir, couronné d'une tête de mort et des deux runes de la SS. On alluma des torches. Des langues de lumière chaude ronflèrent.

— Professeur, vous êtes ici dans un lieu sacré, lâcha Himmler d'une voix sépulcrale. Quand je parle de « sacré », ce n'est pas au sens du christianisme, cette religion d'esclaves qui fit tant pour annihiler le savoir de nos ancêtres. Ce mausolée est glorieux. Lorsque vous quitterez cet endroit, vous serez des nôtres. Si vous refusez, Bechner vous abattra. En vous brûle l'envie de partager notre secret et de rejoindre la fraternité. Alors, vous prendrez place au sein d'une longue chaîne ; elle débute il y a plus de dix mille ans !

Bechner prit l'air docte et marcha lentement vers le centre de la crypte. Il entra dans une pénombre, sa voix sortit du néant.

— L'Ahnenerbe sait que l'histoire officielle a été tronquée par de nombreuses forces : le judaïsme, le christianisme, la franc-maçonnerie, divers cercles ésotériques ainsi que les grandes traditions indiennes qui ont oublié leurs véritables racines.

La genèse des Aryens remonte au continent de l'Atlantide, civilisation première épanouie aux temps préhistoriques. Elle finira engloutie par l'océan Atlantique. Peu de vestiges demeurent. Juste quelques terres immergées, tel l'archipel des Canaries.

Les populations atlantes, des hyperboréens nordiques qui survécurent au cataclysme, essaimèrent en Europe du Nord. Dans leur viatique se trouvaient la science des étoiles, l'écriture et les sombres mystères qui entouraient leur croyance. Les réfugiés honoraient aussi des guerriers sacrés : les Berserkers comme les nommeront plus tard leurs descendants vikings.

Le culte solaire, particulièrement développé à l'âge du bronze, fut introduit par les Aryens. Sur le continent européen, ils fondèrent des communautés vivaces dirigées par des religieux. Les Celtes ranimèrent ces rites en adorant Belenos, le dieu de la lumière. Confronté aux Berserkers, Jules César tenta par tous les moyens de percer le secret des guerriers-ours. Les druides firent l'objet de nombreuses persécutions ; quelques-uns choisirent la clandestinité pour préserver leur savoir. Les espions de Rome les traquèrent longtemps après que la Gaule fut pacifiée. Alors, les clercs imaginèrent un ordre caché, destiné à perdurer. Ce fut la « première dissimulation ». Cette confrérie prit le nom de « fraternité du Loup ».

Bechner sortit de l'ombre. Son visage semblait totalement habité par son récit.

— Les années passèrent, les membres de la secte survécurent. Ils connurent un répit avec l'avènement de Sol Invictus, la religion officielle de l'Empire romain sous le règne d'Aurélien en 274. Directement inspirée du culte solaire des Aryens, cette nouvelle croyance fut providentielle. La Fraternité infiltra en profondeur les rangs des prêtres jusqu'à prendre le contrôle de toute la hiérarchie. L'accalmie fut de courte durée : en 391 le christianisme devint dogme d'État. Les adeptes regagnèrent la clandestinité, comme les apologistes sous les persécutions romaines.

Bechner mit les mains derrière son dos et fixa Paulsen qui écoutait, bouche bée.

— La secte fonda ensuite une lignée de maîtres cachés. Ce fut la « deuxième dissimulation ». Charlemagne fit preuve de presque autant d'opiniâtreté que César dans son désir d'éradiquer la confrérie héritière du savoir des druides. L'empereur créa une société secrète en Westphalie durant le XIII^e^ siècle. Il s'agissait de la Sainte-Vehme, composée de francs-juges aux pouvoirs étendus. Ils semèrent la terreur parmi les Saxons jusqu'au XVIII^e^ siècle. Ces persécutions ne vinrent pas à bout de la Fraternité. Elle résista, jusqu'à ce soir…

Paulsen plissa le regard sur les hommes assis devant lui.

— Oui professeur, fit Himmler d'une voix solennelle, vous venez de comprendre. Vous avez devant vous plusieurs membres de la Lupus Fraternitas. L'Institut des études premières possède en son sein un petit cercle d'initiés dont vous faites désormais partie. En ces temps décisifs pour la victoire finale, nous allons reprendre le flambeau des anciens maîtres et revitaliser leur savoir.

— Mais qu'attendez-vous de moi Reichsführer ?

— Vous mettre à l'épreuve. Il se trouve que nos armées soumettent actuellement la Crimée. Je place de grands espoirs sur ces terres, futures colonies pour l'Allemagne. On raconte que, là-bas, une forteresse du nom de Mangup-Kale contient de nombreuses inscriptions sur les rois goths issus des Aryens. Je vous charge de les retranscrire. Un chercheur émérite vous accompagnera ; il sera votre mentor. Quand vous reviendrez d'Ukraine, nous aurons une autre conversation.

Les choses sérieuses pourront commencer.

# 62.

Il quitta la grotte à l'aube, par le conduit où le vent faisait résonner les murmures chantés depuis les profondeurs. Il partit cueillir des baies et chasser. Le jour était venu : une autre tentative serait la bonne. Une dernière offrande qui lui ouvrirait la voie sacrée.

Dans les frimas du matin, il repensa au froid bestial de l'est, quand ils devaient couper les pieds des cadavres pour s'emparer de leurs chaussures et éviter les engelures, fatales durant l'hiver. La nuit passée, il avait tué le temps en contemplant ses amulettes, des poteries volées au musée de Glozel.

Des éléments du secret que l'Ahnenerbe n'avait de cesse de rechercher. Il croyait farouchement au savoir des hyperboréens, la race aryenne dont Himmler disait qu'elle fut à l'origine de toutes les sciences de l'humanité blanche.

Il sentait les vibrations telluriques que les druides avaient dû exploiter pour nourrir leurs rituels menant à la force mystique des guerriers celtes. Tout concordait : les monuments de pierres judicieusement dressés du Rez-de-Sol et le rocher Saint-Vincent, à l'endroit où l'énergie terrestre donnait sa pleine mesure. Mais aussi les inscriptions sur les poteries et les talismans qui évoquaient le svastika, c'est-à-dire Sirius, le corps céleste. Le secret était la trilogie : le vent de la Terre, le sang du sacrifice et l'étoile dans le ciel ; il lui suffisait de trouver la bonne synchronie. Il en était proche.

Avant de partir, il avait tendu la main vers les cendres chaudes et retiré la grande griffe de fer africaine. Il l'avait fait refroidir en la plongeant dans une vasque d'eau glacée et, jouant avec les lanières de cuir, l'avait ajustée dans le prolongement de son poing. Il était de nouveau l'homme-loup préféré d'Odin.

Il replia sa houppelande sur son bras bardé de métal et sortit de la grotte.

Ses pas le guidaient vers l'ancien monastère de Saint-Amâtre.

* * *

La sonnerie du téléphone résonna dans toute la maison comme un tambour. Arraché du sommeil, André Lange jura. Il se retourna dans son lit en faisant grincer les ressorts, ouvrit les yeux et attrapa ses pantoufles. Le bruit du salon lui perçait toujours les oreilles.

Au-dessus de la cheminée, une pendule affichait une heure trente.

Il décrocha le combiné.

Quand son épouse alluma sa lampe de chevet, André était presque habillé. Son visage était blême. Sous l'effet de l'anxiété, il n'arrivait pas à enfiler ses chaussettes.

— Que se passe-t-il ?

— C'est l'institut qui vient d'appeler. Ils cherchent Apolline depuis des heures ; elle n'était pas dans son lit quand le surveillant a fait sa ronde. Personne ne sait où elle est !

Jeanne posa une main sur sa bouche, étouffant un cri.

— C'est… comme… comme si elle s'était volatilisée.

## Deuxième Partie

# *La Tanière du loup*

# 1.

## Camp de concentration de Natzweiler-Struthof (Vosges) – Janvier 1943

Dans le salon de la villa Ehret, demeure bourgeoise avec piscine installée à quelques centaines de mètres de l'enceinte du camp, le commandant du site, Joseph Kramer, se dressa en titubant au-dessus de la table, un verre de schnaps à la main. Les autres convives l'imitèrent et bientôt tous entamèrent une chanson du répertoire de la SS.

Ils avaient bien mangé et bien bu. À l'évidence, Kramer savait recevoir malgré sa réputation de tueur, forgée lors de sa précédente affectation au sinistre camp d'Auschwitz.

Du reste, avec ses yeux enfoncés et sa fine bouche inexpressive, l'homme suintait la folie et la haine.

Lui qui n'était pas un intellectuel s'enorgueillissait de disposer autour de sa table d'une belle brochette de savants de la Reichuniversität de Strasbourg. Il y avait là un professeur de médecine spécialisé dans les gaz militaires et un expert en anatomie qui dirigeait l'Institut pour la recherche scientifique militaire de l'Ahnenerbe. On trouvait également des savants de renom, dont le découvreur du vaccin contre le typhus.

Un peu avant trois heures du matin, après avoir fait circuler la boîte à cigares, Kramer s'affaissa dans un fauteuil.

— Mais où sont les putes, nom de Dieu ! s'esclaffa-t-il, et tous les autres explosèrent d'un rire gras communicatif.

— Je vais vous faire une confidence, lâcha-t-il à la cantonade en tirant sur son Havane, je me suis toujours demandé ce que vous autres, les savants, pouviez bien trafiquer dans le bloc D, cette baraque près des carrières où mes hommes n'ont pas le droit d'entrer. C'est vrai à la fin, c'est assez intrigant. Je sais que c'est une zone « Secret Défense », j'ai lu le courrier de Himmler. Mais tout de même, comprenez mes interrogations, que diable se passe-t-il là-bas ?

Les scientifiques, le cerveau embrumé par l'alcool, échangèrent quelques regards. Un chimiste haussa les épaules.

— On peut simplement vous dire, commandant, que nous sommes une petite unité qui œuvre dans le sillage du Conseil du Reich pour la Recherche. Depuis la destruction de l'usine d'eau lourde de Norvège par nos ennemis, le projet de doter l'Allemagne d'une arme nucléaire a vécu. Mais le Reich travaille toujours sur de nouveaux équipements destinés à permettre une grande contre-offensive sur le front de l'Est.

Kramer se pencha en avant.

— Et ?

— Vous connaissez les missiles V1 et leur efficacité ? Eh bien, il y a d'autres programmes, à fort potentiel, que les circonstances ont remis au goût du jour.

— L'heure est grave et l'issue de la guerre de plus en plus incertaine, osa un autre scientifique.

— Un tel défaitisme mériterait un peloton d'exécution, grogna Kramer en fronçant les sourcils. À la vue du sang qui refluait du visage de son interlocuteur, il se tapa les cuisses en ricanant.

— Ne vous arrêtez pas, je veux la suite.

Le chercheur passa un doigt dans le nœud de sa cravate afin de respirer un peu mieux.

— L'Ahnenerbe travaille depuis des mois sur un projet secret destiné à exploiter les connaissances détenues par nos ancêtres germains sur l'art de la guerre, la résistance au froid et à la douleur. De nombreux récits mythiques travestissent à peine une réalité vérifiée, celle des Berserkers, ces guerriers nordiques qui terrifiaient leurs ennemis et semaient le carnage et la destruction sur les champs de bataille du nord de l'Europe. Notre institut essaye simplement de retrouver ce savoir ancestral et de le synthétiser pour le profit de nos vaillants soldats.

— Passionnant ! dit Kramer, mais en quoi mes juifs, ces undermenschen, peuvent-ils contribuer à vos recherches sur les Aryens ?

— Nous en sommes encore au stade expérimental. Nous ne pouvons nous permettre de nuire à la santé de compatriotes. Je crois pouvoir dire que l'issue de nos recherches est proche ; nos sujets présentent d'ores et déjà des aptitudes intéressantes.

— En tout cas, fit Kramer sur le ton de la moquerie, j'en connais deux qui tailleraient en pièces n'importe lequel de vos Berserkers. Il siffla et du fond de la pièce des grondements sourds se firent entendre. Bientôt, deux paires d'yeux fauves percèrent l'obscurité.

Des molossoïdes bondirent, la queue ondulant sous les flancs bardés de muscles. Les scientifiques furent saisis d'effroi et deux se levèrent d'un bond.

D'un geste autoritaire, Kramer fit coucher les chiens. Leur taille évoquait plus des couguars que des compagnons domestiques.

— N'ayez crainte, ils m'obéissent au doigt et à l'œil. Ils doivent un peu à la science, eux aussi. Je les ai fait croiser avec deux races de chiens de combat. La nuit, je les lâche dans l'enclos du camp. Tout juif se risquant à marauder se fait aussitôt tailler en pièces.

Les savants se forçaient à sourire, attentifs à maintenir une bonne distance entre eux et les bêtes.

— Vous savez, lâcha Kramer en les fixant avec des yeux de saurien, il me vient l'idée d'un jeu. Un petit jeu. Mes protégés contre un de vos super guerriers juifs. David contre les deux cerbères. Qu'en dites-vous?

— Qu'entendez-vous par là, Herr commandant ?

— Je vous donne l'occasion de tester l'état de vos recherches ; un affrontement à mort, puissant et sauvage. Mes chiens contre un seul homme, fruit de votre science. S'il est aussi fort qu'un Berserker, il devrait venir à bout de mes corniots sans trop de difficultés, vous ne pensez pas ?

Peu de temps avant l'aube, une pluie fine et verglacée enveloppait toute l'équipe, blottie entre deux projecteurs alimentés par un groupe électrogène. Ils se trouvaient à l'ouest du camp, près des sinistres collines, là où les juifs trimaient comme des forçats pour extraire le granit rose. Au pied de Kramer, flanqué de deux gardes, la fosse, ouverte à la dynamite, dévoilait sa gueule de roche. La lueur des lampes se reflétait sur les canons des pistolets-mitrailleurs. D'autres SS escortaient un juif, qui ne devait pas avoir plus de vingt ans. Contrairement à ses compagnons d'infortune, il avait été correctement nourri durant les dernières semaines. Simplement, il était nu et tout son corps semblait recouvert de scarifications. Les incisions évoquaient des mots païens, tirés de rituels mortuaires, et des formules guerrières en sanskrit. On devinait d'étranges hiéroglyphes dans les chairs suppliciées.

Résolu, un savant planta une seringue dans le dos du juif. Il pressa sèchement sur le piston. Le liquide épais, couleur ambre, s'introduisit dans son organisme. L'homme cria et fut immédiatement saisi de convulsions. De la bave s'écoulait de ses mâchoires. Ses yeux se révulsèrent. Les deux gardes le culbutèrent dans la fosse. Il roula en contrebas et se releva en poussant des hurlements. Il se griffait le torse comme s'il brûlait de l'intérieur. Ses paroles semblaient totalement incohérentes.

— C'est la transe d'Odin ! murmura un chercheur en contemplant, fasciné, le prisonnier qui gesticulait. Il éraflait la pierre de ses ongles et ses grognements résonnaient dans la nuit.

— Il s'exprime en glossolalie, à moins qu'il ne se livre à la Danse gothique dont parlait Auguste dans ses écrits ! commenta un autre.

Kramer siffla et les molosses accoururent. Il se pencha vers leur collet et aboya : « Attaquez ! », avant de les laisser bondir.

En bas, le juif avait saisi un des canidés par le cou et maintenait fermée sa gueule malgré les pattes de l'animal qui lui labouraient le ventre. Le rugissement de l'homme se mêlait à celui des bêtes dans une cacophonie ignoble.

Auguste Hirt sortit un petit chronomètre. La pluie et le carnage l'avaient complètement dégrisé.

— Voyons combien de temps dure l'effet de l'adrénaline chimique, fit-il en posant les yeux sur le cadran.

Sous la lune pâle, les crocs blancs des chiens alternaient avec le torse sanguinolent de l'homme. Tous les Allemands pensaient contempler une scène tirée du fond des âges, d'une beauté primitive et essentielle. Le juif sembla relâcher son étreinte sur le premier molosse alors que le second refermait sa mâchoire sur une de ses jambes. Les os craquèrent et un flot de sang gicla dans l'air. Le détenu essuya de nouvelles morsures qui lui ôtaient de larges pièces de chair. Il était littéralement dévoré vivant et restait pourtant immobile et silencieux. Son mutisme avait quelque chose d'horrible et de dément.

Dans les instants qui suivirent, l'israélite bascula au sol et les cerbères l'achevèrent à la gorge avant de se repaître du cadavre.

Tous les scientifiques étaient effarés. Un garde vomissait.

Kramer se dirigea vers un arbuste et déboutonna sa braguette avant d'uriner.

— C'est pas totalement au point votre affaire, dit-il goguenard.

# 2.

Au château des Brosses, Rosie regardait à travers la fenêtre le drapeau français qui claquait au vent.

L'infirmière chuchotait au téléphone quand elle sentit une main se poser sur sa nuque. Elle poussa un petit cri et se retourna, le visage empourpré.

— Holà Rosie, tu nous fais ta mijaurée ? s'amusa le jeune homme dans sa tenue de milicien.

— Qu'y a-t-il ? bredouilla-t-elle. Elle raccrocha.

— Je voulais juste un câlin.

Il sentait mauvais de la bouche. Mais au moins, il n'avait peut-être pas entendu ce qu'elle murmurait dans le combiné. Cet imbécile prenait pour de la sensiblerie mal placée la peur qu'elle ressentit à l'idée d'avoir été découverte. Soulagée, elle écarta avec autorité les paluches aux ongles gris qui revenaient à la charge.

— Tu ne me repousseras pas toujours, railla-t-il. Tout le monde sait qu'il n'est pas bon qu'une donzelle aille seule. L'hiver est déjà là, il te faudra bien quelqu'un pour réchauffer ta couche. Je ne suis pas pire qu'un autre, tu sais. J'ai ma solde et je passerai bientôt chef de Dizaine. Tu connais beaucoup de partis dont la paye est garantie de nos jours ?

Elle se força à sourire et descendit au rez-de-chaussée sans rien dire.

Parler au téléphone était risqué, mais quelqu'un du réseau Goélette lui avait assuré que l'hôtel Élysée[1] ne surveillait pas les communications des Brosses.

On n'était jamais sûr de rien. Mais il n'y avait pas une minute à perdre.

1. Service des écoutes.

# 3.

Les voitures illuminaient de leurs phares la façade de l'asile. Des hommes en manteau se déployaient dans la cour secondés par des infirmiers. Plusieurs inspecteurs questionnaient les adultes.

Menant activement les recherches, André luttait pour ne pas laisser l'angoisse le dévorer tout cru. Le directeur de l'institut de Viermeux, décomposé, collait à ses basques.

Le lit d'Apolline fut passé au peigne fin, sans succès. On interrogea les gosses du dortoir. Lange les fit tous réveiller.

— Aucune trace de votre fille, monsieur le directeur, fit un commissaire de la police juive. On a vérifié auprès des loupiots qui dormaient près de sa couche, personne n'a rien vu. La seule chose dont nous sommes certains, c'est qu'Apolline a disparu en début de soirée, juste après le dîner. Il semble qu'elle fraternisait avec des gamins réunis en bande dans les ruines de l'ancienne abbaye. On essaye de les identifier.

— Continuez de chercher, n'arrêtez jamais, il faut la retrouver ! fit André Lange en tremblant.

— Bien sûr.

Le commissaire allait retourner voir les petits quand un grand cri se fit entendre à l'extérieur du bâtiment.

# 4.

Un peu avant neuf heures, la porte de la cellule d'Elias s'ouvrit et deux miliciens l'aidèrent à se lever pour le conduire à l'extérieur du château. Il trébuchait à cause de ses pieds suppliciés et sa chemise, lacérée, ne le préservait pas du froid. Dans la clarté du pâle soleil d'automne, il vit deux motos BMW garées près d'un camion recouvert d'une bâche kaki. C'était des R12 de la Feldgendarmerie dont les pilotes, reconnaissables à leur écusson brodé orange et à leur hausse de col aux maillons métalliques, faisaient tourner les moteurs au ralenti. On mit des menottes à Elias et on le poussa sans ménagement à l'intérieur du bahut où deux autres types, en piètre état, attendaient déjà. Comme ils n'étaient pas des Brosses, l'inspecteur en déduisit qu'ils venaient peut-être du Petit Casino ou de l'hôtel du Portugal.

— Où va-ton ? demanda-t-il à un milicien qui rabattait la toile.

— Ta gueule, sale traître ! Tu le verras bien assez tôt.

À l'arrière du camion, deux soldats allemands équipés de MP 40 les surveillaient. Le convoi quitta le château pour s'engager dans l'allée qui menait vers la nationale, près de l'hippodrome de Vichy.

Après vingt minutes de trajet, Elias aperçut à travers la bâche un panneau qui indiquait la commune de

Saint-Germain-des-Fossés. Il eut la conviction qu'ils allaient tous à la prison allemande de Moulins et qu'il ne reverrait jamais Béatrice.

Au bout d'une ligne droite qui traversait Créchy, à la hauteur d'un carrefour, les motards allemands firent halte devant une charrette dont un des essieux s'était brisé net. L'une des roues se trouvait encastrée contre une borne kilométrique. Des dizaines de rondins de bois jonchaient la chaussée et deux chevaux se tenaient placides, au milieu de la route.

Les feldgendarmes mirent pied à terre et, méfiants, houspillèrent le quinquagénaire et son fils qui se lamentaient devant l'état de leur chargement.

L'homme sortit un mouchoir de sa poche, essuya ses yeux rougis et maudit le ciel.

Pendant que les Allemands s'énervaient, une Fiat à gazogène s'était approchée à l'arrière du fourgon. L'espace d'un éclair, trois partisans surgirent du véhicule armés de Sten. Dissimulés par la bâche, les deux fantassins qui gardaient les prisonniers ne virent rien venir. Il y eut plusieurs séries de détonations. La première quand les passagers de la voiture arrosèrent la cabine, criblant le chauffeur et un autre soldat. Des éclats de verre jaillirent sur le capot et de grosses taches de sang étoilèrent ce qui restait du pare-brise.

Les motards se détournèrent des deux paysans en jurant et levèrent leur Schmeisser vers les agresseurs. Profitant de l'effet de surprise, le vieux plongea la main vers les rondins sur la charrette et dégaina un revolver qu'il pointa dans le dos du premier policier. Il y eut un claquement sec et le corps du chleuh fut projeté en avant. Le second pilote, totalement paniqué, se retourna et tira une rafale au jugé ; une balle atteignit l'adolescent à l'épaule droite. Avec sang-froid, un des types au Sten, militaire de carrière avant l'armistice, braqua son PM vers le motard encore debout et l'abattit d'une généreuse mitraille.

Au volant de la Fiat, un maquisard regardait avec anxiété dans le rétroviseur. La nationale était déserte.

Les pas des hommes à la voiture crissèrent sur le verre et les douilles qui jonchaient la chaussée.

Dans le camion, les deux derniers soldats étaient pétrifiés. L'un hurla de terreur et pointa son Luger contre la tempe d'un prisonnier. Il criait qu'il ferait feu si on ne l'épargnait pas.

Dehors, une silhouette drapée dans un manteau mit son Sten en bandoulière et lança quelques mots en allemand. Les militaires hésitèrent une seconde, puis laissèrent tomber leurs armes et sortirent en levant les bras au ciel.

Pendant qu'on neutralisait les motos, les pneus du fourgon furent tailladés. Le « paysan » et son fils détalèrent vers les premières maisons de Créchy. Ils abandonnèrent la charrette et les bêtes empruntées quelques heures plus tôt. Les hommes du commando prirent Elias par les épaules et l'installèrent à l'arrière de la Fiat. Les Allemands furent désarmés et abattus dans la foulée.

La voiture démarra et prit de la vitesse pour rejoindre la route de Lapalisse. Elle redescendit vers le Breuil et les premiers contreforts de la montagne bourbonnaise.

Le teint décomposé par les épreuves, Elias tentait de reprendre le dessus.

— Qui que vous soyez, merci.

— C'est à BERTRAND qu'il faudra le dire, répliqua un gars. On a pris de drôles de risques en te récupérant ; un de nos camarades est blessé. Faut croire que t'es un type important.

# 5.

Parti de la base aérienne d'Aulnat où stationnaient plusieurs escadrilles de la Luftwaffe, le Junker tourna au bout de la piste avant de venir s'arrêter devant le hall d'accueil de l'aérodrome de Vichy-Rhue.

La porte latérale s'ouvrit et le général Friedrich Chermann, responsable du maintien de l'ordre dans le Massif Central, sauta lestement sur le tarmac avant de rejoindre plusieurs officiers qui l'attendaient.

Arno Geitel se tenait en retrait.

Le convoi prit la direction du centre-ville. Durant le trajet, le chef militaire se fit présenter un topo sur le maquis des Bois Gris.

C'est le capitaine Karl Schneider, chef de poste de l'Abwehr à Vichy, qui résuma la situation en quelques formules ramassées.

L'insoumission se propageait crescendo. Toujours plus audacieuses, les actions des partisans n'avaient d'égales que la mollesse des forces de l'ordre autochtones. On ne pouvait compter que sur la Milice, les GMR et certaines unités de police engagées dans la répression des cellules communistes.

Chermann hocha la tête. Il appréciait le franc-parler de Schneider, cet élégant quinquagénaire à la chevelure blanche et au regard gris clair cerclé de fines lunettes. Il était veuf depuis quelques années et sa fille unique, Kirsten, s'était mariée il y a deux ans avec ce qu'il nommait en privé « un imbécile du parti nazi », qui faisait des affaires dans une usine de cuivre en Pologne. Cet ancien pilote de la Luftwaffe au maintien impeccable s'était reconverti dans le renseignement après une blessure à la jambe. Depuis, il contrebalançait sa légère claudication par le port d'une canne qui lui donnait des airs de vieil anglais distingué. Issu d'une famille aristocratique –tout comme le général –, il se faisait parfois appeler par ses hommes « Monsieur le comte ». Il méprisait les SS et leur embrigadement sauvage.

Intelligent et opiniâtre, Schneider avait très vite obtenu des résultats significatifs dans la lutte contre les réseaux alliés. Homme de confiance, le capitaine n'avait pas été nommé à Vichy par hasard.

Depuis juin 1942, le Brigadeführer SS Oberg était responsable sur tout le territoire des services du SIPO-SD, en charge de la lutte contre le terrorisme et du maintien de l'ordre. Sous son commandement, les SS avaient installé des bureaux auprès des préfectures de région. Ce maillage géographique prit rapidement de l'ampleur et créa des doublons avec les activités de renseignements et de protection des troupes allemandes que réalisait déjà l'Abwehr. Il sembla évident que les militaires allaient tôt ou tard passer sous le joug de la SS.

Dans la capitale de l'État français, Karl Schneider était les yeux et les oreilles de l'état-major allemand à Paris ; effacé et diplomate, il était le mieux à même de gérer son très ombrageux rival, Arno Geitel.

Le convoi franchit à vive allure le pont qui enjambait l'Allier. Chermann jeta un coup d'œil à travers la vitre arrière de la Citroën.

— Ce n'est pas le trafic qui nous fera manquer notre réunion, n'est-ce pas ? dit-il en ricanant. L'ouvrage était désert, à l'exception d'une calèche et de deux bicyclettes.

— Avec les restrictions d'essence et les autorisations de circuler distribuées au compte-gouttes, vous devriez voir les rues de Paris, mon cher Karl. Les embarras de la capitale, si malicieusement décrits par Boileau, ont cédé la place à de grandes allées où règne un silence presque surnaturel.

La Citroën dépassa la guérite et les frises de barbelés qui barraient l'entrée du boulevard des États-Unis. Elle s'arrêta devant une des villas réquisitionnées par le SIPO-SD.

Geitel avait fait dresser des nappes immaculées dans un petit salon du premier étage et de copieux fhrüstücks agrémentés de jus de fruit et de viennoiseries, les meilleures de la ville. Du café qui fumait dans des pichets de porcelaine.

Une heure plus tard, le général Friedrich Chermann posa sa tasse. Il essuya élégamment les commissures de ses lèvres et croisa l'extrémité de ses doigts sur le molleton. Ses yeux d'aigle firent le tour de la table avant de se figer sur Geitel.

— Voici ce que j'ai décidé, Hauptsturmführer. Devant l'incapacité de la police française à ramener le calme, et afin de soutenir les efforts du SIPO-SD, des troupes de la Wehrmacht vous renforceront. Je vous accorde, jusqu'à éradication complète du maquis des Bois Gris, un Kampfgruppe de deux cents hommes. Des unités motorisées de la Feldgendarmerie, quelques blindés de reconnaissance, et soixante fantassins de la légion d'Azerbaïdjan prélevés sur le 804e bataillon installé à Rodez, le constitueront. Des vétérans du front de l'Est habitués à mater les partisans, ajouta le général en fronçant les sourcils.

La minute suivante, Chermann s'engouffrait dans la voiture qui le reconduisit vers son avion.

Resté seul avec ses lieutenants, Arno Geitel fit craquer les os de ses phalanges.

— Nous n'avons plus une minute à perdre. Depuis le dernier parachutage, les insurgés ont repris du poil de la bête. Dans l'attente des renforts promis, commençons par interpeller et interroger tous les appuis du maquis que nous connaissons. Avec l'aide du Deuxième Service de la Milice, nous dresserons la liste des premières cibles. Il faut frapper vite et fort avant que le réduit des Bois Gris ne prépare sa défense. Je veux des résultats dès demain matin !

Plus tard, après qu'il se fut retiré dans son bureau, Geitel revit l'image d'Adèle.

Elle s'était bien moquée de lui.

Le temps était venu de solder les comptes.

# 6.

Lucien Darmon rangea une pile de procès-verbaux sur l'étagère, puis s'approcha de la fenêtre. Il écarta discrètement de l'index un pan du rideau. Au bout de la cour qui donnait sur le boulevard Gambetta, le museau de la berline dépassait toujours. Les Fritz ne cherchaient même pas à se cacher. Ils lui filaient le train, à lui et à Paul, depuis au moins trois jours. Au début, ils avaient fait comme si de rien n'était, puis Montford avait choisi de les semer dans un des passages piétons qui reliaient la rue Wilson, le long du parc des Sources, et la rue Clemenceau. Avec ses boutiques de luxe et ses cafés, elle était une des plus animées de la ville. Lucien savait que pour réussir un filage de bout en bout, dix hommes sont nécessaires. Ces gars-là étaient des amateurs ; il allait leur donner une leçon.

Le téléphone sonna. Au bout du fil, il reconnut la voix d'un collègue, inspecteur à l'hôtel Beaulieu.

— On a reçu hier un message de la gendarmerie du Mayet-de-Montagne. Ils ont pris la déposition d'un homme, Rémi Gourdon. Il pourrait connaître le suspect que vous recherchez : c'est le bedeau du curé de Ferrières-sur-Sichon. Je te préviens, il est un peu bredin sur les bords. Comme ce sont les enquêtes réservées qui suivent l'affaire, je t'adresse le procès-verbal d'audition.

— Je vais passer le prendre, ne te donne pas cette peine. Appelle la maréchaussée du Mayet pour qu'elle me reçoive en début d'après-midi ; je veux montrer moi-même le portrait parlé au témoin.

— Bien, à tout de suite.

Lucien descendit au rez-de-chaussée et traversa rapidement le couloir qui donnait sur les bureaux de l'Équipement agricole. Il entra dans les toilettes, ouvrit un large vasistas, monta sur la cuvette, se hissa à travers l'ouverture et retomba de l'autre côté, derrière le bâtiment. Un jardinet venait buter contre un petit mur de pierre. Une porte en métal dont il avait la clef lui permit de rejoindre une rue discrète. Il remonta la rue d'Alsace en quête d'une calèche.

Dès qu'il arriva dans les locaux de la Sûreté, il apprit la nouvelle. La fille de Lange avait disparu durant la nuit. Tous les policiers disponibles étaient réquisitionnés.

Comme il rangeait le procès-verbal de Rémi Gourdon dans une sacoche, une voix cassante le fit sursauter.

— Inspecteur Darmon, vous n'êtes pas en train de participer aux recherches ?

C'était le commissaire principal de première classe Jourdain, des Renseignements généraux. Cet ancien séminariste, passé par les Croix-de-feu, avait la silhouette d'un joueur de soule et le regard enfiellé. Dans le cénacle des polices spécialisées, il faisait figure de croquemitaine. Collaborant étroitement avec les Allemands, il n'avait jamais caché son admiration pour le régime nazi. À Dijon, sa précédente affectation, on l'avait surnommé « Godefroy ». Il y avait lancé une croisade individuelle contre la franc-maçonnerie qu'il jugeait, après le complot juif mondial, à l'origine de tous les maux de la Terre.

— Je suis sur l'enquête du tueur de la montagne bourbonnaise.

— C'est quoi ces conneries, Darmon ? Le coupable a été arrêté, tous les journaux en parlent. Tu te payes ma tête ? Dépêche-toi de rejoindre Viermeux !

— Avec tout le respect que je vous dois commissaire, les RG ne commandent pas la Sûreté et…

— Tu veux la jouer comme ça ! hurla l'autre. Lange a demandé que tout le personnel disponible se rende sur place, je ne fais que transmettre ses consignes !

Jourdain se tenait en face de lui. Il serrait ses mâchoires dans un rictus plein de dégoût. Son regard plongea tout au fond du sien.

— Sale petite tapette de juif…, susurra-t-il en le toisant.

Lucien sentit une onde froide le traverser de part en part. Il hésita entre la colère et l'incrédulité la plus totale. Finalement, il détourna la tête et contourna le commissaire pour regagner la sortie.

— L'inspecteur Weinard s'apprête à partir, t'as qu'à profiter de son carrosse, siffla le chef. Et ne lambinez pas en route. Il faut la retrouver avant la nuit, cette gosse.

Dehors, le collègue en question chargeait l'arrière d'une voiture.

Lucien s'approcha et lui dit que le commissaire le demandait.

— Nous nous sommes parlés il y a deux minutes, merde ! qu'est-ce qu'il me veut encore ?

— Il te le dira de vive voix.

Le policier rouspéta pour la forme, referma le coffre et marcha vers l'entrée de l'hôtel.

Lucien le suivit du regard.

Il tendit la main vers les clefs qui reposaient sur le siège passager, mit le contact et démarra aussitôt. Après le pont de la gare de Vichy, il laissa sur sa gauche la départementale qui menait à Viermeux et prit plus au sud la route du Mayet-de-Montagne.

# 7.

Toute la nuit ils se déplacèrent à travers la brume. La petite suivait en peinant l'homme drapé dans sa houppelande ; il semblait chausser des bottes de sept lieues tant il marchait vite.

Ils prirent un long sentier troué de ravines. Apolline sentait croître en elle un mélange de fierté et d'appréhension. Elle avait été choisie parmi tous les autres, mais celui qui l'emmenait l'effrayait. Il puait et son visage restait invisible sous une cagoule roidie d'une luisante terre rouge.

L'homme marqua le pas, tendit l'oreille puis bifurqua sur la droite. Il descendit en grandes enjambées une pente couverte de mousse et rejoignit tout en bas une rivière qui s'enfonçait dans un bosquet d'arbrisseaux.

Sans hésiter, la silhouette pénétra dans le ruisseau et ses jambes se mirent à fumer.

Au milieu du courant, il se retourna vers Apolline et l'invita à le suivre.

— L'eau est trop glacée, je vais attraper le mal !

— Un bon feu t'attend chez moi, fit une voix qui venait de sous le capuchon. La rivière masquera notre odeur et nous permettra d'échapper à la bête. Elle nous cherche et nous dévorera si tu ne te dépêches pas !

Apolline sanglotait. Où était donc Nicole ? Elle lui manquait cruellement. L'enfant avait froid et faim. Et elle tremblait de peur, car elle avait reconnu l'accent de l'adulte.

C'était celui d'un Allemand.

# 8.

De minuscules flocons de neige tombèrent vers le début de l'après-midi.

Un voile laiteux recouvrait les champs et les cheminées du bourg. Les panaches de fumée montaient droit.

L'accueil à la gendarmerie fut plus chaleureux que la dernière fois.

Un sous-brigadier ne demanda pas pourquoi on interrogeait encore des témoins alors que le principal suspect était sous les verrous. En familier du monde judiciaire, il n'ignorait pas que les bonnes nouvelles étaient parfois prématurées, surtout quand la hiérarchie s'empressait de les répandre dans la presse.

Lucien se fit remettre l'original du procès-verbal d'audition. En guise de signature, Rémi Gourdon avait tracé une croix malhabile.

Le gendarme haussa les épaules.

— Le bedeau du père Jacquot n'est pas un mauvais bougre, mais vous devrez être patient. Sa famille ne le visite guère depuis des lustres. L'abbé est un père pour lui, dans tous les sens du terme. Il lui prête une bicoque derrière la sacristie.

— Qu'est-ce qu'il y a de neuf là-dedans ? fit Lucien en parcourant distraitement les pages.

— Rémi affirme que, depuis quelque temps, le curé est en contact avec un chleuh qui conduit des recherches archéologiques ; il faut vous dire que l'abbé en connaît un rayon, c'est sa passion. Il a farfouillé pas mal du côté de Glozel ces dernières années. Il rédige de temps en temps des articles au nom d'un comité d'études dans lequel se trouvent plusieurs savants.

Lucien Darmon releva la tête d'un coup.

— Crénom d'une mule ! Et votre simplet, vous m'avez bien dit au téléphone qu'il a formellement reconnu le visage de l'Allemand sur le portrait ?

— Oui, absolument.

L'inspecteur remercia chaleureusement le gendarme et se rua vers la voiture.

# 9.

Le gitan prit la fuite dès qu'il comprit que les inspecteurs souhaitaient l'interroger. Il trouva refuge dans les anciennes caves du couvent.

Trois policiers le suivirent et, bientôt, des cris de douleur résonnèrent. Le sol se déroba sous les pieds d'un gardien de la paix qui atterrit dans une fosse, trois mètres plus bas. Peu après, un autre policier fut happé à son tour; il s'entailla une jambe. Englué dans des toiles d'araignées qui l'enveloppaient comme un suaire, il hurlait de terreur. Ces braillements glacèrent le sang du reste des fonctionnaires qui se tinrent prudemment à l'entrée des sous-sols.

André lange fit chercher des lampes, des cordes et des bâtons pour sonder la terre. Alignés en rang d'oignons, les hommes progressèrent lentement vers le fond des souterrains en prenant soin de matérialiser l'emplacement de toutes les excavations. Ils coincèrent enfin le gitan, tapi derrière de vieux tonneaux remplis de victuailles avariées.

L'inspecteur Ernest Jalicot entra dans le dortoir, ôta son chapeau et s'approcha du petit lit où André Lange s'était assis; il tenait dans ses mains quelques vêtements appartenant à sa fille. Il les avait trouvés dans une malle rangée sous le sommier. Il pliait et repliait les effets; son expression était celle d'un être égaré.

— Monsieur le directeur, le gamin vient de parler.

Lange leva lentement la tête.

— Apolline a suivi un homme qui prétend être le baron de Montgilbert.

— Le château est en ruine depuis des siècles, il n'y a aucun baron de ce nom…

— Peut-être, mais on a quand même une piste.

— Allons voir les autres, fit André en se redressant.

Dehors, un policier désigna des fourrés.

— Ils ont dû partir vers le sud. Il faudrait des chiens, mais les Allemands les ont tous réquisitionnés !

— Qu'est-ce qu'il y a par là-bas ?

— À deux bons kilomètres, la carrière des Malavaux.

Lange blêmit.

— Les Malavaux… le tacot y passe, n'est-ce pas ?

— Ah oui, il y a même une gare.

— Seigneur ! Vite, rassemblez les autres et prenez les voitures. Direction le château de Montgilbert.

# 10.

Le gamin traversa les herbes fardées de neige et ses brodequins tracèrent deux lignes boueuses. Au milieu de la nuit, le vent faisait crisser les branches et d'étranges sons hululaient dans les frondaisons. Au fond du potager, sa lampe électrique barbouillait les murs des toilettes de reflets jaunâtres. Tout lui semblait inquiétant, fantasmagorique. Il baissa son pantalon et se dépêcha. Son esprit était rivé sur les draps chauds qui l'attendaient.

Il ne songea pas à la bête ce soir-là, mais aux ombres du jardin qu'il prenait pour des gobelins, des humanoïdes à peine plus petits que des enfants et dont la peau ressemblait à celle des batraciens. Il songeait à toutes ces légendes. Des êtres qui guettaient les mômes et les enlevaient la nuit venue. Ils les entraînaient dans leur repaire souterrain et en faisaient des esclaves à tout jamais.

Un bruit sourd se fit entendre au loin.

Il se leva d'un bond, remonta son pantalon et s'accroupit devant une des jointures de la cabane. Des lumières jaillirent au rez-de-chaussée de la maison. Des cris; il pensa à sa mère et à ses jeunes sœurs. Une peur dense le clouait sur place. Des hommes en tenue kaki, béret sur la tête et jurons en français, firent le tour de la baraque. Des Allemands en civil les rejoignirent. Ils examinaient une fenêtre à l'étage. Le gosse distinguait l'haleine qui s'échappait de leurs bouches en fumerolles crayeuses.

Après leur départ, Eric ouvrit lentement la porte des toilettes et s'enfuit à travers champs. Il passa en trombe devant l'église puis atteignit un carrefour paré d'une croix sombre en pierre de Volvic.

Il regarda derrière lui. Ses yeux inspectèrent longuement la campagne. Sur ses épaules, la chemise et le chandail étaient déjà humides. Il n'avait pas de chaussettes et la morsure du givre lui asticotait le bout des orteils. Il savait exactement ce qu'il avait à faire : courir sans réfléchir.

Trois heures plus tard, bleu de froid et titubant sur ses pieds engourdis, il arriva au sud de Pion, le sentier qui menait à la Pierre-qui-Danse.

Son père lui avait dit à plusieurs reprises : « Si les boches ou les gendarmes débarquent un jour, sauve-toi et marche jusqu'à la pierre des druides. Tu attends là-bas jusqu'à ce que quelqu'un passe. Donne ton nom : on saura s'occuper de toi. »

Il tomba sur l'énorme caillou au bord d'un layon fariné de givre. Le gamin se recroquevilla sous le rocher, à l'abri du vent.

Au petit jour, deux maquisards le trouvèrent là. Le gosse semblait à demi mort. Ils le réveillèrent comme ils purent, lui firent boire du thé chaud sorti d'un thermos et l'un des types le couvrit avec sa canadienne.

— Qu'est-ce que tu fous au milieu des bois, p'tit ?

— Je m'appelle Eric Ramusse. Les Allemands sont venus à la maison, cette nuit. Je crois qu'ils ont arrêté tout le monde.

— Putain, t'es le fils d'Henri ?

— Oui.

Les deux hommes se regardèrent avec inquiétude.

Ils demandèrent au gosse de les suivre et se dirigèrent droit vers le camp de base.

# 11.

L'église de Ferrières datait du XVIII^e siècle ; une tour octogonale s'élevait sur la droite d'un bâtiment à la maçonnerie grise. À côté se tenait un cimetière envahi par les ronces ; Rémi Gourdon occupait une maisonnette aux volets pourrissants.

Lucien gara sa voiture et vint frapper à la porte. Il n'attendit pas longtemps.

Le bedeau lui ouvrit en jetant un regard méfiant aux alentours. C'était un gros homme voûté, aux vêtements désuets : sa tonsure lui donnait un air monacal.

L'intérieur de la maison était impeccablement rangé ; mais il y régnait cette odeur rancie propre aux vieilles demeures.

Lucien épousseta d'un revers de manche la neige qui brillait sur son chapeau.

Ils s'étaient installés près de la cheminée et le bedeau plaça une nouvelle bûche dans l'âtre.

— Monsieur Gourdon, parlez-moi de cet Allemand.

— Il disait qu'il bossait pour un truc sérieux, genre université. Il s'intéressait aux anciennes fouilles de Glozel. Il passait causer avec l'abbé.

— Vous avez vu son visage, distinctement ?

— Oui, comme je vous vois. Blond avec des yeux bleus. Un Allemand, quoi.

— Vous a-t-il donné un nom ?

— Il ne parlait qu'avec le père Jacquot.

— Français ?

— Oui, mais avec un fort accent.

— Je vais aller voir le curé, c'est plus simple. Curieux que les gendarmes ne l'aient pas entendu d'ailleurs.

— Ils ont bien essayé, mais il est à l'évêché de Moulins depuis le début de la semaine. Il faudra attendre son retour.

— Quand doit-il revenir ?

— Je l'ignore ; à vrai dire il est parti sans me prévenir, ce qu'il ne fait jamais.

— Vous ne l'avez pas appelé là-bas ?

— Euh, non.

Lucien soupira.

— Bon, qu'est-ce que cet Allemand voulait à l'abbé Jacquot ? Vous avez dit aux gendarmes que c'était à propos de Glozel.

— Oui Inspecteur. Monsieur l'abbé a beaucoup travaillé au vallon des Parques : il est persuadé que s'y trouve un site préhistorique extraordinaire.

Lucien sortit son petit calepin.

— Ce « vallon des Parques », c'est à Glozel, c'est le site des fouilles ?

— Oui.

— L'Allemand, que voulait-il ?

— Il était intéressé par les druides, les rites païens, des trucs de ce genre. Monsieur le curé a rédigé une étude sur les souterrains annulaires. Ce sont des galeries creusées un peu partout dans les montagnes du coin ; on les utilisait pour stocker de la nourriture ou y faire de la contrebande de sel. On raconte que les druides y vénéraient leurs dieux et communiquaient avec « ceux d'en dessous ».

— Pardon ?

— Les défunts si vous préférez. L'abbé m'a dit qu'il y a des courants magiques qui parcourent la terre et qui remontent parfois à la surface en empruntant diverses cheminées. Pour lui, les souterrains de la montagne serviraient de passage à l'âme des morts. Le Vallon des Parques de Glozel serait un site païen, lié à ces cultes.

Lucien sourit. Le sacristain n'était pas aussi bête qu'il en avait l'air.

— Monsieur Gourdon, me permettez-vous de jeter un coup d'œil aux notes de l'abbé ? Je n'ai pas le temps d'attendre son retour ; plusieurs meurtres ont été commis, je dois faire des vérifications au plus vite.

Le bedeau ouvrit des yeux ronds.

— J'ai l'interdiction formelle de pénétrer dans le bureau sans l'autorisation du père Jacquot ; de toute façon la porte est fermée à clef.

— En ce cas, appelez-le à l'évêché et passez-le moi, je vais le convaincre de nous aider, fit Lucien avec autorité.

L'autre sembla hésiter puis se dirigea vers la cuisine. Quelques minutes plus tard, il revint fort troublé.

— Eh bien ?

— Inspecteur, je ne comprends pas, l'évêché m'affirme qu'ils n'ont reçu aucune visite de l'abbé !

— Il s'est peut-être rendu dans sa famille ?

— Le pauvre a enterré sa mère l'hiver dernier ; il n'a ni frère ni sœur et son père a rejoint le Seigneur au début de ce siècle. Le père Jacquot vit en ermite ; surtout depuis que la bête rôde dans les bois, attaquant ces pauvres filles. Il a donné tellement de messes pour conjurer ce mal ; il dit que si tous les habitants de Lavoine unissent leurs prières, le Bon Dieu enverra l'archange Michel pour nous débarrasser du monstre.

Lucien se leva.

— Le temps presse ; puisque l'abbé n'est pas joignable et que vous êtes là, nous allons voir son appartement.

Le bedeau pâli.

— Fouiller le bureau de monsieur le curé ! Par la Vierge, vous n'y pensez pas, il me renverra s'il apprend que je vous ai laissé faire !

— Ce n'est pas un service que je vous demande, fit Lucien en élevant la voix. C'est un ordre. Il s'agit d'une perquisition et vous êtes mon témoin. Si vous ne m'accordez pas assistance, je vous fais inculper pour obstruction !

Sans plus attendre, Lucien fonça vers l'église. Les appartements de l'ecclésiastique se trouvaient derrière la nef.

L'entrée était fermée.

— Lucien tambourina. Pas âme qui vive.

— Vous avez la clef ?

— J'ai un double pour faire le ménage.

— Dépêchez-vous d'aller le chercher !

L'inspecteur fureta dans la cuisine, le salon et la chambre. Il n'y avait rien de particulier. Au bout d'un moment, il se pencha vers le sol et essuya quelque chose avec la paume de sa main. Il s'approcha d'une fenêtre et tendit ses doigts vers la lumière. Ils étaient écarlates.

— De la terre rouge ! On voit que dalle, aidez-moi à ouvrir tous ces volets, allez !

Dans la froide clarté du jour, les traces de pas colorés s'étalaient dans tout le salon.

Avec une loupe sortie de sa poche, il distinguait nettement l'ocre de la terre ; la boue exhalait une odeur de vase et d'iode.

— Le ménage n'a pas été fait depuis combien de temps, monsieur Gourdon ?

— Une semaine.

— Juste avant le « départ » du curé ?

— Oui, exactement.

— Hum. Vous voyez, là-bas, près de cette porte ? Toutes les marques y convergent. D'autres sont plus erratiques, signe d'agitations. Pas de doute, le possesseur d'une paire de bottes en cuir s'est agrippé avec quelqu'un, ici. Qu'y a-t-il derrière ?

— L… le bureau de monsieur l'abbé.

Lucien s'approcha. Il se baissa et plaça le bout de ses doigts sous la porte.

— Un courant d'air. Avec le froid qu'il fait, c'est suicidaire de laisser une fenêtre ouverte. Quoi qu'il y ait derrière, ce ne sera pas une bonne nouvelle monsieur Gourdon, je dois vous le dire !

Le bedeau ne parlait pas.

Lucien réfléchissait à voix haute.

— Il faut de l'argent pour se promener avec des bottes en cuir ; ce n'était pas le genre de godillots utilisés par l'abbé, j'imagine.

L'accès au bureau n'était pas fermé ; Lucien tourna la poignée et découvrit un capharnaüm sans nom.

Des livres gisaient sur le sol au milieu de traces de pas rouges, de pots de terre brisés, de feuillets manuscrits et d'une lampe à pétrole. Il y avait aussi des cordes et un poncho. En face de l'entrée, une fenêtre était ouverte en grand. Lucien inspecta le rebord, se pencha et regarda en contrebas puis releva la tête en soupirant.

— C'est quoi tout ce fourbi ?

— Comme je vous l'ai dit, monsieur l'abbé se passionnait pour les fouilles et la spéléologie.

Lucien s'accroupit au sol et manipula quelques fragments de vases en argile. Ils étaient couverts de signes étranges.

Sa mine était perplexe.

— Une jument, des yeux de chouette, des lettres et des symboles… Dites-moi, vous avez une idée d'où pourrait provenir toute cette terre rouge ?

Le bedeau se moucha dans une manche et se gratta le menton.

— Eh bien, je me souviens avoir lavé plus d'une fois les tenues de monsieur le curé quand il s'en revenait de la grotte : toujours la même couleur cramoisie. La première fois je me suis tout alarmé. J'ai cru qu'il s'était gravement blessé en chutant. En fait, la boue vient d'une eau souterraine. La terre est au fond, mais parfois, elle remonte à la surface et la teinte ; les légendes racontent que c'est du sang et que les druides s'y baignaient pour vénérer une déesse des sources.

— Et où est-il ce ruisseau ?

— Près d'un endroit qui s'appelle la « grotte des Fées ». C'est de l'autre côté de la colline.

Lucien prit une brindille et l'enfonça dans une trace de pas humide, en contrebas de la fenêtre ouverte.

— L'Allemand a sauté par là ; ensuite, il a pris le curé sur son dos et l'a transporté vers ce bosquet. Les marques se perdent au milieu des feuilles mortes. L'inspecteur sortit une cigarette.

— Bon, l'abbé fait des recherches sur Glozel et un peu de spéléologie dans la grotte des farfadets ? On va faire un tour là-bas.

— Vous ne pourrez pas y pénétrer comme ça.

— Et pourquoi donc ?

— L'entrée est fermée par une porte en fer. Plusieurs gosses se sont fourvoyés dans les corridors qui serpentent dans la montagne, l'un d'eux n'est jamais réapparu. Et puis, avant que le passage ne soit condamné, les sangliers y amenaient leurs petits. Ils taillaient en pièces quiconque les dérangeait.

— Quelqu'un a la clef ?

— Ben, monsieur l'abbé justement ; il s'y rend durant les saisons sèches pour explorer les galeries et déchiffrer des inscriptions sur les murs.

— Et cette clef, vous a-t-il dit où il la déposait ?

— Sur un clou près de son bureau.

— Allez vite me la chercher, je vous attends !

Lucien soupira, le manteau blanc avait tout recouvert. il entendit alors les pas du bedeau qui s'enfonçaient dans la neige. Il agitait les mains et son visage était contrarié.

Lucien se releva et hocha la tête.

— Vous fatiguez pas, j'ai compris. La clef a disparu ?

— C'est monsieur le curé qui l'a, j'imagine.

— Non, c'est l'Allemand. Il a enlevé votre patron ! À l'heure qu'il est, ils ont pris le chemin de la grotte. Peut-être bien qu'ils s'y trouvent encore !

Lucien sortit son revolver et vérifia le contenu du barillet.

Il tourna la tête vers la colline et vit à ses pieds, la masse sombre des arbres qui signait l'orée du bois.

Les pièces du puzzle se mettaient en place : la boue rouge, les souterrains…

À travers sa mâchoire serrée, il murmura pour lui-même :

— Cette fois-ci, on le tient ce salaud.

# 12.

Ils étaient près d'une centaine – les rapports des RG et de la Gestapo l'attestaient – occupés à faire vivre le camp au milieu du bois des Gris dont ils avaient pris le nom.

Dans la demeure qui leur servait de dortoir, un réfractaire entretenait de grandes flammes dans une cheminée. Devant, on avait déplié sur une table la carte de la région.

BERTRAND était penché au-dessus. À ses côtés, plusieurs de ses lieutenants affichaient une mine grave.

— Avec Henri ce matin, dit-il, le nombre de nos compagnons raflés la nuit dernière s'élève au moins à douze. Et encore, les nouvelles nous arrivent au compte-goutte !

— Pourquoi n'utilise-t-on pas la radio pour informer Londres et prendre de nouvelles instructions ? fit un autre.

— Ce serait suicidaire. À l'heure qu'il est, les fridolins doivent sillonner les départementales avec leurs voitures radiogoniométriques.

— Nous avons des armes et les bois nous sont familiers, on n'a qu'à harceler les boches : frapper et se replier « à l'irlandaise » !

— Tu oublies que les miliciens connaissent le coin comme leur poche. Certains sont du groupe d'autodéfense de Lavoine et j'en vois au moins deux qui étaient sur les mêmes bancs d'école que toi, lui rétorqua un grand sec de Lapalisse.

— Alors, on attend de se faire cueillir ? s'exclama un jeune.

— Bien sûr que non, fit BERTRAND en s'appuyant sur ses poings. Je vous rappelle les tâches prioritaires que nous a confiées le SOE : mission de renseignement et coups de force répétés pour contrarier l'occupant. Nous n'avons pas les moyens d'affronter un ennemi, huit à dix fois supérieur en nombre. Vous me parlez d'armes ? La belle affaire ! Que peuvent quelques grenades, une poignée de fusils et de Sten, efficaces à dix mètres, contre des Panzerspähwagen et leur canon de 20 mm !

BERTRAND prit une bouteille d'eau et avala une longue rasade avant de poursuivre.

— Le débarquement tant attendu n'est pas pour demain, même si l'arrivée des Alliés en Afrique est un bon signe. Nous voulions harceler les Allemands et les contraindre à mobiliser des troupes plus utiles ailleurs. Nous pouvons être fiers de nous. Nous avons réussi. Maintenant, la sagesse commande de nous replier, de former de petits groupes discrets et de rejoindre les Margerides où GASPARD réfléchit à la constitution d'un grand maquis auvergnat. Je ne vois pas d'alternative.

— Mais nous, on est là pour se battre ! s'emporta le mecton en posant lourdement son revolver sur la table.

BERTRAND haussa les épaules.

— La guerre n'est pas finie, tu auras bien d'autres occasions de mourir, n'aie nulle crainte. Plus tôt que tu ne le crois d'ailleurs. Tu veux combattre mon jeune ami ? Qu'à cela ne tienne. Je n'ai jamais dit que les boches et les judas de la Milice allaient nous laisser passer en ouvrant les bras.

À l'étage, quelques bougies étaient disposées près d'une grande bassine de métal remplie d'une eau tiède. Elias gisait sur le lit et Paul s'employait à retirer les bandages de ses pieds. Il l'aida à se lever puis ôta sa chemise et son ceinturon.

— Je pue. Une vraie charogne, gémit le colosse.

— On est tous logés à la même enseigne.

Elias enfonça doucement sa carcasse dans le liquide ; toutes ses blessures semblèrent se raviver.

— Tiens, le savon.

— Merci.

Il prit de l'eau dans le creux de ses mains et la laissa inonder son visage. Sur son torse, la marque du fer à repasser virait au brun.

En plongeant la tête dans la bassine, l'espace d'un instant de bonheur, il négligea la douleur qui pulsait sans fin sous la plante de ses pieds.

Plus tard, Paul l'aida à se rallonger sur une paillasse. Il fit de nouveaux bandages à l'aide de pansements anglais.

— Chef ?

— Oui ?

— J'ai vraiment cru que c'était la fin, sans vous je…

— Tu sais, sans l'aide de Bradoc, tu serais déjà à la Mal-Coiffée.

— Pourquoi ce retournement ?

— Je suis le premier surpris. Mais s'il avait refusé, j'aurais balancé son nom aux boches. Pour monnayer ta libération.

— Vous auriez vraiment fait ça ?

— Faut croire que j'ai la fidélité chevillée au corps, non ?

— N'empêche, vous êtes sacrément réglo.

— Le plus important, c'est ce que nous allons faire. Si nous parvenons à quitter cette souricière et à rejoindre Vichy, on nous mettra immédiatement aux arrêts. Je ne donne pas cher de notre peau. Lange ne lèvera pas le petit doigt et notre mort diminuera le risque que des photos compromettantes ruinent sa carrière. On va devoir fuir, loin.

Montford fixait le mur devant lui ; il semblait perdu.

— Qu'est-ce qu'on va devenir ?

— J'n'en sais rien. Commençons par passer la nuit, ce sera déjà pas mal.

— Les autres parlent de rallier un grand maquis au sud, près du mont Mouchet.

Paul haussa les épaules.

— Je ne suis ni un communiste, ni soldat et encore moins un franc-tireur. Un flic, rien de plus. C'est pas mes oignons ce foutoir.

— On pourrait pousser jusqu'en Espagne. À Gibraltar, y a les Anglais.

— Tu oublies Lucien. On a convenu de le rejoindre cet après-midi au rocher Saint-Vincent. Si on doit prendre une décision importante, on le fera tous ensemble.

— On va s'y rendre seuls ?

— C'est mieux ainsi. Les Bois des Gris ne vont pas tarder à grouiller de silhouettes feldgrau ; j'imagine que la gendarmerie bouclera tous les axes, le col du Beau-Louis pour commencer. On a un avantage sur les autres : ma carte de policier. Avec elle on pourra peut-être duper les boches.

— C'est loin d'être acquis !

— Oui, mais si on reste avec les autres, ce sera la fin. Le maquis est condamné. Je le sais de bonne source. Nous n'avons qu'un atout à jouer, le nôtre.

— Avec mes pieds démolis, je me traîne comme un éclopé, je ne pourrais jamais tailler la route avec la Milice au cul. Ils feront un beau carton !

Paul Montford regarda Elias de haut en bas.

— J'ai un plan ; il vaut ce qu'il vaut. Mais on n'a pas le choix.

Un peu après l'aube, la maison bruissait d'activité. Les gars étaient déjà habillés. Ils rassemblèrent leurs bardas, vérifièrent une énième fois l'état de leurs fusils, leurs rations, leurs faux papiers et le long parcours qui les attendait à travers les bois enneigés.

Dehors, le brouillard tapissait les bois. Les arbres, silhouettes blafardes, se dissolvaient dans un rêve.

BERTRAND brûla ses notes et la carte d'état-major.

Tous ses camarades l'entouraient en silence. Il pensa aux archers d'Azincourt dans cette pièce de Shakespeare. Ceux qu'il ne connaissait pas depuis l'enfance, il les avait mariés. En cet instant, il n'aurait donné sa place à quiconque.

Il leva sur eux un regard ému.

— Je vous rappelle que THIERRY a rassemblé les lettres que vous avez écrites pour vos proches ; il les transmettra au boulanger de Pion qui les fera suivre sans délai. Maintenant, en ce qui concerne les prochaines heures, je veux que vous reteniez ceci : quand vous tracerez la route à travers les champs et les forêts de notre chère montagne, prenez garde de rester éloignés les uns des autres ; ne formez pas de groupes compacts. Ce serait une cible facile pour l'artillerie ennemie. Souvenez-vous de cette formule de nos alliés : « Éparpillez les maquis ! Éparpillez les nazis ! » Mes amis, qu'ajouter, si ce n'est que je crois en la victoire finale. Il y a quelques semaines nous apprenions que la Corse s'était délivrée. La liberté n'est plus un rêve, c'est une réalité ! J'espère, très vite, retrouver beaucoup d'entre vous au Mont Mouchet. Là-bas, avec nos frères auvergnats, nous poursuivrons le combat sous une autre forme. Voilà, c'est tout. Bonne chance à tous !

Les hommes se donnèrent l'accolade, des mains se serrèrent et tous se dispersèrent à travers bois.

Auguste Bradoc éteignit le feu en éparpillant les braises avec ses grolles. Il enfila une pèlerine chaude, ajusta son petit sac à dos et fit passer la lanière du Sten par-dessus une épaule.

Il finissait son inspection quand il entendit des pas dans l'escalier. Paul Montford et Elias Damian étaient prêts pour le départ. Le commissaire jeta un regard vers Bradoc qui semblait dire : « On est quitte. » Il partit à la rencontre des premiers rayons du jour, qui tombaient du ciel comme un rideau de miel.

Elias se tenait derrière l'édile qui faisait mine de n'avoir pas remarqué sa présence.

— Je voulais te remercier.

Bradoc ne bougea pas. Ses yeux fixaient les braises qui brunissaient.

— Ce n'est pas pour toi que je l'ai fait. C'est pour Béatrice. Maintenant, fous-moi le camp.

Elias sortit sans un mot.

* * *

— Tu pourras marcher ?

— Il le faudra bien. Le froid va m'anesthésier un peu.

Paul sortit une boussole de sa poche et leva les yeux vers une sente de gibier qui filait vers le nord. Les deux hommes traversèrent la clairière blanche pour gagner le couvert. Un silence épais enrobait toute chose, à peine troublé par les grappes de neige qui chutaient des branches.

# 13.

L'homme s'engagea au milieu des murailles croulantes et s'arrêta au pied d'une tour.

Apolline le suivait en tremblant. La silhouette à la houppelande se baissa près d'un buisson et retira un collet enserrant une martre, raidie par le froid.

Ensuite, elle marcha vers un donjon et se faufila au milieu d'une rangée de broussailles givrées.

Dans la guette, une salle boueuse envahie par les crottes et la mousse laissait entrevoir une ouverture au fond.

Celui que le gitan nommait « le baron » posa la bestiole et alluma une torche. Une flamme d'un jaune salingue grésilla dans l'humidité.

Il en avait confectionné plusieurs de ce style pour retrouver son chemin dans les tunnels creusés sous les collines.

C'est le curé de Ferrières qui lui avait parlé du château de Montgilbert, dressé à l'emplacement d'un ancien castrum gallo-romain. Il pouvait intéresser ses recherches autour de Glozel. En explorant les environs de la forteresse, il avait trouvé par hasard le trajet de l'institut de Viermeux. Tapi dans des fourrés, il avait longuement observé les gosses jouer. Les fantasmes étaient revenus, puissants.

— Si tu n'arrêtes pas de pleurer, je te tue ! gronda la voix. Apolline mit une main devant sa bouche et hoqueta. Elle suivit l'homme dans le couloir qui suintait d'humidité ; les fumerolles de sa torche lui piquaient les yeux et la faisaient tousser.

Après une marche qui lui sembla interminable, il la fit asseoir dans une caverne qui s'était ouverte devant eux.

Il tira une litière de vieux vêtements et de paille sèche. Il rassembla du petit bois et y jeta la torche. Avec les premières flammes, Apolline commença à distinguer les dessins qui couraient sur le ventre de l'excavation : des cerfs, des lettres écrites à l'envers.

L'homme se débarrassa de sa pèlerine ; dans la lumière dansante du foyer, elle renvoyait des tons cuivrés. À son bras droit pendait une longe griffe d'acier qu'il ôta et envoya dans un coin ; le bruit de métal fut assourdissant.

* * *

Il regardait les animaux qu'il avait dessinés lui-même. Dans la poche de son sac, il prit l'exemplaire de Germanien que Walther Bechner, le président de l'Ahnenerbe, lui avait offert après son retour de Stalingrad. Les deux hommes avaient longuement discuté à l'hôpital militaire de Berlin, alors que Paulsen soignait ses gelures et remettait en ordre son tube digestif.

Le rapatrié du front russe était un miraculé ; les autres membres de son unité étaient restés sur le sol gelé des steppes. Voilà qu'en pleine convalescence, l'institut lui confiait une nouvelle tâche : cette mission dont Himmler lui avait fait part au château de Wesselburg, avant qu'il ne parte sur le front de l'Est.

La revue de l'Ahnenerbe comportait un large article en cahier central rédigé par Seydliz, son ancien mentor. Il s'intitulait : « Glozel : alphabet néolithique protoceltique ou lieu de culte solaire aryen ? ».

— Le Reichsführer souhaite que vous vous rendiez en France, en zone sud, lui avait dit Bechner lors de sa visite. Vous reprendrez les recherches de Seydliz. Tâchez de percer le secret du Vallon des Parques, un site archéologique situé près de Vichy. On se demande pourquoi s'y trouvent tant d'artefacts représentant la svastika, des inscriptions semblant évoquer Baal – probablement un des noms de Belenos, le dieu celte de la lumière – et des silhouettes de rennes. C'est un mystère. Cet animal a quitté l'Europe il y a des milliers d'années pour rejoindre les terres plus froides du Nord. Si on a découvert dans les fouilles des omoplates et des galets avec des cervidés, c'est la preuve que les vestiges de Glozel et son écriture remontent au néolithique et pas cinq ou six mille ans plus tard en Mésopotamie !

Bechner s'était penché vers la tête bandée de Paulsen, il vibrait d'excitation.

— Glozel est peut-être le témoignage le plus éclatant qu'une civilisation venue d'hyperborée fit souche en Europe, qu'elle disposait de connaissances magiques et astronomiques très en avance sur les autres. Je ne peux pas croire que le Vallon des Parques ne renferme pas la trace des Berserkers. Dépêchez-vous de vous rétablir camarade, le Reich a faim de victoires !

En fixant les flammes, il souriait. Les choses devenaient claires. L'alphabet glozélique n'était pas si éloigné des caractères utilisés par les vieux peuples germains. Il étala près des braises une grande feuille sur laquelle était soigneusement reproduit un tableau de correspondances entre le Futhark runique et de nombreux caractères figuratifs empruntés aux symboles glozéliens. Il s'était particulièrement intéressé aux idéogrammes entourant des svastikas, sur des couteaux en os, des vases en terre et des roches taillées.

Dans le silence de la grotte, il avait parcouru des contrées insoupçonnées, porté par d'étranges songes et l'esprit du loup qui ne le quittait plus. En haut des collines, près des pierres sacrificielles, il avait guetté les étoiles et préparé les messes rouges en se nourrissant de fillettes, comme le firent, bien avant lui, les Ulfhednars des temps anciens, pour apaiser la fureur divine qui les consumait.

Quand il ouvrit enfin les yeux, la faim grésillait encore en lui.

Il jeta un œil sur la griffe des hommes-léopards puis se tourna vers Apolline.

# 14.

La piste forestière les guidait vers le nord. Ils franchirent à guet un ruisseau gelé et virent sur le sol des empreintes de petits animaux qui marquaient la neige comme un abécédaire des premiers temps.

Au bas d'un talus, Montford et Damian débouchèrent dans une escarpe. L'inspecteur marchait devant, s'aidant d'un bâton. Après une heure de progression au milieu des étendues boisées, ils firent halte. Elias piétinait pour ne pas laisser le froid aggraver ses plaies. Paul regardait vers le nord. Au loin, de l'autre côté d'un champ, deux formes noires se tenaient immobiles.

— C'est quoi ?

— J'ne sais pas, peut-être des biches ?

Au bout de quelques instants, les contours frémirent : des hommes.

— Ne restons pas là !

Ils firent un détour et croisèrent un nouveau layon. Un avion de chasse allemand coupa le ciel en deux. Quelque part, le grondement d'un mortier fit trembler les troncs des arbres.

Elias avait besoin de changer ses pansements. Paul s'apprêtait à le soutenir quand un bruit au milieu des buissons les alarma.

— Mains en l'air ! cria quelqu'un dans un français sans accent.

Deux individus casqués, en tenue kaki avec une médaille à tête de lion rugissant, jaillirent devant eux.

Des GMR !

— Plus un geste ! tonna un policier à la mâchoire carrée.

— Ça va les gars, on est du même bord. Je suis le commissaire Vadieu de la Sûreté nationale. On mène une opération d'exfiltration de nos contacts au sein du maquis. Cet homme travaille pour nous.

Paul demanda l'autorisation d'exhiber sa carte professionnelle.

Méfiant, le gardien de la paix inclina son fusil vers le bas et s'approcha. Il jeta un regard torve sur le document puis les détailla tous les deux.

— Qu'est-ce qu'il a, celui-là ?

— Les terroristes l'ont démasqué et il a dû s'enfuir ; il a fait une mauvaise chute.

— La liquidation du maquis a commencé, fit l'autre policier. Comment se fait-il qu'on n'ait reçu aucune info sur la présence d'hommes de la Sûreté par ici ? On nous a dit que seules les Brigades spéciales[1] pouvaient agir en civil. C'est bizarre.

— L'opération est pilotée par Bousquet lui-même. Elle est confidentielle.

Les deux gardiens échangèrent un regard peu convaincu.

— On va devoir vérifier tout ça.

— J'ai pas trop de temps à perdre avec vos conneries, vous avez mieux à faire que nous emmerder les gars ! Vos cibles, elles sont derrière nous ! Je vous donne l'ordre de

1. Police spéciale contrôlée par les Renseignements généraux et chargée de lutter contre « l'ennemi intérieur ».

nous laisser disposer, faute de quoi, il me faudra prendre votre matricule à tous les deux.

C'est à ce moment qu'un grand sec à la petite moustache déboucha sur le chemin. Montford releva l'insigne d'officier sur la poitrine.

— Qu'est-ce qui se passe, qui sont ces gens ? Vous avez vérifié s'ils étaient armés ? Qu'attendez-vous pour le faire imbéciles !

Un des gardiens s'approcha d'Elias et lui demanda de lever les bras. L'inspecteur le regarda d'un air sombre et, rassemblant un reliquat d'énergie, le plaqua contre lui. Il l'enserra contre son torse et plongea une main vers le revolver qu'il portait à son ceinturon. Il avait agi comme l'éclair. Blafard, il pointait le canon de l'arme contre la tempe du policier.

L'officier était pétrifié. Montford en profita pour dégainer son Lebel et exigea que les deux autres jettent leur artillerie au sol. Il leur fit ôter chaussures, veste et pantalon kaki et les laissa s'attacher avec leurs menottes. Montford fracassa la crosse d'un de leurs fusils contre le tronc d'un hêtre. Il conserva un deuxième. Ensuite, il envoya les revolvers dans un bosquet et ordonna à Elias de les bâillonner le mieux possible.

Avant que l'officier ne soit réduit au silence, il lui demanda où se trouvait leur véhicule.

— Plus loin, au bas du chemin. Vous serez fusillés pour ça.

— C'est déjà au programme, collègue ! Et il lui enfonça une cravate dans la bouche.

Vêtus en GMR, Paul et Elias prirent la direction donnée par le lieutenant. Des pétarades faisant frissonner la cime des arbres. Les bruits se propageaient dans l'air, glissaient sur la glace et leur parvenaient avec un son presque cristallin. Après quinze minutes de marche, Elias hoqueta de douleur. Autour de ses pieds, la neige était écarlate.

— Je ne peux plus continuer… Si je ne m'arrête pas, je vais finir estropié, c'est clair.

— Le véhicule doit être tout proche, accroche-toi mon vieux !

Montford avait raison ; devant eux, à moins de deux cents mètres, le moteur d'un Citroën bâché de noir ronflait au bord d'une départementale.

Deux hommes des GMR discutaient devant, fusil au pied. D'autres devaient patrouiller dans la forêt.

Paul poussa Elias sur le bas-côté et tous les deux s'accroupirent pour mieux observer la scène.

— Il nous faut ce camion ! murmura Montford.

— On va quand même pas refroidir deux policiers ?

— Te voilà bien scrupuleux maintenant ! Pourtant, je crois me souvenir…

— Il frayait avec la Milice et c'était un accident. Mais est-ce bien le moment ?

— Tu as raison. Voyons plutôt comment on va pouvoir quitter cette foutue pinière. Il faut faire vite, avant que les autres membres du groupe ne ramènent leur fraise.

Ils restèrent à l'affût. Bientôt les deux gardiens de la paix laissèrent leur fusil adossé contre une roue du camion et partirent pisser dans le fossé. Paul calcula la distance, évalua sa chance et bondit en direction du véhicule.

Les deux gars virent un type de leur section se rapprocher à vive allure. Occupés à uriner, ils ne distinguèrent pas le visage sous le casque. Quand ils se retournèrent, le canon d'un revolver les tenait en joue. Paul siffla et Elias se traîna vers eux avec un MAS 36 dans les mains.

— Pas d'explications, vous ôtez vos bottes, lentement. Au moindre geste hostile, on vous brûle la cervelle ! Elias ramassa les armes, vida les barillets au sol et les jeta loin.

— Maintenant, vous dégagez !

Pendant qu'Elias regardait les deux diables déguerpir,

Paul sauta sur le siège du conducteur et mit le contact.

— Elias, magne Bon Dieu !

Le camion s'élança.

— Il faut éviter Lavoine, ça doit grouiller de miliciens, souffla l'inspecteur. Je connais une piste forestière qui passe au milieu des scieries.

— D'accord, on y va. Concentré à l'extrême, Paul ne lâchait pas la route. Des épaisseurs variables de neige tachetaient la voie de pièges glacés qui risquaient de les envoyer au fossé à tout moment.

Après trois kilomètres, au détour d'un lacet, un groupe de feldgendarmes se tenait au milieu de la chaussée, occupé à dresser un contrôle routier. Sur le côté, une mitrailleuse MG 34 sur pneus pointait sa gueule dans leur direction.

Ils se regardèrent une seconde ; il n'y avait pas d'alternative. Paul fit mine de ralentir afin de ne pas alarmer les Allemands et, au dernier moment, écrasa du pied l'accélérateur. Le Citroën happa un policier militaire qui disparut sous le véhicule ; Paul donna un coup de volant sur la droite et renversa un side-car qui partit valdinguer dans le décor. Il cabra sur la gauche et contraignit deux autres fridolins à se jeter sur le côté.

Le camion était à plus de cent mètres quand la mitrailleuse entra en action ; des nuées de balles éclatèrent à l'arrière dans un bruit perçant. D'autres déchirèrent la bâche et l'une d'elles passa entre les deux hommes pour venir étoiler le pare-brise.

— Elias, tu n'as rien ! cria Paul sans perdre la route des yeux.

— Non, je crois… mais regarde la jauge, elle baisse à vue d'œil !

— Un projectile a dû toucher le réservoir, on va être à sec dans dix minutes !

— C'est assez pour rejoindre la piste, juste après le corps de ferme, là-bas.

Paul accéléra et propulsa le Citroën dans le premier chemin sur la droite. Les pneus patinèrent un instant dans la boue et le bahut s'engagea sur une bande de terre qui serpentait au milieu des sapins. Il coupa le moteur. Déjà des bruits de motos vrombissaient au loin. Ils sautèrent du véhicule et prirent un petit sentier qui attaquait une colline vers l'ouest.

# 15.

Les partisans tentaient de couvrir leur fuite en multipliant les embuscades, mais l'ennemi, bien supérieur en nombre, bénéficiait des conseils de la Franc-Garde pour éviter les terrains trop exposés. Comme les axes routiers étaient surveillés par les GMR, les maquisards s'épuisaient à travers bois en s'enlisant dans la neige.

Les tirs des canons avaient cessé. Parmi les masures en flammes, les râles de ceux qui étaient touchés se mêlaient aux jappements des chiens apeurés. Les hommes de l'unité azerbaïdjanaise du 804e bataillon, puissamment armés, avaient pris l'avantage. Plusieurs de ces combattants, dont la peau du visage était tannée par le gel de Russie, se déplaçaient au milieu des blessés et les achevaient consciencieusement en leur enfonçant une baïonnette dans le cœur.

BERTRAND trébucha sur une souche et un compagnon l'aida à se relever. L'air froid descendait dans sa gorge comme de l'eau brûlante. Trois autres, fusil en bandoulière, les précédaient de quelques mètres. Ils s'apprêtaient à traverser un champ qui contournait le Rez-de-Sol, une haute colline envahie de rocailles, quand un bruit de chenillette se fit entendre ; la forme grise d'un blindé se profila à l'horizon.

Ils se jetèrent au sol. Un ancien officier prit des jumelles et compta une trentaine de militaires qui progressaient lentement derrière le cuirassé.

— Par ici, on ne passe pas !

— Derrière, ce sont les miliciens qui nous talonnent, que fait-on ? gémit un autre.

BERTRAND prit appui sur un coude sans quitter la colonne des yeux.

— Il nous reste le Rez-de-Sol, c'est un labyrinthe truffé de cachettes et de rochers. Nous serons à l'abri de l'aviation.

L'officier contempla le relief.

— C'est aussi une vraie souricière, si les boches montent le siège, on est bons pour rejouer Alésia !

Le maire de Lavoine secoua la tête.

— J'ai arpenté cette colline durant toute mon enfance, on y sera pareil à des aiguilles dans une botte de foin. Soit on tente le coup, soit on reste là et on attend d'être fauchés par la mitraille. Pour ma part, c'est tout décidé, je grimpe !

Les autres se regardèrent.

— Bon, allons-y.

Ils partirent à l'assaut du sommet.

Tout autour d'eux, les bois résonnaient de coups de feu et l'air charriait une odeur de poudre et de mort.

# 16.

La gamine avait disparu !

Il avait suffi d'une minute, qu'il s'affaire à entretenir le feu, et elle en avait profité pour s'éloigner. Éructant de rage, il bondit, enfila ses griffes et serra la lanière pour les maintenir dans le parfait prolongement de son bras. Elle n'avait pu que s'enfoncer dans le couloir au fond de la caverne. Elle était prise au piège.

Derrière Apolline, quelque part dans l'obscurité, les rugissements du monstre la talonnaient. Elle hurlait elle aussi, mais c'était de peur en comprenant enfin que le baron ne chassait aucun loup-garou. C'était lui, la chose qui terrifiait les campagnes depuis des mois.

Sa sœur, Nicole, lui avait fait un signe à l'entrée du tunnel, pendant que le tueur avait le dos tourné. Sans elle, elle n'aurait jamais eu le courage de se lever.

Les bras en avant, la fillette courait dans le noir. Elle glissait sur la terre humide et se cognait à la galerie qui bifurquait sans crier gare.

Il lui sembla qu'une membrane glacée lui caressait le visage, comme si droit devant s'ouvraient quelques cavités aux proportions immenses.

Une grotte l'accueillit dans une lumière distillée par une brèche qui cisaillait la voûte. De grosses stalactites, pareilles à des carottes de sel, évoquaient l'intérieur d'une cage aux barreaux corrodés. Elle entendait des clapotis, des frôlements de cuir hideux et un bruit métallique qui se rapprochait.

Elle décida de s'accroupir dans une creusure et resta là, paralysée. Nicole était près d'elle, un doigt sur ses lèvres.

Le monstre se tenait à l'entrée : c'était l'ogre des contes de son enfance. Il jura et marcha d'un pas lourd au milieu des concrétions de calcaire ; ses bottes crevaient des flaques et sa respiration haletante évoquait celle d'un chien lancé dans une battue. Les griffes crissaient contre les rochers.

Il la frôla à deux reprises.

De guerre lasse, il reflua dans le tunnel. Apolline sanglotait. Elle aurait voulu fuir au loin, mais elle ne connaissait qu'une issue à cette caverne.

* * *

En début d'après-midi, il s'était installé sur une butte d'où il devinait le hameau de Forest et derrière, la masse sombre du bois Blanc. Il voyait l'église de Ferrières et le petit jardin, près du cimetière, où il avait aperçu pour la première fois le curé qui marchait. Il l'avait suivi de loin, découvrant ainsi l'existence de la grotte des Fées.

Il avait engagé la conversation avec l'homme d'Église à propos de Glozel ; le religieux s'intéressait aux mêmes artefacts que lui. Peut-être était-il missionné par sa congrégation. Lui avait-on demandé de faire disparaître toute trace du site sous prétexte de l'étudier ? Lui et ses prédécesseurs, depuis des générations, n'avaient-ils pas juré la perte de sa Fraternité ?

Quand l'abbé Jacquot lui parla des rumeurs qui entouraient les souterrains, il se dit que c'était sans doute là une ruse des druides pour écarter les curieux et préserver leurs secrets. Tout comme ils avaient propagé les légendes des loups-garous pour cacher aux yeux des profanes la réalité des Berserkers.

Il avait quitté le tunnel, roulé une pierre devant l'ouverture et pris un sentier pour s'enquérir d'une lampe électrique ; il en avait besoin pour retrouver la fille et commencer au plus vite ses incantations. En écoutant l'agitation qui secouait le paysage, il avait remarqué la colonne de camions allemands qui traversait Ferrières-sur-Sichon et aussi, trois silhouettes qui se dirigeaient vers l'entrée principale de la grotte. Ce n'était pas des compatriotes.

Un mauvais pressentiment l'envahit. Il était sur le point d'aboutir, il ne pouvait tolérer la présence de gêneurs. Il posa une main sur le Luger, rabattit un pan de sa pèlerine et descendit vers le bas de la colline.

# 17.

Ils gravissaient le versant de la colline, là où les arbres étaient vieux comme le monde. Le silence pesait sur la neige et les frondaisons dressaient une voûte gothique.

Paul vérifia l'heure, ils étaient à peine en retard. À la base du grand monticule, au sommet duquel le rocher dominait, les deux policiers firent halte. Ils ne parlèrent pas, attentifs au murmure du vent, craintifs devant les détonations sporadiques qui semblaient de plus en plus espacées, de plus en plus lointaines, signes d'une bataille qui s'achevait.

Lucien apparut derrière un arbre.

Ils s'embrassèrent chaleureusement.

— Le plan a marché ! fit l'inspecteur.

Paul mit une main sur l'épaule du colosse.

— Elias est à bout de force. Avant qu'on dégage de ce traquenard, il doit récupérer. Tu aurais une idée ?

— Pour une nuit ? Je crois que oui.

Rémi Gourdon jeta un coup d'œil derrière la vitre embuée ; la masse grise de l'église était toujours là. Il espérait encore voir la silhouette de l'abbé s'avancer, mais il ne se faisait guère d'illusion. Pour l'instant, son attention était absorbée par les œufs et le lard qui rissolaient.

Il installa le plat sur la table près de la cheminée et remplit généreusement trois assiettes qu'il disposa devant les policiers. Les convives, minés par le froid, la tension et la faim, dévorèrent leur croustance sans se faire prier.

Paul mit ensuite une bûche dans l'âtre. Le bedeau étala une couverture devant et Elias s'y allongea. L'instant d'après, il dormait profondément.

Lucien alluma des bougies ; ils firent bouillir de l'eau pour quelque chose qui ressemblait à du thé.

Le feu ronflait fort sous l'effet du vent glacé qui s'infiltrait par le conduit.

Gourdon bâilla et dit qu'il allait se coucher.

Quand ils furent seuls, Lucien se tourna vers Paul.

— Je sais où se terre Paulsen.

Montford ne répondit rien. Il semblait ailleurs.

— Il s'est installé dans la grotte des Fées, quelque part. Depuis le temps que les gendarmes fouillent ces foutues forêts, il était là depuis le début !

Paul eut un sourire affligé.

— Tu n'as pas compris ? C'est fini Lucien. Notre tête est mise à prix, le groupe des enquêtes réservées est dissous et la justice tient son coupable. Quant aux Allemands, ils acclameront la thèse officielle.

— Mais il va frapper de nouveau, pourquoi s'arrêterait-il ?

— Quelle importance ? Qui rapportera ces agressions ? Pas les pandores, aux ordres, et surtout pas la Milice. Avec la bataille qui se déroule, tous ces morts, que pèsera la disparition d'une autre fillette ? C'est fini, je te dis !

— Alors on va se tirer comme ça, la queue entre les jambes ?

— Mais ouvre les yeux bon chien ! Je n'ai aucune envie de finir avec dix balles dans la peau. Le plus sage est de quitter le pays et d'attendre ce fameux débarquement. Ensuite, dans le chaos ambiant, quand tous les caciques du régime seront dispersés, on reviendra en faisant profil bas.

Lucien racla du pied sous la table. Il se tourna vers Elias, s'approcha de la cheminée et posa son bras sur le rebord. Ses yeux s'égaraient dans les flammes.

— Ils m'ont tout pris, chef. Mon appartement, ma liberté et mon honneur. La seule chose qui me reste, c'est cette carte de policier. Sans elle, je ne suis qu'un pauvre juif perdu sur les routes.

— Il n'y a pas que toi dans la misère. Ma famille est en miettes, je ne sais pas quand je reverrai mon fils et je n'ai pas un sou vaillant. C'est la guerre, on est tous des fugitifs.

Lucien désigna Elias du menton.

— Regardez ce qu'ils lui ont fait, ce sont des ordures, je les mets dans le même sac que les nazis. Mais ce que Paulsen a commis est pire que tout ; il n'y a pas de mots pour décrire cette sauvagerie. La seule certitude que j'ai, c'est que si je m'enfuis maintenant, ma vie n'aura plus aucun sens. Chef, on sait qui est le tueur et où il se cache. Tout le monde se fiche de ce qu'il peut devenir, mais nous, nous pouvons encore faire justice. Faisons-le disparaître !

Paul ne répondit rien, il regardait la table.

Lucien vint s'asseoir en face de lui.

— Alors, reprit-il, nous partirons la tête haute. Je veux pouvoir dire au bout du chemin : j'ai fait un paquet de conneries, mais j'ai réglé son compte à un beau salopard. Ça, personne ne pourra me l'enlever !

Paul se traîna vers la théière. Il remplit deux tasses.

— Comment peux-tu être sûr que Paulsen est dans cette grotte ?

Lucien esquissa un sourire.

— Le bureau de l'abbé est à côté. Venez, je vais vous expliquer.

Lucien avait poussé une malle au milieu de la chambre. Il l'ouvrit et commença à en sortir du matériel qu'il jeta sur le lit : des rouleaux de corde et des piquets, un poncho, des lampes à pétrole et des couvertures crottées de boue rouge.

— Il y a même des boîtes de biscuits et de quoi tenir trois jours, fit Lucien avec enthousiasme.

Paul prit un peu de glaise au sol, la frotta entre le pouce et l'index et regarda le désordre de la pièce.

— Il se pourrait que les galeries soient longues, fit Lucien, le bedeau affirme que l'abbé avait dressé une carte des passages souterrains. Elle était consignée dans un carnet, mais il est introuvable. J'ai pourtant retourné le bureau dans tous les sens.

Paul croisa les bras.

— On ne peut pas se permettre d'errer des jours durant sous terre. Elias est épuisé, je n'en mène pas large. Avec le froid et les boches qui tournent partout, on doit mettre les bouts au plus tôt.

— Tentons le coup, chef. Donnons-nous deux ou trois heures. Après, on lève le camp. L'abbé a une guimbarde qui nous conduira bien où on veut.

Le commissaire voyait les yeux de Lucien qui brillaient. Il ramassa une lampe et examina le réservoir.

— Tu penses que ça marche encore ce truc ?

* * *

Avant le crépuscule, ils bouclèrent chacun un sac à dos et se nouèrent un rouleau de cordes autour de la taille. Tout cet équipement pesait sacrément lourd. En sortant de la chambre de l'abbé, devant la cheminée, ils virent Elias assis qui les regardait.

— Tu ne viens pas, trancha le commissaire. Pas en état.

L'inspecteur allait répondre quand la porte de la maison s'ouvrit brutalement.

Rémi Gourdon déboula et balança deux bûches par terre.

— Les chleuhs investissent Ferrières ! Ils sont au moins une trentaine.

— Ils ont retrouvé le camion, gémit Lucien.

— Ils savent qu'avec le froid et la neige on a dû se planquer pas loin.

— Vous devez fuir, passez par la chambre du curé, vite ! supplia le bedeau.

En moins d'une minute, ils avaient ouvert la fenêtre et s'étaient laissés tomber derrière la chaumine.

Paul regarda avec inquiétude les pieds d'Elias.

— Ça va pour le moment, fit-il. Ce matin j'ai pris deux cachets d'une amphétamine qu'on m'a donnés au maquis. Ça appartenait à un aviateur anglais. À ce qu'on m'a dit, la RAF en procure à ses pilotes pour leur fouetter la tête lors des opérations au long cours. Je me sens beaucoup mieux, ça calme la douleur.

— Gare à la rechute. Mais on n'a pas le choix, dépêchons-nous !

Lucien leur montrait le chemin. Il y avait deux bons kilomètres entre Ferrières et le lieu-dit Forest. Enfin, l'inspecteur désigna un pan de roche poudré de neige. Ils s'approchèrent lentement. À la base d'une colline, entourée d'une maçonnerie grossière, une porte d'acier délimitait l'entrée de la grotte.

Paul fit un pas en avant. L'accès semblait libre.

— D'habitude c'est fermé et seul l'abbé à la clef, fit Lucien.

Paul prit son Lebel et s'engagea prudemment derrière l'ouverture.

Les autres suivirent. Une faible lueur éclairait une longue galerie de calcite ; il régnait une odeur de cendres, de mousse et de vase. Le froid était intense ; Elias resserra les pans de sa tenue de GMR.

Lucien alluma une lampe à pétrole ; une douce clarté inonda le boyau. Ils regardaient attentivement le sol devant eux. Des clapotis trouaient le silence par moment.

Au bout de quelques mètres, ils trouvèrent des outils, des fragments de poterie et de petits os. Sur les murs, de vagues figures, impossibles à dater, étaient entourées de glyphes. La galerie s'achevait vers un passage en Y. Dans la pénombre, Lucien perçut des frôlements. Paul présenta sa lampe et tous virent une poignée de gros rats au pelage noir s'enfuirent en couinant. Les rongeurs avaient abandonné un tas d'os, encollé par une matière visqueuse.

Intrigués, ils examinèrent les débris qui formaient un tertre macabre. En y regardant attentivement, on reconnaissait sans mal des restes humains, un tibia corrodé. Paul attrapa un bout de bois et touilla. Les os bougèrent dans leur linceul de glu avec un bruit écœurant. Un petit crâne apparut dans la lumière.

— C'est pas très vieux, fit Lucien.

— Ça grouille d'insectes, ajouta Paul en masquant ses narines.

Il exhiba du bout de son bâton des morceaux d'étoffes bariolés. Il y avait aussi un bijou.

— C'est quoi, nom de Dieu !

— On dirait une amulette et du tissu bouffant. C'est une robe de bambine ; peut-être une Tsigane, les dessins sur le métal m'y font penser.

— Une autre victime ?

— Apparemment… Pas étonnant qu'on n'en ait jamais entendu parler. Les gitans n'ayant pas le droit de circuler, comme tous les « indésirables », la famille ne risquait pas de venir signaler la disparition. On l'aurait internée dans la foulée. Il y avait sûrement une communauté qui vivait cachée dans le coin ; Paulsen a dû tomber dessus par hasard. Il s'est attaqué à leurs enfants, des proies faciles.

Ça correspond à son profil : un calculateur. Lorsque les kalés ont quitté le secteur, il s'est retourné contre les paysannes.

Paul allait ajouter quelque chose quand un bruit sourd et grinçant se fit entendre derrière eux. Passé un instant de stupeur, ils coururent vers la sortie aussi vite qu'ils purent ; Paul éclairait le chemin. Ils virent alors, dans un lent mouvement d'horreur, la porte en fer vibrer puis se refermer sur ses gonds. Les ténèbres les engloutirent. Leur lampe seulette brillait dans une nuit infinie.

Paul chercha la présence d'une poignée, il n'y en avait pas.

Aucune aspérité, impossible de pousser. Cogner pour appeler à l'aide était exclu, les Allemands risquaient de les entendre en passant sur la route.

Emmurés vivants ! pensa Elias avec effroi.

Ils n'avaient pas d'autre choix que de s'enfoncer toujours plus loin dans les profondeurs des tunnels.

* * *

Il retira la clef de la serrure et la jeta loin.

La lourde porte était scellée à tout jamais : la grotte serait leur tombeau.

Au loin, les bruits d'un moteur se rapprochaient. Il rajusta le lacet de cuir autour de son avant-bras et les longues griffes de métal luisirent au-dessus de la neige.

Maintenant qu'il s'était débarrassé des fouineurs, il ne lui restait plus qu'à retourner dans le ventre de la colline et débusquer la petite.

Les astres étaient propices.

Il n'avait que trop attendu.

# 18.

Vers le milieu de matinée, alors qu'une trentaine de maquisards avaient trouvé refuge au milieu des rochers, la colline subit un déluge de feu. Les mortiers crachèrent durant une demi-heure et la moitié des camarades périrent déchiquetés.

Auguste, allongé sur un poncho posé à même la neige, sortit les jumelles et inspecta la vallée de la Credogne. Sur la gauche, l'ennemi avait mis le feu à plusieurs réserves de foin qui dégageaient d'épaisses fumées noires.

Les informations étaient mauvaises. Il y avait dix minutes, un gars blessé à l'épaule confirma que toute retraite entre Châteldon et Ferrières était proscrite ; la départementale grouillait de GMR et de miliciens. Fuir vers le nord n'était pas conseillé non plus. Là, c'était la Wehrmacht qui quadrillait les bois. Il restait le sud. Mais le réseau de Thiers signalait depuis des semaines des blindés prêts à foncer sur Vichy à la moindre sollicitation de la Kommandantur.

Il fallait se rendre à l'évidence, l'ennemi les encerclait. Si le Rez-de-Sol était une forteresse, ses bases se trouvaient dans l'épicentre d'une nasse qui pouvait se refermer sur eux à tout instant.

Auguste sortit quelques biscuits d'une boîte en métal.

En mangeant, il resserra sur lui un pull que sa femme avait tricoté l'automne dernier. Il entendait le crépitement d'un incendie et le bruit que faisaient les galoches des autres, glissant dans la boue. Ils revenaient vers lui, rechargeaient les fusils, prenaient une grenade dans la réserve et retournaient au front. C'était une ligne imprécise qui serpentait entre les troncs des arbres et les versants des rochers, appliqués dans la neige comme des météorites.

Auguste s'assit comme il put et saisit le Sten posé sur ses jambes ; il essuya le givre qui maculait le canon d'un revers de manche.

Alors il se leva, huma l'air frais et partit rejoindre les autres pour défendre chèrement sa peau.

# 19.

Les heures passaient, interminables. La flamme de leur lampe ne portait pas au-delà de deux mètres. Ils se serraient les uns contre les autres.

— Il faut avancer tout de suite ! murmura Paul, sinon l'humidité et le froid nous voleront nos dernières forces, sans parler des réserves d'huile qui ne sont pas infinies.

— Je vais crever sous terre, comme dans le trou de la mine, mon père m'avait toujours mis en garde ! gémit Elias.

— Ce tunnel mène bien quelque part ! fit Lucien, sinon l'abbé n'aurait pas consacré tant de temps à l'explorer. Et puis, regardez la flamme de la lampe, elle bouge ! Il y a du vent, donc un passage avec l'extérieur.

Paul lui donna une petite claque dans le dos.

— Raison de plus pour ne pas traîner les gars, allez !

Dans le boyau, les parois de calcite étaient tordues, la pierre hurlait.

Paul ouvrait la marche. Après quelques mètres, le chemin fit un coude et le sol s'inclina vers la gauche.

Ils avancèrent durant dix minutes, descendant toujours. Leurs pas chuintaient dans une boue épaisse. Ensuite, le goulet s'évasa sur une large cavité. Le commissaire leva sa lampe ; on ne distinguait pas le plafond.

En tâtonnant devant lui, Elias s'exclama : il avait trouvé quelque chose. Paul approcha et vit que le mobilard touchait un gros cierge.

Après quelques minutes passées à fouiller, ils dénichèrent une douzaine de bougies, posées dans des anfractuosités de roche ou les rebords de piliers stalagmitiques.

Paul les alluma toutes.

Le spectacle qu'ils contemplèrent leur coupa le souffle.

La caverne possédait une voûte irisée de larges fleurs d'aragonite. Les parois en calcaire, d'un blanc immaculé, étaient enduites de peintures. Des hiéroglyphes mettaient en scène des rituels obscurs. Des figures humaines côtoyaient d'autres créatures aux formes dérangeantes, vaguement anthropoïdes, qui attendaient au fond de puits gigantesques que des célébrants ou des chamanes leur précipitent des victimes depuis la surface. Les fresques étaient surlignées d'une écriture rappelant certains des signes glozéliens qui ornaient le galet de diorite du vicomte Van Gossum. Les inscriptions pariétales étaient tracées avec un guano qui recouvrait le sol d'une poussière noire et malodorante.

— C'est le curé qui a descendu tous ces cierges ? fit Elias.

Paul était incrédule.

— Combien de temps a-t-il passé ici ? Drôle d'église pour un prêtre !

Lucien s'approcha d'un des dessins. Une expression d'épouvante figeait le visage des martyrs qui chutaient dans les puits. Il pensa à ces sacrifices mayas du Yucatàn, où de jeunes vierges étaient poussées dans des gouffres à demi inondés.

Un bruit insolite le tira de sa contemplation. Paul sortit son revolver et Elias se dissimula derrière une colonne de calcite.

Au fond de l'hypogée, depuis un passage sombre, un vent charriait d'étranges mélopées, des gémissements inconnus. Les trois hommes songèrent aux créatures troglodytes autour d'eux.

Soudain, un hurlement de terreur retentit. C'était le cri d'un enfant dont la raison vacillait.

Ils virent une fillette habillée de hardes entrer dans la grotte en titubant et, surgissant derrière elle, une forme noire prédatrice qui leva au ciel d'immenses griffes avant de les abattre sur le corps de sa victime.

# 20.

Tout le paysage de son enfance s'étendait devant lui : le massif des Bois-Noirs, la plaine de la Limagne, les monts de la Madeleine et, plus loin encore, comme surligné par la brume, le long chapelet des volcans. Il se disait qu'embrasser toute sa vie d'un seul regard était un privilège rare. Auguste Bradoc s'adossa à un rocher et glissa sur le sol gelé. Au-dessus de sa tête, un avion ennemi décrivit une courbe.

Les bois en contrebas grouillaient de cris, de rafales de mitrailleuses et de détonations. Un geyser de flammes grisâtres monta au-dessus d'un banc de sapins.

Il grelottait et serrait d'une main, à s'en faire blanchir les phalanges, la crosse du Colt anglais. Il retira le chargeur et compta lentement les balles, comme le gosse qu'il fut dans la cour d'école du Mayet-de-Montagne, inspectant ce qui lui restait de billes avant de tout remettre en jeu. Derrière lui, de plus en plus proches, les silhouettes vert-de-gris s'interpellaient. Des semelles de bottes crissèrent sur la neige, des culasses claquèrent dans le silence des arbres.

Il regarda une dernière fois vers l'est et plaça le canon de son arme dans sa bouche.

# 21.

La détonation rugit dans toute la caverne.

Paul regarda le bout fumant de son arme. Devant, la silhouette le fixait, incrédule. Elle aussi avait manqué sa cible.

La forme laissa retomber son bras hérissé de griffes, et de l'autre main fit surgir un Luger. Paul allait répliquer par un tir nourri quand, du haut de la grotte, une masse velue et tressautante s'anima. Dérangée par les intrus, une colonie de chauves-souris se réveillait dans un concert stridulant.

Les bestioles tournoyèrent une minute dans un immense amas de boules de cuir et de poil qui terrifièrent les hommes en contrebas.

Quand le tumulte s'apaisa, la plupart des mammifères avaient regagné le sommet de la caverne. Paul et Lucien poursuivirent la houppelande aux griffes.

Elias boita vers la fille qu'il prit dans ses bras.

Apolline sembla reconnaître le policier, elle s'abandonna dans de longs sanglots. Tout en la réconfortant, l'inspecteur vit une forme étendue à l'entrée du passage. Il présuma qu'il s'agissait de la dépouille du curé ; c'est en butant dessus que la gamine avait hurlé.

Paul courait aussi rapidement qu'il le pouvait. Loin des cierges, il sentait les ténèbres s'épaissir. Le couloir se rétrécissait pour devenir une chatière et le vent prenait de la vitesse ; des effluves le frappaient au visage et des lueurs blanchâtres éclairaient ses pieds

Il tenait son Lebel devant lui et s'accroupissait parfois, craignant de trop s'exposer à un tir ennemi.

Bientôt, il pataugea dans quelque chose. Il entendait les pas devant qui giclaient dans l'onde. La chicane s'ouvrit dans une nouvelle salle aux proportions modestes et, au centre, un rideau de pluie dégouttait du haut en battant la roche. Depuis des millénaires, l'eau avait sculpté dans la pierre des formes sibyllines. Une vapeur grise filtrait à travers le sol, là où la cascade grondait, et cette fumée stygienne remplissait la grotte d'un épais brouillard.

Paul s'écarta de l'entrée et longea un côté en cillant. Quelque chose ondula sur la droite et la morsure du fer se referma sur la main qui tenait son arme. Paul hurla et laissa tomber le Lebel ; la douleur manqua de lui faire tourner de l'œil. Malgré le sang qui inondait sa plaie, il se jeta par terre et échappa aux griffes qui fouettèrent la pierre dans un poudroiement d'étincelles. Paul projeta un pied au jugé et toucha un corps qui vacilla. Il replia ses deux jambes et les poussa en avant. La silhouette bascula au milieu de la cascade. Elle gueula au contact du courant glacé et arracha sa pèlerine trempée.

Paul s'était adossé contre un des flancs de la grotte et examinait sa main entaillée.

L'Allemand s'était redressé et ses doigts de fer tournoyèrent un instant dans l'air.

Le commissaire se vit mort quand soudain, Lucien arriva dans la paroi rocheuse et tira plusieurs coups. Une balle toucha quelque chose de mou et l'autre gémit en reculant. Il disparut dans la purée de pois.

Paul hoqueta en sentant Lucien qui se penchait vers lui.

— Ne le laisse pas t'échapper p… putain, il connaît la sortie !

L'inspecteur saisit un mouchoir, le posa sur la blessure de son chef et se releva.

La cascade dans le dos, il prit un instant pour recharger le barillet de son revolver puis traversa la pièce en courant. Il n'y avait qu'une fissure qui permettait de continuer. La surface semblait proche, des fils de lumière tombaient du plafond. Lucien vit des traces de sang frais sur une pierre. Il s'engagea dans la faille.

* * *

Il atteignit une nouvelle salle avec les marques d'un feu ancien. Les murs étaient couverts de signes cabalistiques, une odeur de viande cuite flottait dans l'air.

La tanière du loup ! pensa-t-il.

Un puits de lumière perçait la grotte au-dessus de l'âtre. Sans réfléchir, il présenta son arme dans l'ouverture et tira deux fois.

Il attendit un instant, passa la tête pour voir une chatière et tout au bout du ciel et des nuages gris.

Il abandonna son manteau, trop encombrant, et commença à escalader la cheminée. Les parois étaient gelées et glissantes. Après de longues minutes d'effort, il atteignit le pinacle.

Il se trouvait dans une minuscule clairière, en haut d'une colline. Le tapis de neige fraîche était piqueté de gouttelettes de sang, des traces de pas s'éloignaient vers la ligne des arbres. L'inspecteur leva son arme dans cette direction, il fit feu en même temps que Paulsen qui guettait, derrière un tronc. L'Allemand sentit une balle lui mordre le gras de l'épaule et le policier vacilla sous le souffle d'un projectile.

Lucien pressa la détente jusqu'à ce que son barillet soit vide. Le tueur fit de même. Les détonations s'envolèrent au-dessus des feuillus, le vent chassa la poudre et un lourd silence retomba sur eux. Leurs pistolets étaient inutiles.

Une ombre noire bougea parmi les sapins. La silhouette de l'Allemand, dont on devinait encore l'uniforme, sortit des bois.

Pour la première fois, Lucien le vit en plein jour : l'homme qu'ils cherchaient depuis des mois. Malgré le froid qui l'engourdissait, il se tint droit, fixant le nazi qui approchait. Il semblait prendre tout son temps.

L'inspecteur savourait chaque seconde ; l'air frais qui descendait dans sa gorge et la lumière que renvoyait la neige. Il pensa aux autres restés dans la grotte, à la petite qu'ils avaient sauvée et à Pierre, qui aurait été fier d'eux.

— Gabriele Paulsen, dit-il d'une voix claire, au nom de la police française, je vous mets en garde à vue pour les meurtres d'Émilie Florain, Claudine Balans, Félicie Fourquet, Clotilde Gasnié, et Antoinette… Les mots lui étaient venus comme ça. Il s'était défait de tout esprit de vengeance.

L'Allemand ne disait rien.

Au bout de son bras droit, les longues griffes se redressèrent.

* * *

Paul acheva de poser son pansement de fortune. Il se mit debout, trébucha et jura en reprenant son équilibre. Il coinça son Lebel dans sa ceinture et ramassa la lampe. Le boyau continuait, il n'entendait rien. Il devait rejoindre Lucien.

Dans la grotte, Elias était assis en tailleur et caressait les cheveux d'Apolline qui s'était endormie dans ses bras. Il surveillait les cierges dont la hauteur baissait dangereusement. Dans moins d'une demi-heure, il ferait nuit. En haut, la pénombre était piquetée de centaines de petits yeux noirs qui semblaient attendre leur heure.

Ses jambes, ses épaules et sa tête étaient recouverts de teintes brillantes, fines particules minérales faséyant dans le halo des chandelles.

Il savait qu'il était au bout du chemin, qu'il ne ferait pas un pas de plus. Avant que les ténèbres n'emportent à nouveau les tribus qui dansaient sur les murs. Il pensa encore à Béatrice, à son père. Il devait se défier de descendre sous la terre. Combien de fois son paternel l'avait-il mis en garde ?

Il sourit.

On n'échappait pas à son destin.

Paul vit le manteau de Lucien, posé près des cendres, et la cheminée roide qui filait vers la sortie. Les parois offraient des prises, mais sa main droite, qui palpitait, ne lui facilitait pas la tâche.

Il se hissa et tomba plusieurs fois avant d'atteindre un premier palier à mi-parcours. Des crampes tétanisaient ses cuisses. Il trébucha plus haut, sa paume blessée frotta contre la pierre et des larmes de douleur jaillirent dans ses yeux.

Paul fit une pause et continua de monter.

Il parvient au sommet en état de choc, frissonnant de tout son corps.

Le commissaire était au cœur d'un cercle de neige foulée. De larges sillons et des taches de boue évoquaient une lutte féroce.

Il trouva vite Lucien, face contre sol. Les cristaux tout autour se gorgeaient de sang. L'inspecteur était tigré d'estafilades, sur tout le corps. Le tueur ne lui avait pas laissé la moindre chance.

Paul sentit la tête lui tourner. Il s'écarta, tomba à quatre pattes et vomit un jet de bile. Il se traîna plus loin, prit une poignée de neige et la plaqua sur son visage pour l'aider à retrouver ses esprits.

Il se pencha vers Lucien, lui ferma les yeux et lui caressa les cheveux. Après quelques instants, il se redressa et chercha autour de la dépouille les traces de l'Allemand. Elles s'éloignaient vers la forêt.

Il les suivit.

# 22.

Des taches de sang ponctuaient la ligne des bottes qui s'enfonçait au milieu des buissons givrés. La brume noyait le paysage dans un vide blanc et gris.

Les traces s'arrêtèrent devant une fosse.

Son cœur cognait plus fort dans sa poitrine. Il serra à deux mains la crosse de son arme et progressa lentement vers la béance.

C'était un trou à loups ; un de ces pièges installés par les paysans pour se protéger de la bête. Paulsen gisait au fond, le teint blafard et le souffle rauque. La pointe écarlate d'un pieu émergeait de l'une de ses cuisses. Il voulut parler, seul un borborygme ronfla dans sa gorge.

Le commissaire pointa son canon vers le monstre et posa le doigt sur la détente. Il fallait en finir, maintenant.

Il visa en fermant un œil quand, derrière son dos, un cri se fit entendre.

— Halte ! Jetez votre arme !

Des soldats allemands le mettaient en joue.

Au centre de Ferrières, la Wehrmacht chargeait les suspects dans les camions. La Citroën de Geltel venait d'arriver. L'Hauptsturmführer était accompagné d'André

Lange dont les hommes, depuis des heures, avaient ratissé en pure perte les ruines du château.

Ils s'approchèrent de Montford, menotté et le teint pâle, adossé à un fourgon militaire.

— Vous allez l'arrêter ? demanda le directeur de la Sûreté en posant sur son commissaire un regard triste.

— Oui, fit Geitel, nous voulons connaître ses liens avec le maquis.

André soupira.

— Puis-je lui parler une seconde ?

— D'accord, cinq minutes, pas plus. Le chef du SIPO-SD s'éloigna.

— Je suis désolé pour tout ça, Paul…

— Apolline est sauve, elle est avec Elias, là-haut dans une grotte.

Le visage de Lange s'illumina. Il mit maladroitement ses deux mains sur les épaules du commissaire.

— Par tous les saints ! Merci ! Oh Paul, merci !

L'autre gémit en sentant qu'on appuyait sur une plaie creusée dans son omoplate.

— Lucien est mort. Elias est gravement blessé, débrouille-toi pour qu'on le traite bien.

# 23.

À l'hôtel du Portugal, Geitel entra dans la chambre et trouva Paulsen lavé et rasé de frais. Il avait tout de suite plus d'allure même si quelque chose dérangeait dans son regard. L'universitaire était assis en tailleur sur le lit. Il avait disposé devant lui des pierres ramassées dans le parc et affirmait que c'était des amulettes.

— Hauptsturmführer, où est mon uniforme d'officier ? dit-il en levant la tête.

— Les hardes que vous portiez sur le dos ? Je les ai faites brûler.

— J'en veux un neuf.

— Pas question.

— Pourquoi ?

— Vous êtes en état d'arrestation pour des faits graves et vous déshonorez la SS.

— Vous ne pouvez pas !

— Je suis Kommandeur sur cette ville, moi seul décide.

— Et moi, je ne rends compte directement qu'à Himmler : c'est lui qui m'a envoyé ici. Je suis en service commandé. Vous, vous serez saqué. On vous expédiera sur le front de l'Est, j'y veillerai.

— Pensez ce qui vous plaît ; demain vous serez transféré

à Nevers, où un train vous emmènera à Berlin pour y être jugé.

— J'avais dans ma tenue une accréditation signée du Reichsführer lui-même ; elle me donne droit à aide et assistance de la part de toutes les délégations locales du SIPO-SD. Allez vous faire foutre, vous et votre code d'honneur de mes deux ! L'heure presse, notre guide a besoin d'armes nouvelles pour reprendre l'offensive et repousser ces hordes de Tartares dégénérés qui menacent Berlin. Croyez-vous que j'ai du temps à perdre !

Geitel, effaré, voyait la haine se déverser des yeux du jeune homme. Il eut alors la certitude qu'il était fou à lier. Il sortit de la chambre et ordonna que la surveillance soit doublée.

Le soir, après le repas, il s'approcha de la cheminée et médita longuement devant l'âtre. Savoir l'autre là-haut le mettait mal à l'aise. Assis dans un fauteuil, un verre d'alcool à la main, l'adjudant-chef Ernst semblait partager les tourments de son supérieur.

— Qu'allez-vous faire ? fit-il en rompant le silence.

Geitel haussa les épaules.

— Notre cher compatriote disait vrai, quand il parlait du sauf-conduit d'Himmler. Il était bien dans son uniforme puant. Je l'ai brûlé, avec le reste. Donc, officiellement, personne ne l'a jamais vu ; il n'existe pas.

— Et le dossier EINHERJA ? Il nous a été communiqué sous couvert du SD-Ausland[1], on ne peut pas l'ignorer ! rétorqua Ernst avec inquiétude.

— Ce document ne mentionne nullement Paulsen ; il y est simplement fait état de recherches sur des molécules destinées à renforcer la vigueur des soldats. J'ai aussi lu

1. Division du SIPO-SD en charge de l'espionnage.

ce paragraphe absurde concernant des transes induites par l'évocation d'entités païennes. Le projet nous a été adressé directement, sans passer par l'état-major de la Wehrmacht, ce qui n'arrive jamais, surtout pour ce qui relève du SD-Ausland ! Je n'y vois qu'une explication : il s'agit d'une nouvelle lubie d'Himmler qui mène ses expériences en cachette ; il doit savoir qu'Hitler ne cautionne pas ces « recherches ». Comme si on n'avait pas suffisamment à faire avec les terroristes, voilà qu'on nous colle sur le dos ces histoires invraisemblables.

— Mais s'il se plaint à Himmler, que ferons-nous ?

Geitel ne répondit pas.

Deux heures plus tard, visiblement éméché, le capitaine SS réveilla son adjoint qui venait de s'endormir.

— Je dois transmettre demain la synthèse hebdomadaire de nos activités. Je ne mentionnerai pas l'arrestation de Paulsen. On en reste au « coupable » interpellé, ce pauvre demeuré qui s'appelle Pialoux. Il sera exécuté. Affaire réglée.

L'adjudant se redressa.

— Et la police française ? Si elle déclare que Paulsen est le criminel ?

— Ses enquêteurs sont compromis, ils doivent des comptes. Quant à Lange, il suffira d'appuyer sa promotion : il aura la reconnaissance du ventre.

— D'accord, mais qui empêchera Paulsen de raconter ses histoires ?

Geitel s'assit sur le lit.

— On fait comme convenu. Demain tu le conduiras à Nevers. En traversant un bois, vous le ferez pisser. Tu prendras un calibre anglais, surtout pas un Luger. Si on venait à retrouver son cadavre, ça passerait pour un coup des partisans. Pensez au poivre pour écarter les chiens. Vous l'enterrez loin de la route. C'est clair ?

# 24.

Les deux gardiens de la paix amenèrent Paul. À la demande du directeur, ils lui ôtèrent ses menottes et sortirent du bureau en fermant la porte derrière eux.

André Lange contourna sa table de travail, prit une chaise et s'assit en face de lui. Ils étaient là, ensemble comme jadis quand ils discutaient de leur enquête sur les traces du tueur de la montagne bourbonnaise.

— Comment va ta main ?

— Elle est sauvée. Pour le reste, je n'ai pas revu Elias depuis mon arrestation et je n'ai aucune nouvelle de mon fils. On nous a mis au secret pour menées antinationales. Que puis-je te dire d'autre ?

André Lange toussota pour masquer sa gêne.

— Concernant la veuve de Pierre Bertignac, elle a été libérée rapidement ; manifestement elle n'avait rien à se reprocher, si ce n'est d'avoir hébergé Elias. Ce point-là est réglé.

Montford soupira.

— Que devient Apolline ?

Le visage de Lange s'adoucit à la seule évocation de sa fille.

— Elle est avec sa mère dans notre maison de Pézenas. Je crois qu'elle va s'en sortir, on l'aide à oublier cette terrible aventure. Et puis, elles sont mieux là-bas. À Vichy, depuis que Bousquet est parti et que Darnand a pris ses quartiers à l'hôtel Thermal[1] comme secrétaire général au maintien de l'ordre, l'atmosphère est plus irrespirable que jamais.

Paul semblait accablé.

— C'est vrai ce qu'on raconte ? La police exécute les ordres de Darnan, ce converti aux SS qui a prêté allégeance à Hitler !

— Comme tu le dis, je suis les consignes. Et je n'ai pas choisi Darnand ! Bousquet avait autrement plus de classe, c'était un vrai homme d'État. Mais il était franc-maçon et le Maréchal ne l'appréciait guère. Son temps était compté.

— Et Elias, que va-t-il devenir ?

— J'ai convaincu Darnand que son arrestation par la Milice était irrégulière ; maintenant qu'il joue les ministres, il n'a plus que le mot « légalité » à la bouche. Il a convenu que les formes n'avaient pas été respectées. Il a accepté de le faire libérer.

— Vraiment ! C'est bien André. Ça n'a pas dû être facile, j'imagine…

— Laissons ça, fit le directeur avec un geste de la main. Paul, il y a autre chose que je voulais… Comment te le dire ?

Le visage du commissaire s'assombrit.

— Tu n'as rien pu faire pour moi, n'est-ce pas ?

— Je me suis démené, crois-moi. Mais plusieurs terroristes ont parlé ; des gens ont dit que tu connaissais ce BERTRAND qui commandait le maquis. La haute hiérarchie veut faire un exemple. J'ai appris qu'une cour martiale allait bientôt se réunir pour prononcer ta condamnation à mort.

Paul ne dit rien. Son regard s'attardait sur le plancher. Il se demandait ce que faisait son fils, s'il était toujours chez Michelin. Il lui manquait terriblement.

---

1. Siège de la direction générale de la Police nationale en 1943.

André se tordait les mains et ses tempes étaient couvertes de sueur. Il se dirigea vers la fenêtre et ouvrit en grand les boiseries. Un air froid fit voler quelques feuilles sur sa table de travail.

— Avant que les policiers ne t'amènent, j'ai pris le temps de rédiger une lettre. Il s'agit de ma démission. Je la remettrai dans quelques jours pour prix de ma négligence.

André se tourna vers Paul.

— Tu trouveras dans mon bureau, tiroir de droite, de l'argent et un rapport faisant état des patrouilles allemandes le long de la frontière espagnole. Tu devrais pouvoir passer entre les mailles du filet en évitant les zones les plus surveillées. J'ai bien réfléchi à la question, je pense que la meilleure option est de gagner Saint-Girons dans l'Ariège puis de rallier l'Espagne par le col de la Claouère. En partant, tu n'auras qu'à me frapper avec cette statuette. Pas trop fort quand même. En utilisant la gouttière pour descendre tu seras vite dans les parcs. Prends un vélo-taxi et rejoins la gare sans tarder. Tu as un train pour le Puy-en-Velay dans moins de trente minutes. Ne dis rien. C'est ainsi. Tout ce qui arrive, c'est la faute à la guerre et à ce salaud d'Hitler. Pas à nous.

Paul voulut dire quelque chose. André le dissuada d'un geste.

— Sauve-toi maintenant et ne te retourne pas.

# ÉPILOGUE

**Site des Hurlevents, près de Vichy**
**24 mars 1945**

Elias tenait Béatrice dans ses bras. Quand elle était contre lui, il n'avait plus besoin de canne. La chaleur se distillait au travers de sa robe ; le vent faisait faséyer l'étoffe de son chemisier. Il se sentait plus présent au monde qu'il ne l'avait jamais été. Il aimait le doux ensellement que formaient sa nuque et la base de son cou. Il posait ses lèvres dessus sans jamais se lasser.

Elle devait entrapercevoir sa voiture, garée sur le bord du chemin, le coffre plein de valises, avec sur la banquette arrière son chapeau et sa grosse paire de bottes.

Lui ne pouvait détacher son regard de la forme noire qui venait d'apparaître à l'horizon, dans l'exact prolongement du Puy-de-Dôme. Ça se rapprochait inexorablement et rien ne l'arrêterait. Bientôt, il verrait le panache de fumée grise et ensuite la silhouette de la locomotive.

Un coup le toucha à l'estomac. Il enlaça Béatrice plus fort.

Un long sifflement se fit entendre dans la plaine. Elle plongea ses yeux dans les siens. Il hocha la tête.

Elle lui prit les mains et le guida vers sa voiture ; ils marchaient lentement.

La boule était remontée dans sa gorge et parler devenait pénible. Béatrice fixait la route.

Devant la gare de Vichy, la foule s'était amassée ; on devinait les quais noirs de monde. Il régnait une ambiance électrique.

Le train de prisonniers arrivait. Le premier grand retour depuis la Libération. Dans un des wagons, un homme pensait intensément à la même femme que lui. Elle lui avait montré des photos ; c'était peu avant sa mobilisation.

Ils étaient restés au lit toute la journée et la nuit qui suivit.

Il coupa le contact et sortit lui ouvrir la portière. Une fois dehors, elle renonça à le serrer encore dans ses bras. Elle avait trop peur de se désintégrer, de perdre tout contrôle.

Il lui déposa un baiser sur le front, elle ferma les yeux et imprima cette marque à tout jamais.

Elle se détacha de lui et fit quelques pas.

Elias regagna vite l'intérieur de sa voiture. Il empoigna le volant avec force ; des larmes brouillaient sa vue.

Béatrice s'était retournée.

Elle le regardait.

* * *

Un peu avant l'aube, ils virent un homme s'approcher d'eux. Les deux gardiens des cachots, brassard des FFI au bras, se levèrent. Le visiteur avait les joues creusées et la mine défaite ; ses longs mois de détention dans les prisons espagnoles n'avaient pas été de tout repos.

— C'est interdit aux civils ici.

— Je sais, un cellulaire a demandé à me parler. Paul présenta un petit billet où figurait un numéro d'écrou.

On l'introduisit dans une cellule étroite. Le mobilier se résumait à un lit, un tabouret et une cuvette.

En entendant le bruit de la clef, André Lange se réveilla en sursaut. Il s'assit et se frotta les yeux.

— Paul, je suis heureux que tu sois là, dit-il d'un ton las.

— Tu as l'air en meilleure forme que moi !, osa le commissaire.

Paul s'installa sur l'escabeau. Il cherchait ses mots.

— Ça m'a fait mal de n'avoir pu assister à l'enterrement de Lucien.

— Je sais.

— À Thuret, je suis passé voir la femme de Bertignac ; son fils est revenu, elle va bien.

— Tant mieux. Et toi ?

Il haussa les épaules.

— J'ai reçu ma convocation à l'hôtel Royal[1], comme beaucoup. Je ne sais pas à quelle sauce je vais être mangé. Je me suis aussi dégoté un pied-à-terre en ville, le temps de voir venir. De toute façon, je demanderai une mise en retraite anticipée. J'espère qu'ils me laisseront ma pension.

— Tu es un bon flic, Paul. Le meilleur.

— André, je…

Dehors on entendait la foule qui vociférait. Des imprécations leur parvenaient, terribles. André se tassa sur lui-même. On eut dit un petit animal.

— Il y a quarante-huit heures, ils en ont pendu deux par les pieds : le premier à un marronnier devant l'hôpital et l'autre à un lampadaire. Des bêtes sauvages… J'ai peur qu'ils m'attrapent, moi aussi.

Le commissaire regarda le minuscule bout de ciel à travers la fenêtre grillagée. Il se leva et posa une main sur l'épaule de son chef.

Lange, l'air absent, considérait ses souliers tachés.

1. Bureaux de la commission d'épuration.

— J'ai choisi de démissionner, mais des collègues m'ont convaincu de renoncer. Avec les soudards de la Milice qui prenaient leurs aises et la rapine qui gangrénaient tout, il fallait bien que des anciens des brigades restent sur le pont pour limiter la casse. Oui, j'ai pensé que mon devoir était de faire front. Alors, quand j'ai vu débouler ces gamins des FFI dans mon bureau, l'air arrogant et sûr d'eux, je n'ai pas compris ce qui m'arrivait. Je me rappelle cette colonne de camions et de voitures, pleins de miliciens et de flics des RG qui décampaient de Vichy ; ils évacuaient le navire comme des rats. Tu sais, je crois que les gaullistes veulent un symbole, se payer un directeur pour épargner le reste du Service. Ils m'ont présenté à un juge d'instruction de Cusset. Ses mots sont gravés en moi : « intelligence avec l'ennemi et atteinte à la sûreté de l'État » !

André semblait ailleurs, s'adressant à quelqu'un qui n'était pas là.

— C'est fini maintenant.

Paul ne disait rien.

André, hagard, se redressa et lui agrippa les mains.

— Une seule chose compte mon vieux, c'est pour ça que je t'ai demandé de venir. Tu sais que Jeanne s'en est allée, l'automne dernier ? La tuberculose. Et ma petite Apolline, que va-t-elle devenir ? Je ne veux pas qu'elle finisse à l'assistance publique, que les gamins lui jettent des pierres en disant que c'est la fille du collabo. Paul, je t'en supplie, promets-moi que tu t'occuperas d'elle, que tu ne seras jamais loin. S'il te plaît, jure-le moi !

André pleurait.

Paul hocha la tête : « Bien sûr, je veillerai sur elle. Je lui dirai ce qu'elle sait déjà. Que tu l'aimais plus que tout. »

André le serra dans ses bras et Paul sentit ses jambes chavirer. Il aurait tant aimé que ceci ne fût qu'un mauvais rêve.

La cellule s'ouvrit dans un grincement qui les fit sursauter.

Un homme, suivi de deux policiers, entra et dit : « C'est l'heure. »

On mit les menottes à Lange. Quand le métal se referma sur ses poignets, l'ancien grand patron jeta sur Paul un regard perdu. Le commissaire sourit faiblement, d'un air de dire : « accroche-toi ! »

Ils l'emmenèrent, et lui resta en arrière. Les murs de la prison semblèrent bouger et se fondre dans la brume des souvenirs.

L'aurore soulignait l'horizon d'une mince ligne pâle.

Paul obtint qu'ils sortent par un passage discret, à l'arrière du dépôt.

Quand ils firent asseoir André dans la voiture, ses menottes scintillèrent avec les premiers rayons du jour.

Avant que la portière ne se ferme, Paul l'observa pour la dernière fois.

Il vit un homme serein qui regardait droit devant, convaincu d'avoir fait son devoir jusqu'au bout.

L'automobile démarra et prit la direction du champ de tir.

Le policier resta au milieu de la route.

Un instant, dans le demi-jour, il crut voir ses compagnons qui lui faisaient signe.

Le soleil perçait, il cligna des yeux. Quand il les rouvrit, la traction avait disparu.

* * *

À la sonnerie, les gosses dévalèrent le grand escalier et s'égayèrent dans la cour avant de tomber dans les bras de leurs parents qui attendaient à la grille.

Dans la salle de classe, Apolline rassembla lentement ses affaires. Une religieuse essuyait le tableau. Quand elle sortit, les feuilles mortes recouvraient le sol d'un duvet craquant. Les autres pensionnaires étaient déjà partis ; une rumeur dans le lointain.

Elle monta vers la chambrée.

Au-dessus des marches, la statue du curé d'Ars désignait le ciel avec bienveillance.

Le dortoir était vide, immense.

Son petit lit était sous la fenêtre ; la meilleure place disaient les bonnes sœurs. Elle regarda devant elle. Après quelques instants, elle remarqua un paquet posé sur le parquet, à côté de sa paire de bottines. Un ruban mauve entourait du papier argenté.

Comme elle hésitait, une voix chaude se fit entendre, tout près : « Tu peux l'ouvrir si tu veux. »

Un homme se tenait debout à la tête du lit ; il ôta son chapeau.

— Je peux m'asseoir ?

La petite fit oui de la tête.

Il s'installa près d'elle. Son regard était bon et triste.

— Je m'appelle Paul, dit-il.

# PRÉCISIONS SUR LE SITE DE GLOZEL ET BIBLIOGRAPHIE

Le site archéologique de Glozel, véridique, mérite quelques détails. Durant la guerre, du fait de la loi Carcopino du 27 septembre 1941 relative à la réglementation des fouilles, les investigations y furent interdites. Aucune délégation de l'Ahnenerbe n'y fit jamais de recherches. Les occupants avaient, on l'imagine, bien d'autres choses à faire ! Il existe aujourd'hui un petit musée consacré à Glozel sur la commune de Ferrières-Sur-Sichon (Allier). Son personnel, disponible et bénévole, y accueille les visiteurs et répond aimablement à leurs questions.

N'étant ni archéologue ni historien, je ne porte aucun jugement sur ce lieu et renvoie les lecteurs vers le site internet de la glyptothèque : www.museedeglozel.com.

Il est toujours possible d'aller voir le « champ des Morts », lieu d'où provinrent les principaux artefacts glozéliens.

J'ai puisé dans plusieurs sources dédiées à Glozel et je souhaite en évoquer deux : Glozel, le ravin des mystères en montagne bourbonnaise de Georges Rigondet et Les inscriptions de Glozel de Hans-Rudolf HITZ, qui met en exergue la théorie d'un site glozélien « archéo-astronomique ».

Dans le roman, le maquis du Bois des Gris s'est (très) librement inspiré du maquis des Bois Noirs – bien réel celui-là – installé près de Châtel-Montagne (Allier), et dont le quotidien est décrit dans Montagne bourbonnaise 1939-1945 de Raymond Moncorgé (décédé en 2010) et L'Allier dans la guerre de Jean Débordes (éditions De Borée, 2000).

Certains traits de caractère du capitaine Arno Geitel rappellent ceux du vrai Hugo Geissler, chef du SIPO-SD à Vichy qui fut abattu à Murat le 12 juin 1944.

Le Vallon des Parques doit beaucoup à trois lectures qui furent essentielles : Policiers français sous l'occupation de Jean-Marc Berlière (éditions Perrin, 2001) ; Les archives parlent Auvergne – Bourbonnais 1940-1945 d'Eugène Martes (éditions De Borée, 2004) ; et Master Plan. Himmler's Scholars and the Holocaust de la Canadienne Heather Pringle, paru en 2006, à mon avis l'ouvrage le plus complet sur l'Ahnenerbe.

L'évocation de la secte des hommes-léopards (authentique) s'inspire de la description de ce culte sinistre dans le livre de David Conyers Secrets of Kenya, réédité par les éditions Sans-Détour en 2009.

Pour retrouver les hôtels où logèrent les différents ministères, outre les archives des fonds spéciaux de la bibliothèque Valéry-Larbaud de Vichy, je me suis appuyé sur Hier à Vichy (1940-1944), du vichyssois Thierry Wirth (éditions Les Trois Roses, 2008). Je le remercie pour ses conseils.

La narration du sinistre château des Brosses doit beaucoup à l'ouvrage de Marc-André Fabre Dans les prisons de la Milice (éditions 10e Mille, 1944).

Le tableau de l'univers glacé de Stalingrad – durant l'hiver 1942 – trouve sa source dans Stalingrad de l'historien britannique Antony Beevor.

## REMERCIEMENTS

Un immense merci à Robert pour le travail de bénédictin qu'il fit sur le manuscrit. Qu'il sache combien nos échanges m'ont apporté et fait progresser.

Merci à Jean-Luc, pour ses précisions historiques et régionales pleines d'à propos, à Michel et son crayon rouge.

Merci à Lalie Walker pour ses précieux conseils.

Isabelle, tes encouragements ont compté.

CET OUVRAGE A ÉTÉ ACHEVÉ D'IMPRIMER
CHEZ CORLET NUMÉRIC Z.A. CHARLES TELLIER
14110 CONDÉ-EN-NORMANDIE - EN OCTOBRE 2018
DÉPÔT LÉGAL : FÉVRIER 2014. N° D'IMPRESSION 151337

*Imprimé en France*